The Perfect Relationship

完美关系

右耳 著

[上册]

青岛出版社
QINGDAO PUBLISHING HOUSE

图书在版编目（CIP）数据

完美关系 / 右耳著. —青岛：青岛出版社，2020.2

ISBN 978-7-5552-8629-5

Ⅰ. ①完… Ⅱ. ①右… Ⅲ. ①长篇小说－中国－当代 Ⅳ. ①I247.5

中国版本图书馆CIP数据核字(2019)第232847号

书　　名　完美关系
著　　者　右　耳
出版发行　青岛出版社
社　　址　青岛市海尔路182号（266061）
本社网址　http://www.qdpub.com
邮购电话　010-85787680-8015　13335059110
　　　　　　0532-85814750（传真）　0532-68068026
责任编辑　李文峰
特约编辑　付巧亚
校　　对　宋　芸
装帧设计　蒋　晴
照　　排　梁　霞
印　　刷　青岛乐喜力科技发展有限公司
出版日期　2020年2月第1版　2020年2月第1次印刷
开　　本　16开（700mm×980mm）
印　　张　38.5
字　　数　450千
书　　号　ISBN 978-7-5552-8629-5
定　　价　65.00元（全二册）

编校印装质量、盗版监督服务电话　4006532017　0532-68068638

建议陈列类别：畅销·青春文学

2018
最有价值独立公关人
卫哲

FUNDING
BUDGET
LAUNCH
IDEA
PLAN
FUNDING
BUDGET
LAUNCH

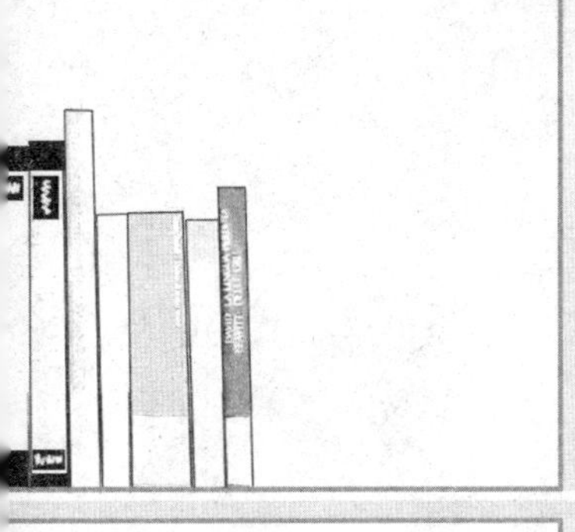

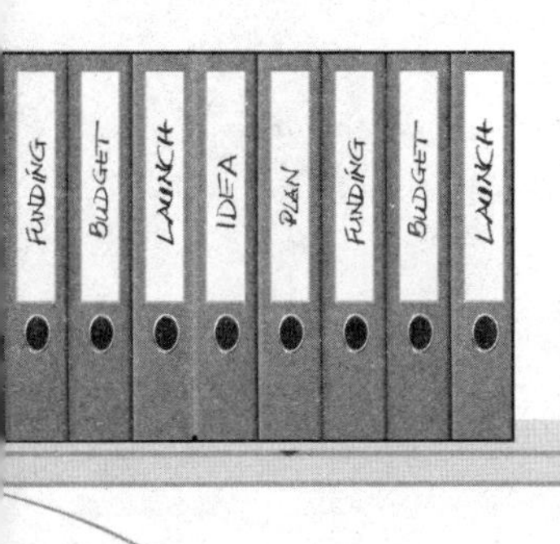

Contents

［上册］

Contents

[下册]

STEUER
STEUER
IDEA
PLAN
FUNDING
BUDGET
LAUNCH
START-UP
SUCCESS
START-UP

第一章　危机公关

昏暗静谧的房间里放着一张柔软舒适的长沙发，躺在上面的男子闭着眼睛，胸口随着呼吸缓缓起伏，侧脸轮廓深邃，五官英俊。

在他头部的单人沙发旁，坐着一位女子，一双黑色高跟鞋衬出她优美的腿部线条。女子声音温柔，正极轻地说话："你的职业是公关？"

男子嗓音低沉："可以称为PR。"

"Public Relations（公关）？"

"Problem Resettlement（解决问题）。"

聂灵子闻言笑了下，心想这个男人总是很自信："我看过你的专访，你把自己称为问题解决者。"

"也许是因为帮别人解决问题的时候，我可以忘记自己的问题。"

"但你有没有想过，一旦别人的问题积累得多了，它们便都会变成你自己的问题。"

聂灵子的问话换来一阵沉默，她语气微顿，随后道："告诉我，你昏倒前的那段时间，究竟发生了什么？"

时钟嘀嘀嗒嗒。短暂的沉默中，卫哲睫毛微微颤动，睁开眼睛。

作为一名危机公关专家，那天晚上电话铃声响起的刹那，他已经习惯性地开始思考是不是又有什么事情发生了。

出事的是耿跃。

打电话的人语气焦急，说网上传出了耿跃和模特田璐同进酒店的暧昧视频。

视频中，耿跃戴着棒球帽从黑色的商务车里走下来，见左右无人，他朝背后勾了勾手，紧跟着下车的便是模特田璐。两人一前一后走着，耿跃忽地伸手在田璐的腰掐了一把，田璐撒娇一躲了一下。

视频里还传出了偷拍者兴奋的声音："我去！"

不长的视频中，耿跃和田璐走到酒店电梯口，耿跃摁下按钮的同时，田璐软着身子朝耿跃身上靠了靠，耿跃躲开的时候，伸手揉乱了她的长发。

视频结束，卫哲关上手机，扯过衣架上的风衣，迅速带上门走了出去。

"我记得我看过这个视频。"

"不只是你，全国人民都看过了。"卫哲哂笑，"不到十分钟的时间，视频已经像病毒一样在网上传播开了。我们是三十分钟后赶到的。"

聂灵子身体微微前倾，做出倾听的姿势："危机公关？"

"对，危机公关。"

卫哲让助理路易斯随自己一同前去，两人跟随西装革履的经理走进了酒店的进货通道。矮矮胖胖的路易斯走在卫哲身侧。到了货梯前，前厅经理摁下按钮，将一张电梯卡递给卫哲："如果要走客梯，就用这张卡，我会在大堂盯着，有问题我会和你们打电话。"

卫哲颔首："谢了。对了，替我和你们刘总说，我欠他一个人情。"

前厅经理西装革履，一脸正气，语气严肃得有些好笑："不用客气，刘总希望你们用最快的速度把人弄走，我们酒店有百年的传承历史，可不想和这样的桃色新闻扯上关系。"

货梯门打开，卫哲和路易斯对视一眼，路易斯从老板眼中看出，他已经做好准备。

货梯的两扇门合并后，内侧出现了一张公益海报。

海报上，一脸正气的耿跃进家门状，在妻子脸上亲吻。耿跃的身份写在海报上——著名主持人。

海报标题醒目：下班了，记得早点回家。

大写加粗的字体，仿若无声的嘲讽。

路易斯放下手中的手机，摇了摇头，皱眉说道："耿跃的手机还是关机。"

卫哲抬手看了一眼手表，嗤笑一声：“可以理解，这才过去没多久。”

“我们真的要帮他？”

卫哲突然转换话题：“你那个新男朋友是做什么的？”

“医生，呃，不对，好像是药剂师还是医药代表来着？哎呀，管他做什么。”路易斯着急了，“我跟你说，卫哲，我不想帮这个人，这种出轨的渣男放在平时我巴不得他去死一死。再说这次我们很可能搞不定，全国人民都看见耿跃掐了一把那女孩的腰，他们又一起进了电梯……这事根本没法圆。”

路易斯实在不想帮忙，对于渣男，她更乐意看到他们自食其果。

“视频里的女孩是什么人来着？”

路易斯愤愤地科普：“她是业余模特，车展、婚庆上都有她，还在两部三流电视剧里演过女八号，戏剧学院2014级毕业的。得了，她这下总算红了，出轨视频女一号。”

卫哲看了一眼路易斯：“别这么刻薄，回头别把新男朋友吓跑了，你可不好找对象。”

路易斯气愤地翻了个白眼：“谁更刻薄？明明是你好吧？”

卫哲笑道：“我好找。”

路易斯还是气愤：“反正我不想帮耿跃了，我们救不了他，我们就不应该接这单生意。你刚提名年度最有价值独立公关人，不能被一个出轨的名嘴给连累了！”

卫哲并不着急，甚至还有闲心开玩笑：“什么时候把你男朋友带给我看看？我请他吃饭，给你把把关？”

毒舌又刻薄，路易斯心想，自己的老大算是白长了一副好皮囊。

路易斯已经习惯这人聊天中途随意换话题，但还是说：“你能不能不要每次一说正事就故作轻松故意扯淡顾左右而言他？”

她的不满换来卫哲随意的一瞥：“我们的职责是什么？”

路易斯垮了肩膀，无奈地说道：“我们是问题解决者，我们只解决问题，不判断对错，我们全力维护客户的利益，不抛弃、不放弃……”

卫哲嘴角带笑，打了个响指。

“你不觉得我们的原则听上去实在太自恋了吗？说到底，我们还是悲惨的乙方。”路易斯四处张望，“这货梯可真是够慢的。”

货梯壁上的屏幕结束播放广告，开始播放网络新闻。

新闻画面中，一群股东正围在DL传播公司前台，保安们紧紧拦着他们，情况看起来很紧急。主持人的声音伴随着视频画面响起：“由于鲲鹏基金的负责人之一杜少鲲突然消失，其余股东陷入焦虑状态。今天上午，鲲鹏基金的十几名股东代表聚集在基金另一名负责人江远鹏名下的一家传播公司要求兑付支票，然而江远鹏始终没有出现。目前鲲鹏基金已经被全面暂停，每个投资人损失的金额一百万到两千万不等，其中两名投资人声称自己已濒临破产……"

DL传播副总裁斯黛拉正在回答记者提问："DL传播对鲲鹏基金出现的问题一无所知，我们也是刚得到消息，暂时还没联系到江总……"

说完斯黛拉就不愿再回答任何问题，她用手挡着脸，在保安的簇拥下匆匆离开。跟在她身后的人，正是DL传播的合伙人舒晴和杜威廉。两人脸色暗淡，匆忙走过。

而在DL传播的办公室里，靠近走廊一侧的百叶窗紧紧拉着，宽大明亮的办公室气压低沉，江远鹏脸色黯然，站在窗前默默喝酒。

桌上手机的屏幕亮了又亮，短信和微信提醒接连响个不停。

经侦人员的声音还响在耳畔："你知道杜少鲲的下落吗？"

"我不知道，他什么也没跟我说，资金被挪用的事情还是你们告诉我的。"

那边声音严厉："他是杜少鲲，你是江远鹏，你们合伙成立的鲲鹏基金，你说你什么也不知道？"

江远鹏不安地说道："当初说好了，所有的投资运营都是他负责，我也说了，我是做传播公关的，根本不懂金融，但我和他是几十年的老朋友，所以我只是参与，连法人都不是。我真的不知道他把钱挪走了，真的，你们也要相信我。"

"那笔钱的去向，你知道吗？"

面对追问，江远鹏不安又不耐烦："我不知道，我要是知道，现在就会告诉你们。"

"最后问你一遍，你到底知不知道杜少鲲的下落？"

想起先前的对话，江远鹏眸色慌张，一口将杯中的酒饮尽，飞快地披上外套，拿起包就离开了。

办公桌的书架上放着一家三口的合影，戴着学士帽的女儿江达琳站在他和妻子中间。江远鹏目光沉沉地落在合影上，最后打量了一眼办公室。

他突然想起远在异国的女儿。

此时在纽约，一颗棒球在空中划过一道弧线飞过来。江达琳挥舞着棒球棍，准确地将球击出，完成了一次漂亮的本垒打。

而后她拿过干净毛巾擦了擦汗，满意地笑了。她一边喝水一边走到篱笆边，篱笆下有一个小男孩，正拿着锋利的石头划着江达琳的包。等她抢回包时，包已经被划出了一个大口子。

她大声呵斥：“Hey！This is my bag！（嘿！这是我的包！）”

江达琳一脸无奈，拿着包去找熊孩子的妈妈。妈妈正在和另一个家庭主妇聊天，看到她带着伤痕的包后，一脸无辜地看向江达琳，似乎并不打算惩罚犯错的儿子。

“But he is only 5 years old！（但他只有5岁！）”

江达琳只好拿着外套打算往外走，忽然瞥见熊孩子正自顾自地玩耍，她可不打算吃闷亏。江达琳灵机一动，笑眯眯地对着小男孩说了几句话，比画了一下大拇指。

下一秒，熊孩子就捡起地上的石头，用力地朝一辆豪车砸过去。车子瞬间响起刺耳的警报声。

江达琳一报还一报，看着男孩母亲大惊失色地张着嘴，调皮地做了个鬼脸。

身在纽约的江达琳这时还不知道，江远鹏以及他一心经营的DL传播正在遭遇什么。

路易斯看着屏幕，抱着手臂幸灾乐祸：“DL传播，哈。”

卫哲注视着新闻画面，轻挑眉毛。

“怎么了？”路易斯很困惑，“这家公司的人，你认识？”

卫哲回神：“你之前是不是被他家拒过？”

“那是他们有眼无珠。”

“哦？你投这个了吗？”

“我哪来的钱？不过我知道圈内有人投了两百万，这下全没了。”

手机疯狂地响，闹得路易斯很是焦虑，她从口袋里拿出手机，被屏幕上的消息震惊了。

“完了，这才一个小时不到，微博转发量4万，评论数8万，阅读量2.9个亿。这个耿跃，几个小时前还陪着老婆何君上节目，并当着全国人民的面对何君说‘老婆我爱你’，这就跟别的女人来开房了……”

“那节目是一个月前录的。”

路易斯怒目而视：“男人呵，一个月前说的‘我爱你’，一个月后就不能作数了？渣男！这要是我老公，看我不把他大卸八块剁碎了炒一盘手撕包菜……”

卫哲看她一眼，路易斯又说：“瞪我干吗？我不抛弃、不放弃，就骂他两句还不行？”

卫哲悠悠地说道：“所以，你不要整天想着找男人结婚。”

“这只是个例，像我这种坚定不移相信爱情和婚姻的人，怎么会轻易被这种单一个例动摇？我可不像你，提到结婚就好像要杀你全家一样，胆小鬼。”

卫哲并不赞同：“你错了，我不是胆小，是看破人生。”

路易斯看着手机，一边翻着网上的评论，一边说：“嘁……连一场正式的恋爱都不敢谈的人，还敢谈人生？要先投入才能看破的好吧？”

卫哲不以为然，冷哼一声：“明知道掉到海里会淹死，为什么还要掉下去？”

男人眉眼微挑，语气平缓，却带着一股天生的傲慢。

路易斯很乐观：“说不定会遇到美人鱼呢！”

卫哲悠悠地补了一刀：“你又不会游泳，你一定会淹死的。”

电梯门终于打开，卫哲先走出去，路易斯愤愤地跟在后面。长而华丽的酒店走廊上，透着一股诡异的安静气氛，似乎有种强烈的不安在暗中涌动。

卫哲突然开口：“人很有趣，一个人的时候觉得孤单，两个人又往往不知道怎么相处，如果有第三个人，就要出乱子。”

说话间，他们已经走到房间外。1008号房间门前，两人对视一眼，路易斯小声问：“他老婆能原谅他最好，也算是劝人和好做一桩善事，但如果他老婆死活不原谅他怎么办？”

卫哲声音微冷：“哦，这没关系，我可以帮他介绍下一任老婆。”

“……”

路易斯明白了，自己这上司是典型的“注孤生”类型，不光刻薄，还自以为是且傲慢。她突然有些好奇，这人未来的女朋友会是什么样子？会不会也是高贵冷艳的类型？

想到这里，她顿时有些不寒而栗。

屋里并无动静，路易斯接连摁了几下门铃。忽地，门被开了一条缝，从里面露出一张怯生生的脸。田璐轻声问：“你们找谁？”

卫哲在一旁笑了，路易斯懊恼地回头。刚刚两人打赌，赌出来开门的是男是女。路易斯庆幸自己没被迷惑，守住了原本就瘪得可怜的钱包。

路易斯不言语，拿出手机，打开视频朝田璐晃了晃。田璐脸色一白，裹着浴袍，人影一闪就进了浴室。

卫哲大步流星地走进房间，用修长的手指摁亮电灯开关。

耿跃正飞快地穿裤子，之后佯装淡定："到底是怎么回事？"

卫哲挑眉，轻笑："你问我？"

耿跃摸了下额头，尴尬地说道："明白了，你在生气……我承认这么做确实不对，我这不是今天晚饭多喝了几杯吗？"

路易斯走到窗边，刚碰到窗帘，就被耿跃慌忙阻止。路易斯无声地翻了个白眼，没搭理耿跃，把窗帘拉开了一条缝往外看。

耿跃遭到无视，看向卫哲："你这助理怎么回事？"

"她今天刚离婚，心情不好不想说话。"

"……"

"被离婚"的路易斯从窗帘缝往外看，楼下酒店门口，影影绰绰有不少车。她拿出一部相机，用镜头拉近了往下看，捕捉到一辆车的车牌号。

"天太黑了，看不清，但有一辆SUV看着很眼熟，应该是记者的车。"

耿跃低声咒骂："你们听着，我绝对不可以被拍到。"

路易斯回头："耿先生，你已经被拍到了。"

耿跃已经着急了，求助于卫哲："我不能被记者拍到，别人拍到还可以说是误会，但我绝对不能被拍到这样从酒店走出去，我可是耿跃啊！不行，卫哲，你必须得帮我。"

卫哲皱眉看表："十分钟之内，媒体就能堵到房间门口，我们必须赶紧离开这里。"

耿跃已然有些失控，抓了抓自己的头发，脚步凌乱地在房间里转了一圈，嘴里时不时冒出几句脏话。

路易斯忍不住回头："闭嘴！你除了骂人能不能说点有用的？连骂人的话都是一个套路！你平时不是挺能说吗？怎么这会儿这么蠢！"

耿跃也顾不上被路易斯劈头盖脸骂了一顿，对卫哲说："你觉得我现在是不是应该立刻去机场？随便找座岛躲两天？要不去山里躲两天？"

"你现在最需要去的地方，不是山，也不是岛。"卫哲掀开窗帘，往楼下扫了一眼，又瞥了一眼手表上的时间，"你得回家。"

酒店大厅里，一群记者举着长枪短炮交头接耳。电梯门打开，戴着口罩和棒球帽、穿着耿跃外套的卫哲把西装顶在头上，和戴着口罩的田璐一起走出了电梯。

记者们闻风而动，一拥而上，追着“假冒耿跃”和田璐，“假冒耿跃”和田璐低着头一路往外走，一直走到停在酒店门口的保姆车边。司机拉开车门，田璐上车，“假冒耿跃”脱下西装，摘掉墨镜，露出一抹微笑。

所有记者都傻眼了。

而在微博上，热搜已经完全沸腾。“耿跃出轨”的热搜红色箭头一路上蹿，热度高达4.9亿；“耿跃何君各玩各的”排第二，热度达到2.6亿；“耿跃小三田璐”排第三，热度1.7亿。

卫哲驾驶着轿跑车疾驰在夜色里。副驾驶座上的耿跃因为被何君挂断电话而焦躁不安，他照着副驾驶前的仪表台重重打了一拳：“你说，今天这事究竟是一个巧合，还是有人故意在背后搞我？”

卫哲直接说道：“这不重要。”

“我能不能直接否认，说我和田璐是特别好的朋友，在一起打闹习惯了，然后我回去就向君君请求原谅。只要君君肯配合，那什么都好说，你再给我找几拨‘水军’，找点营销号发点文章……”

“如果何君能原谅你，我就继续帮你，不然咱俩的合作就到此为止了。”

“你讲不讲义气？”

卫哲淡淡地说道：“你跟我保证过一定会洁身自好，你讲不讲义气？”

“你自己怎么不洁身自好？”

“我可没老婆。”

车在灯火通明的别墅区外的远处停住。一辆又一辆的采访车在别墅区门口停着，长枪短炮严阵以待，记者们来回走着，六名保安一字排开，如临大敌地站在别墅区大门前。

耿跃嘴巴一张一合，卫哲试图去听他在说什么，却被耳朵里的轰鸣声扰乱，他表情困惑，直到一阵又一阵的嗡嗡声消失。

“耿跃，你刚刚说什么？”

耿跃对卫哲在这个时候还不专注感到吃惊：“我是说，这十面埋伏，我怎么进去啊？”

汽车还是开了进去，两道雪亮的灯光直射向人群，记者们临危不惧地把长枪短炮对准了轿跑车。保安也全围了过来。

聂灵子不解："为什么明知道会遇到记者，还拼命赶回家？"

"这个节骨眼上，耿跃最需要得到的不是网友也不是粉丝的原谅，而是他妻子的原谅。"

片刻后，在耿跃的别墅中的豪华客厅里，何君新任命的公关代表林娜正在和卫哲一人一句地交谈，客厅里充满无声的硝烟。

"耿跃先道歉，所有社交账号要交给我们，所有文案我们写、我们发。"

"耿跃先道歉，何君紧跟着发声表示谅解，谁的文案归谁写，谁的账号归谁管。"

"耿跃先道歉，文案你们自己写，但发之前要得到我们的认可。短期内何君不会发声，她会去澳洲度假。"

卫哲语气平缓，说出来的话却不容置疑："何君必须发声，否则耿跃的道歉毫无意义；度假可以，但不能是她一个人，必须是两口子一起。"

林娜嘲讽地笑："哈，果然男人没一个好东西！"

卫哲眼神平静："何君想要什么？"

他突然抛出的问题，让林娜猝不及防，她回过神来，心里暗道卫哲洞察透彻："什么？"

卫哲眯了下眼，缓缓说道："出轨已经是定局，何君想要什么？和好？不和好？原谅？不原谅？离婚？不离婚？"

林娜不再看卫哲，望向这一切事情的罪魁祸首："何君想要什么，具体还是要看某些人的表现咯！"

耿跃整了整外套，一副"老子认栽"的表情，走到中庭，朝着二楼大声认错，语气抑扬顿挫，不知情的人，怕是会误以为他正在宣誓呢。

"君君，我对不起你，你出来，我向你认错！我向你道歉！我可以写保证书，你要我怎么样都行，只要你出来！君君！我们谈谈。"

二楼的卧室门忽然打开，何君从里面走出来，脸上化着精致的妆，身着昂贵漂亮的裙子，目光扫过楼下的人，最后定在耿跃身上："我正在看剧本，要是我再听到一句噪声，我就报警。"

她转身回到房间，小腿处的裙角和说话的语气一样轻飘飘的，轻轻扬起又垂下。她表情淡漠，也不知是满不在乎还是伪装得太好。

卫哲拦住了着急想上楼解释的耿跃："我去试试。"

耿跃咬牙点了点头，低声说："这场仗我输不起，你一定要帮我。"

"我就算继续帮你，也不是帮你赢，而是帮你输得不要太难看。"

耿跃脸上风云变幻，终于点了点头，长吁一口气。他信任卫哲，心里明白只要卫哲打算帮他，结局总不会太坏。

豪华的卧室里，何君靠在贵妃榻上，将摊开的剧本放在茶几上。她化了妆后雪肤红唇，却是一脸冷漠："我让你进来，不是说明我原谅了他，恰恰相反，我要你转告耿跃，让他做好离婚的准备。"

卫哲抱臂站在卧室内："你不想离婚。"

墙上的时钟指向23:45，卫哲盯着时钟："现在都快午夜了，我查过你的行程，你晚饭后就回家了。你曾经说过你回家的第一件事就是卸妆，而你现在是带妆的，我猜你可能是哭过，但不想让人看出来，所以才重新化了妆。

"还有这个剧本，左面这一页密密麻麻的都是荧光笔做的记号，这应该是你的习惯，可你看，这方圆三米根本没有一支荧光笔。你没在看剧本，或者你的确是盯着剧本，但一个字也没看进去。

"哦，还有，我记得你第一次和耿跃同框是五年前的电影节，耿跃是主持人，你拿了最佳新人奖，你们俩站在台上，中间还隔着一个人，可你们俩看向彼此的眼神……"

何君冷笑，别过脸："你在和我打感情牌？"

卫哲知道自己说中了，紧接着说："感情牌听起来虚伪，但也是大实话不是吗？人的一生能遇到几次爱情？你真的忍心把这段记忆从人生中剔掉吗？"

一起上综艺节目的时候，山上下大雨道路泥泞，耿跃便弯下腰，一直背着她走。综艺节目里他们晚饭只分到一份面条，他说自己胃疼，她说自己拉肚子，其实都是想把面条让给对方吃。

曾经是美好的，可先摧毁这一切的人是耿跃，何君心灰意懒："出轨的人是他，不是我，是他先对不起我的！是他先摧毁了我们的回忆！现在知道来求我原谅了？我凭什么原谅他？我要离婚！"

"你和耿跃名下光是共同持有的房产就有五套，还有三家公司，其中一家公司已经在走资本化道路，一旦离婚，损失都是以亿为单位计算的。你俩共同的代言肯定就没了，说不定还要赔款。人设全崩，个人的商业价值至少缩水一半。是，耿跃是出轨了，这是一个无法弥补的错误，全世界的树叶都变成舌头也不能把发生的事说成没有发生。但人只有犯过错，才会意识到什么才是最珍贵的东西……"

卫哲突然间停了下来，神情逐渐凝固，何君忍不住看了过去。

"算了，你们想离就离吧。离了通知我。"

空气骤然安静。

卫哲关上门，扬长而去，留下何君一脸呆滞。

聂灵子听他说完，忽然好奇地问道："你为什么突然不劝他们了？"

"明知道掉到海里会被淹死，为什么还要走下去？她既然已经想上岸，我为什么还要拦着？"

"好吧……那后来呢？"

"后来，我就去了酒吧。"卫哲深呼吸，"是这样，每天工作结束，我都需要放松一下。"

人头攒动的酒吧，处处充斥着迷离的电子乐的声音和荷尔蒙气息。卫哲懒散地打量着周边的一切，越是吵闹的地方越让他放松。他翻看手机，发现这两天的新闻里，总少不了DL传播的身影。

卫哲身边的一个金融女凑过来说："鲲鹏基金啊，最近是挺惨的，一个老板跑了，现在另一个也失联了。视频上的女人是江远鹏的老婆。这世道也真是不公，让他老婆出来顶锅。对了，他们还有个女儿。"

卫哲闻言，饶有兴趣地抬眼问："女儿？"

金融圈里，这种八卦的流传速度可比资金流转更快。

"对，女儿叫江达琳，25岁，在美国读书。"

卫哲站在吧台旁边，手指轻轻晃着酒杯。酒吧里灯光忽明忽暗，他英俊的脸庞在光里看不真切，眼神也模糊。

他转过头，看到了刚才还在耿跃家的林娜。林娜看到本应该处理危机的卫哲竟然待在这里，表情渐渐愤怒。

可还没等她走过去，眼前的男人却无声地倒了下去。

医院里，卫哲躺在活动床上，医生一边收拾器械一边在他旁边解释，他身后是一块蓝色的遮挡布帘："几个指标都是阴性，没什么毛病。突然晕倒应该是精神因素导致的急性焦虑症发作。"

卫哲轻轻揉了下眉心："急性焦虑症？"

医生收拾完器械，认真地对他解释："人的精神就像一根橡皮筋，因为长期的高压工作导致皮筋一点点地紧绷，平时你可能并没有察觉，但遇到一个扳机事件就砰的一下，崩断了！很多人都这样，律师、医生、银行家……你是做什么的？"

卫哲还不相信："你说这话有什么依据吗？"

身处其中的人往往最不清楚，医生叹气："焦虑症是一种心理上的病症，我有心理医生执照，每周日下午在精神疾病控制中心接受咨询，你也可以来。"

医生说完之后拉开帘子离开，躺在隔壁的赫然是大肚子的林娜，两人四目相对，林娜渐渐露出了邪恶的微笑。

鉴于刚刚他害林娜丢了一个客户，卫哲已经能想象出来，林娜会如何大张旗鼓、添油加醋地把焦虑症的事情说出去。

或许她还会告诉所有的人，不要用一个患了焦虑症的危机公关专家。

毕竟这听起来很离谱，一个有焦虑症的人，如何冷静地做危机公关？

聂灵子看着SAS量表，冷静地说："失眠、头晕、耳鸣、心慌、晕倒，结合所有症状，基本可以断定你是焦虑症。哦，对了，还可能会出现短时性健忘或失语，你要做好心理准备。"

"需要吃药吗？"

"暂时不用，一次昏倒不能说明什么。不过你必须正视这件事。就像食物通过消化系统，总会在体内留下残余，你帮别人解决问题，这些问题总有一部分会留在你心里，表面上看起来没事，但日积月累，你的精神其实已经不堪重负。"

卫哲不在意地说："我怎么觉得你在危言耸听？"

"你这么说，会让我怀疑你们整个行业的常识和智商。"

卫哲耸了耸肩："那我该怎么办？"

聂灵子皱眉，作为一名心理医生，她站在完全客观的角度提议："停止工作，或者换一个工作。你现在不适合继续做这份工作。危机公关听起来总是面对危机，还要处理许多复杂的局面。"

卫哲嘴角微勾，作势从沙发上起身："我游刃有余。"

"表面上这样而已，但其实这些压力从未离你远去，而是全部积压在那里，一旦到达某一个临界点，就会突然爆发。"聂灵子放下手中的SAS量表，"你想过没有，万一你晕倒的时候刚好在开车呢？"

"……"

卫哲从心理疗养中心走出来，用手指在车顶上敲了两下，想起聂灵子警告的话，黑眸染上不明的神色。他试着发动车辆，车子顺利上路时，他松了口气。

前方是红灯，他停下车，刷着手机。新闻页面上带着感叹号的标题蹦了出来：刷屏了！DL传播董事长江远鹏人间蒸发！

页面上先出来的是江远鹏的照片，接着是李月如的照片，然后便是一个女孩的照片，媒体带上了解说：“江远鹏的女儿江达琳，现正在美国哥伦比亚大学攻读公共关系与传播专业硕士学位。”

公共关系与传播专业硕士学位？

卫哲盯着手机屏幕，陷入沉思。他在十七岁那年曾经听过一场江远鹏的讲座。身为著名公关专家，江远鹏的讲座人满为患。

卫哲垂眸沉思，那场讲座，他可是印象深刻呢。没想到江远鹏让女儿也攻读此专业，他不禁有些好奇，在想江远鹏她女儿会不会被江远鹏召唤回来。

浑然不知自己已被赋予厚望的江达琳，正在纽约一家名为“Wonderland Real Estate（梦想国房地产）”的房产中介公司内，为新来了一个客户而激动。

客户是一名华人“土豪”太太，她跟随着江达琳的介绍在豪宅里四处张望。房子有六个卧室、八个卫生间，还有个特别大的花园。

“土豪”太太当即准备付钱，江达琳站在她身后一脸纠结：“您，这……二百多万美元的房子，不再多考虑考虑？”

“土豪”太太指了指随江达琳一起的外国人：“我很喜欢这套房子，你和他说我现在就能签协议。哦对，这样，我现在就给你现金。”

眼看着“土豪”太太就要在合同上落笔，江达琳急坏了，忍不住大呼：“等等！”

“You are fired!（你被炒了！）”

不出意外地，走出豪宅的那一刻，江达琳就被解雇了。她收拾自己的桌子，把文具放到纸箱里，同她一起的同事茉莉来帮助她：“我以为你不会说，没想到你真的说了。”

江达琳事先看到豪宅的资料，才知道那套房子里曾经发生过浴缸杀人案：“那怎么办，我总不能眼睁睁地看着人花两百多万美元买套凶宅吧？怎么说也是同胞啊！”

茉莉低头帮她整理，叹了口气：“也是。”

江达琳垂着脑袋：“就是可惜了这份好工作，本来我还想攒点钱租个好点的房子的。现在看来，还是要另找工作了。”

茉莉停下动作。她其实一直知道江达琳家境很好，就是不知为何江达琳还和她们一样辛苦工作。她轻声问："达琳，我一直想问你，就是没好意思问。你家公司不是做得挺大的吗？你怎么也跟我们一样来打工啊？家里给的钱不够？"

江达琳终于收拾好桌子，抱起箱子："够是够，可我也不好意思多要。你不知道，我爸妈完全是白手起家，我爸从他高中起就开始勤工俭学了，而我硕士都快毕业了还在啃老，这学费、生活费也就罢了，要是为了租个好房子再问家里要钱，我觉得挺没面子的。"

手机铃声突然响起，她放下箱子，手机里传出的李月如的声音没有了从前的镇静。

江达琳的脸瞬间变得煞白："妈，你说什么？我爸出事了？"

不过两个小时，江达琳已经坐上了从纽约回上海的飞机。到了上海机场，她一边拖着行李箱，一边打电话："妈，我到机场了。"

出租车汇入高速路上拥挤的车流，江达琳焦虑地望着窗外。

江家别墅里，李月如坐在沙发上，拿起放在桌子上的董事会决议，平静地读道："罢免江远鹏的总裁职务，任命斯明静为达琳传播总裁。"

李月如的眼睛里闪过一丝精光，她将决议放下来："看来最近两天，几位还挺忙的。"

斯黛拉，便是决议里提到的斯明静，上前一步说："董事会五个席位，有一半以上投赞成票，决议即可生效，现在江总音信全无，另外的两名董事兰总，还有邱总，全部同意了……"

李月如淡淡地笑："嗯，再加上你自己。"

斯黛拉觉得已胜券在握，应道："对，再加上我。"

李月如突然说："你别忘了，远鹏和我的股份加起来，可是控股股东。而且已经澄清了，鲲鹏基金和DL没有任何关系。"

斯黛拉紧跟着说："正因为江总和你是控股股东，所以江总的一举一动，包括他的个人行为乃至私生活，都会被视作公司的代表。不瞒你说，他失踪这几天，我们几个合伙人的日子真的很不好过。"

杜威廉在一旁附和："怎么会没关系？这就跟开饭店一样，某天食品卫生局到你的饭店里去坐了一坐，你说就算他们从此以后再也不来，顾客还敢去你家吃饭吗？现在被这事闹得，好几个要签约的大合同都要暂停，眼看着今年、明年的业绩都要泡汤。哦对了，还有融资，本来还想过两年冲一冲上市，江总这一走，全完了！”

李月如明了地点了点头：“所以我猜，下一步你们是不是就打算稀释我和远鹏的股份了？”

几人都愣了，不料一向淡然的李月如会突然如此犀利。斯黛拉和舒晴对视一眼，舒晴上前解释：“股份这个东西，只有在公司赚钱的情况下才越多越好，要是公司亏了，股份反而会变成负累。总裁这个位置要是做不出成绩，一样会被罢免。我们提出这个想法也是经过深思熟虑的，真的是为了公司好。”

斯黛拉紧跟着说：“是啊，不管怎么样，DL不应该受到这件事的牵连。你一定也不希望DL被影响，对不对？”

任命已成定局。杜威廉说：“是啊，我们总不能眼睁睁看着公司垮了。”

斯黛拉他们本以为李月如会很难缠，谁知道她扫了周围一圈，平静地看着众人：“我不反对任命新总裁。”

杜威廉从惊讶中回过神：“那真是太好了，既然你也同意……”

房门被打开，光线从门缝中泻进来，落了一地阳光。一副学生模样的江达琳拖着行李箱出现在别墅门口，房间内的众人面面相觑，不明所以。

只有李月如激动得一下站起来：“来，你回来得正好。”

她环顾众人：“我同意任命新总裁，但不是斯黛拉，而是我和远鹏的女儿，江达琳。”

江达琳刚回家，还没缓过来就听见母亲让自己当总裁，着实蒙了：“妈，你说什么呢？”

斯黛拉看着拖着行李箱的江达琳，甚至都快忘记了江总还有一个留学纽约的女儿，哪能想到江达琳会突然回来，成为她的绊脚石。

斯黛拉微微蹙眉，沉声说：“总裁的任命与罢免需要经过董事会同意，不是您这样说说就可以的。”

“不就是票数吗？”李月如看向何律师，“何律师，我记得公司章程里，有一条是在特殊情况下，我和远鹏可以代为行使对方在董事会的权利？”

何宏伟推了下眼镜：“没错，可就算是这样，您也只有两票。”

斯黛拉说：“是啊，兰总、邱总都是支持我的。”

李月如悠闲地理了理江达琳的头发，揽住了她的肩膀，女儿回来了，她放心许多：“是吗？可是兰总好像不是这么说的。宏伟，要不你去问问？”

斯黛拉脸色一变，听到何宏伟所说的话，再也不能维持伪装的淡定。

“兰总说，他在新总裁人选上，附议江太太。”

别墅外宽阔的道路上，斯黛拉、舒晴、杜威廉三人站在一起，任谁也没有想到已注定的事情会发生翻天覆地的变化。

“江太太真不简单，没想到兰总居然还有把柄在江总手里。”

“江远鹏是什么人？他可是中国第一批老公关出身，手里不知道攥着多少黑料。虽然这次鲲鹏基金出了事，但姜还是老的辣啊，我们都太天真了。DL传播，江达琳，达琳传播。听听！人家一早就想好了要把公司交给独生女啊！唉，一个一天班都没上过的毛丫头来当总裁，这下前途渺茫了！”

舒晴和杜威廉先后离开，留下站在远处的何宏伟和斯黛拉。斯黛拉拒绝了何宏伟的晚餐邀约，也驾车离去。今天这一出戏，谁也没有料到会是这个结果。

别墅内，江达琳看着一桌的饭菜却毫无食欲。她拉住李月如的手：“妈，我哪有心思吃饭啊，我爸到底怎么了？”

李月如终于找到了倾诉对象：“你爸是去找杜少鲲把钱挪走的证据了，只有找到证据，找到那笔钱的下落，你爸才能从这个套里解脱出来。唉，鲲鹏基金，一个鲲，一个鹏，真是把我们家给害惨了。”

李月如握紧了江达琳的手：“有妈妈在，你就别担心了，现在你要做的，就是把公司的总裁位置接过来坐稳。”

这正是江达琳的苦恼所在：“可是我不会当总裁啊！我要是第一天上班就被轰下台，你可别怪我。”

李月如笑着拍了下她的肩膀：“第一天被轰下台，那你就第二天接着去。”

敢情当总裁靠的不是能力，是厚脸皮，江达琳心想。听见母亲这么说话，她顿时觉得压力巨大。

趁着还没上任总裁，江达琳想寻一处地方解压。她独自去了MUSE酒吧打算借酒消愁，她坐在吧台前，面前摆着一打龙舌兰酒，她仰脸就喝下一杯。

在吧台的另一侧，卫哲正在喝酒。他穿着黑色的丝绸衬衣，领口处第二个扣子开着，竟能看到锁骨。这个城市的男人，褪去白日千篇一律的西装黑裤，个个都魅力十足，若说是妖精也不为过。

他举杯喝酒，衬衣袖口挽起，露出精瘦的手腕，右手手腕处有一个白色的皮手环，针扣在第四个孔里。

手环是聂灵子做的，皮手环上有一个个排列的孔。聂灵子是这样说的："每次你要是觉得出现了焦虑情绪，就把手环放松一格。"

他瞥一眼手环，继续喝酒。今晚他找到了视频的偷拍者，把视频买来后本想待在家里，没想到路易斯把田璐安放在了自己家，他索性把田璐扔给路易斯照顾，只身来了MUSE。

没喝一会儿，他便发现左侧不远处的女人像是喝醉了，嘴里还念念有词。仔细看，卫哲才发现那人就是新闻上的江达琳。

卫哲心想，江远鹏这是把自己女儿从纽约叫回来了？

卫哲见她醉得不轻，本着突然想日行一善的心情说道："喀，你还好吧？"

话音未落，江达琳忽地哇一声哭了出来，惊觉是在外面，又马上止住，用手捂住眼睛哭泣。

卫哲吓了一跳，下意识地朝左右看，挪了挪椅子："喂，你别哭啊！"

喝醉酒的人总是格外脆弱，江达琳还在抽泣："我……我也不想哭的，可我就是忍不住。呜呜，我的生活为什么会一夜之间变成这样……我心里难受……"

卫哲以为江远鹏的女儿至少会是个雷厉风行的女强人，没想到还是一朵温室里的小花，软绵绵的。

卫哲没安慰过女人，笨拙地伸手去拍江达琳的背。与此同时，酒吧里忽地有很多人拿起手机看，卫哲的手机也在疯狂振动。

江达琳拽着自己的Darling项链，低语："总裁……"

卫哲一只手拍着江达琳的背，另一只手打开手机看微博说："你喝多了，快打电话给你的朋友接你回去。"

江达琳整个人摇摇晃晃，眼看就要倒在卫哲身上。

卫哲的手机消息没有停止，他一愣，看着微博页面上的特写。何君的最新微博赫然写着："一场夫妻不易。他认错，我原谅。"

耿跃紧跟着转发："谢谢老婆，我会珍惜。"

裹着毯子坐在沙发上的田璐，看着手机上耿跃转发的微博，眼睛里眼泪翻滚："他们居然真的和好了。"

路易斯抢过她的手机："不是让你别看手机吗？我知道你在想什么。你做了一件傻事，但这没什么，这个世界上每个人都会做傻事，唯一的区别是有的人会一直傻下去，而有的人傻了一次就学聪明了。”

田璐眼睛里蓄满泪水，她傻傻地看着路易斯，终于忍不住趴在膝盖上，埋头哭了起来。

一场没人认真的戏里，谁先付出真心，谁就会先掉下眼泪。这是一个亘古不变的真理，没人逃得过。

酒吧里面众人议论纷纷，这时候才能看出来影后何君和名嘴耿跃人气很高这件事并非子虚乌有。

“我还以为他俩这回铁定要离婚了，耿跃居然被原谅了。啧啧啧，娱乐圈可真是让人猜不透。”

“还真和好了啊？这何君的气量也太大了吧，换我我可不行。”

“要不人家是影后，你还在这喝酒呢。”

卫哲目不转睛地盯着手机页面，一动不动。江达琳摇摇晃晃，没有站稳，身体一倾，一下子趴在吧台上。

卫哲头也不回地离开吧台，身后的江达琳还在小声低语。下一秒，他又无奈地折返回来，从口袋里掏出几张钱，叫忙碌的酒保过来，将江达琳的包交给酒保。

“她喝醉了，你照看着点。”

卫哲匆忙把钱塞给酒保，扬长而去。身后的吧台上，趴着的江达琳已经醉得不省人事。

第二章　总裁上任

卫哲拿着钥匙坐进车里，刚要发动引擎，路易斯的电话就打了过来。他接通电话，一脸烦躁："干什么？"

路易斯激动地大喊："老大，耿跃和何君竟然和好了！"

卫哲把电话拿远了一些："我知道，微博都刷屏了。"

"不愧是老大，我原本以为何君是真的要离婚了。"路易斯嘿嘿笑，"老大，你是怎么说服他们俩的？你比那居委会大妈强多了啊。"

路易斯的崇拜之情还没流露完，一脸不爽的卫哲就已经挂断了电话。

耿跃家小区门外，记者的数量比之前多出近一倍，个个如同侦察兵，但凡见到车辆出入，必然举着长枪短炮窥探一番。

卫哲从车上走下来，迈开长腿走到耿跃家门外。整栋房子的气氛和之前的暗淡明显不同，明亮的灯光从窗户透出，隐约有音乐声传出来。

音乐声渐响，是Rihanna的Take a bow的旋律。

何君坐在大大的飘窗上，穿着一套深V黑裙，剧本摊在前面，她嘴里叼着记号笔，赤脚随着节拍轻轻晃动。

素净无妆的一张脸，因着愉悦，挂着一抹轻松的笑容。

卫哲抱臂站在玄关处。何君见到他，赤脚往下走："你来了。"

卫哲问："为什么？你不是铁了心要离婚吗？"

何君把剧本搁在飘窗上："本来是铁了心的，后来一觉睡醒，觉得你说得也对。毕竟夫妻一场不容易，谁没有个犯错的时候呢？再说那可是九位数的损失，我可离不起。”

卫哲皱眉看着何君，无语地转身往外走。

“我们打算下周一起去澳洲度假，到时候拍几张同框照发一发，再低调一阵子，这事儿就算过去了。”耿跃从身后追上来，喜滋滋地低语，“我说，这次多亏了你帮我，咱俩兄弟一场，别的话我不多说了，你的酬劳明天一早打过去，双倍！”

卫哲看着两人，笑容苦涩，摆了下手，转身离开了耿跃的家。

醉酒熟睡的江达琳迷迷糊糊间感觉到有个帅气的男人正在轻轻拍着自己的背，再醒来的时候，她是被酒保摇醒的。

“小姐，我们打烊了，你还好吗？”

江达琳醒来，迷糊地点了点头，接过酒保小心保管的包。她掏包要付钱，被酒保阻止：“你今晚的消费有人替你付过了，不用付了。”

江达琳困惑地问：“谁啊？”

“是我们家的一个常客，不过我不知道名字。”

江达琳打了一个酒嗝，醉意蒙眬，也懒得想，最后还是把钱放在桌子上，摇摇晃晃地离开了酒吧。

拦到一辆出租车，江达琳躺在车后排，惹得出租车司机从后视镜里看她好几眼：“姑娘，怎么醉成这样？你可千万别吐车里啊！”

江达琳使劲摇了摇头：“我才不会吐呢，我好着呢。”

江达琳报了闺密邦尼的地址，出租车停下时，她拿出一百元递给了司机。她醉眼蒙眬地端详着其中一张五十块好一会儿：“师傅，你这张五十是假的。”

出租车司机哭笑不得：“姑娘，那是十块。”

江达琳下车后以S形路线走进了弄堂，视线在一个个门牌号上滑过，最后她醉醺醺地站在某家门前的台阶上，望着两扇门，犹豫了一下，敲响了其中一扇门。

门开了，一个比她高许多的半裸上身的男人同她面对面，两人同时愣了。

尼克看着满是醉态的江达琳：“你……是谁？”

“你……又是谁？邦尼呢？”

邦尼的脸出现在尼克身后，惊天动地的尖叫声吓得尼克捂住了耳朵，下一秒，尼克就看到自己的女朋友扑过去抱住了江达琳。

“江达琳！你什么时候从美国死回来的？你知不知道我想死你了！最近的新闻看得我都快急死了江达琳……”

江达琳趴在邦尼的肩膀上：“邦尼，我好想你啊……”

邦尼正打算倾诉思念之情，这边江达琳在嘟囔完一句话后已经枕着她的肩膀睡过去了。

“呃。”

邦尼和尼克对视一眼，一起把江达琳抬进了房间。躺在沙发上，江达琳迷迷糊糊地半睁着眼，依稀能听到邦尼和尼克的对话。

“宝贝，你现在让我走？我可是你男朋友。”

邦尼扯过一条薄毛毯，盖在江达琳身上：“她是我闺密，亲生的！再说我什么时候同意你做我男朋友了？你别瞎说。”

尼克暴怒：“你简直不可理喻！”

影影绰绰间，江达琳瞧见尼克穿上了衣服，摔门而去。

江达琳笑了两声，在沉沉睡去之前，突然想起什么，想着一定要和闺密分享，拉住邦尼：“对了，我刚才在酒吧碰到一个男人，很帅。”

在聂灵子的心理疗养中心门外，卫哲等在车边，他戴着墨镜，身形修长，长腿引人注目，正靠着车门倚在车旁。

聂灵子远远开车而来，下车时没好气地说：“你最好有充分的理由。否则就算你是我的VIP（高级会员）客户，我也不是随叫随到的，你知不知道现在离我的上班时间还有整整三个小时？”

卫哲关上车门，跟着聂灵子走上台阶：“耿跃和何君和好了。”

聂灵子拿出钥匙打开心理咨询室的门：“昨晚就看到了，恭喜你，救了你的客户。我还以为他们一定会离婚。”

“实不相瞒，我也以为他们会离婚。”

聂灵子有些意外地看他一眼，随后推开了门。

房间里依然安静，弥漫着不知名的淡淡清香，让人不自觉放松下来。卫哲躺在老地方，有些困惑：“我想了一晚上，还是没有想通。何君不离婚的理由很充分，但不足够，是不是我对人性的了解还不够？”

聂灵子倒来一杯茶：“你觉得他们应该离婚吗？”

卫哲摇了摇头：“我不觉得他们应该离婚，但我希望他们离婚。”

聂灵子点了点头：“有人想上岸，但你并不想拦着。可你是耿跃的公关，这个结果对耿跃有利，你应该高兴才对。”

卫哲眼神迷茫：“是啊，我应该高兴，可是我明明给过何君上岸的机会。我只是想证明我是错的。”

聂灵子不解：“为什么？”

“我一直觉得婚姻是很没有意义的东西，结合与分手都取决于物质需求，而不是所谓的感情。”卫哲苦笑道，不知是嘲讽自己还是嘲讽耿跃和何君过于坚固的婚姻，“可事实证明，我是对的。这可真是令人难过。”

聂灵子瞧见这个男人嘴角一抹若有似无的笑：“你不相信婚姻？”

“你会相信一家临时开张，随时会关门的小卖部吗？不过，我试图去相信，但现在，不相信了。”

在上海的另一处，阳光从窗外透进来，落在熟睡的江达琳脸上，她挣扎了一下，醒过来困惑地望着窗帘杆掉了一半的岌岌可危的窗户。

典型的上海老石库门房子，有临着弄堂的窗户，屋子内中西合璧。中式宫灯的落地灯，窗下放着一张罗汉床，床上的小茶几上堆满了对外汉语教材，放着一瓶红酒，还有一本摊开来的波伏娃的《名士风流》。

江达琳忽然想起，昨晚坐上出租车时，自己报了邦尼家的地址。

披着白色睡衣的邦尼从卫生间走出来，睡衣较短，露出她白皙的长腿。她慵懒地拉扯着梳子上的长发，风情万种。

邦尼脱下了睡衣，身材前凸后翘，她找出一条裙子，从头顶往身上套：“你总算是醒了，再不醒我就要出门上课了。”

江达琳清醒后就立刻坐起来：“我先和我妈打个电话。”

邦尼穿好衣服：“放心吧，我昨晚给她打过电话了，她打你的手机你一直不接，吓得她都快报警了。行了，起床吧，我带你去吃东西。算你运气好，我这周的课都在下午，还能多陪你一会儿！”

江达琳昨晚醉酒穿的衣服还在洗衣机里，邦尼扔了一条裙子到床上，江达琳换上之后和她走上街道，边聊边走去吃饭的地方。

江达琳想起昨晚邦尼绝情地赶走了男朋友，感叹了一声：“就算不是男朋友，你这样把人赶走了也不太好吧？”

邦尼满不在乎，笑江达琳不够潇洒：“有什么不好？男人如鞋子，闺密如手足，鞋子再美，还能有我的手脚重要吗？”

虽然比喻不怎么好，江达琳还是笑了。她朝邦尼比心，邦尼也比心，最后两人伸出手指点了一下，像是完成了以前的闺密仪式。

江达琳随后又叹气，刚被强行推上总裁的位置，相当郁闷："看到你是我这两天唯一值得高兴的事情了。"

邦尼看她一眼："你也别太担心了，我班上有个学生是律师，我还特意咨询了他，他说主要问题出在那个杜少鲲的身上，你爸爸很有可能是被骗了。所以你爸一定没事的。"

饶是被安慰了，江达琳也放松不下来，低着头叹气。

邦尼双手扶着她的肩膀："别叹气了，我老家那儿可忌讳小孩叹气，说把运气都叹没了！高兴一点儿！咱们可是要当总裁的人了！"

江达琳轻轻揉了一下头发："我一天正经的班都没上过，虽然专业对口，可要说到业务，我连纸上谈兵的资格也没有。哦对了，还有我们公司那几个合伙人，你是没看见，女的像女魔头，男的像男妖怪。我真怕我进去不到三天就被他们啃得连骨头渣子都不剩，你就等着给我收尸吧。"

邦尼白她一眼："不会的，你好歹也是总裁，还是控股总裁。听不懂怎么了？再给我说一遍！不会业务怎么了？会业务还用得着你们？你就应该强势一点，看谁敢反驳你。"

江达琳认真想了一下："你说的那是旧企业模式，我们DL是合伙人制。我爸一直说，老板就是最重要的那个合伙人，最大的客户得在老板手里，最多的利润也得由老板创造，不然既不能服众，也没法做大。"

邦尼不懂这些，不过她向来乐观："不管在什么公司，当老板的最重要的是会用人，这些人你摆不平，你这个总裁也坐不稳。但你乐观一点想，再困难你也是去当老板，总比我们打工仔容易吧？"

江达琳垂头丧气："你是没有见到昨天他们逼我妈的样子，特别可怕。算了不说这些了，说些开心的。我明天要搬家了，搬去以前的老房子那里住，全当是激励我自己了，就当一切从零开始。"

"这是准备头悬梁锥刺股了？我仿佛看到未来雷厉风行的女总裁了。"

江达琳和邦尼笑着打闹时，她的手机突然响起，电话里，行政经理让江达琳星期一一早去公司开会。

江达琳苦着脸说："听这行政经理的语气，完全没把我当总裁看，我觉得公司的其他人大概也是这样。谁会相信一个还没毕业的学生能做总裁呢？"

邦尼拍了下她的肩膀："你怕什么？达琳传播就是你的公司，鼓起勇气来。"

江达琳苦笑："算了吧，他们估计正憋着劲儿琢磨怎么欺负我呢。"

DL传播新上任的总裁是毫无经验的研究生江达琳这件事，确实如江达琳所猜想的一样，在DL掀起了不小的波澜。

“一个大学生，来做DL传播的总裁？”

这几天，大家都拿这件事当笑话议论。

斯黛拉的白色轿车驶入车库，她刚下车，手上就被忽然冒出来的维权人士塞了一张传单。传单上印着醒目的大字“达琳传播江远鹏金融欺诈，影响社会安宁”“要求兑付，讨还公道”。

她没好气地把传单揉成一团，想了想，没有扔掉。

站在空荡荡的大办公室里，斯黛拉双手抱胸，表情复杂。身后舒晴踩着高跟鞋走进来：“江总有消息吗？”

斯黛拉将手上皱巴巴的传单拿出来给舒晴看：“江总还没有消息。还有，你看，一下车我就收到了这个。”

舒晴皱眉：“我们要赶紧想办法阻止这样的事再发生，要不然就真没法干了。”

两人和随后而来的杜威廉一起去往小会议室。会议室里，江远鹏的座位是空的。斯黛拉的目光在座位上停留着，过了一会儿她习惯性地掏出黑框眼镜戴上。舒晴坐姿前倾，显得很认真，手却习惯性地转着笔。杜威廉则拿着一支细雪茄，不抽，放在鼻子下面嗅嗅，像某种动物，时刻准备伺机而动。

斯黛拉分析现在的局势：“从目前签约的情况来看，离明年的销售目标还有五千万的缺口，除了拖账期的那几家，其余的主要都是江总手上的客户。我们三个分一分，尽量争取，能保住多少是多少。”

杜威廉放下手中的雪茄：“行啊，我已经约了几家负责人吃饭。”

斯黛拉看了一眼资料：“HR这里，暂时没有人辞职，但人心浮动很厉害。从猎头反馈的消息来看，至少有五六个人在对外放风招新工作，想必也一定有猎头反过来挖角。”

杜威廉看了一眼自己的手机：“别说了，我都接到五个猎头的电话了。哪怕我说了我是合伙人，对方也说没关系一切都可以谈。”

舒晴淡笑道：“我也接到了。”

几个人面面相觑，斯黛拉疲惫地揉了揉眉心。

“昨晚邱总也给我打了电话，事情他都知道了，别的也没多说，就希望我们尽快达成内部协议，召开发布会，稳定人心。”

杜威廉揉了个纸团，扔向江远鹏的那个空座：“我们真的就这么眼睁睁地看着江达琳来当总裁？我不太服气。”

舒晴看向斯黛拉："你呢？"

斯黛拉疲惫地说："我的意见是，先观望，看看她到底有没有能力，行不行。如果她不行，影响了公司发展，对公司造成巨大损失，那到时候我会再发起一轮董事会投票，重新推选总裁。相信到那个时候，不管是兰总还是江太太，哪怕江总出面，也都无话可说。"

"行，我同意。"

"嗯，暂时也没有别的办法了。"

邦尼找了几个外国学生帮江达琳搬家。搬完家，老外们已是满头大汗，江达琳倒没怎么累着。送走老外后，她四处看了一下房子。

这是一套小巧的老房子，家具透着一股陈旧的气息，地上堆着几个没有打开的箱子。角落里有一台电子琴，江达琳掀开罩布，接通电源，按下琴键，闲置多年的电子琴发出清脆的琴声。

江达琳环顾这套老房子，目光落回电子琴上："那时候我小学一年级，班上小朋友都学一门乐器，我爸妈也想让我学，我死活不愿意，抗争了一个月，我爸还是给我买了一台电子琴。我被逼无奈，成为一名光荣的琴童。"

邦尼拍了一下房间的床，最后坐在了沙发上："知足吧你，我小学一年级的时候，我爸妈对我的唯一希望，就是认几个字、能分得清男女厕所，完了赶紧到厂里上班挣钱去。"

江达琳回身，笑着说："他们知道你现在能够灵活使用八国语言吗？"

邦尼妩媚一笑："他们对此毫无兴趣，But I don't give a shit（我一点也不在乎），Que mes parents me laissenttranquille（父母让我自由发展），我就虾虾一拉一家门（我谢谢他们）。"

江达琳把琴书放到了架子上："这么一听，还是上海话更有感觉。在国外几年，我都要忘记上海话了。"

邦尼正在看手机，啧啧两声："耿跃和何君这真是一出大戏啊，微博上到现在还讨论得沸沸扬扬。"

江达琳并不知情，坐到邦尼旁边："他俩怎么了？"

"你对得起你DL传播老板的身份吗？这么大的事情都不关注。"邦尼举着手机给她看，"耿跃和一个模特出轨，不知怎么的被人给拍了，直接传到网上，耿跃任凭大家猜测都没出来回应。没承想过了一天不到，何君突然发微博表示两人和好了，说得特别真情实感，紧接着耿跃就转发了。你说这事神奇不神奇？"

江达琳震惊了："出轨这么大的事情，女方居然这么快就原谅了？要么是炒作，要么，他们的公关团队非常厉害。"

"是吗？"

江达琳点了点头："美国那边所有企业家还有知名人士，都有自己的公关团队，遇到像这样的危机，都是公关上去解决。耿跃这么快就能从丑闻中被解救出来，肯定是他背后的公关的功劳。"

邦尼还在看八卦，闻言说："那可真是厉害。"

江达琳认可地说："危机公关都是超厉害的。就是可惜了，给这种渣男做公关，简直就像律师遇到了真杀人犯……输了不开心，赢了，更不开心。"

"没时间管八卦了。"江达琳伸了个懒腰，打开了电脑，"我要通宵看资料。"

"总裁不易啊！"邦尼笑着调侃道。

深夜，房间灯光明亮，窗外夜色渐浓。江达琳坐在桌前，桌子上摆满了传播公关专业案例以及公司客户和员工资料。

她拿着几张员工资料，想到自己回国那天刚到家的场景，就已经能预料到自己在公司将面对什么。

同是深夜，温馨的普通公寓内，舒晴坐在写字台前，编辑发送邮件。邮件传输成功的声音和手机铃声同时响起，舒晴皱眉接起电话："你要我做的我都做了，不是说好不联系了吗？"

男人低沉的声音在电话那端问："我刚才听说，江远鹏的女儿要接DL的总裁位？"

舒晴离开写字台："没错。你最近没事别给我打电话了，我不想节外生枝。"

她挂断电话时，保姆林嫂推门进来："乐乐该睡了，想要妈妈抱。"

舒晴连忙起身去了儿童房。她轻哼着摇篮曲，等到乐乐睡着，将乐乐放在儿童床上，弯腰在乐乐脸上亲了亲。走至儿童房外，她又塞给林嫂一张超市卡："这张卡，你拿去买点喜欢的。"

林嫂正要推辞，舒晴的电话又响了，她不由分说地把超市卡塞给林嫂，走到卧室里接电话："喂？斯黛拉？嗯……发布会的事情我已经安排下去了……你要提前到明天？好，我知道了。"

舒晴坐在房间柔软的床上，想了想，拿起手机拨了江达琳的电话："喂？是小江总吗？我是舒晴，你好你好……"

星期一早晨，江达琳早早起床，洗漱完毕后坐在镜子前面化妆。在纽约的时候，仗着资质不错，她大多时候是素面朝天。然而今天，她不仅要化妆，还要全副武装。

化妆台的首饰盒里装了好几条项链，她一条一条试，最后还是戴上了原先的Darling项链。项链是江远鹏送给她的，如今再戴，和当时却是不同的心境。

镜子里面的人眉眼精致，白皙的脖颈上搭着一条项链，锁骨明显。

江达琳长舒一口气，无论怎样，她都要开始迎接新的挑战。

她从老房子里走下来，一辆黑色锃亮的大轿车停在楼下，穿着黑色职业装的舒晴站在车前，看着手表。

"小江总。"

江达琳踩着高跟鞋，微微颔首："我记得你，你就是舒晴吧？你好。"

舒晴翘起嘴角，露出了恰到好处的微笑："我还担心你会迟到，没想到小江总这么守时，是我多虑了。"

江达琳往车门前走："再怎么说我也是老板，还是要起表率作用呀。"

一旁的司机老秦走过来毕恭毕敬地拉开车门，江达琳很惊喜："老秦，你怎么来啦，是来接我的吗？"

老秦先前是江远鹏的司机，江达琳看到他倍感亲切。老秦笑着说："昨天舒晴小姐一和我打电话，我就赶紧洗车了，地毯都换了新的。"

江达琳有些感激地看向舒晴。舒晴坐在副驾驶座上，江达琳坐上大轿车后座，听到发布会提前到今天露出了一脸震惊之色。

舒晴从副驾驶座回头，给她解释："我也是半小时前刚接到场地确认，确实很仓促。你也知道，江总这一出事，整个公司都人心惶惶，媒体、客户、投资方个个都在问，谣言满天飞，大家都没法正常工作了。其实今天举行发布会已然有点晚了，最好是江总出事当天就发出声明的，可惜……太突然了，所有人都措手不及，现在总算明确了你出任新总裁，肯定要立刻公布。我们想来想去，索性就做个在线发布会，让你直接亮相，这样也省得在下午的颁奖礼上再做一次解释。"

"颁奖礼？"

江达琳对此一无所知。

舒晴说："亚洲公共关系与传播协会的年度颁奖礼，这可是一年一度业内最大的盛会，我们DL每年都会赞助，今年还拿到了三个提名。本来至少也能拿一个最佳营销机构奖的，可惜啊……这回奖是肯定拿不到了，只能担任颁奖嘉宾了。”

发布会提前、颁奖礼的颁奖嘉宾，任职第一天事情就如同石块般砸了过来，江达琳心情忐忑，一脸焦虑。

舒晴看着她的表情，嘴角有一抹笑：“别担心，就是个普通的颁奖礼。听说你是学公共关系的，你应该知道，这一行就是这样的，每天都是行程满满，同时又要按照各种突发状况随时调整，你慢慢就能适应了。”

晴空万里，云朵软绵绵的，像棉花糖挂在天上。江达琳看到蓝天白云，方才的焦虑似乎散了一些。

下车后，江达琳和舒晴一前一后往DL大楼走，这时又有维权者跑过来，把相似的传单塞给两人。

江达琳看着传单上的内容，瞬间脸色煞白。舒晴观察着她的脸色，伸手把传单拿了过来：“不要看，这些除了会影响你的心情，不会有任何帮助。”

江达琳低语：“这里每天都会有人发吗？”

舒晴把传单扔进垃圾箱：“嗯，我们已经让保安采取措施了，可惜防不胜防。”

DL传播大门门口，一群人拥挤着交头接耳，议论纷纷，行政艾米站在门口发愣，江达琳快步走了过去。

只见DL传播的大门、前台以及地毯上，满是触目惊心的红漆。

江达琳站在人群中央，只觉得耳朵嗡嗡直响，周围人的议论声越来越大。

“听说是昨天半夜干的，摄像头里根本没拍到人脸。”

“这一看就是报复泄愤。”

“怎么那么臭？这油漆里是不是掺东西了？”

舒晴皱眉，大声喊道：“都愣着干吗？物业呢？叫保洁了吗？艾米！别愣着！先把门打开，泼点儿油漆就不上班了吗？你们是不是想把这些留着等斯黛拉来了给她看啊？”

江达琳只觉得周遭的声音忽大忽小，感到一阵恶心，看见洗手间的标志，捂着嘴赶紧冲了过去。

她站在小隔间吐完，抬起头时，眼圈通红，轻轻擦着眼泪。洗手台旁，舒晴正在慢条斯理地洗手。

江达琳红着眼眶，尴尬地走了出来。

舒晴看着镜子里的人，问她：“你怀孕了？”

“啊，不是。”江达琳尴尬地笑笑，“我只是没吃早饭，加上刚才那个味道，所以才吐的。”

两人并肩站在洗手台前，舒晴洗完手后对着镜子补妆，红唇艳丽，眉目撩人。她突然说：“做我们这一行，人脉无数，敌人也无数，如果有人想要攻击你，哪里都是攻击点。你一个女人，凭什么？但我不可能向那些人解释清楚，有那个工夫，还不如去做一些真正有意义的事情。你是达琳传播的总裁，这个公司以你的名字来命名，你有一个每年营收过亿的公司要管理，有很多人的生计需要你去负责，光我在DL，就有两百万股的期权等着未来兑现。而你连一天正式的班都没上过，所以你没有资格去纠结，最好打起精神来埋头苦干，我可不想我的未来因为你而打了水漂。”

江达琳没言语，眼泪在眼眶里打转。

舒晴拍了拍她的肩膀：“或许你现在很痛苦，但这些都会过去，时间会抚平一切。”

眼泪无声地流下，江达琳轻轻揉了一下眼睛，冲着舒晴喊：“你放心吧，我向你保证，你的两百万股期权，会变成很多很多钱的！”

舒晴背对着她走远，嘴角露出一丝意味深长的笑。

从洗手间出来，保洁们正忙忙碌碌。地毯被抬走，红色油漆正以肉眼可见的速度被擦去。围观群众早就散了，快递员把快件搬过来给艾米，艾米下意识地朝江达琳看去，见江达琳过来，她赶紧挤出一个微笑。

杜威廉迎面而来，和江达琳打过招呼后，对舒晴说：“物业的摄像头根本没拍到人脸，查出来又能怎么样？反正就是那些人！”

江达琳拿起手机问：“这时候，我们是不是应该报警？”

“报警？”

杜威廉嗤地一笑，又赶紧捂住嘴：“我不是在笑你，只是如果报警，事情只会越闹越大，对我们不利。”

发布会的时间就快要到了，江达琳没有心思再理会这件事，众人忙碌的时候，她循着记忆走去了江远鹏的办公室。

办公室门上的名牌被撕掉一半，只剩下残缺的几个字母“npeng”，偌大的办公室内，除却一个小酒柜，只剩下地上几个装杂物的箱子，一个座机被放在纸箱上，一切凌乱又凄凉。

江达琳迷茫地看着这一切，忙完走来的舒晴见状说：“江总的办公室正在装修，要不然你先在会议室将就一下？我尽快让行政把办公室弄好。”

江达琳无奈只好往会议室去。坐在会议室里，她面前放着用纸杯装着的茶。门外众人来回走动，时不时偷瞄一眼会议室。

江达琳如坐针毡，突然间一群人一股脑儿拥进会议室，挨着江达琳依次坐下。她惊慌失措地看着众人，想起来是要开会。

舒晴拿着文件坐下："小江总，不好意思，斯黛拉说她马上就到，让我们先进来准备开会。"

都说职场办公桌下看腿便可分辨身份，倒也没错。各种各样的腿，西装裤的、黑丝高跟鞋的。腿叉开的是男人，交错的是女人，畏缩状两脚相缠的是实习生。

会议室里坐得满满当当，江达琳坐在正中，下首还有一个位置空着。

时钟嘀嗒嘀嗒，过了许久，斯黛拉也没有到。

江达琳低声问舒晴："不然我们先准备吧？你可以先向我介绍情况，或者我也可以先背稿。"

舒晴不好意思地回复她："稿子斯黛拉在审，得等她修改好返回来才行。"

江达琳无语，看了一眼时间。办公室的门在这时被推开，斯黛拉缓缓走了进来，她披着白色的西装，妆容精致，怀里抱着纸袋，嘴里还叼着一枚羊角面包，姿态如同《蒂凡尼早餐》里的奥黛丽 赫本一般随意。她从纸袋里拿出咖啡，才在办公室坐下。

舒晴拿了一块纸巾帮她接住羊角面包，斯黛拉把咖啡塞给杜威廉，才转过身，仿佛刚看到江达琳："哎呀，Darling，你来啦？"

江达琳喊了声："斯黛拉姐。"

斯黛拉张开双臂拥抱她："欢迎你来上班。"

杜威廉在一旁适时说了一声："快11点了。"

斯黛拉松开江达琳，环顾一圈，气势十足地说："那还在这里做什么？赶紧去现场啊！"

听到她说话，所有人像得了最终指令一样走出办公室，江达琳无措地站起来："讲稿还没有给我。"

发布会后台，所有人各就各位，只有江达琳看起来像是热锅上的蚂蚁。她看着手机上的讲稿一边来回走一边背诵，右手下意识地上下抚摸左胳膊。

熟悉江达琳的人都知晓，只有在紧张的时候，她才会做这样的动作。

江达琳背了一会儿，微微蹙眉，对着斯黛拉说："这篇声明不对。我们开发布会的目的明明是向公众解释我爸的事情和今天一大早被泼油漆的事情……可是这篇声明里除了提到我爸的失联对DL不会有影响，关键性的东西都没解释。”

斯黛拉微微一笑：“没有解释，是因为没有办法解释。你既不能解释江总失联，也没有找到泼油漆的元凶。甚至如果记者问你关于江总的案情以及财务状况，你都没有办法回答。”

江达琳看了一眼稿子：“可是我不讲，仍然会有人问啊。”

斯黛拉如同对待下属一般拍了拍她的肩：“他们可以问，但你不要答。避重就轻明白吗？你只管说出稿子上准备好的内容就可以，其他的一律视而不见充耳不闻。记住，开发布会的重点从来不是公众想听什么，而是我们需要公众听到什么。”

斯黛拉说完施施然离开，随之离开的杜威廉尴尬地笑了笑。

江达琳一个人被晾在后台，虽不服气，却不得不忍受斯黛拉，在她心里有淡淡的挫败感在蔓延。

她垂着脑袋，深吸一口气，准备迎接发布会。

大概是DL传播此次的遭遇比较轰动，预计的小型发布会因为大批记者的到来俨然成了大型发布会。高端但低调的会场内，中间是一个小小的讲台，很像是一个新闻演播会。讲台下坐着许多媒体代表，一个个举着摄像机对准讲台。

江达琳坐在舞台一侧做准备。DL其他人正分头和记者寒暄，记者关注的焦点不约而同地集中在江达琳身上，有媒体问起江达琳：“听说还是个学生？”

杜威廉笑着回应：“对，是我们的新总裁，江总的女儿，也是学公共关系的。”

发布会即将开始时，舒晴却发现并没有准备提词器，她接过行政清单看，发现提词器一栏竟然被划掉了。

江达琳走过去问：“没有题词器了吗？”

舒晴点了点头：“今天不知道哪里出了纰漏，提词器没有准备。你背得怎么样了？不过也不用一字不落地背，只要抓住重点就可以了。”

江达琳往台下看了看，缓慢地做了一个深呼吸，关掉了手机走上台。媒体和DL众人一起鼓掌。

江达琳站在话筒前，声音在会场内响起：“大家好，我是达琳传播的江达琳，没错，达琳传播的名字正是因我而起……”

在舞台的另一侧，舒晴几人的目光都落在江达琳身上。杜威廉察觉出来不对，翻了翻稿子说：“这句是她自己加的吧？嗯，还不错，这就开始自由发挥了。”

正在讲话的江达琳声音还稍显稚嫩。她穿一身正装，从头到脚都精心做了打扮，却仍显得像初入职场。

DL的其他人，要么西装革履，要么精致套装，个个成熟老练，用职场气息把自己包裹得滴水不漏。

杜威廉抱臂说：“为什么她明明穿了正装，我却还是感觉不对呢？”

艾米一语道破：“因为年轻。”

另一个员工安东说：“艾米姐说话好残酷啊。”

艾米拍了一下他的脑袋：“跟你说过多少次了，把姐这个字去了，我活活被你叫老了。”

江达琳还在讲话，DL传媒的这次发布会不只是现场媒体，所有业内人士都在关注。

卫哲站在柜台旁等咖啡的间隙，已经从好几个人的口中听到了DL传播的名字。他身侧有两个打扮时髦，俨然女精英的公关女正在排队，其中一人的手机屏幕上面赫然是一张DL传播被红漆泼门的照片。

他身侧的女人开口了，啧了两声：“一大早就被人泼红漆，这也太晦气了。”

“本来我们还有个案子在和DL抢，现在江远鹏一出事可就太好了，连比稿都省了，我们稳赢。”她身侧另一个女人兴奋地说，“我跟你说，DL的人个个都是极品，斯黛拉那个妖精就不用说了，那真是坏到骨头里，还有那个杜威廉，他就是个笑面虎！”

“不是说舒晴还挺好的吗？”

“这个女人更可怕，表面一套背地里一套，看起来对人和善，其实最不要脸的就是她了。”她撞了一下旁边人的肩膀，“她现在的儿子，还不知道是谁的私生子呢。”

两人越聊八卦越兴奋。

卫哲微微蹙眉，回头嫌弃地看了两人一眼。

“话说DL这三个合伙人都有期权，公司正准备冲上市呢，估计他们没想到江远鹏的女儿会突然冒出来，直接空降总裁的位置。”

“江达琳是吧，不是说江远鹏这公司就是给她开的吗？今天她正好开发布会呢。不过我说，有斯黛拉和舒晴在，江远鹏的这个女儿估计也没什么好果子吃哟。”

卫哲轻咳了一声，回头慢条斯理地讽刺了一句："两位美女，你们长得这么漂亮，怎么说话就那么难听呢？"

眼前男人的侧脸棱角分明，是少见的英俊，偏偏他双眼微眯，面露不悦。

两位公关女同时住口，嘴角抽搐地望着卫哲。

卫哲接过店员递来的咖啡，边喝边打开手机搜索DL公司的新闻，手机页面显示出DL公司大门被泼油漆的照片。

他放大了照片，脸色复杂，随后继续搜索DL的最新新闻。

江达琳笔直地站在舞台中央，表情有些紧张，佯装镇定道："感谢各位的到来，首先我宣布，江远鹏先生自即日起，辞去达琳国际传播营销咨询有限公司董事长兼总裁职务，此职务暂时由我代任……这一事件对DL传播的日常运营和未来发展，不会产生任何影响。"

斯黛拉站在电脑前，盯着屏幕上的在线直播，脸上露出一抹明显的嘲笑。她摘下眼镜，给舒晴发消息："你觉得江达琳怎么样？"

舒晴收回视线，回复道："她还是个学生。"

舒晴把手机收起来，望着台上的江达琳，忽然双眼一眯，从杜威廉的手中要过来演讲稿。一侧的艾米的手机忽然振动，看到来电显示为"猎头Lisa"，她赶紧把手机屏幕朝向另一边。

舒晴奇怪地看了她一眼，艾米挤出一个微笑，一回头却发现安东正盯着她的手机屏幕，她赶紧把手机屏幕朝下翻过去，匆匆往外走。

她接电话的语气很紧张："我们正在做发布会直播呢，你怎么不打个招呼就打电话来？我旁边的实习生好像看见来电显示了，万一让人发现我在跟猎头联系怎么办……有个好机会？什么机会？"

舒晴收回视线，紧紧盯着屏幕："演讲稿一共1328个字，她一个字都没背错。"

杜威廉凑过去看："真的假的？"

助理路易斯已经走了过来，卫哲适时关掉手机，和路易斯上了车。他载着路易斯来到一处住宅，下车后，独自提着一盒点心和一篮鲜花，敲响了母亲卫聘婷的家门。

一连敲了三次，始终没人应答，他皱眉从口袋里掏出钥匙，打开门走进屋里。这是一间由她改建的画室，屋里到处是未完成的油画、雕塑。他刚把点心放在桌上，一个全身上下只穿了一条短裤的男人从卧室里走了出来。两人都吓了一跳。

卫哲厉声问："你是谁？"

那个男人还没回复，穿着飘逸长袍如小龙女一般的卫娉婷匆匆忙忙地从里间冲了出来，一脸惊慌："阿哲？"

卫哲指了指穿着短裤的男人："他是谁？"

卫聘婷瞧见儿子的脸色，支支吾吾地说："这是David……David，这是我儿子卫哲。阿哲，你怎么来了？"

"今天是15号。"

"哦，对，我忘了你每个月15号都会来看我，你来之前应该给我打个电话。"卫聘婷看了一眼手机，"对不起，我的手机静音了。"

卫哲十分无语："所以这男人和你什么关系？"

林大伟从中插话："我是她男朋友。"

卫哲问卫聘婷："你什么时候找的男朋友？"

卫聘婷扭头看林大伟："我还没答应做你女朋友呢。"

林大伟开始质问："难道你不喜欢我吗？"

卫聘婷轻声说："我当然喜欢你，可是这和开始一段恋爱关系还是有区别的。"

卫哲感到崩溃，争执中的两个人并不在意自己，他转身就走："我走了，下次你们记得把门反锁。"

走了两步，他却突然感到愤怒，回头一把揪住林大伟的衣领："你给我听好了，我不管你是真情还是假意，你要是敢让我妈不开心，那你就等着身败名裂吧。"

卫哲没好气地从卫聘婷的房子里出来，脸上烦躁的神色很明显。靠在轿跑车旁等他的路易斯问："怎么了？你的脸色很不好。"

卫哲打开车门："她又找了个男朋友，对方还是个美籍华人。重要的是，她还没认识他多久，就把他领回家了。我真的要疯了。"

"不过说老实话，我特别仰慕你妈，真的，她是我知道的女人里，换男朋友最容易的。我要是有她的一半魅力就好了。"路易斯强忍着笑，"你看你，平时对什么事都一副见怪不怪的样子，干吗一牵扯到你妈就换上了这副老封建的嘴脸？"

卫哲抬眼看他的助理："如果你有一个结婚三次离婚三次一把年纪还不断换男朋友的妈，你也会老封建的。"

路易斯用手指摸了下下巴："我不会，我会把她视作偶像。另外，我觉得你有可能有一点俄狄浦斯情结……"

"好吧。我闭嘴了。"被卫哲狠狠瞪了一眼的路易斯乖乖说道。

第三章　再次遇见

“年度最有价值独立公关人”向来是备受瞩目的奖项。卫哲坐在驾驶座上。路易斯坐在副驾驶座接了一个电话，挂断电话后看向卫哲：“你猜今年的年度最有价值独立公关人是谁？”

卫哲淡淡地说道：“是我。”

“不是。”

“是我。”

“好吧。”路易斯挫败地说，“想打击你一下都很困难……真是的，确实是你，这已经是你第四次获得这个奖了。恭喜了。”

“多没意思，就这事你还和我说？”

路易斯嘿嘿笑了两声，八卦地说：“你知道吧，原定给你颁奖的嘉宾应该是江远鹏，但现在因为众所周知的事，颁奖嘉宾变成了他的女儿，DL传播的新总裁江达琳。”

卫哲微微侧过头：“江达琳？”

路易斯已经点开了DL发布会的直播视频，江达琳正一脸稚嫩地站在台上。她的发言挑不出毛病，但也称不上出色。

卫哲探了探头，看了一眼路易斯手机上的视频：“是她？前天晚上我见过她。”

路易斯猛地抬头，以为上司遇到了桃花：“你见过她？在哪里？什么情况？”

卫哲瞥她一眼，淡淡地说道："酒吧，她一个人喝酒，喝得酩酊大醉。"

路易斯盯着手机屏幕说："可以理解，她受到那么多指责，上任的第一天公司大门还被泼了油漆。换成我是她，跳楼的心都有。所以我打算要求组委会换颁奖嘉宾了。她既然被舆论指责，就不要再来连累我们。而且一看她就是个初出茅庐的学生，让她给你颁奖，这个奖的含金量都降低了。"

卫哲满不在乎："我无所谓。"

"我有所谓。这是原则问题。"路易斯嚷嚷着，手中的手机屏幕上显示着，江达琳发言完毕正在答记者问。

记者们纷纷举手："请问令尊江远鹏去哪里了？"

江达琳脸色一僵，紧张地抚摸着自己的胳膊："我……这个问题和今天的发布会内容并没有关系吧？"

一位记者沉着回应："怎么会没有关系？要不是令尊突然离开，你又怎么会接任DL总裁？"

那位记者见江达琳没法回答，于是上前一步："你知道江远鹏去哪里了吗？"

他咄咄逼人："你是不知道还是不想说？"

江达琳脸涨得通红，强装镇定："我……无可奉告。"

记者们还举着话筒，同时却发出一阵哄笑，嘲讽意味很浓。

台下的舒晴赶紧走到台上拿过麦克风，慢条斯理，语气镇定："今天发布会的主要内容是宣布小江总接任总裁一职，请各位媒体老师将注意力集中在我们公司上，其他问题我们可以会后解答。谢谢。"

说完她朝江达琳点了点头，收到了一个感激的眼神。

舒晴走下来站在斯黛拉旁边，解释自己刚才的行为："她一上来就表现不好，我怕反而显得我们公司无能。"

斯黛拉微微颔首："嗯，你做得没错。"

记者们穷追不舍："请问小江总，鲲鹏基金的事对DL传播造成了多大的影响？你们打算采取什么方法补救？有没有想过用DL的利润去弥补鲲鹏基金的亏空？"

台下站着的几人各怀心思，却没有一个是打算帮助她的。杜威廉有一丝幸灾乐祸："这帮记者可真是够坏的。"

"你今天第一天上任，DL传播的前台和大门就被人用红油漆泼了，对这件事你怎么看？"

江达琳往舒晴这边看了一眼："我……我前天刚回国……对这些情况还不

了解……"

"你的意思是，你是在一无所知的情形下，接任DL传播的总裁一职的？你指的是对鲲鹏基金一无所知，还是对DL传播的情况一无所知？还是对公关这个专业领域一无所知？"

"你今年才24岁吧？这个年龄对于一个总裁来说有点年轻啊，你有信心带领DL传播继续往前走吗？"

台下记者个个紧逼，声浪越来越多，江达琳感觉头部嗡嗡直响。可偏偏是在此时，她从心底生出了莫名的勇气。她环顾四周，涨红着脸，忽然间上前一步。

因为她突然的挪动，话筒发出了一阵刺耳的噪声，记者脸上露出了毫不掩盖的嘲讽。

江达琳的声音一下变得响亮起来："你问我今年24岁，我有没有信心带领DL继续往前走？那我问你，康熙8岁登基，甘罗12岁拜相，霍去病17岁大败匈奴受封万户侯，少女贞德带兵解除奥尔良之围那年也是17岁；1984年生的Zuckerberg（扎克伯格）在2004年创建Facebook（脸书），那一年他20岁；1990年出生的Evan Spiegel（埃文　斯皮格尔）在2011年创建了Snapchat（色拉布），那年他只有21岁，你为什么不去问问这些人，问问他们在做这些事的时候，是哪里来的信心？还是说，你应该问问你自己，明明已经四十几岁了，你为什么还是那么没信心？"

DL公司的人都惊呆了。斯黛拉戴上了她的黑框眼镜，艾米的嘴巴张成了O型，安东震惊地说："我的天！她这是……这是在骂记者吗？"

记者急了，差点结巴："谁……谁说我四十多，我刚35！"

江达琳说完还不解气，冲着另一个提问的记者说："还有你！假设你们家在南京路开了一家肉包子店，又在淮海路开了一家菜包子店，现在菜包子店出了问题，肉包子店经营良好，你会怎么做？你当然会拼尽全力，保住经营良好的肉包子店，而不是任由它被菜包子店牵连！"

卫哲的车内，两人还在看着发布会直播视频，听到江达琳对记者的质问，两人都发出惊叹声。

卫哲微微勾唇，脸上带着笑意："菜包子？肉包子？嚯，可以。"

视频里江达琳还在回应记者："还有你！现代公司实行的是有限责任制，大股东怎么有权力拿肉包子店的钱去填补菜包子店的亏空？你身为一名记者，提问能不能有点常识？"

“至于公司大门上被泼了红漆为什么不报警？我就想问你，换成是你，你要是被狗咬了一口，你是不是要去反咬狗一口？”

全场哗然，随后传出一阵哄笑，几个记者皆露出了难以置信的表情。

卫哲坐在车上，发出一阵爽朗的笑声：“说得好。”

路易斯斜眼望着卫哲，卫哲再看了一眼屏幕：“这个江达琳，挺有意思的。”

台下的记者们恼羞成怒：“鲲鹏基金的问题悬而未决，大量投资人面临血本无归的风险，这一切都与令尊江远鹏脱不了关系，请你不要胡乱攀扯，顾左右而言他。”

江达琳气极，把稿子一丢：“我胡乱攀扯，顾左右而言他？哈！那我现在正面回答你们的问题。第一，鲲鹏基金是我父亲江远鹏以个人名义成立的公司，而达琳传播从未以公司名义参与过任何与鲲鹏基金相关的资金募集项目，也从未与鲲鹏基金发生过任何资金来往，简而言之，鲲鹏基金与达琳传播毫无关联，也不应该为鲲鹏基金的问题负责。第二，我父亲江远鹏只是暂时有事无法亲自出面，目前没有任何证据可以证明他有问题。对于类似泼油漆这样的恶劣行为，我们公司会保留追究法律责任的权利！好了，问题回答完毕，发布会到此结束！”

江达琳说完就低着头离开了发布会现场。舒晴见她没回头，赶紧先上到台上，干笑道：“我们准备了咖啡和点心，请各位媒体老师去休息一下……”

斯黛拉望着低头往大门外冲的江达琳，抬起胳膊看了一眼腕表：“先让她一个人安静一下，艾米，你过三十分钟给她打电话。”

“OK。”

江达琳从发布会大楼走出来的时候，卫哲的车刚好从大楼经过，他透过车窗，看到在路的另一侧，江达琳正没精打采地挥舞着一根树枝。

路易斯感到车速变慢，往车窗外看了一眼：“你干吗？”

她循着卫哲的视线，望向路对面的江达琳，看到江达琳穿着套装蹲在树下，正抱着脸。她疑惑地问：“她那是在哭吗？”

卫哲掉转方向盘，路易斯惊讶地问：“不是吧？你想做什么？”

车开到江达琳旁边时，她已经站起来，揉了揉眼睛，一脸疲惫地往前走。卫哲放下车窗：“喂，江达琳，你没事儿吧？”

江达琳瞄了他一眼，不回答，仍然自顾自地往前走。接到艾米打来的电话后，她掉转方向，快步往回走。

卫哲不甘放弃，迅速换挡启动，往左打方向盘避开前面路边的车。坐在副驾驶座的路易斯只觉得一瞬间脸就撞到了车窗上，她缓慢地哀号："救……救命。"

卫哲没好气地说："你跑什么？前两天我们才在MUSE见过，你忘了？"

江达琳愣了一下，她是记得那晚遇到过一个帅哥，不过……帅哥似乎有些……

她那晚喝得很醉，只记得吧台另一侧的男人，也就是眼前这个人，在和一个女人调情，她还模糊地记得他们谈话的内容，这个男人贴心地解释自己是女性开发指导。

她想起来就觉得一阵恶寒，嫌弃地别过头，继续往前走。

卫哲呵笑一声："喂，你那是什么表情？"

"恶心！"江达琳看都不看他一眼。

卫哲气笑了，不可思议地问："我？你说我恶心？你给我说说清楚，我怎么恶心了？"

卫哲把车横到江达琳面前，拦住了她，副驾驶座上的路易斯刚坐好，又左右摇摆了一下。

卫哲下车，快步走到江达琳面前。

江达琳防备地看了他一眼："你要做什么？"

"找你还钱。"卫哲姿态轻松，缓缓说道，"你在酒吧醉倒那次，是我替你付的钱，一共五百，你总不能赖账吧？"

江达琳感到莫名其妙："你怎么证明替我付钱的人是你？ 我总不能莫名其妙被人拦住就要给钱吧。"

卫哲轻笑一声，慢条斯理地说道："你跑那么快不是真的想赖账吧？难道你堂堂一个DL公司的总裁，连这点小便宜也要贪？"

江达琳本就难过，现在又遇到这个莫名其妙的男人，要被气疯了："你别太过分！"

卫哲的视线缓缓落在她身上，随后他缓慢地说："看你在酒吧哭得稀里哗啦，我觉得你可怜，不停地安慰你，替你付了酒钱；因为担心你孤身一人喝醉了被欺负，我还特意让人照顾你；刚才路过看到你蹲在地上哭，我再一次动了恻隐之心，所以才来问你有没有事，结果却换来一句'恶心'。究竟是我过分，还是你过分？"

江达琳彻底愣住，没想到卫哲会突然说出这样一番话，过一会儿才死撑着说："喝醉时发生的事，我不记得了，但酒钱我已经托酒保转交好心人了，至于好心人是不是你，我不知道。"

卫哲从容地问："那如果好心人就是我呢，你就这么对待恩人吗？"

江达琳不再看他，倔强地说道："我本来是想好好感谢你的，可是就冲你刚才说的那些话，我现在已经完全不想感谢了，就当我们扯平了吧。"

"还有，我江达琳行得正坐得直，从来不赖账！你再胡说八道，当心我告你诽谤！"

卫哲先是愣住，随后瞥见江达琳气鼓鼓的样子，他的表情渐渐放松，露出一抹难得的轻松笑意。

江达琳没精打采地往回走，站在电梯前，旁边的电梯门打开，有一个男人从她身侧经过，她不经意间瞥见，男人所经过之处，地面都被手中的桶滴上了红色的点。

江达琳脸上闪过怀疑，直到看着拎着油漆桶的人走进发布会现场，她恍然大悟，立刻跟了上去。

拎着油漆桶的人越走越快，在他前方的茶水间里，斯黛拉等人正同记者寒暄道歉。记者疑惑地问："你们这小总裁等一下还要颁奖吧，她是不是故意制造话题啊？"

舒晴失笑："真不是……她就是年纪小，没见过这种场面，一激动就说胡话了。"

另一位记者愤愤不平："我也是惊呆了，你们媒体关系不要了？以后还合作不合作了？要不是看在斯黛拉的面子上，我真的要……哼！真是开天辟地头一回，我被个小丫头怼了！"

众人正在聊着，外面突然传来一阵动静，江达琳跑得飞快，一边追着提着油漆桶的人，一边喊："斯黛拉，小心！"

大家不明所以地望着跑过来的两个人。

眼看着油漆就要被泼到斯黛拉身上，江达琳抢过一旁记者已经收起来的三脚架，咣的一声，照着男人的后脑勺抡了下去，干脆利索地把男人打倒在地上。

红色的油漆流淌在地上，触目惊心。斯黛拉等人惊魂未定，记者们反应最快，操着手机上前就一通猛拍。

杜威廉低语："好像就是那个发传单的。"

好在这一次并未造成影响。

众人齐齐去往颁奖典礼现场。

颁奖典礼在光明中心举办，这是个高耸入云的一百层建筑，令人敬仰，又令人生畏。颁奖典礼大厅门口，工人忙忙碌碌，正在铺设红毯，搭建桁架。签到墙被竖了起来，墙上写着“2018PR-Daily亚洲公共关系与传播协会年度颁奖典礼”。

戴着安全帽的工人漫不经心地工作着，正在测量配重。

“这么重的屏幕，怎么不用雷亚架支撑？用这么细的工程脚手架支撑，别一会儿演到一半屏幕倒了！”

“抠门呗，一根钢筋都没舍得用。不过也倒不了，又不是户外，就一个颁奖礼，人上来站站说句话就下去了，不是那种蹦啊跳啊的演唱会。”

音响师测音时，地上的低音音箱震动，震动传到了屏幕处。屏幕一侧，钢丝绳晃动得令人心惊胆战。

颁奖礼休息室里，斯黛拉和舒晴正在化妆换衣服，为之后的颁奖礼做准备。

斯黛拉心有余悸：“那个人找不到杜少鲲，就来找江总，找不到江总，居然还能想出发传单、泼油漆捣乱这一手，我也真是服了……我前面一直在想，幸亏那是油漆，要是硫酸可就完了。”

舒晴化好妆：“幸亏小江总发现了，她出手还真果断。”

斯黛拉抬头看她一眼：“你对她刮目相看了？”

舒晴点了点头，微微笑道：“不瞒你说，是有点。”

斯黛拉的手机响起，她接起电话，是负责颁奖礼的陈主席打来的。她听完之后说：“现在？好，我出去找你。”

江达琳穿着一条鱼尾裙从洗手间走出来，走到了走廊上。她不习惯穿高跟鞋，走路踉跄，没走几步，就听到刺啦一声，鱼尾裙的裙摆被高跟鞋的细高跟压住，撕出了一道大口子。

江达琳一脸懊恼地撩起鱼尾裙，把裙摆撕开，打了个结，才勉强看不出破绽。

她打结的时候听到前方传来交谈声，是斯黛拉的声音：“卫哲拒绝江达琳给他颁奖？”

江达琳一惊，看到是斯黛拉和陈主席在交谈，连忙闪到一根柱子后面。隔着大大的柱子，陈主席的声音清晰地传来：“‘年度最有价值独立公关人’是个分量很重的个人奖项，卫哲希望由行业内在各方面都资深的人来颁奖。江达琳虽说是你们公司的总裁，可毕竟她资历太浅，卫哲那边觉得不匹配也情有可原。今天下午她在发布会又闹出不少新闻，加上其他的负面影响……他要求大会组委会换人，我也只好来找你商量了。”

斯黛拉问：“组委会那边的意思呢？”

陈主席沉声说道：“组委会和卫哲商量了一下，他们希望由你来颁这个奖。”

江达琳的手攥紧了鱼尾裙，松开手的时候腰侧的布料有了浅浅的褶皱，她神色黯然，转身离开。

斯黛拉回过神，还是拒绝了：“我觉得不合适。江达琳虽然是第一天上任，但总裁就是总裁，只有她能代表我们DL传播，更何况我们上午刚开了发布会，下午要是换人颁奖，只会惹来非议。另外，陈主席，奖还没有颁呢，卫哲怎么就知道自己获奖了？还反过来挑颁奖人？这事情要是传出去可就成黑幕了，这可是行业内的顶尖奖项，你们可不能助长这种风气，你说是不是？

陈主席被噎住了，考虑了一下便说：“是是是，是我欠考虑了。”

颁奖礼就快要开始，电梯口走出来不少穿着时髦的人，卫哲和路易斯也在其中。接完电话的路易斯一脸气愤。

“明明组委会已经答应我换人颁奖的，DL传播居然不同意。我找他们去！”

这一下，卫哲也没能拦住气势汹汹地往前冲的路易斯。

电梯门再次打开，大着肚子的林娜走出来，来到卫哲面前：“哟，真是说曹操曹操到，这不是卫哲嘛，你最近身体怎么样啊？”

她身侧的女生扑哧一声笑出来，过会儿又凑到林娜旁边，两人不知说了什么话，林娜还回头看了一眼卫哲，模仿卫哲摔倒的样子，两人又笑成一团。

卫哲无语，习惯性地摸了摸鼻子，瞥了一眼手腕上的手环。

大厅内很多人陆续在签到台前签到，卫哲找到自己的名字，回头却看到上次在咖啡馆遇到的公关女。

那人冷笑道：“那天我就说是谁那么傲慢，原来是大名鼎鼎的卫哲啊！”

林娜也走过来，同为公关界的人，两人自然也是熟识的，她上前就拉住那人：“还真是巧啊！”

林娜仿佛又找到了一个同阵营人士，立刻开始跟人讲起八卦。

江达琳、斯黛拉和舒晴依次签名。远处两个男人并肩而来，其中一个男人说道：“斯黛拉，你好。”

斯黛拉回头：“袁总。”

袁肃的语气有些嘲讽：“你的皮肤越来越好了，莫非是最近遇到喜事了？看来是人逢喜事精神爽啊！”

斯黛拉摸了一下脸，笑道：“皮肤好吗？那肯定是托了我们客户的福，上星期‘博雅’为表感谢又送了两大箱水玉面膜来，我们办公室上上下下都在用……哎呀，我忘了博雅去年还是你们的客户，不好意思啊。”

袁肃登时脸色一青。

江达琳小声问舒晴：“这个人是谁啊？”

舒晴收回视线，同样低语：“名仕公关的老板袁肃，他的公司和我们公司是竞争对手，确切地说，是生死冤家。”

和袁肃同行的男人走过来和舒晴握手，语气带着挑衅，眼神中却带着欣赏：“舒总监，好久不见。”

舒晴淡笑道：“沈总监贵人多忘事，上星期我们不是刚在飞扬集团的会议室聊过天吗？”

沈英杰哈哈大笑：“哈哈，你看你，对于手下败将的惨痛经历，一般我是不会主动提起的，我这人比较厚道。”

舒晴不动声色：“那看来我和你恰恰相反，我对于手下败将的惨痛经历，总是喜欢见一次提一次。”

见江达琳一脸好奇，舒晴解释道：“我们跟名仕都在抢飞扬集团旗下的一个奶粉品牌，上周刚比了一次稿，虽然结果还没有出来，但是战况处于白热化状态。”

斯黛拉与袁肃寒暄完毕，走到江达琳身边：“走吧。”

江达琳却突然停住脚步：“斯黛拉姐，我想跟你说一件事。”

两人沿着走廊往外走时，看到墙上的屏幕上，正在现场直播颁奖礼。主持人正在念颁奖前的串词，两人把台词念得像是相声，幽默十足。

音乐声中，江达琳和斯黛拉面对面而站，江达琳想起刚才听到的对话，轻声说：“我是DL的总裁。”

斯黛拉轻轻挑眉，等待她接下来的话。

“不管你认可不认可，这一点没有人能改变，只有我能代表DL颁奖。”

江达琳眼神倔强，斯黛拉微微一笑：“能不能告诉我，你是怎么知道这件事的？”

颁奖礼现场，路易斯猫着腰走到卫哲身边：“搞定了。我给他们出了个主意，让名仕公关的袁老板和江达琳一起颁年度最有价值独立公关人奖，这下他们总算同意了。”

卫哲显然对这个并不在乎：“嗯，现在重要的问题不是这个。如果我没猜错的话，林娜正在跟所有人说我有焦虑症。”

路易斯一扭头，就触到林娜冷冷的目光，她猛地回头：“那完了，我忘了她也有提名。糟了！一会儿你拿了奖她没有，那她还不得气死了？”

“也可能气生了。”

看到卫哲此时还能淡定地毒舌，路易斯不由得竖起了大拇指。

台上正要颁发“年度最佳公关传播机构奖”，忽然间地面的低音喇叭传出的声浪辐射向整个舞台，大屏幕后面的架子发出细微的嘎吱声。

斯黛拉还在说：“如果你听到了什么风言风语，那我只能说，跟你说这个的人居心叵测……”

一阵巨响传来，斯黛拉和江达琳同时一愣。头顶的报警灯上闪着刺目的红光，尖锐的警报声响起。

江达琳脸色一变：“这是火警警报！”

斯黛拉还愣着，江达琳飞快地脱鞋，见斯黛拉毫无动静，赶紧说：“你愣着干吗？脱鞋，赶紧跑！”

江达琳四处张望，目光锁定逃生通道后，一把拉住斯黛拉：“电梯不能坐了，最近的逃生通道在那边，我们快走。”

“可是我的包……”

“都什么时候了，你还要包？”

江达琳拉着斯黛拉的手，斯黛拉怔住，下一秒忙不迭地点头，跟着江达琳跑。

火情来得紧急。许多人从光明中心大门口跑出来，火警声、警笛声响成一片。光明中心的大楼内正在反复播报情况：“56楼出现火情，请迅速赶往最近的消防通道，不要乘坐电梯……”

大量的人沿着消防安全楼梯往下跑，原本衣冠楚楚的众人也顾不上形象，此刻全成了逃难者。跑到二十二楼时，斯黛拉扶着栏杆喘气：“我得歇会儿……你先走吧。”

江达琳靠墙站着：“我等你。”

斯黛拉怔住：“不用，你先走好了。”

“一看你就没逃生经验，再怎么样我也不能把你扔下不管！”江达琳看向墙上的火警救生装置，拿出小锤，打算砸开玻璃。

卫哲正扶着林娜下台阶，手上还拎着一双镶满水钻的鞋子。林娜摸着肚子，还不忘记自己的鞋：“你拿稳点儿，这双鞋一万多块呢！”

卫哲冲斯黛拉点了点头，斯黛拉往旁边让了让，好奇地打量林娜的大肚子。

江达琳把小锤拿在手中，卫哲停下脚步，薄唇微启：“真巧。”

江达琳扯了扯嘴角：“真巧。”

卫哲似笑非笑，忽地回头：“要帮忙吗？”

江达琳摇了下头：“不用。”

卫哲扬眉，倒也不急着走了。

江达琳娴熟地用小锤砸开玻璃，取出救生绳和手电筒。她把救生绳扔给了斯黛拉：“这个是用来绳降的，关键时刻能救命。”

“灭火器呢？”

“灭火器太重了，拿了反而累赘，反正每层都有。手电筒也给你，我看你有点近视，万一遇到烟，手电筒能有大用处。”

林娜撞了下卫哲的肩膀：“你要不把那灭火器拿上吧？”

卫哲看她一眼：“我可拿不了，你这双鞋就够沉的了。”

林娜气得冷哼一声。江达琳听到他们的对话，好笑地扬起嘴角。她听到斯黛拉问：“你们认识？”

江达琳看向卫哲，正好对上他玩味的眼神：“谈不上认识，我们偶然遇到过。”

斯黛拉低声说：“嗯，大名鼎鼎的卫哲，我只知道他是花花公子，想不到他还挺乐于助人，这点倒是不错。”

江达琳震惊了：“他就是卫哲？”

斯黛拉点了点头：“嗯，不出意外的话，今年应该是他第四次获得独立公关人奖了。许多公司想挖他，以前我们也动过脑筋，可惜他这人开价高又难缠，我们也担心做独立公关做久的人，未必真的适合来公司，所以也就放弃挖他了。”

“原来就是他拒绝让我颁奖啊。”

斯黛拉意外地笑了下，没再说话。

到了二十楼的时候，林娜已经坚持不住了，脸色苍白，抱着肚子说：“早知道、早知道我就在医院待着不出来了……”

卫哲无比认同：“是啊，不来还能减轻点人民的负担。”

林娜没好气地说：“你以为我想来？还不是因为你！”

卫哲笑了：“你就这么恨我？挺着这么大的肚子不在家里休息，特意赶来造我的谣？”

林娜别过头：“哎，我可没造谣啊，毕竟你晕倒的时候我可是亲眼看着的。”

卫哲无语，将那双昂贵的水钻鞋提到楼梯栏杆外：“你再说一个字我就撒手了。”

果然对付林娜还是要用这一招。林娜翻了下白眼，识趣地闭上了嘴。

斯黛拉再度停下休息时，江达琳看了下楼层：“现在我们离五十六楼已经很远了，问题应该不大了。”

斯黛拉把手撑在栏杆上：“你好像很懂高楼逃生。”

“我在纽约上学的时候，当过义务消防宣传员，宣传重点就是高楼火灾逃生，我还参加过好几次演习。”

江达琳正说着，楼上传来林娜的叫声。

江达琳毫不犹豫地往楼上跑，同时还能听见卫哲的声音：“怎么了？你不是要生了吧？”

她气喘吁吁地跑上来，听见卫哲厉声说：“你打120，告诉医院这里有孕妇，可能随时会生产，让他们准备好。”

江达琳慌张地拿手机打电话：“120吗？我们在光明中心里面，有人要生孩子……”

林娜捂着肚子，忽然间大哭起来：“羊水……破了！”

江达琳傻眼了，正扶着林娜的卫哲却突然间松了手，江达琳迅速反应过来，赶紧接住林娜：“你干吗？”

明明江达琳就在眼前，可偏偏她的声音听上去像是从遥远的地方传来。

卫哲忽然间觉得眩晕，回过神的时候，听见江达琳正在着急地吼他。他立刻安排："你现在立刻跑出去，去接上急救人员，这栋楼有好几条消防通道，他们不知道我们在哪一条，你要指给他们看。"

江达琳飞快地冲下楼，跌跌撞撞地跑了出去，甚至撞到了沈英杰。她赶紧道歉离开，四处张望。

沈英杰站在原地，被撞了也毫无反应。袁肃坐在车上，用胳膊肘撑着车窗："走啊，你等谁呢？"

沈英杰整齐的西装有了褶皱，他神态焦灼："我有个朋友……"

袁肃不解："朋友？那你打个电话不就完了？"

沈英杰望着大楼门口，直到瞥见了一个熟悉的身影，他才如释重负，重新坐回车里，驾车离开。

舒晴和杜威廉看到江达琳后走了过去，江达琳回答着他们的问题："斯黛拉在后面。救护车来了吗？"

舒晴只觉得困惑："什么救护车？"

这时一辆救护车亮着灯赶到，医护人员抬着担架下来，江达琳赶紧带着医护人员往安全通道跑。目送医护人员往上面走去，江达琳才脱了力一样靠着墙站着，缓了两分钟才继续爬楼梯。

消防通道里，林娜紧紧抱着卫哲的大腿。

卫哲还在喘气，刚才眩晕的感觉还在，他眯着眼："你抱着我的腿干吗？我们俩没那么亲……"

他靠着墙，慢慢调整呼吸，心跳声随着林娜的叫喊变得更加紊乱。

林娜疼得哭出声来："好疼啊！我不要生了……"

卫哲把手机拿在手里："喂，你老公的电话号码是多少？"

林娜满头大汗："我老公……1、3……"

"嗯，然后呢？"

"我背不出来……"

"……"

卫哲也汗如雨下，眩晕的感觉越来越强烈，他只觉得两眼发黑。好在医护人员及时赶来，迅速把林娜挪到了担架上。

卫哲看着医生离开后，脚步发虚，闭着眼睛靠在墙上呼吸。他顺着胳膊摸到手环，试图放松皮质手环，然而手上无力，他手一抖，手环就掉下去了，顺着台阶滚下。

江达琳走上来的时候，已经筋疲力尽。她用手扶着腰，捡起掉落在脚边的手环，抬头就看到瘫软地靠在墙壁上的男人。

两双疲惫的眼睛，沉默对视。

通道里再无人经过，只剩下寂静。

斯黛拉跑下去之后，随舒晴上车坐到了后排，她看了看脏兮兮的双脚，摇了摇头："真是的，我从来没这么狼狈过。"

舒晴抽出两张纸巾递给她："火警警报响起前，你和江达琳去哪里了？"

斯黛拉随便擦了擦，穿上了鞋子："我们就在会场外面。也不知道她哪里听来的消息，说卫哲拒绝让她颁奖，要把颁奖人换成我。她来找我谈，说她才是DL的总裁，无论如何也应该由她当这个颁奖人。"

舒晴惊讶地问道："她就这么直截了当地跟你说的吗？"

"可不是嘛。"斯黛拉想到江达琳的语气也笑起来，"好久没见到这样单刀直入的风格了，我还真有点不习惯呢！你是没看见她瞪着我充满戒备的样子，好像我是要吃人的狼外婆！"

舒晴哈哈大笑："听起来还挺单纯，如果她就是这种性格，倒也好相处。"

"她前一秒还是要跟我翻脸的样子，火警一响立刻抓着我就跑，这性格……不像江总，更不像她那个妈。当同事她是不错，当老板……可就未必了。"斯黛拉靠在椅背上闭目养神，"慢慢看吧，反正我们相处的日子长着呢！我今天可累坏了，缺乏锻炼啊……"

舒晴闻言望着她的侧脸，嘴唇微动，若有所思。

江达琳回到家后就瘫在了沙发上，过了许久才起身洗澡吃饭。邦尼看着她狼吞虎咽的样子说："看见新闻差点吓死我，幸好你没出事……哎呀你慢点儿吃，别噎着。"

江达琳还在猛吃："本来为了把自己塞进那条裙子里，我今天都没怎么敢吃饭，后来又一口气跑了好几十层楼，快把我给饿死了！"

邦尼往前凑了凑："不过你真的陪着到你们家逼宫的那个女魔头一层层往下跑？"

江达琳喝了一口水："是啊，要不是为了陪她，我下来的速度能快一倍。"

邦尼给她倒水："你也太好心了……"

江达琳吃饱了停下来："谈不上好心，这可是火警，就算是生死仇人也应该暂时放下敌意。从明天起我就要去公司正式上班了，低头不见抬头见，希望她看在共同逃生的情分上，不要太为难我。”

邦尼摸了一下她的脑袋：“以我对人性的了解，我建议你不要想得太美。人可都是很健忘的。”

江达琳不予理会：“对了，我今天下楼的时候遇到了卫哲，我还帮他救了个孕妇。他就是那个国内非常有名的独立公关专家，本来我今天是要给他颁奖的。”

邦尼感兴趣了：“听起来不错，感觉你可以去勾搭一下啊。”

“得了吧。”江达琳白了她一眼，“这个人……不太行。”

“哪里不行？”

江达琳嘿的一声：“光天化日的，你说什么呢？”

邦尼爽朗大笑。

卫哲和路易斯正坐在产房外面。

产房门被打开，护士从产房里抱出一个小襁褓，两人凑过去看。婴儿哇哇大哭，如同宣示着对降生在陌生人间的不满。

卫哲望着小婴儿皱巴巴的脸，神色复杂，令人分辨不出他的心情。他刚想伸手去触碰，就被护士躲开了：“你们不是家属，不能碰。”

等到林娜的老公赶来，卫哲和路易斯终于可以离开。从转角处出来，卫哲颇为狼狈地走在医院走廊里。

“老大，你这回危机公关已经做到巅峰阶段了，连生孩子都让给你搞定了！”

卫哲无语。

路易斯忽地想起一件事，哈哈大笑起来：“我在脑补，她的羊水……爆开……哈哈哈哈我怎么居然错过了，应该录下来才对！”

卫哲见她笑个不停，再看向周围走过的病人，皱眉说道：“闭嘴。”

他低头瞥见白色手环，发现手环已经被自己扣到了最后一格。

聂灵子看到卫哲来的时候并不惊讶。她泡好一杯茶端给卫哲：“你已经有决定了？”

卫哲还捏着白色手环：“从此退休肯定不可能，我打算找一家公司，大一点的，去当个合伙人，这样既可以保证不脱离这个行业，也不用像独立公关那样，一个人承担一切。”

聂灵子也认同他的这个决定："无论你做什么决定，我希望你能记住，没有什么比健康更重要。"

"我明白，我会控制好的。"

走出疗养中心，卫哲抬头看了一眼天空。碧蓝的天空中挂着几朵白云，微风吹动，绿叶飒飒作响。他舒了一口气，心底的郁结仿佛散去一些。

回到家，卫哲把写着"PR-Daily年度最有价值独立公关人"的奖杯放到架子上，在奖杯的左侧，已有三个一模一样的奖杯。

他随意地说："这组委会真是一点创意也没有，我是不是应该要求他们明年换一个奖杯样式？"

助理路易斯说："明年你就不做独立公关了，这些是你仅有的个人名誉了，你好好珍惜吧。"

卫哲对自己的自信倒是丝毫没有改变，转身离开："但他们别的奖杯也是这个样式的。"

路易斯把一早打印好的资料拿出来："全市年销售额在1个亿以上3个亿以下、规模在50到200人之间、实行合伙人制度的传播公关类公司，全在这里了。我稍微往外放了点风，已经有好几家公司闻风而动。"

卫哲弹了下手中的纸张，勾唇笑道："嗯，这下我可得好好选选，把自己卖个好人家。"

DL传播的写字楼外，上班的人群匆匆忙忙。DL公司前台也依然忙碌，江达琳坐在大会议室里，一手拿着客户资料，一手拿着电话。

她的脚边是一根长长的电话线，一直连到会议室外邻近办公桌上的电话插孔。她看着资料，发现在负责合伙人的栏目里，原本写着的江远鹏的名字已经被涂掉，变成了斯黛拉或者舒晴。

江达琳正在和邦尼打电话："邦尼你快帮我想想办法。本来我还想直接接手我爸的客户呢，刚发现原来我爸手上的这些客户，早就被瓜分完毕了。所以就像你上次说的，我肯定得先招自己的人，有了自己的团队，才会有属于我的客户。哎，你认不认识好的猎头啊，推荐我几个？"

邦尼连忙说："还用你说，我已经在帮你留意了。"

江达琳边说边看向玻璃门外。大办公室依然很热闹，似乎并没有人想起大会议室里有她这个新任总裁，也没人因为她的到来而有所收敛。

舒晴袅袅婷婷地走进办公室，带着一贯的温柔微笑。每个人都主动和她打招呼。

艾米正在和安东斗嘴，电梯门打开，斯黛拉身着一身完美套装走进来，发型妆容干净利落，不怒自威。

艾米的脸部表情不变，她捧着咖啡和斯黛拉打了个招呼，手指却在电脑网页版微信上飞快地输入“LL”两个字母。

杜威廉看着电脑上蹦出来的“来了”两个字，立刻咳嗽一声，办公室里的人为之一振，迅速回归到原位。

大家的变化都被江达琳看在眼里，她站在玻璃门前，目送斯黛拉威风八面地经过，脸上有一丝不满。

邦尼在电话里说：“我帮你在朋友圈问一遍，再问问我们班上那些老外学生，你别急啊！中午有时间一起吃饭呗，你跟我说说你的要求。”

江达琳望着斯黛拉的背影：“行啊！反正再找不到人帮我，我这光杆司令就要被人生吞活剥了！”

公司附近的咖啡简餐馆内，江达琳和扎着蓬松大辫子的邦尼排在收银台前的队伍里，一点点往前移。

江达琳还在诉苦：“我们离明年的销售目标还差五千万，其中有三千三百万需要我来完成，三千三百万哪……我上哪儿找这么些客户啊！呜呜呜……”

邦尼给她出主意：“我看你要不回家当股东算了，每年躺着还能分点钱，别亲力亲为了。”

“那不行。”江达琳挺直腰杆，“先不说到底是会盈利还是亏钱，我可是答应了我妈一定会好好干的，一切清零，从头开始。这才过了几天，我怎么能退缩呢！再说了，这可是达琳传播，是用我的名字命名的公司，我可不想交给别人管！”

站在收银台前，江达琳看着菜单：“给我一份意大利肉酱面，一杯卡布奇诺，再来一块红丝绒蛋糕。我得吃点儿甜的，抚慰一下受伤的心灵。”

邦尼跟着说：“我要一个沙拉。”

江达琳：“你吃这么少？”

“月底有个试镜。”

服务员端上菜后，两人面对面吃着饭。邦尼吃着沙拉：“我班上的学生大部分是外企高管，你对想找的人有什么要求？我让他们去想办法。”

江达琳毫不客气：“首先呢，专业要好，就算不能秒杀斯黛拉，也得能让她挑不出错来；第二，要有能力，能创造业绩，我必须有自己的业绩、自己的客户，才能在公司站住脚；第三，要能带团队、懂管理，顺便能给我当老师，教教我；第四，也是最重要的一条，要对我忠诚，绝对忠诚。”

邦尼打断她：“您这是招大内总管吧？还是九十岁的那种。我尽量帮你看看，等会儿我去学校问一下，顺便帮你找猎头。”

两人正说着，邦尼突然间低下头用手捂着脸。

江达琳觉得莫名其妙：“你怎么了？”

邦尼小声说：“那个老外……哎呀你别回头……我正准备泡他。”

江达琳回头看：“那个沙滩裤？他是谁啊？你的学生吗？”

邦尼点了点头。

“你搞师生恋啊？”

邦尼还捂着脸：“师生恋怎么了？我们都是成年人！这老外是波士顿的，刚来上海不久，在一家外企当人力资源总监。你看他那牙，又白又齐，皮肤还晒得黑黑的，一看就是有钱人。”

江达琳啧一声：“那你还捂着脸做什么？”

邦尼眨了眨眼，很完美的一张脸上，长长的睫毛忽闪：“我不能让他看见我，我没化妆！不行不行，我还是先走吧。”

“哎，你……你别忘了帮我招人的事情啊！”

邦尼比了一个OK的手势，悄悄地从李斯特旁边溜走了。

邦尼是对外汉语培训中心的老师，溜回学校之后在办公室化了一个精致的妆容，然后才站在讲台上，巧笑倩兮。

“李斯特，我问你答。”

李斯特便是邦尼刚才在简餐馆偶遇的老外，他立刻站起来，跟着邦尼的提问回答：“鸡蛋……柜子……太阳……蓝天……警察局……大便馆……”

其他学生大笑，邦尼憋着笑问：“你再念一遍？”

“大便馆！”

邦尼看着他，又拿出一张卡片，上面写着“便利店”。

“那这个呢？”

李斯特一脸茫然，摇了摇头。

下课时间，教室里的人逐渐走光，邦尼叫住了李斯特，李斯特站起身：“邦尼老师。”

邦尼想起上课时候的事情，正色说道：“刚才你说错的时候，我忍不住笑了，虽然不是嘲笑，但还是对不起啊。”

但她还是忍不住弯起嘴角，心想自己可能没救了，竟然会觉得李斯特很可爱。她记得有人说过，当你觉得一个人很可爱的时候，你差不多就栽了。

那她可能……正在栽倒的途中。

李斯特说：“没关系没关系，我知道，你是情不自禁。”

邦尼道完歉还是没忘记正事，随意地问：“对了，李斯特，我记得你是做HR的？”

“是的。”

邦尼笑道：“正好我有件事想麻烦你，我请你喝咖啡去。”

李斯特不解：“为什么？我是男人，应该我请你！”

邦尼一脸正经：“因为我要向你道歉，而且还有求于你，所以应该我请。”

李斯特跟在邦尼身后，一脸意外和惊喜：“你真是太特别了！”

邦尼从李斯特那里问完问题后，便直接去了DL传播大楼。江达琳领着邦尼往办公室走，邦尼好奇地东张西望。

“你们公司人还挺多啊！”

“是啊，所以我到现在还没认全。”

“哎，这就是你说的那位太后娘娘的办公室吧？”经过斯黛拉的办公室时，邦尼轻声说，“不过她人呢？”

江达琳也不了解：“不知道干吗去了，她一下午都不在。”

邦尼好奇：“她不用向你汇报吗？”

江达琳摊手：“我这个总裁现在就是假的，别说是她了，连个实习生大概都不会向我汇报行踪。”

“哦，我可怜的孩子。”邦尼带着一股美剧的腔调，同情地说。

见到传说中的会议室，邦尼再次惊讶：“你还真在会议室办公啊？”

江达琳尴尬地说：“我能有什么办法……反正过两天等我爸的办公室收拾好，我就可以搬进去了！”

邦尼拉过一把椅子坐下，打量着会议室：“你可真够能忍的。”

江达琳无奈：“这公司里一个我的人都没有，我吵架也吵不赢啊！”

邦尼又用同情的眼神望着她：“说正经的，你不是让我帮你找人吗，我问了李斯特，就我那学生，我不是说他是HR吗？他给我推荐了个猎头，我跟猎头通了个电话，跟着立刻就赶过来找你。是这样，猎头说，你要招的人档次太高，在企业里至少也是总监以上的级别，要不就是超牛的独立公关，这样的人肯定不愁找工作，一般的条件根本不可能吸引到他们。”

江达琳等她继续说。

“猎头说，你得先想好打算开什么条件给对方。想挖这样的人，给出的条件必须有足够的诱惑力，不仅仅是给钱、给期权，你还得给梦想。说得文艺点儿，就是要许别人一个美好的未来。”

江达琳泄气：“那不就是给别人画大饼吗？”

邦尼点了点头：“就是画大饼。反正你想好，你打算付出什么样的代价，然后根据你给的条件，猎头再去找人。哦对了，猎头还说了，谈这种人必须老板亲自上，你绝不能把他当成一个员工，你得拿出交朋友的姿态，必要的时候还得声情并茂、声泪俱下、死缠烂打。”

“那我岂不是要去求人家？”江达琳用脑袋挨着办公桌，“做总裁好难，我突然觉得太后娘娘那几个人还挺厉害的。”

“不然你以为其他人是怎么当上总裁的？难道是靠脸啊？”

而“太后娘娘”斯黛拉此刻正躺在医院的妇科诊室里。她表情隐忍，偶尔蹙眉，眉眼其实非常美丽，此时眼中闪着复杂又坚定的光芒。

医生正在给斯黛拉做阴超检查，显示仪上是卵巢的图像。斯黛拉躺在检查床上，身上穿着粉红色的检查罩衫。

医生看着显示仪，回头说：“左侧卵巢有点小。”

斯黛拉皱眉：“小是什么意思？”

医生又问了一些其他问题，用手指在电脑上输入病历：“你的左侧卵巢有点早衰的迹象，需要引起注意了。你要去测一下激素水平。”

斯黛拉一脸茫然：“我才35岁啊，怎么可能就早衰了？”

“就是因为35岁才叫早衰，40岁以后出现那都是正常现象了。你想要孩子吗？”

斯黛拉愣住了，显然还没正式思考过这个问题：“啊？”

医生把病历单递给她：“想要孩子的话，你要抓紧了。”

斯黛拉面无表情地走进地下车库，坐上自己的车。她发了一会儿呆，忽地趴在了方向盘上。低低的抽泣声响起，她捂住眼睛，就哭了几秒钟，然后抹抹眼泪，扣上安全带，启动车子，开出地下车库。

斯黛拉回到家，摁亮了公寓里的灯。高级公寓里，墙上挂着她和老公崔英俊的结婚照片。公寓里一尘不染，明明是正常夫妻的房间，却因为两人工作繁忙，少有生活气息。

崔英俊走进家门，应酬时喝的少许酒让他有些醉意，看到斯黛拉正在看肥皂剧，有些意外："出什么事了？"

斯黛拉抬头，卸妆后的脸并不像白天那样无懈可击："嗯？"

"这个点，你怎么会在家？不是应该在加班吗？"

斯黛拉迟疑地说："我下午去了一趟医院，做了个检查。"

崔英俊随手拿过一个苹果："哦？检查结果怎么样？医生是不是又被你惊人的健康体魄给震惊了？"

斯黛拉低声说："那倒没有，医生说……"

崔英俊有些困了，打了个大大的哈欠，并没有听到斯黛拉在说什么："医生说什么？"

斯黛拉摇了下头："没什么。"

"哦，那你继续看，我先去洗澡了。"崔英俊走了几步后停下来，"对了，是不是因为你的总裁当不成了？"

斯黛拉说："怎么了？我也没想过当总裁。"

崔英俊笑了："哈，我看你是说瞎话说习惯了。我是你老公，你用得着骗我吗？我看过你们的在线发布会啦！唉，可惜啊，前两天Tony看见我还跟我说恭喜呢！闹了半天，竹篮打水一场空。"

"Tony是谁？"

"我不是跟你说过吗？我们新来的销售总监，Tony张，人家不是还约了明晚请咱们吃饭吗？"

斯黛拉："哦……我忘了。"

崔英俊也习惯了："你日理万机，我这都是些小事，你不用记得。"

斯黛拉皱眉，正要解释，手机就响了。她脸上重新堆满了假笑："张总，你好……对……哪里，没有的事，当然是江总的女儿啦，那些都是谣言，你还不知道我吗？我这人就喜欢好好做事，什么总裁、CEO，太累……根本不适合我……就是！"

等她挂断电话，崔英俊已经去了浴室。

斯黛拉洗完澡进了卧室，瞧见崔英俊正在发微信："这么晚你和谁发微信？"

崔英俊冷声说："又不是只有你会倒着时差工作，我们公司也是国际品牌酒店。"

斯黛拉不语，做着脸部按摩动作，躺到床上，背对着崔英俊。

崔英俊突然开口："你准备怎么办？你、舒晴，还有那个杜威廉，你们几个就打算眼睁睁地看着那个小姑娘当老板？"

斯黛拉面无表情："人家是大股东，连公司都是人家的，谈不上什么眼睁睁。"

崔英俊说话不怎么好听："哦！合着让一小姑娘风风光光地当总裁，完了苦活脏活都归你们干？做人不能这么无耻！而且你们江总还没回来啊，你们不去找？哟哟哟，瞧你说的，哎我跟你说这个江远鹏就是个现代活刘备，出了事说走就走，一点儿责任都不负。你不是真的把自己当诸葛亮，打算对刘备鞠躬尽瘁，死而后已了吧？"

斯黛拉低语："我知道我该做什么。"

崔英俊话中的讽刺意味更浓："嘿嘿，你多精明啊！眼见他起高楼，眼见他宴宾客，眼见他楼塌了，呵呵！该！"

斯黛拉一愣，侧过脸，一把掀起崔英俊的被子："你今晚怎么回事？你是不是听到什么风言风语了？"

崔英俊不肯说话。斯黛拉突然间拿起床头的一杯水，照着崔英俊的头浇下去，崔英俊从床上跳了起来。

"你疯了吧？"

"你说不说？"

"说什么？外头都在说，江远鹏本来没事，他之所以被约谈，都是因为被人举报了，而举报江远鹏的那个人就是你，我老婆。行了吧？"

斯黛拉表情愤怒，嘴唇颤抖，却再说不出什么话。过了半晌，她深深吸了一口气，下床打开卧室门："今晚你去客房睡吧，我不想看到你。"

崔英俊一脸错愕地站在床边，最后悻悻地去了客房，他离开前拍了拍门："你可千万别忘了明晚的事，那是我的顶头上司，我们都约好了，人家特地要请你，我都答应了，你别让我下不来台！"

同样的夜晚，夜色深沉，四处寂静。幽暗的街道只有远处昏黄的路灯亮着，江远鹏脚步匆匆，小心翼翼地看过四周后，忽地拉开车门坐了上去。

李月如见他坐进来："你还好吧？"

江远鹏脸上满是疲惫："嗯，你呢？"

李月如强撑着的气力此刻也泄了，她无奈地说："我还能怎么样？斯黛拉带着舒晴和杜威廉，串通了老兰还有老邱上门来逼宫。要不是之前我们留了一手，抓住了老兰的把柄，这总裁的位置就是斯黛拉的了。”

江远鹏关心着女儿：“琳琳怎么样？我看到琳琳的发布会了，挺厉害。”

李月如说：“这孩子从小就有一股倔劲儿，你越是逼她，她就反弹得越厉害，像颗小炸弹。”

想起女儿，江远鹏脸上浮现慈父的笑容：“可惜我让她担心了。过两天找个机会，我去看看她。”

李月如道：“她一个人搬去瑞安里了，说是要像你跟我一样，从零开始。”

沉默了一会儿，李月如又问：“怎么样，杜少鲲有消息了吗？”

江远鹏叹气：“他常去的几个地方我都跑了一圈，暂时还没发现什么。我打算集中精力跟着他的小儿子。杜少鲲最心疼这个老三，以前出差都得天天视频，说不定他哪天想儿子了就会偷偷跑回来。”

“就怕他出国了。”

“经侦大队盯着他呢，出国哪有那么容易？我现在怕的是钱出国了。”江远鹏道，“我现在就盼着他还没来得及把钱转出去。归根结底，还是得尽快把杜少鲲找到。”

终于见到江远鹏，李月如也把近日思考的事情说出来了：“你被举报的事情，我怀疑是斯黛拉干的。知道鲲鹏基金那点事的人一共才多少？其他股东就不用说了，冤有头债有主，就算要举报也是冲着杜少鲲去。剩下的人里，知道内情又会冲着你去的，还能有谁？而且你走的事情刚爆出来，她第二天下午就找了老兰，接着就向董事会申请重新推选总裁，这反应速度也太快了吧？要说她不是早有准备，我都不敢相信。”

“也是，毕竟因为我往鲲鹏基金里投钱的那几位，全是DL的老朋友，斯黛拉倒是都认识。”江远鹏沉吟道，“可斯黛拉跟了我十几年，我真不觉得她会举报我！”

李月如点明：“你和杜少鲲是几十年的老朋友了，他坑你的时候，眨过一下眼睛吗？”

江远鹏叹气：“那就查查吧，但要小心点，别事情没有，却寒了人心。我天天研究人，最后却还是因为看人不准，栽在人的手里。行了，我走了，你多保重，还有琳琳。”

月色下，江远鹏的背影一如往常般坚毅。

李月如也发动汽车慢慢离开。

第四章　诱敌深入

DL传播的会议室里，众人正襟危坐，正在开会。杜威廉手里拿着激光笔，正在介绍情况。他先给大家播放了一个新闻，新闻里几个大字令人瞩目——New face员工杨墨在度假期间加班导致过劳死。

新闻里，主持人的声音响起：“上周三在普吉岛旅行时，因心脏病突发而去世的New Face网络科技公司程序员杨墨的遗体，昨天下午由其家人携带，随专机回到国内。”

随后便是一段视频，视频是杨墨的妻子用手机拍摄的。

杨墨在充满热带感、带水池的酒店大院里做各种搞怪动作，一边模仿动物，一边开心地笑。就在他模仿大猩猩垂着手臂走路时，却突然捂住了胸口，随后倒在了地上，再也没有醒来。

几个快门闪过后，李静柔戴着口罩，捧着杨墨的遗像，在几个New Face员工的陪伴下，匆匆下车往楼里走。

杨墨、李静柔的照片先后交替出现，最后被定格在屏幕上。

杜威廉介绍着详细情况：“死者杨墨，今年31岁，New Face网络科技开发部高级程序员，他也是New Face的早期员工之一，工号017，著名手游《光环之塔》的策划师，半年前刚结婚。两个月前公司体检时他被查出亚健康状态，但因为百分之八十的人处于亚健康状态，所以并没有引起重视……”

江达琳开着电脑专心致志地打字记录，表情专注而紧张，旁边的录音笔也开着，指示灯一闪一闪的。

"想不到出去旅个游，突然就心脏病发作了。眼看着New Face都融C轮了，这会儿死了真是划不来……"杜威廉看了录音笔一眼，"小江总你这是在录音吗？"

江达琳干笑两声："对，这样我回去复习的时候可以听。我绝对没有别的意思，你们继续、继续……"

舒晴也开始分析："他既然是在度假期间发病去世的，那就跟工伤没什么关系了。"

"对。"杜威廉收回视线，"不过New Face的人跟我说，杨墨的妻子李静柔情绪有点儿激动，让我们注意着点。呵呵，我真想反问他，注意什么？注意删帖吗？"

哄笑声中，江达琳反应慢半拍地赶紧跟着笑。

杜威廉突然间感叹："说真的，我现在真有点忙不过来了。昨晚我陪着帝龙珠宝的人聊到十点，完了回去接着做PPT，等我回过神来，天都快亮了。你们瞧瞧我这黑眼圈儿……现在突然多了New Face这一大摊事，人手又不够，真是……一言难尽啊……"

全场沉默，大家忽然望向斯黛拉，斯黛拉忽地戴上了眼镜，开始翻看眼前的资料，时间仿佛一下子静止了。

这下轮到杜威廉干笑了："没事，哈哈，忙点是应该的，特殊时期嘛，大不了我多花点时间。主要是我对这种互联网公司不了解，本来New Face也不是我的客户，都是江总亲自管的……"

江达琳这才醒悟过来，翻了翻面前的客户资料表，资料表的一行客户名单里，联络人本来写着江远鹏，现在被画了一道杠，改成了杜威廉。

望着客户资料表，江达琳把嘴唇抿成了一条线，沉默不语。

李月如知道她第一次开会，体贴地打来电话慰问："今天会开得怎么样啊？"

江达琳如实说："我也不知道开得怎么样，反正好多东西都听不懂，偏偏还要坐在最中间。只能他们笑我就赶紧跟着笑，他们点头我也跟着点头，跟傻子似的。"

她想起了今天开会的重点："对了，妈，我发现我爸原来的客户都被斯黛拉他们几个人分走了，以至于我现在手上根本没业务，纯粹就是个空架子，我想把这些客户给要回来。"

邮件提示音响起，江达琳挂断电话走到电脑前，给邦尼发消息："猎头把简历发给我了，谢谢你啊，晚上我请你吃大餐吧！”

邦尼回复得很快：“不用谢。大餐先记账上吧，晚上李斯特要请我吃饭，所以……你懂的。”

“嗯，我懂的，重色轻友。”

江达琳一边说，一边看着简历从打印机里冒出来。她把三张带着照片的简历一一钉在办公室的白板上。两男一女，靠右一张赫然是卫哲的脸。

望着卫哲的照片，她双手抱胸，忽然想感叹一声“恃靓行凶”。

只一瞬间，她想起了先前的事情，立刻收回了这个奇怪的想法。她用手指托着下巴，想起斯黛拉说过的话：“今年是他第四次获得独立公关人奖了，许多公司想挖他，以前我们也动过脑筋，可惜他这人开价高又难缠，我们也担心做独立公关做久的人未必真的适合来公司，所以也就放弃挖他了。”

江达琳的目光久久地落在卫哲的简历上，若有所思。

《职场帮帮帮》的录制现场，卫哲、钱坤、丁一楠和向伟，四位嘉宾正听三十五岁左右的曹女士诉苦。卫哲嗓音低沉，是恰到好处的好听：“像曹女士这种情况，如果你一味地动用舆论把事情闹大，最后结果很可能变成，你虽然战胜了现在的雇主，拿到一笔钱，但接下来你就再也找不到工作了……”

录制暂且告一段落，王楚比了一个暂停的手势：“停！休息十分钟接着录！各位辛苦啊！”

卫哲走到一旁打算喝水，王楚走过去递给他一瓶水：“我过几个月要开一档新节目，你有没有兴趣来客串一下嘉宾？”

卫哲挑眉：“你的节目我当然要捧场。不过，是什么节目？”

王楚促狭地说道：“是相亲节目。”

卫哲咳了一声：“相亲啊……”

王楚笑道：“好了，我是逗你的，就算是请你当嘉宾也是点评嘉宾，不过呢，你要是真的有意寻找另一半，倒还真的可以来，我们准备邀请的几位女嘉宾，条件都很不错哦。”

卫哲：“暂时真没有这个打算，不过哪天我要是突然想不开了，我一定找你报名。”

王楚刚走开，钱坤就走了过来：“卫哲，我这人说话喜欢直来直去，你有没有兴趣来我们公司？”

卫哲往座位上走：“钱总这是听说什么小道消息了？”

路易斯那边只是放出了一点风声，猎头们就闻讯而来，更何况一直关注着卫哲的老板们。

钱坤诚恳地说："我是认真的。卫哲，我们公司什么都好，就是危机管理这一块还不够硬，遇到客户有个三长两短就容易抓瞎，急需你这样的危机公关专家，只要你加入，条件随你开。"

丁一楠也走过来："钱老板这是先下手为强啊？"

卫哲和钱坤同时回头，看到千娇百媚的丁一楠站在两人身后。丁一楠弯着眼睛笑："卫哲，下周有没有空？我想请你来我们公司，给我的员工讲讲危机公关课，分享一下你的战斗经验。"

卫哲随口说："我能有什么战斗经验……"

节目录制结束，路易斯随同卫哲往车的方向走，路易斯的手机短信提示音响个不停。

"那个灯塔公关的向伟可真逗，自己不跟你说，跑来跟我苦口婆心地说了半天，让我劝你加入，请你当合伙人。"

卫哲笑："就冲他这种做事找不到重点的作风，我就能判定这个公司不行。"

"那钱坤呢？"路易斯倒对钱坤的公司印象不错。

卫哲仍拒绝："钱坤一开口就叫我随便开条件，这种货运行业出身的老板，江湖习气太重，容易犯错误。事错了怎么都能救，但人错了谁也救不了。"

"那丁一楠呢？那可是著名美女！"

卫哲："丁一楠的蓝山传媒成立好几年了，公司每年的营业额有九成来自江门集团，就算是没猫腻，也是'大客户依赖'，上不了市。没前途的公司我去了干吗？"

路易斯无语："这也不行，那也不行，老大，你是在找合伙人还是找老婆？"

卫哲这下笑了："就是应该照着找老婆的标准找合伙人，要长得漂亮，但不能太漂亮；要能干，但也不能太能干；要彼此之间有需求，这是双方在一起的基础；要有相同的价值观，这样大敌当前才能并肩而战；要有化学反应，即便吵架了，也可以床头吵床尾和；最好还能有点工作之外的共同语言，这样即便老了没有性生活，还能互相搀扶着聊聊天。"

路易斯点了点头："嗯，难怪你找不到老婆。"

卫哲停下脚步："你没有标准，不也没找到老公吗？男朋友呢？这两天你怎么不提了？”

路易斯深吸一口气，心里默念“工作要紧”。

“对了，昨天猎头还来问我你的事，说DL的那位小总裁正在招合伙人，而且特别急，他索性把你推荐过去了。”

卫哲有些感兴趣：“DL传播？江达琳？她想找合伙人？你怎么回复的？”

路易斯撇了撇嘴：“肯定啊，她一个小姑娘，不找个自己人帮忙，怎么对付得了他们公司那帮妖魔鬼怪，怎么坐得稳总裁之位？不过呢我也回复了，说DL传播本来是个好公司，可惜有两个缺点，第一是没有独立的公关部门，第二是最近被鲲鹏基金的事连累得有点惨……”

卫哲淡淡地说道：“第一个倒未必是缺点，没有独立的公关部门，我去了开一个就完了；这第二点嘛……就要看从什么角度看了，眼下看着是有点惨，但据我看，江远鹏未必真有大事，要不然DL传播也不可能继续运营。”

路易斯跟着说：“没事他跑什么呀？不管怎么样，总有不确定因素。不过……你是不是很有兴趣？”

卫哲玩味地笑：“有没有兴趣，也得等她来求我再说吧。不过你也可以打听打听，看看她打算什么时候来求我。”

路易斯拿起手机打电话：“我是路易斯，你昨天说那个DL传播的小江总想找我老大……还在考虑？哈哈哈，你让她别考虑了，我老大还觉得不合适呢，本来还想着怎么跟你说……就是……那先这样啊！”

卫哲奇怪地望着路易斯，露出难以置信的表情：“考虑？我还没考虑她，她就先考虑我了？”

路易斯撇撇嘴：“对啊，猎头说她是担心你独立公关人做惯了，不知道能不能适应公司。”

“呵。”卫哲无语，“真是滑稽，我会不适应公司？这世界上就没有我适应不了的地方吧？她要是看到刚才那么多人排着队求我的盛况，就不会说出考虑两个字了！而应该是立刻冲到我面前哭着喊着来求我才对！”

路易斯认同：“就是！不过你也别不高兴，那就是个刚回国的小孩，不知道你的大名也情有可原嘛，反正你也没真的想去。”

卫哲一脸不高兴地加快脚步，迎面撞上一个女人。她上前拦住他就说：“请问您是卫哲先生吧？我看过您的节目，我有个事想跟您咨询一下……”

卫哲径直往前走：“哦，那你可以去电视台报名。”

“我知道，可是我来不及了！”

卫哲的眼神落在她身上，他想起了那个新闻：“你是不是那个……那个……New Face公司？”

李静柔点了点头，刚想要跪下来，便被卫哲一把扶住。

“卫先生，请你一定要帮帮我！我老公不仅仅是心脏病突发，他还是过劳死，是被公司给活活累死的！”

李静柔脸色苍白地坐在沙发上，对面坐着的是卫哲和路易斯。

“杨墨刚进New Face的时候，全公司连十个人都不到，他们租了一个公寓，他一个月就拿四千多块钱，几个人吃也在公司，睡也在公司，好几次他写代码到下半夜，往椅子上一靠就睡着了，第二天睁开眼继续写。他们同事说有时候早上看他那样在椅子上躺着或者趴着，都会先去摸摸他的鼻子，看还有没有呼吸……想不到现在他真的……”

李静柔捂着脸继续说：“他们现在说我老公是在度假的时候发病的，不能算工伤死亡，只肯给三个月工资的抚恤金……可他前一天还在酒店房间里开会，从晚上十点开到凌晨五点……我老公为New Face卖了一辈子命，他做的游戏，每个月光流水都快十个亿，他给公司挣了那么多钱，公司不能这么对他，他们得赔偿我！”

“所以你想怎么做？”

李静柔迟疑地说：“这……具体的我也不知道，我看了您的节目，想请您帮帮我。”

卫哲咳嗽了一声，半遮脸示意路易斯拒绝。路易斯只好扬起一个温柔的微笑：“李小姐，我们很同情你的遭遇，但卫哲现在正忙着处理另一个大案子，刚才在演播室我们都被好几家公司围着，真的是分身乏术……”

刚走到楼下，路易斯就迫不及待地问：“你为什么不接啊？就因为赚不到什么钱？”

卫哲问：“这个理由还不够？”

“理由是够了，但良心上有点过不去嘛！虽然自从跟了你，我的良心渐渐一点一滴地消失了，可偶尔还是会有恻隐之心的！”

“那就把你的恻隐之心收一收，用在更值得的地方吧。”卫哲淡定道，“这个李静柔是在讹钱。说讹钱有点不好听，不过她哭哭啼啼地说了半天，也没有任何证据证明她老公是过劳死。职员在度假期间猝死，公司最多给点丧葬补助，这是黑白分明的事。她现在这么闹，无非想多要点钱。其情可解，于理不合。再说，我又不是居委会大妈，这种案子有什么好接的，还平白无故得罪一个大公司。”

路易斯怔住，无话可说。

“可怜之人必有可恨之处，换成你是New Face公司的老板，遇到这种事头都要疼死。哈！我倒是可以代理一下New Face。”

路易斯跟上去：“对哦，游戏公司每个月账上流水都好几个亿，有钱！”

黄昏时分，天空被渲染出另一种色彩，云朵四散，悠然自得。而城市里的人却全无悠闲的神色，人们正一个个地从公司离开，行色匆忙。

江达琳正在靠窗的书桌前打电话，用手指在电脑上查着案例。

她研究了一会儿后，打电话给李月如：“妈，你知不知道New Face公司啊？就是那个游戏公司，他们之前是爸的老客户。”

“知道啊，他们公司最近好像有个员工在旅游的时候猝死了，这事现在是你在处理吗？”

江达琳看着案例：“我还真的想处理，正在做功课呢，想问问你了不了解他们的情况。

李月如只是模糊地记得江远鹏提起过：“你爸说过，他们公司的CEO顾凯雷是个性情中人，挺受下面的人拥戴。不过现在资本进来了，估计他也渐渐变了不少。别的我就不清楚了。”

“嗯我知道了，那我再研究研究。”

窗外传来巨大的轰鸣声，一辆重型哈雷机车停在楼下，邦尼和李斯特站在路上。邦尼摘下头盔要离开，李斯特拉住她亲了一下。

邦尼打开门的时候眉飞色舞，江达琳等她进屋：“你是说，你告诉李斯特，这是你家？”

“嗯哼。”

“我这里不是跟你住的余庆坊一样，都是老房子吗？”

“老房子和老房子区别太大了，你这是老式洋房，我那是老式贫民窟，能一样吗？我可不想让他看到我住在那样的破弄堂里。”邦尼嘻嘻笑两声，“对了，你猜他今晚请我吃的什么？米其林三星啊！”

“所以呢？”

邦尼看着好友不懂男女之情的样子，打算好好教教她：“今晚是我和他第一次正式约会，这男女之间的第一顿饭，代表着你在那个男人心中的分量。咱们读大学的时候，男生追你，第一顿饭请你吃顿洋快餐，你还挺高兴的，因为他一个月的伙食费也没多少钱；毕业以后，哪个男的追你，第一顿饭再请你吃洋快餐，那就必须翻脸了！”

江达琳不解：“可这样是不是太武断了？万一对方心地善良努力上进呢？

吃得便宜点也很正常啊。”

邦尼一语道破：“要么没钱，要么小气，二者必占其一。对了，你把你家的钥匙给我。”

江达琳把家里的钥匙给她，还不忘记叮嘱：“钥匙给你，不过你可不许带他进来，我这儿是女生宿舍，不许乱搞男女关系！”

“放心吧，短时间内我是不会让他得手的！”邦尼看了一眼她的电脑屏幕，“你在干吗呢，还在研究找人？”

“嗯。我在几个高端招聘网站上都买了VIP，发了招聘帖，还打算再在微博上也发个英雄帖，但愿能找到合适的人选！”

邦尼问：“猎头发给你的几个人选你都去谈了吗？”

“电话里谈了两个，对方都说会给回复，不过我觉得希望不大。第三个人就是我跟你说的、光明中心消防通道里扶着孕妇逃生的那个人，我没有去谈。”

“是他呀？那人不是还挺好的吗，乐于助人。”

江达琳自己也有些困惑，她跟邦尼说起那晚在酒吧的事情：“我觉得这个人怪怪的。你还记得那天晚上我喝醉了吗，就是他给我付的钱，本来我还挺感谢他的，谁知后来发布会那天，他居然在街上拦住我，让我还钱！”

邦尼笑了，拍了下她的肩膀：“是吗？他该不是故意搭讪你吧？”

江达琳对邦尼的调侃不予理会：“是不是搭讪我不知道，反正那天晚上在酒吧，他全程都在泡妞。”

邦尼翻了个白眼：“泡妞怎么了？你是找合伙人，又不是找老公。再说人家不也勇助孕妇了吗？他的人品还是过硬的，人家的私生活你就别太计较了。”

“话是这么说，不过这个合伙人的位置太重要了，我想先看看还有没有别的人选。”

卫哲家，他正靠在沙发上，一边喝酒一边拿着手机在一堆姑娘的微信号里翻来翻去，手指滑下去，屏幕上显示出一溜的美女头像。

卫哲的手指在屏幕上停住了：“怎么都长得一模一样？路易斯，上次你说的那个解除美颜、一键还原的App，叫什么来着？”

路易斯正坐在单人沙发上敲电脑工作：“那是我们女性的尊严，我会告诉你才怪。我正在看李静柔的微博，你要不要看？”

卫哲动也不动：“不看！无非悲伤、痛苦、控诉被剥削的人间惨剧，只会影响我的心情。别忘了我可是需要看心理医生的人。”

路易斯把键盘敲得啪啪响：“真是的……心理医生也没建议你靠看美女来治疗吧？”

卫哲点开其中一个人的头像看：“心理医生让我多放松，看美女可以让我放松。”

路易斯还在工作，看到消息时对卫哲说：“哎，你猜猜New Face的公关代理是哪家？居然是DL传播！哈哈哈，本来我因为他们当年把我拒了还挺不舒服的，现在江达琳把你也给拒了，我突然就心理平衡了！”

卫哲再次毒舌：“你要不要这么天真？他们拒绝你，是因为你不行；江达琳拒绝我，是害怕被我拒绝。”

路易斯咬了咬牙：“你真是……”

卫哲心神一动，站起来走到路易斯旁边，抢过电脑，在搜索栏上输入“江达琳”。屏幕上跳出了江达琳的微博页面。

中间夹杂着路易斯的声音：“你查江达琳？你查她干吗？喂，人家还是个小姑娘，你不会报复心那么重吧？”

江达琳的微博个个脑洞很大，搭配着各种各样好玩的照片。

一张自拍里她穿着颁奖礼那天崩坏的礼服，配字：“每天都有一百多号人骂我，但我绝对不会说‘我受不了啦’，那样听上去好像是诅咒我自己胖一辈子，那才是我真的受不了的事。”

发搞怪自拍，她配字：“我给没人为你点赞的帖子点赞，是因为我觉得没人给你的帖子点赞很赞。”

在端着一桶冰水的照片上，她又加上一行字：“冰桶挑战对我来说根本没有挑战性，毕竟我早就习惯了天天被人泼冷水。”

卫哲扑哧一声笑了出来，仿佛能想象出说这些话时江达琳搞怪的样子。

他把电脑抢走，往长沙发走去，坐下来舒舒服服地靠着沙发看，一边乐一边头也不抬地把空酒杯递给路易斯。

“喂，你抢我的电脑干吗？你要看人家的微博用手机加关注随便看……你把电脑还我……”路易斯接过酒杯，十分憋屈地给卫哲倒酒。

卫哲好久没这么开心过，边喝酒边看，笑得几乎就要昏过去。微博页面显示有新的内容更新，他再点开一看，是江达琳发布的一则英雄帖。

“这一则英雄帖，你不看会后悔一辈子！看了不来，连下辈子都会后悔！”

卫哲笑得更夸张了：“这么土的标题，竟然还有人想得出来。”

他点开文章随意看了看，饶有兴趣地叫路易斯："你打电话给老罗。他不是一直劝我开直播做公关讲座吗？跟他说我明天可以做。"

"直播？你好端端的干吗又要直播？"

卫哲晃了晃酒杯，思索了一会儿："你说，如果江达琳发现我在直播上指名道姓地指责她和DL，她会有什么反应？"

路易斯瞪大眼睛："你是想碰瓷吗？你不会就因为江达琳不想要你当她的合伙人就被激怒了吧？还是说，你真的对DL有兴趣？"

卫哲并不否认，把杯中的酒一饮而尽："应该说是，两者兼有。"

江达琳花了一夜时间研究后，决定接下这个案子。她向斯黛拉提出后，斯黛拉惊讶地抬起头："你想负责New Face？"

江达琳表情坚定："New Face这个客户本来就是我爸在操作的，现在由我接过来也是理所应当。更何况我看其他同事都那么忙，而我反正手上也没客户，不如就由我来做好了。"

斯黛拉沉吟道："关于你的工作，其实我也在考虑，我的建议是你还是先学习一阵，再接手具体业务。先把财务、人力资源等部门熟悉一遍，等有所准备了，再去试着做业务。毕竟你一点经验也没有。"

江达琳很坚持："我虽然没有经验，但我有专业能力啊，我硕士读的就是公共关系与传播学，每次做案例分析我拿的都是A，像New Face现在遇到的情况，就是很典型的企业与自己员工之间的冲突，有很多公司遇到过类似的事，关键是界定清楚员工的死因以及尽力避免事态的进一步扩大……"

见她坚持，斯黛拉打断她道："我相信你的专业能力。要不这样，你既然那么想做业务，不如先跟着舒晴做吧。舒晴的经验非常丰富，手上客户也多，她在营销策划上能教你很多东西……"

江达琳不愿意："斯黛拉姐，你也知道，我跟着舒晴姐，不，我跟着任何人，他们能让我做什么呀？所有的挫折、困难，肯定都替我挡掉了，轮到我的估计就是些轻松的事。而且他们手下都有固定的客户，我去了算什么呀？不如这样，我看大家对New Face这个客户也不是很感兴趣，干脆交给我，我一点点地从头做起，也不影响公司本来的业务，你说好不好？"

斯黛拉无语地望天："好吧，既然你这么坚持，那你就试试吧。"

舒晴给斯黛拉送文件时，恰好和江达琳擦肩而过。她把文件放在桌子上："小江总看起来挺高兴啊。"

斯黛拉翻看着文件，淡笑道："她来找我要客户，非要把New Face要过去。纸上谈兵，自不量力……以前经常听到前辈们说年轻人不知天高地厚，当时我心里还很生气，但现在突然就理解前辈们的心情了。"

舒晴也笑："那你给她了？"

斯黛拉点头："给了。不给不行，她哭着喊着要做，New Face又是之前江总留下来的客户，我要是死撑着不给，倒显得我小气。等到她吃了亏，就应该明白了。"

杜威廉把有关New Face的一大沓资料拿到大会议室，离开后嘴角还带着笑，哼着歌走在路上，还扭了几个舞蹈动作。

舒晴诧异地问："小江总把New Face要去了，你就这么高兴？"

杜威廉表情轻松："你知道了？我当然高兴！我正愁怎么把New Face那一百万的欠款要回来，现在好了，这么大一个烫手山芋就这么交出去了。"

舒晴挑眉："她不知道？你应该和她说一声吧？"

杜威廉得意地说："资料和来往邮件里都写着呢！等她慢慢看完就知道了。不过没花个一整天她看不完。"

话音刚落，江达琳就拿着一份催款书进来："威廉哥！New Face公司欠我们一百万？"

杜威廉尴尬地摸了下额头："呃……是啊……你这么快就发现了……"

江达琳的眼前是一摞资料，资料被翻到了三分之二的地方，里面夹着一张财务报表。杜威廉坐在她对面。她在"-100W"的地方重重地画了一道线。

江达琳抬头说："我看过了，他们过年前就应该把这一百万付过来，可是到现在都没付。"

杜威廉惊讶："这么多你都看完了？这个New Face一贯喜欢拖欠账款，以前也这样，每次非得江总打电话去催，才能跟挤牙膏似的挤一点过来，现在江总这个情况……所以我们要钱就更困难了。"

"理由呢？"

"这个拖欠账款的理由可就五花八门多了去了，他也不说要终止合同，就是不断挑毛病，有事儿也继续找我们，我们为了后面的生意只能做下去，所以也拿他没办法……这样的公司太多了，谁让我们是乙方呢？"

江达琳一脸郁闷地目送杜威廉离开："我说怎么那么爽快地就把New Face给我，原来是因为这个。"

江达琳谈完话之后就一直埋头看资料，直到被会议室的人叫过去，那个人说卫哲正在直播，并且直播的内容正是批评DL传播。

卫哲坐在各种手机、摄像头、麦克风前，西装革履，眉眼英俊，从头发到脚尖都很精致，看起来一副精英人士的模样。

直播间的人数在不断地增加，等主持人念完开场后，他微微前倾，看着摄像头，双手交叉搭在腿上，一点都不担心这个姿势离摄像头太近会影响颜值。

“今天我想讲的是，一个公司如果没有危机意识，还做什么公关？打个现成的比方，鲲鹏基金两个负责人先后失联这件事，各位都听说过吧？DL传播声称这事儿跟他们没关系，但在这件事上，DL传播还是犯了一个致命的错误，准确地说，应该是DL传播的负责人犯了一个致命的错误。我们都知道危机公关处理有黄金24小时的说法，当江远鹏失联后，我们其实都期待着DL传播能出一个声明，这也是对DL传播来说，能将自己和鲲鹏案划清界限最重要的24小时……谢谢这位网友觉得我很帅，你觉得我帅挺好的，但是你一下子刷那么多遍就不好了，夸人要有新意……”

江达琳目瞪口呆地看着直播画面上的卫哲，不明白卫哲为什么突然提起DL传播。

直播间页面上不断飘过各种打赏、点赞和评论的提示。

卫哲继续说：“DL传播发声明了吗？没有。他们直到三天以后，直到他们的公司大门被人泼了油漆，才如梦初醒般开了一个发布会，轻描淡写地提了一下这件事。谢谢这位网友送的超级跑车……在现实生活中送就更好了……又有一辆……行了你们别送了让我把话说完行不行？”

“还有那位江达琳总裁，恭喜你，你成为第一个因为在发布会上当众怼媒体记者而红极一时的公司老板。你的表情包我也存了点，很逗，吃瓜群众很开心，可这位总裁小姐大概是忘了，她开的是一家传播营销咨询公司，传播靠的是谁？靠的是媒体。能够被DL传播请到现场的记者，无论如何也是有意相助的媒体，现在被你一股脑儿全得罪完了，以后再遇到什么危机，你找谁来帮忙？当然了，也许人家就是任性，对这样的任性，我只想说五个字，你高兴就好！”

江达琳觉得卫哲多半是有什么毛病，而且病得不轻。

她气蒙了，用手机点进去直播就开始发评论。很快，页面上出现了来自路人12678的弹幕：“你根本什么情况也不知道，凭什么说江达琳任性？”

“我相信这位总裁小姐并没有听说过公关界的一句话：公共关系的一半是新闻…… ”

江达琳冷哼一声，继续评论：“DL传播有自己的危机处理策略，至于那些媒体，江达琳总裁不过是对媒体说出了她自己的看法。也许她情绪有点激动，但对于一个第一次开发布会的人来说，你是不是应该多一点宽容，少一点刻薄？”

卫哲也看到了这条评论，慢条斯理地回答：“有位路人发了很多话，看来应该是DL传播的朋友吧……谢谢兰花草，谢谢红玫瑰，又是一百朵，谢谢星星雨……不过这位路人朋友，既然江达琳小姐接下了总裁的位置，那就要有总裁的担当，她现在代表的是你们公司，不是她个人。”

“啊，说我长得不够帅？这位网友我相信你一定是男的，所以你可能看不到我的帅点……”

江达琳被噎住了，最后发了一条评论：“即便如此，在你根本不知道背后的故事的情况下，你不应该轻易就说别人是任性吧。”

卫哲放松起来，倚在沙发靠背上，眼里露出得意之色：“我们每天看那么多新闻，读那么多微博，在朋友圈看那么多图片，有几个人敢说，你知道背后的故事？可你难道从来没有对那些不了解的文字评头论足过？从来没有对一些人的发言嗤之以鼻过？”

路易斯在直播镜头外翻了个白眼，她看着卫哲得意扬扬的脸，深觉自己的老板今天过于幼稚了。

在飞扬集团的接待室里，舒晴正在做比稿：“如果由我们公司来操作小力士奶粉，我有信心能够在最短的时间内将销量提高。像我们DL这样愿意接受以销量作为考核指标的营销咨询机构，说实话，在业内是不多见的……”

对面闫晓慧的手机响了一下，她匪夷所思地看着手机上的内容，把手机放在了舒晴面前。

舒晴点开就看到卫哲正在议论江达琳：“我最想不通的是，作为一家业内知名公关公司的总裁，她怎么能够连最基础的公关常识都不具备，就这么去开发布会呢？我很想知道，究竟是她没准备到位，还是她的心太大，根本不屑准备？DL传播的专业团队又在什么地方？”

舒晴愣了一下，显然没预料到卫哲会在直播里讲到DL传播。她走到一边，打了电话给斯黛拉。

斯黛拉接起电话的第一句话就是：“我正在看……”

大办公室里围满了员工，连扫地阿姨都凑过去说："这人是不是来碰瓷的？"

斯黛拉戴着蓝牙耳机："连扫地阿姨都能看出来，这人就是来碰瓷的。"

舒晴站在接待室外面："你觉得卫哲有什么目的？"

高跟鞋踩在地板上，发出清脆的声音，斯黛拉往前走去："不管他抱有什么目的，他最大的期望，就是我们给出反应，所以，我们最好的反应，就是没反应。"

直到晚上，江达琳都还在回放卫哲的直播。邦尼一边化妆一边吐槽："不会吧你，在这直播上被人当众损了一遍你还不过瘾，回家还要看回放啊？你受虐狂啊你？"

江达琳若有所思："我觉得他有些地方说得还挺有道理的。"

邦尼敷上面膜，含混地说："有什么道理啊，我今天看那直播我都生气了！你说你招他惹他了？他好端端的，上直播找你的碴干吗？他以为他是谁啊，太平洋上的警察吗？管得真够宽的！"

江达琳给她播放一段视频："你看，连他一个外人都知道，能被我们公司请到现场的记者都是有意相助的媒体，他们应该和我们公司关系不错，那么如果没有人在背后纵容，这些记者会这么肆无忌惮地为难我吗？"

邦尼点了下头："话是没有错，问题是他公开这么说，就是指名道姓地在跟你和你们公司过不去！"

江达琳将视频暂停："那你说他有什么动机呢？"

邦尼躺倒在沙发上："那我怎么知道？也许是危言耸听、吸引眼球、损人利己，也许是故意挑拨离间，不过那就是冲着你们公司来的了！反正这年头的人，博出位的花样多得很，多少无辜的人躺着也中枪，更何况你还是个不错的话题靶子。不管他的动机是什么，你可得注意了，江湖险恶啊……江总裁。"

江达琳抓了下头发："好复杂呀，被他这么一搅和，我头都疼了！"

"放心吧，头疼的人肯定不止你一个。你不是说卫哲在你们圈内影响力巨大吗？那你们公司那几位男神女神，这会儿多半也在着急呢！"

江达琳嘿嘿笑了两声："这个卫哲，别的水平我不知道，他搞事情的水平还真是一流。我突然在想，这个卫哲无意间帮了我一个忙啊！"

邦尼艰难地睁开眼："什么忙？倒忙？"

江达琳顿觉明朗："其实这些事他不说，我也未必想不到，但我就算想到了，也没办法，我不可能一上来就和斯黛拉他们撕破脸。而现在卫哲等于代替了我，把我想说的话说出来了，等于告诉她们，别把我当傻子，明眼人多着呢！”

她灵机一动：“你说，如果我请卫哲当我的合伙人，怎么样？”

邦尼瞬间坐起来：“不会吧？人家刚在直播上骂过你哎！而且你不是挺嫌弃他的吗？”

江达琳笑着说：“我是挺嫌弃他的，不过那都是私人恩怨，我们现在先抛开这些不谈。如果卫哲进入DL成为我的合伙人，你觉得我们公司那几位会怎么想？”

“别的我不知道，但鲶鱼效应肯定会有的。太后娘娘他们一定会特别忌惮他，刚好帮你转移炮火。”

江达琳再次翻开卫哲的简历，仔细端详，忽然觉得，这个人好像也不是那么讨人厌了。

DL传播大楼的会议室里，一半的灯还亮着，舒晴和杜威廉正在加班讨论，白板上贴着小力士奶粉的设计草稿。

斯黛拉走过去问：“怎么还没下班？”

舒晴看了眼手表：“快了，正在把流程分解细化一遍。”

杜威廉看着白板说：“创意这一块儿我一点也不担心，就怕名仕的人玩阴的。”

斯黛拉聊了两句正要走，舒晴也结束了工作，准备离开：“我和你一起走，正好晚上要参加校友聚会。”

电梯徐徐下降，斯黛拉嘴角带笑：“据说校友聚会是最容易遇到爱情的地方。”

舒晴好笑地瞥了一眼斯黛拉：“这话从你嘴里说出来，我总觉得特别不真实。不是说校友聚会，而是听你提到爱情，我老觉得怪怪的。”

斯黛拉笑了：“你不相信爱情？”

舒晴反问：“你信？”

斯黛拉点了点头，这倒让舒晴诧异了。在她的印象中，斯黛拉不像是相信爱情甚至会着迷于爱情的人，毕竟她没见过比斯黛拉更加像工作狂的人了。

斯黛拉缓缓说道：“一点点苯基乙胺，加一点多巴胺，再加一点去甲肾上腺素，就可以引发一段爱情。地球上有七十亿人口，这么简单的化学反应，它的发生一定是大概率事件，我当然相信了。”

“不过，我记得你是F大毕业的吧？好像卫哲也是F大的？”

舒晴说：“没错，我跟他是校友，但不熟。他是少年班出来的高才生，我是按部就班上学的正常人，他才是真精英。不知道一会儿我会不会遇到他，要是能遇到，我一定要好好质问他一下，干吗跑来碰我们DL传播的瓷！”

斯黛拉看了一眼电梯外，笑着说：“他说的话，你也信？”

舒晴跟着笑，颇为认同地点了点头。

“卫哲身边的那个助手路易斯，以前来应聘过我们公司，不过她因为形象不够好，没通过面试。”

舒晴抬眼问：“你调查她了？”

斯黛拉微微侧目：“卫哲这么明目张胆地找碴，就算不知道是为什么，我们也得先做点防范工作。听说他最近想动一动，你晚上要是能遇到他，也试探试探他的口风。”

舒晴问：“你也动心了？”

斯黛拉不否认：“公司现在声誉大跌，小江总的上任在业内看来就跟个笑话差不多，在这个节骨眼上，如果能有像卫哲这样的人加入，就算不是一张足以翻盘的大牌，也足够稳定人心了。”

“人家都上门碰瓷了，我们也该挥一挥橄榄枝，也算有来有往嘛。”

舒晴自己都没想到，到了校友聚会上，她还在坚持工作。见到卫哲时，她停下了与旁人的虚与委蛇，走到了卫哲的身边打了个招呼。

卫哲意外地看了一眼舒晴，略微迟疑地说：“你是……2002级的舒晴！学姐好！”

舒晴半开玩笑地说道：“早知道这儿都是学弟学妹，我就不来了。对了，我问你，为什么在直播上找我们公司的碴？”

卫哲端着酒杯：“对了，你是DL传播的。如果我说实话，你会不会拿酒泼我？”

舒晴笑：“不泼，我可不能给你大做文章的机会。”

“聪明！是这样，既然要做直播，我肯定要找爆点，最近你们公司比较有名，干脆就挑了你们开刀。”

舒晴早就猜到了卫哲会这样说：“对了，外面都在说，你最近想动一动，怎么了？自由自在地当独立公关人不好吗？”

卫哲眼睛微眯：“怎么说呢，职场也是一座围城，外面的人想进去，里面的人想出来。”

舒晴索性打开了天窗说亮话："有什么要求你说来听听，不知道我们DL有没有机会，请到你这尊大神啊？"

卫哲喝了一口酒，嘴角微弯，看不出他心情如何："嗯，我听说你们那位小总裁也在满世界地招合伙人？你不会是她派来的吧？"

"怎么会！跟她没关系。难道没有总裁的命令，我就不能为公司举荐人才了？好歹我也是个合伙人。不瞒你说，斯黛拉和我都是一个想法，希望你愿意加入我们DL。你看呢？"

卫哲微微沉思："呃……说实话，这个邀请挺突然的，你让我想想？"

江达琳对着电脑搜查卫哲的简历，旁边是早已经放凉的盒饭，屏幕上显示着卫哲的职业照和各种辉煌简历。

江达琳托腮看着卫哲的照片，安东敲门走进办公室："小江总，New Face现在是归您管？"

江达琳回头："怎么了？"

"他们出事了，叫您立刻过去开会。"

New Face公司的产品部办公室里，大家都在聚精会神地工作，办公室的墙上贴着许多大大的标语。

"奋斗1000天，纳斯达克在召唤""撸起袖子加油干""大干一两年，干、干、干！"

除此之外，墙上便是各种各样的游戏海报。

红茶戴着耳机，正一脸严肃地调试面前的游戏，他的背后是为了方便他熬夜工作后睡觉搭起的行军床，隔壁工位上有个员工正趴着睡觉。

红茶打了个大大的哈欠，强打精神，又猛灌了几口咖啡，推了一把隔壁正在睡觉的员工。

"别睡了！我跟你们说这个奶妈不行啊，DPS太弱了，就算是奶妈，好歹也得打几下，而且皮还脆，奶量大有什么用？碰一下就死，你们还得调整……"

另一个员工冲了过来："茶总！你快看手机，出大事儿了！杨墨的老婆发了一条长微博，说杨墨是被公司折磨得过劳死的，我刚看到的，这事在朋友圈已经刷屏了！"

红茶瞬间脸色煞白，立刻拿起手机看。

就在刚刚，李静柔发了一条微博："海岛度假也要加班，无情公司害我老公过劳死。"

文章里有几句话被她用红色下划线标出。

“飞机落地，还没来得及拿行李，就先打开了电脑，说要修复漏洞。”

“连续五天，出海都要把电脑带着，这算什么度假？”

“从晚上十点一直工作到早晨五点才睡。”

“眼睁睁地看着他倒了下去。”

第五章　卫哲老师

江达琳拎着电脑包，低着头飞快地用手机搜索李静柔的长微博，匆忙地从一排排程序员中间走过。

她在办公室门口停下脚步，忽然间意识到四周有不少单人简易床垫，旁边还架着高高的折叠帐篷。

她一脸疑惑地左看右看，沿着走廊张望，思索这些东西存在的意义。

江达琳走到会议室门前，在会议室里，NFCOO金堂、法务无花以及CTO红茶正坐着开会，他们背后站着一些别的员工，办公室里凌乱无比。

江达琳默不作声地走进去。

“杨墨是在度假的时候发病死的，连工伤都算不上，他老婆凭什么这么闹？她想讹人也得稍微占点儿理才行啊！想钱想疯了是吧？”

无花朝金堂使了个眼色，示意他看红茶。金堂看向红茶，红茶的脸色很难看。金堂咳嗽了一声。

金堂也不觉得自己说错了什么：“那什么……我是话糙理不糙，对事不对人。杨墨对公司有贡献吗？有！他是因为过劳致死吗？不是！一桩归一桩嘛！”

“现在杨墨的妻子李静柔的意思是，杨墨出事的时候虽然是在度假，但每天晚上他都在加班，是加班导致他发病。杨墨虽然没有心脏病史，但体检报告里，确实指出他是亚健康状态。”

“亚健康？这年头谁不是亚健康，我也是亚健康！难道亚健康都是公司造成的？每个人应该为自己的身体健康负责嘛，他要是觉得身体不舒服，完全可以提出来。红茶，你是他的老板，你收到过他的请假条吗？”

“你们看看这微博标题，这是典型的标题党，是不是？我看这个李静柔，就是来讹钱的！”

金堂滔滔不绝，发出一阵奇异的怪笑，可是无人附和。

红茶轻声说：“我认为对于杨墨的死，公司是有责任的。有时候项目紧，他就算身体不舒服，也没时间去查，挨一挨就算了，他不会说出来。”

金堂瞪着他：“我知道，杨墨是你的手下，他的去世对你打击很大，对我们的打击也很大，但一桩归一桩，一码归一码，你不能因为和他关系好，就硬说公司要负责任。我跟你讲，你是公司CTO，是有公司股份的，你说话之要动动脑子，不能胡说。”

“你们那些门道我不懂，这会我也不想开了，反正我就一个意见，不能因为那几个钱，寒了兄弟们的心！”

红茶沉着脸转身就走，和江达琳擦肩而过。

江达琳走进办公室，金堂抬头看见江达琳，不客气地问：“你是哪位？”

“我是DL传播的，我叫江达琳。”

“DL的啊，我们公司的负面新闻已经在网上传疯了，你这时候才来？你们那些所谓的舆情监测呢？出事了还得我们通知你们！那我要你们干吗？”金堂冷笑道，“这DL也是够敷衍的，就派这么个小姑娘给我。那什么，你说说吧，你们公司有什么建议啊？”

江达琳拿出电脑，刚念出李静柔那条微博目前的数据，就被金堂摆了下手制止了：“别净说没用的，这些我都知道！”

江达琳吓了一跳：“哦……现在棘手的还不只是李静柔的长微博所掀起的巨大舆论风波，贵公司的新游戏还有一周就要上线了，这两件事碰到一起，对贵公司十分不利。”

金堂愣了下，没好气地拿起手机，顺便叫江达琳坐下。他打电话给New Face总裁顾凯雷：“雷总，我是金堂，你现在说话方便不？”

顾凯雷正坐在路边吃烧烤，投资人在他耳边叙述危机公关的好处。

顾凯雷拿来酒瓶，再抓起酒瓶往桌上放好，用手掌一切，酒瓶盖子就掉下来了。

“什么公关公司、公司公关，我就不爱整这些虚头巴脑的，公司好好抓点产品技术不比什么都强？”

旁边的投资人摇了摇头：“哎你这么说不对，这年头公司要是忽视公关，以后要吃亏的。”

手机响了两遍，顾凯雷用纸巾擦了手，大声说：“方便，你说。”

金堂把手机往桌上一放。

“现在的情况是这样，从法律角度来看，咱们公司没有一点毛病，但杨墨的老婆在网上搞得声势浩大，加上新游戏正准备上线，所以情况就有点尴尬，法务这边的意思是……”

无花建议道：“雷总，我建议可以给予李静柔适当的抚恤金，尽快将这件事结束掉。之前我们建议给三个月工资，共计七万左右，但李静柔那边并不满意。”

顾凯雷沉声说道：“给六个月，不能再多了。”

江达琳急了，突然插话：“可是雷总，杨墨的遗孀李静柔之所以发长微博控诉，是因为她是个家庭主妇，杨墨一死，她就一点经济来源都没有了，现在不是谁对谁错的问题，而是人道主义……”

顾凯雷用粗嗓门吼：“你是谁啊？谁在跟我说人道主义？”

“我是DL传播的。”

金堂赶紧用一只手拿起手机，另一只手示意江达琳闭嘴：“雷总，你的意思我知道了！先这样啊！”

挂断电话后，金堂说：“行了，六个月工资，我想办法劝他涨到十个月。法务尽快和李静柔达成协议，这件事情结束得越早越好。雷总正在外面融资打仗呢，家里不能给他添乱。”

他又指着江达琳：“还有你，你们公司赶紧把该拿的方案拿出来，先给我出个声明，明天早上上班之前要发出去，别光拿钱不办事！就这样，散会。”

江达琳目瞪口呆，完全忘记了此行的真正目的。法务安慰她两句后也匆忙离开了，留下一脸崩溃的江达琳。

江达琳垂头丧气，对着邦尼吐苦水：“哎呀我可怎么办呀？明天早上上班之前就要发声明，现在已经是下午五点了，我就剩下、我就剩下16个小时了……可我根本不会写声明啊！你快帮我想想办法吧！”

邦尼正在备课：“我说亲爱的，我这个人吧，你让我给你牵个线搭个桥，找点普通资源还行，可你现在遇到的是高难度问题！我真没本事解决，这声明我可不敢乱写，写错了要负责任的。”

江达琳十分苦恼：“我就是因为怕这个，才不知道怎么办啊！万一声明写坏了，我在公司怎么做下去呀？我本来想劝劝他们老板看在人道主义的分上多给点儿抚恤金，谁知人家差点就骂我了！”

邦尼停下备课，笑个不停：“拿人道主义来劝公司老板？哎哟你逗死我了，你怎么这么可爱啊！那什么，要不你问问你们那个斯黛拉怎么办？”

“那可不行，我好说歹说才找她要到这个客户，这才一天就去找她帮忙，那不是自己打自己脸吗？不行，我不能找我们公司的任何人，大小我也是个总裁，这点事情都应付不了，我以后还怎么管人？”

江达琳说着说着，突然想到卫哲：“你说我找卫哲帮忙怎么样？他可是业内公认的危机公关大师。”

“可是人家同你非亲非故，为什么帮你？”

“非亲是肯定的，非故就不一定了。”江达琳转身就走，“我可是很擅长找人的，走了。”

江达琳飞快地浏览卫哲的微博页面，手摸着鼠标上下滑动，找到了一张卫哲在家门口拍的照片。

她把照片截图，上传到某软件上进行对比，很快找出一张卫哲住的小区的照片，记下地址，合上电脑就往外走。

江达琳站在大楼入口处，怀里捧着一束花，瘦弱的肩膀上背着电脑。门卫透过玻璃窗，时不时看她一眼，忍不住说道：“小姑娘，今天晚上突然降温了，卫先生平时回家很晚的，你要不给他打个电话吧？”

江达琳没有动，门卫关上窗户前说：“嚯，这小姑娘还真够痴情的。”

江达琳扭头想解释，却连着打了几个喷嚏。

而此时卫哲还在医院里和张嘴哇哇大哭的小婴儿面对面，脸上带着笑容。林娜脸上闪着母性的光辉，已经忘记了自己曾经和卫哲是死对头：“那天真的多亏了你，我当时真怕把孩子生在消防通道里……你要不要抱抱他？”

婴儿小小的手脚在空中乱晃，看见卫哲伸出的一根手指，突然就伸手抓住了。小而柔软的手指抓住他的手指，卫哲感慨地望着小婴儿。

林娜笑着说：“原来你这么喜欢孩子，要不你给我们家孩子当干爹吧？”

卫哲回过神来：“不了不了，责任太大。”

卫哲从医院离开，脸上笑意始终未散。他在小区门口停下车，车前面站了一个人，那个人高举着鲜花，朝他深深地鞠了一躬。

“卫哲老师？”

卫哲感到莫名其妙："你来找我？"

江达琳看起来无比诚恳："卫哲老师，我是特地来向你道歉的。这束鲜花请你一定要收下。"

卫哲没有接住那束鲜艳的花："为什么道歉？"

"因为你明明在酒吧帮我付了钱，我还对你不礼貌，我现在十分过意不去！哦对了！我们加一下微信吧，这样我就可以把钱转给你了。"

卫哲下车，抱臂站在江达琳前面。他比江达琳高出许多，居高临下地看着她："你这要微信的套路都是我玩剩下的。酒吧的人已经把钱给我了，你不用再给了！

"还有，你是怎么找到我家的，你跟踪我？"

江达琳还捧着花："没有，我在你的微博上找到一张你家小区的照片，用图计算比对就知道你家在浦江一品……"

江达琳翻出手机给卫哲看："就是这张！对了，你还有一张照片能看到江景，根据江对岸的楼房高度，可以大概判断出你家不是在16楼就是在17楼，不过直接上楼太不礼貌了……"

卫哲还没见过这样的总裁，冷声问："你以前是干间谍的啊？"

江达琳别过脸："把自己家的照片发上网，确实要谨慎，友情提醒！总之，之前都是我不好，错怪了你，我向你道歉，希望你能原谅我，你是个好人……"

"打住！"卫哲最怕见到别人这样子，赶紧接过花，"你不要给我发好人卡，花我收到了，不客气，再见。"

"哎呀，卫哲老师！你别走，我等你好久了……"

就连门卫也忍不住跑出来为她说情："她等了好几个小时了，从白天等到黑夜，一直等你……"

虽然这话听上去意味不明，不过江达琳也不在乎了，表明了自己的目的："我知道你是全中国，不，全亚洲最好的公关大师，处理什么难处、危机你都能手到擒来，我想请你帮我一个忙，我现在遇到一个大危机……"

卫哲无情地打断她："停！现在是我的非工作时间，所有业务，明天一早，你可以和我的助理联系。"

"卫先生，帮帮她嘛，这大半夜的，又这么冷，人家小姑娘很不容易的……"

卫哲嘴角抽搐，怀疑江达琳是不是给了门卫不少贿赂，回头一看，江达琳双手合十，正在朝他作揖。

“走吧。”

江达琳喜出望外，赶紧跟上卫哲，路上说出了关于New Face的事情。卫哲拿着资料看：“原来是这事，这我还真知道。”

“是啊，闹得特别大，感觉全世界都知道了。”

“我是说我比New Face的人和你，更早知道这件事。杨墨的遗孀李静柔来找过我。”

卫哲一副公事公办的态度：“这种案子无非双方讨价还价，李静柔坐地起价，New Face就地还钱，要钱没劲，省钱更没劲，我没兴趣处理，你另请高明吧。”

江达琳整个人都不好了：“可是我上哪儿另请高明啊……你就是我认识的最高明的了！而且我也没时间了，明天早上上班之前就得发声明……”

卫哲把资料还给她：“所以你更要抓紧时间。你的东西拿好，不送。”

送走江达琳，卫哲嘴角扬起一抹促狭的笑，倚在沙发上，无缘无故地想要喝一杯酒。

好歹也是做过中介的人，江达琳将厚脸皮的功力发挥到了极致，摁着卫哲家的门铃，终于等到卫哲再次打开门。

江达琳放软声音，装柔弱道：“卫哲老师，你就帮帮我吧。”

谁知道卫哲软硬不吃：“对不起，这事儿我帮不了，跟你说了，我有原则……”

“哎，你能不能把原则暂时放一放，帮帮我嘛……”

卫哲作势要关紧门，被江达琳用全身力气挡住。

卫哲好笑地瞧着她：“江达琳小姐，你身为一家传播公司的总裁，放着一整个专业团队的人不用，来找我帮忙，是不是太奇怪了？”

江达琳觉得还有希望，软着声音继续卖惨：“你也知道我爸爸的事。我其实还是个学生，我是不得不担负重任，才当了这个总裁，其实这是把我架在火上烤啊……你不是也说了吗？公司里那么多人，为什么我会毫无准备地就去开发布会？因为没有人会帮我啊，他们都等着看我的笑话……我现在的状况是内忧外患、四面楚歌、十面埋伏，我好不容易抢回New Face这个客户，现在又出了这么大的事，要是办砸了，我这辈子都抬不起头了，我爸爸一辈子的心血就会断送在我手里。卫哲老师……你可不能见死不救啊……”

卫哲再度要关上门：“对不起，我要休息了，而且我找不到要帮你的理由，你赶紧走。”

江达琳一把抓住卫哲的胳膊，她的手指细软白皙，手指抓住他的感觉，好似刚才医院里的婴儿带来的触感，卫哲一晃神，江达琳已经坐在了客厅内。

卫哲关上了门：“堂堂总裁，居然也这么死皮赖脸？”

江达琳倔强地昂起下巴：“为了公司业务，我牺牲一下自己的形象又算什么？”

卫哲被她逗笑了：“那我要是继续不帮你呢？你还想怎么样？”

“那就不好说了，没准儿我就满小区嚷嚷，说你堂堂一个大男人、公关专家，欺负我一个弱女子。”

卫哲嘿了一声，似是无奈：“我什么时候欺负你了？”

江达琳表情无辜：“你本来就欺负我了，你在直播上那么说我，那可是有几十万粉丝收看的直播，我的脸都被你当鞋垫反反复复踩了一个小时了，我说你欺负我难道还有错吗？”

卫哲坐在沙发上：“就凭你现在这种态度，你确定你是在求我？”

江达琳不想听卫哲的拒绝，自顾自地说：“就凭你在直播上对我的态度，你现在教我写个声明，我们就当扯平了不好吗？最多我付你钱行不行？”

卫哲气笑了：“你付我钱？我很贵的。虽然我会接客户，但我也挑案子，我做个人公关只解决对方的个人危机，我不会帮助这个人去解决他的公司的问题。这是两个概念，你明白吗？”

江达琳抬头：“所以你拒绝帮我，是因为你认为我是在雇用你去解决我公司的问题？”

卫哲反问道：“难道不是？你这可是投机取巧的省钱做法，我不能破坏我的原则。”

江达琳眼前一亮：“那如果我代表公司雇用你呢？”

“我现在代表DL传播，邀请您以合伙人的身份，加入我们公司，不知道这样我们还有没有的谈？”

卫哲眼里有一闪而过的欣赏，但他不动声色道：“邀请我的人多的是，我并不一定会答应你。”

“但这至少证明了我的诚意。而且我们可以从你教我写这个声明开始磨合，只要你同意，我可以立刻给你出具公司意向书，你看我连公章都带了！”江达琳一边说，一边掏出公章。

找他的地址、死皮赖脸地进门，如今又随身携带公章，卫哲开始好奇还有什么事情是她做不出来的了。

江达琳嘻嘻笑：“为了拿下您这个大神，我可是费尽心思，特地从财务姐姐那里要来的。”

卫哲微愣，嘴角微微翘起，仿佛听到了极其好听的话。

“你一个女孩子也真是不容易，好吧，就当我日行一善。就是写个声明是吧？”

江达琳连忙点头：“嗯嗯嗯。”

“教你可以，但你不许质疑，不许反驳，可以问问题但同一个问题不许问两遍。”

江达琳举起双手，开心地笑起来：“没问题。”

卫哲家的投影仪上，显示着杨墨的照片。

卫哲带磁性的嗓音在工作的时候更显性感：“杨墨的性格和我们刻板印象里的程序员一样，他沉默寡言，很能吃苦，曾为了开发一个产品半年里只回家过两次，比大禹治水还大禹治水……”

他把投影切换成New Face的图片：“而New Face公司在盛行‘996’文化的互联网圈子里，也是以爱加班闻名的，公司强调员工要有狼一样的性格和狗一样的忠诚，他们的企业价值观可以用一句话概括，就是——出来混，就是拼命的。”

江达琳还是第一次听到这个词：“996？”

朝九晚九，一周工作六天。

“也就是说，即便是在度假期间，杨墨在他去世的前一天晚上，也有很大概率是在工作的。”

江达琳捶一下沙发：“我就知道！New Face太过分了！”

卫哲看她小孩子心性，沉声说：“我告诉你这些，不是让你站在New Face的对立面，而是告诉你，在你写声明之前，你得搞清楚自己所处的位置。”

江达琳低声说：“明明是New Face做错了，我怎么替他们辩护？”

“什么叫明明？New Face什么也没做错。”

卫哲继续说：“从法律角度看，New Face一点错也没有，杨墨确实是在旅游的时候去世的，网友最多只能站在道德高度进行声讨。”

江达琳撇嘴：“可……可话也不能这么说吧，杨墨虽然是在度假的时候去世的，但他显然是积劳成疾，New Face当然要负责任。而且他们公司有那么多钱，员工都死了，多给点赔偿怎么了？”

卫哲问：“你有证据吗？”

“没有……”

“那不就得了？”

江达琳无话可说，不得不承认卫哲的逻辑无懈可击：“哦……”

“危机公关的第一要义是迅速收集事实，在管理层做出判断后，迅速给出回应，掌握舆论阵地。既然你说New Face答应付出杨墨十个月薪水的代价，那么可以视作是愿意做出让步的。所以这个声明将是一个典型的防守型声明，既要表现出公司的遗憾、同情和惋惜，也要明确传达公司不是过错方……”

江达琳一边点头，一边用手指噼里啪啦地敲电脑：“那就写公司将赔偿十个月薪水？”

“不能说‘赔偿’，也不用说具体金额。因为这个声明只是代表‘我知道了’，双方肯定还要继续谈，李静柔不会同意这十个月薪水的补偿的。”

江达琳轻声问：“你怎么知道啊？”

卫哲看了她一眼：“这是显而易见的。杨墨在度假期间猝死，跟公司有什么关系？李静柔明知道自己拿不出证据，却到处说杨墨是过劳死，还不惜跑来找我，被我拒绝以后又自己去写了一大篇长微博，费了那么大力气绕这么大一圈，图什么？当然是图钱啊！”

卫哲说完又说：“我最不喜欢的就是这种人了。”

江达琳弱弱地补上一句：“不过她也挺可怜的。”

卫哲早没有这点恻隐之心：“不管有多可怜，本质就在那里，本质！”

江达琳赶紧闭嘴。刚好手机响了，是邦尼发来的微信消息：“亲爱的，李斯特骑摩托车摔了，我带他上楼，到你屋里包扎一下好吗？”

江达琳一愣，赶紧打字：“好的，我床头柜的第二个抽屉里有急救盒，里面有棉签和碘酒。他没事儿吧？要不要送急诊？”

夜色已深，终于敲完声明，江达琳伸了个懒腰：“哎呀，终于搞定了！我现在就把这个声明发给New Face的HR，顺便抄送给我们公司的人，以证明我是有多废寝忘食！”

“想多了，你肯定比不上他们的人废寝忘食。”

江达琳放下胳膊：“也是，他们公司的人上班还带着床垫。”

江达琳收起电脑，离开之前想起关于合伙人的事情：“对了，加入我们公司当合伙人的事，你觉得怎么样？我是认真的。”

“再议。”

江达琳只好先离开，站在卫哲家门前还不忘鞠躬：“再次感谢你。”

下一秒，门被冷漠地关上，砰的一声回应了她的道谢。

卫哲站在客厅里，发微信给路易斯："路易斯，发生了一件很有趣的事，那个'表情包'连夜上门，在我家楼下苦苦守候了几个小时，哭着喊着求我加入DL传播当他们的合伙人，她还真是……够执着啊！"

江达琳抱着电脑包站在走廊上，窗户开着，风冷飕飕的，她抱紧双臂，打了个寒战，拿起手机给邦尼发微信。

江达琳家里，邦尼正和李斯特难舍难分。

晚上两人在江达琳家楼下分别时，你侬我侬后，邦尼一时没忍住，邀请李斯特去楼上喝咖啡，没想到一发不可收拾。

邦尼看了一眼手机，赶紧把手机稍微移开一些："你能不能先别回来啊？李斯特还没走呢，他有点严重……"

江达琳无语了，哆嗦着打字："啊？那怎么办呀，我得回家了，我昨晚也没睡好，这都快两点了，我要困死了，你让他走吧。你要不要叫个救护车？

"叫救护车有点夸张，你再给我半小时，我就轰他走。"

江达琳无可奈何："好吧，那我再等你半小时。"

半个小时后，邦尼还没回她消息。江达琳咬着嘴唇，觉得有些不对劲，然而邦尼连她的电话也不接了。

江达琳只好给邦尼发微信，坐在卫哲家的门外，背靠着墙根，打了个大大的哈欠，不知不觉就握着手机睡着了。

清晨时分，晨曦从窗户透进来，落在客房内。崔英俊翻了个身，他做了噩梦，像是受到惊吓般猛地睁开眼，看着近在咫尺、双手抱胸、衣着整齐的斯黛拉，他差点一口气没上来。

他惊魂未定，拿起手机看了一眼："这么早？"

"嗯。"斯黛拉看着自己的丈夫，"早班机。"

崔英俊半支起身："哪天回来啊？"

"明后天，看进展。"

斯黛拉拖着行李箱，看了眼毫无人气的客厅，关上门出去。

坐在车后座，斯黛拉端着一杯咖啡，腿上放着电脑，电脑上显示的是邮箱页面，她一封封看，顺着点开了江达琳发来的声明文件。

她喝了口黑咖啡，看完声明后，有些意外。

她顺手转发给舒晴，几分钟后，舒晴也给斯黛拉发来了微信："这声明是她自己写的？如果是她自己写的，那她真的令人刮目相看；如果是有人帮忙，那个人一定是业内高手。”

斯黛拉放下咖啡，用手指迅速打字：“不管是哪一种，这都是一篇非常专业的声明了。我赶早班机，你怎么也这么早起床？”

舒晴无奈：“你是早班机，我是早教时间。”

把乐乐交给林嫂之后，舒晴打开李静柔的微博页面，被微博的转发量吓到了。

截至目前，李静柔的微博已经有了四万条评论、二十一万次转发。

舒晴给斯黛拉打电话：“我估计New Face这件事不会那么简单地收场，毕竟死了人，肯定还有后续发酵，万一我们没做好，那一百万欠款就真的要不着了。你看，需不需要我帮着看着点她？”

“既然她不想当摆设，急着要摆老板的样子，要顶起一片天，不如就让她自己闯吧，吃点亏就当是交学费了。”

舒晴皱眉：“嗯，也只能这样了。”

昨晚熬到很晚，卫哲把手机关掉了，正在呼呼大睡，却被持续的门禁电话声吵醒了。他趿着拖鞋，一脸烦躁地拿起门禁电话，可视电话上出现了监控画面。

黑白的监控画面里，江达琳正蜷缩在电梯口的角落里睡得正香。

门卫担忧地说：“她就睡在那个死角，我刚刚才发现，想来想去还是先通知你一声……”

卫哲拿起钥匙，要打开门出去：“我去看看。”

他站在电梯口，发现江达琳正靠着墙睡觉，见江达琳没醒，用手推了一下。江达琳顺势就倒在了他怀里，吓得卫哲赶紧抓住她的胳膊。

“怎么这么烫？”

手指碰到江达琳的皮肤，卫哲皱了皱眉，探了下江达琳的额头。

“‘表情包’，醒醒！你发烧了。”

江达琳迷迷糊糊地醒来，摸了摸自己的额头：“没有发烧啊……”

“你自己当然摸不出来。”

江达琳意识到自己还在卫哲家门口，赶紧站起来，却因为一阵眩晕不得不靠在墙上。等电梯缓缓升上来，江达琳晃晃悠悠地走了进去。

卫哲双手抱胸，看着眼前电梯上的数字显示在16F始终没动。

他再次摁了一下电梯，门打开，江达琳还闭着眼靠在电梯的墙上……她根本没按楼层。他跨步走进电梯，微不可察地叹了口气，打算再做一次善人。

卫哲拽着迷糊的江达琳上车，江达琳烧得晕乎乎的，他看了她一眼，认命地绕过驾驶座，给江达琳系上安全带："你家在哪？"

江达琳半抬眼皮："望、望岳山庄……不对，我现在住在瑞安里3号……等一下，我要先打个电话。"

江达琳手一软，差点弄掉手机。

卫哲抓住她的手，对准手机："哪个手指解锁？"

江达琳竖起右手拇指，又依次竖起其他手指。卫哲似有若无地叹了口气，抓着江达琳的手指，一个个试着按下解锁按钮。

他正要打开拨号页面，手机却突然间响了，是一个陌生号码的来电。卫哲接通电话，把手机放在江达琳的耳边。

江达琳看了卫哲一眼："喂你好……"

打电话的是无花："你们写的声明我们法律部看了，觉得不行。"

江达琳能模糊地认出她的声音："声明不行？你们不想道歉？"

"我们雷总不打算道歉。"

卫哲把手机拿到自己耳边，扶着江达琳的肩膀，让她靠着椅背："你们雷总必须道歉，如果不想道歉，还发什么声明？"

无花顿住了："你是哪位？"

"我是卫……我是江达琳的同事。"

江达琳就快陷入昏睡，对卫哲投射过来的视线毫无察觉。

卫哲打断无花说的话，无视她说的内容，厉声说："你给我听好了，如果贵公司还想把这次危机大事化小小事化无，那从现在起，你们New Face上下只允许有一个幕后声音，那就是我的声音；只允许有一种态度，那就是我告诉你们的态度。我会在四十分钟内到你们公司，请你们雷总务必出席。"

"雷总没时间见你。"

江达琳歪歪倒倒，卫哲看她一眼，索性揽住了她的肩膀，让她枕着自己的胳膊，用命令般的语气对无花说："危机公关准则第一条，大老板可以不亲自发声，但他必须亲自拍板，这是我需要他在场的唯一理由，不然你以为我很喜欢见他？四十分钟后，在你们公司会议室见，我不喜欢别人迟到。"

果断地挂断电话后，卫哲拿出自己的手机，给路易斯拨电话："我需要近五年里所有与过劳死相关的资料，你半小时之内发给我。"

卫哲启动车子，不忘分心去看江达琳。江达琳这会儿老实了，安静地靠着椅背，脸上有着不自然的红晕。

江达琳睁开眼问他：“我们要去哪里啊？”

“去开会啊，还能去哪？”

卫哲隐隐觉得昨晚的心软将会为自己带来一个又一个烂摊子？而现在只是开始。

“哦。”

江达琳又睡了过去，头歪靠在卫哲的胳膊上，几根柔软的发丝扫过他的手腕，卫哲看了一眼，就毫不留情地把她的头推了回去。

汽车在一段没有林荫的马路上行驶，空旷的马路上没有车辆来往，阳光明晃晃地落在车内。

眩晕来得很突然，眼前仿佛出现了无数颗星星，卫哲用一只手摸了一下脑袋，脑中轰鸣，响起如同‘哈利路亚’一般的音乐，仿佛置身于天堂。

他试图握紧方向盘，手却不听使唤，车子开始呈S形路线向前。

江达琳在一阵剧烈的晃动中被惊醒，睁眼便看到车子即将撞上马路中间的绿化带，下意识地抓紧卫哲的胳膊。

又是同样的触感，被林娜的孩子握住手指的场景又在卫哲的脑子里一闪而过。

卫哲猛然惊醒，一把扭过方向盘，踩停刹车。轿跑车斜斜地停在了路边，江达琳受到惊吓后，彻底地昏了过去。

卫哲看着抓在自己胳膊上面的手，长舒一口气。他费力地把江达琳从副驾驶座拽下来，架着她在路边打车。

New Face公司的会议室里，卫哲和顾凯雷正在激烈地讨论，顾凯雷强撑着不肯有任何退让。

顾凯雷拍了一下桌子：“杨墨是在度假期间因心脏病突发去世的，不是过劳死！这一点你们得在声明里说清楚！”

卫哲冷哼一声：“还要我说多少次？你只要在声明里主动提及‘过劳死’三个字，就等于是在给网友制造话题！纠结死因是愚蠢的，网友在乎的是杨墨猝死后的结果和New Face的态度，别的他们根本不在乎。”

顾凯雷瞪着他：“可是我在乎，如果这不是我们公司的责任……”

卫哲一语中的：“你打算找谁说理去？”

“现在关键的点，不是他到底有没有过劳死。事实上现在几百万网友说他是过劳死，他不是过劳死也成了过劳死。你们New Face是一个正在上升期的著名公司，而杨墨只是一个普通的员工，行人乱穿马路被汽车剐伤了，汽车司机没责任也得赔点钱，你觉得你一句没责任就没事了？你需要照顾的是网友的情绪。”

顾凯雷的态度仍然强势：“我不能任人敲诈。”

卫哲不理会，仍然说：“你没时间等，半个小时之内这个声明必须发出去，措辞要恳切，态度要有同理心，你要向杨墨的亲人和网友表示歉意……我再说一遍，你们不是在针对这件事道歉，而是针对这其中的误会而道歉，道歉代表的是一种诚恳的态度。”

无花看了一眼电脑：“我只知道道歉是要负法律责任的，万一引发诉讼怎么办？公司正在融资审核，我们不能有任何法律风险……”

卫哲把风险三言两语说完，丢下一句话：“如果舆论扩大，你们公司的负面消息漫天飞舞，你要担心的就远不止法律风险了！”

顾凯雷本就不喜欢危机公关，无意多说：“尽是浪费时间。我就一个态度，声明可以随便发，道歉只要没风险，也可以。但丧葬补助金就是杨墨十个月的工资，不能再多了。杨墨本来就不是过劳死，钱给得多反倒显得我们New Face心虚。至于怎么谈，你们自己想辙。我先走了。”

会议室内，卫哲轻轻扯起嘴角，不冷不热地笑。其他人捉摸不透，面面相觑。卫哲走到无花面前：“你知道在处理危机的过程中，我最讨厌的是什么人吗？”

“我最讨厌的，就是你们这些法务。因为你们从来不从战略角度考虑问题，一天到晚只知道风控、风控，为了一丁点儿所谓的风险，拼命扯我的后腿。”

无花怒道：“我警告你不要挑战我的职业尊严。”

卫哲摊了下手：“不好意思，我只是阐述一个事实。”

旁边的金堂目睹了这一切，拿起手机给斯黛拉打电话，将卫哲在公司的事情告知了斯黛拉。斯黛拉刚走出机场，转而给舒晴打电话：“舒晴，我刚听说卫哲代表我们公司跑去New Face了……对，就是那个卫哲，你看看到底怎么回事？”

卫哲从公司走出来时，江达琳还趴在靠窗的条桌上睡着，他抱着双臂站在一旁看了她好久，然后有些嫌弃地摸了摸她的额头：“喂，你还好吧？”

他拿起江达琳的手机，用她的大拇指解锁，看到好几个来自“邦尼”的电话。

给邦尼打过电话后，卫哲认命地送她回家。在江达琳家，卫哲把江达琳扶到床上，邦尼将卫哲从上到下看过一遍，八卦地问："谢谢你啊，一上午她不接电话、不回微信，我都快急死了……闹了半天是生病了啊！那个……那昨晚她是和你……"

卫哲冷淡地说："昨晚她在我家楼道里睡了一夜，早上保安打电话给我我才知道，我也不明白她为什么没回家。"

邦尼暗自吐了下舌，昨天大概是因为她，江达琳才没能回家。她尴尬地说："呃，呵呵，是吧，我也不清楚，她这人有时候就是稀里糊涂的……"

江达琳躺在床上沉睡，或许是因为发烧，她神色不安，始终拧着眉。

邦尼的手机响了，她在房间里接起电话，一会儿讲中文一会儿讲英文，讲英文时还是正宗伦敦口音，卫哲目瞪口呆，想着这两个人倒还是有一点像。

等邦尼挂断电话，卫哲打算离开。

邦尼瞥了一眼江达琳，走到卫哲身边说："谢谢你啊，教我闺密写声明，替她开了会，还把她送回家，真是太麻烦你了。她特别想跟你学公关，还想请你去他们公司当合伙人呢！"

卫哲顿住脚步，回头看向江达琳。

房间的窗帘拉着，阳光被隔绝在窗帘外面，她的脸埋在柔软的枕头里。

"她跟你说过？"

邦尼点了点头："她说了好几回了，要不我怎么会知道？她这人是个实心眼，要是有什么冒犯之处，我先替她向你道个歉，也请你能帮就多帮帮她，她也不容易。"

卫哲淡淡一笑，没有回应，离开了房间。

邦尼热情地在他身后喊道："慢走，对了，我让她请你吃饭啊！"

卫哲没回头："不客气。"

邦尼回头看向躺在床上睡着的江达琳，呼了一口气，赶紧回去给江达琳找退烧药吃。

卫哲没有回家，去了心理咨询室。最近眩晕的次数似乎变多了，他直觉这不是一个好现象。

聂灵子听他讲完，直接问："我不是警告过你不要开车吗？"

卫哲坐在沙发上："以后不开了。"

"那个女孩抓住你的胳膊的时候，你脑海里想到的，是一个婴儿抓着你的手？"

卫哲露出困惑的表情，不同于处理公关时的强硬："可能是我想多了……幻觉吧，我出现幻觉了。"

"你跟别的朋友聊过这些吗？"

卫哲摇了下头："没有，我没有适合聊这些的朋友。"

聂灵子微微点头："也就是说，你没有知心朋友。"

卫哲无所谓地说："我不明白人们为什么都说需要知心朋友，如果人人都有知心朋友，那你岂不是要失业了？"

聂灵子微笑道："你的防备心很重，重到稍微有些话让你觉得不舒服了，你就会情不自禁地反击回去。"

卫哲耸了耸肩，回应以同样的微笑："职业习惯吧。"

许久之后，江达琳才迷迷糊糊地睁开眼，邦尼正坐在沙发上削苹果。

邦尼上前探了探江达琳的额头："哟，醒啦？你体质不错，烧退了，要不要喝点儿水？吃不吃苹果？"

江达琳环顾一圈自己的房间，忽地清醒了，从床上坐起来大吼了一声。

邦尼吓得连苹果都掉了，在江达琳的虎视眈眈下，逃了出去。

江达琳响亮地喊道："马邦尼！你回来！"

邦尼回头："跟你说了多少次，不许连名带姓地叫我！"

江达琳坐在床上："你还好意思说我？你昨晚是不是……把李斯特带进来了？"

邦尼犹豫着点了点头。

"那你们，有没有？"

邦尼再次点了点头。

江达琳脸都绿了，她从床上弹了起来，连滚带爬地跳到沙发上："这床我不要了。"

邦尼看了一眼沙发："其实我们没在床上……"

"那在哪儿？"

江达琳循着邦尼的视线往身下看，猛然一惊，从沙发上跳了起来。她不小心撞到了茶几，抱着脚跳起来。

邦尼赶紧走上前，断断续续地说："不是你想象的那样，我们就……嗯，没有……那什么……真没有……也就是在这沙发上……"

江达琳皱眉："那沙发我也不要了。"

邦尼应承道："好好好，我给你买新的。"

过了一会儿，邦尼才说："瞧你这样，跟出土文物似的，你是从美国回来的吗？你是从清朝回来的吧？"

江达琳无语："去你的。"

邦尼忽然坏笑，撞了下江达琳的肩膀："你别说我，你自己也是被男人送回来的好不好？而且你还昏迷不醒……"

江达琳瞪大了眼睛："卫哲送我回来的？"

邦尼点了下头："是啊，人家替你开了会，又送你回来，算你有一手！"邦尼眨了眨眼，"我跟他聊了一小会儿，你的眼光可以啊，他一看就是钻石王老五！"

江达琳完全没在意邦尼说的内容，只想起了一个严重的问题："不好！New Face、我的声明……我的手机呢？"

从桌子上拿起手机，江达琳心急如焚地想查看消息，她一看，屏幕上全是陌生号码的未接来电。

在今天早晨，New Face公司的声明发表后，李静柔就脸色苍白地坐在沙发上，低头翻着新闻页面。她表情悲痛，杨墨去世前一天，两个人的对话还在她耳边萦绕。

"你昨天答应过我，今天绝对不会碰电脑。你可不能赖帐！"

"绝对不赖，左手碰剁左手，右手碰剁右手。手机也不碰，你让我给你照相我都不碰。"

李静柔娇嗔道："讨厌！给我照相，当然用我的手机，我的手机有美颜功能。"

新闻视频还在继续："声明指出'杨墨的去世是一个悲伤的意外'，New Face公司对此深表遗憾，但也着重强调杨墨是在普吉岛度假期间不幸去世的，并非工伤，更不是网络上所说的过劳死……"

李静柔流下一串眼泪，听见有人正在敲门。红茶提着不少东西站在门外。

红茶朝杨墨的遗像鞠躬，而后从口袋里拿出一张银行卡："这里头有一点钱，不多，是产品部的人一起凑的，是我们几个人的一点心意。你拿着。"

李静柔接过卡，哽咽着说："New Face给我打电话了，顾凯雷还是只肯出十个月工资的丧葬补助，连三十万都不到。"

李静柔气愤地说："杨墨走的前一天，还在跟我讲当初创业时的段子，雷总长、雷总短的，对雷总崇拜得不得了……他怎么会知道，他的雷总会这么对他？"

红茶扶着李静柔坐下来，李静柔止不住地哭泣："杨墨明明就是加班累死的，他们不能这么无赖……呜呜呜……"

红茶脸色难看，他似是下定了决心，咬了咬牙道："你别急，我们再想想有没有什么别的办法。"

他转身离去。

李静柔看着杨墨的遗像，咬了咬牙，决定接受媒体的采访。

江达琳去了一家咖啡厅找卫哲。

江达琳收回手机，懊恼地说："这才发了一天不到，就已经上到热搜第一名了。我都不知道我现在做的到底是对还是错。"

卫哲端着一杯咖啡，淡淡地说道："公关不是打官司。公关是让需要扩大的事情尽可能地扩大，让需要了结的事情用最快的速度了结，让企业按照自己期望的节奏往前走，和对错根本没有关系。"

江达琳眯着眼，微微抬头，认真地盯着卫哲："那如果不知道对错，我怎么才会知道自己努力的方向是什么？"

卫哲失笑，看着表情困惑的江达琳，眯了下眼："很简单，你不需要有自己的方向，对客户最有利的方向就是你努力的方向。"

他的声音不大，可他说出的每一个字都掷地有声。

"可是、可是即便是在军队里，每一个士兵也会有自己的想法吧？"

卫哲轻笑："那你也该懂得，在打仗的时候，一个合格的士兵就该把自己的想法忘记，将指挥官的想法当成自己的想法，否则这仗还怎么打？各打各的吗？"

路易斯见老大又毒舌，出来打圆场："喏，我以为我们是出来晒太阳喝咖啡的。"

江达琳红脸了："不好意思啊！"

路易斯虽说不喜欢DL传播，对江达琳倒没有什么意见："没事，Hi，我是路易斯，一直没机会做自我介绍。"

江达琳握上她的手："你好，我知道你，你在当实习生的时候就拿过超级可乐校园行的最佳文案奖，前年还拿了第九届AMES的最佳活动策划奖。当年我们公司错过了你，是我们巨大的损失。"

路易斯露出意外的神色："你居然知道我？"

江达琳看一眼卫哲："在决定邀请卫哲老师加入之前，我是做过功课的。"

路易斯挑眉，有些惊讶："你已经答应加入DL了？"

卫哲姿态悠闲，勾起嘴角，有些漫不经心："我可没答应。我帮她也是因为她号称自己是一名十万火急的客户，而且你不觉得她的问题很多吗？"

"哎！"江达琳着急，"我有什么问题？"

卫哲喝一口咖啡，过了半晌才轻飘飘地说："你最大的问题，就是总喜欢纠结在那些是非对错里，而忽略了事情的本质。"言简意赅，一语中的。

卫哲说话向来不喜欢拐弯抹角。

江达琳撇了下嘴，又不服气地问："你说的本质是什么？"

卫哲把咖啡杯放在桌子上，杯子碰到桌面，发出沉闷的响声："输赢。输赢就是一切。"

江达琳定定地看着卫哲，突如其来的手机铃声打断了两人的对话。江达琳听出对面是无花："是这样，你们给媒体的通稿第二段，不能这么说。我认为这里要加一句：'同时，杨墨家人的不实指责和过劳死的谣言，纯属子虚乌有，我司将保留追究法律责任的权利。'"

江达琳有点接不上话："呃，我觉得……这样不妥。"

卫哲轻轻摇头，朝路易斯伸手。路易斯非常默契地将记事本翻到空白页，和笔一起递给了卫哲，卫哲在纸上笔走龙蛇，没好气地翻给江达琳看。

纸上写着四个字：这是骂人。

江达琳跟着念了一遍："这是骂人。"

无花愣了："我骂人了？我骂谁了？"

卫哲唰唰写了几个字，拿起来给江达琳看——人都死了。

江达琳露出恍然大悟的神色："杨墨已经死了，你现在这么说，听起来冷酷又残忍，会更加激怒网友的。"

卫哲意外地挑了挑眉，路易斯赞赏地笑起来。

江达琳急中生智："我们发通稿的目的是往下压……呃，是平息事端，不是激怒网友给自己找麻烦。"

卫哲又写了几个字——问她，我们坐在这里的目的？

江达琳点了点头："我问你，我们坐在这里的终极目的是什么？"

"维护公司利益。"

江达琳看着卫哲又写出来的几个字："错，我们的目的是维护公司长远的利益。"

江达琳挂断电话，要赶去New Face开会，走了几步又折回来，愣头愣脑地说："我觉得你说得不对。"

卫哲挑眉，嘴角微微翘起，却没有笑意。

“输赢不是一切，就像你刚才说的，我们坐在这里是为了维护客户长远的利益，如果分不清对错，那怎么能知道长远的利益是什么？”

卫哲：“……”

江达琳说完轻轻鞠躬：“不过，无论如何，我还是非常感谢你，卫哲老师！这次要是没有你帮我，我真不知道该怎么办！”

路易斯目送江达琳离开：“厉害啊！都知道以子之矛，攻子之盾了。”

卫哲嗤之以鼻：“偷换概念罢了。”

路易斯坐在沙发上，看着卫哲：“我觉得她挺聪明的，她知道拼命地抓住自己的客户。而且……我觉得你挺看重她的，你在教她。”

路易斯接着说：“你从来没这么认真地教过别人，连对我都没这么教过。”

卫哲蹙眉，漫不经心地说：“你连我的银行卡密码都知道。”

“好吧，那我就不吃醋了。”

卫哲摇了摇头：“她现在就是个光杆司令。”

路易斯惊讶了：“真的假的，连助手也没有给她派一个？”

卫哲莫名地想起她站在小区外面缩着肩膀等待自己的身影，眉目上染了一丝不曾出现过的色彩，他摇了摇头。

路易斯撇嘴：“这斯黛拉够狠的啊！”

“还有更狠的，New Face欠了DL传播一百万没付。”卫哲冷冷地说，“嗯，她居然还敢大言不惭地说要把这个案子的服务费分我一半，还真会虚张声势。”

“这么惨？”路易斯还挺好奇老大会做出什么决定的，“你是怎么打算的，去不去DL？”

卫哲只说：“看看New Face这一单，她能做成什么样。”

路易斯笑了，倒不是看不起江达琳，对于一个职场新手，她实在是不抱任何期待：“这还用看？内忧外患，毫无经验，这么大一件事，你要是不帮她，她肯定就扑街了。”

卫哲若有所思地摸了摸鼻梁，微笑道：“是吗？”

第六章　拿下一单

江达琳要赶去New Face开会。

就在刚刚，《光环之塔》突然遭到玩家抵制，超过五位数的玩家卸载了游戏App，并且在网上发布了自己卸载游戏App的视频。视频里是《光环之塔》的游戏界面，一个英雄倒在地上，玩家用手指点了右上角的退出按钮，屏幕返回到手机屏幕画面，玩家长摁住游戏App，App抖动起来，被手指拖到了垃圾箱里。

金堂气得拍桌子："这帮玩家是不是猪脑子啊，怎么听风就是雨？"

红茶担忧地说："最好赶快想个办法，这个玩家很有号召力，我们已经观察到有超过五位数的用户删号了，而且数量还在不断增加。"

顾凯雷看着视频，暴怒地说："这样，你们发公告，今晚临时系统维护，把新英雄……叫什么来着？哪吒还是木吒……"

"红孩儿。"

"哦，把红孩儿给我立刻上了！我就不信，有了红孩儿，你还想过火焰山……"

金堂小声提醒："新英雄原定在下周三上线的，紧急上线肯定不行……"

顾凯雷当即说道："那明天呢？反正这一周一定要上，大家辛苦辛苦，今晚奋战一下，尽量保证不要有漏洞……"

众人面面相觑，顾凯雷也意识到自己说了不恰当的话，一时间会议室里有些安静。

江达琳轻轻敲门，走进会议室，会议室里的人齐齐看向她。

顾凯雷眉头一皱："怎么是你？卫哲呢？"

江达琳回答说："他手头有点急事。"

顾凯雷有些冷漠，话中带着不耐："哪家公司的事儿啊，比我们的还着急？叫他赶紧来，等他来了一块儿开会。我们公司出了这么大的事，你们就派你一个小助理来，也太不重视我们了。"

江达琳待着没动，顾凯雷正要赶她走，她不忿地大声说："工作做得好不好，又不是靠人数决定的！贵公司三年前这个时候全体员工加一起不也才四个吗？我虽然只有一个人，但我告诉你，我可不是什么小助理，我是DL传播的总裁，我现在已经亲自来处理你们公司的事了，还要我们怎么重视？"

顾凯雷一脸错愕地望着她："你是DL的总裁？"

江达琳没回应，关上门走出去，不安地等在门口。墙上的指针一分一秒地转动，江达琳看见顾凯雷在办公室动作很大地发着脾气，她突然不着急了，在膝盖上打开电脑，敲击几下，点开了李静柔的新的采访视频。

李静柔声泪俱下地面对镜头说："《光环之塔》游戏上线前的三个月，杨墨就没睡过一个囫囵觉，好不容易有一天休息，我想让他陪我去趟超市，他为了修复一个漏洞，从天亮讨论到天黑都没法出门。我每次埋怨他，他都说，等到公司C轮了，上市了，就给我买车、买大房子、天天陪我逛街……"

"我就想问问New Face，问问顾凯雷，你还记得当年你对兄弟们说过的话吗？"

江达琳忍不住叹气。会议室内，争吵越来越激烈，顾凯雷和红茶起了争执，正大力地拍着桌子。

舒晴这时打来了电话："现在情况怎么样？"

江达琳再度看了一眼会议室："他们内部还在商量对策，这会儿还在吵架呢，那个雷总都拍桌子了！"

舒晴呵呵两声："企业一出事，往往自己内部先乱了阵脚，这也很正常。对了，我听说卫哲在帮你？"

江达琳嗯了声："你都知道啦？我本来就是想请他指点我一下，谁知道我突然发烧晕过去了，他只好替我开会了。他人挺好的，本来我都束手无策了，要不是有他，我就真的出洋相了，呃……我不是说你们不帮我啊，我没那个意思！对了舒晴姐，我已经邀请卫哲加入我们公司了！"

"他怎么说？"

"他还没答应。"

两人正说着，红茶突然间从会议室里冲了出来，被摔上的门发出巨大的声响。江达琳匆忙结束了电话："舒晴姐，我这有点事儿，回头再跟你说。"

红茶憋着一股气跑到楼下，站在自动售卖机前，里面的饮料卡住了就是掉不下来，他发泄一般，敲打摇晃甚至用脚踹自动售卖机。

江达琳走过去看了一眼，从包里取出钥匙串，打开一把瑞士军刀，将门边的螺丝放松半厘米，再抱着售卖机使劲摇了摇，饮料咣当掉了下来，她取出饮料，递给红茶。

红茶顾不上还在生气，有些吃惊地问："你平时……都带这些？"

"哦，这个啊！"江达琳晃了下瑞士军刀，"啊？现在少带很多了，之前上学的时候，我还带电击棍和辣椒喷雾呢。"

红茶竖了下大拇指："你在哪儿上学？"

"纽约。"

江达琳见红茶要离开，叫住了他："红茶……总？我能不能问你些问题？"

坐在办公室里，红茶说："公司没有加班这个概念，大部分员工是'90后''95后'，没成家也没女朋友，24小时泡在公司也可以，提前早退也可以，只要自己的事做完就行。我们不打卡。"

江达琳直逼主题："你觉得杨墨的死跟公司有没有关系？"

红茶迟疑地说："我不知道，法律上来看，公司应该没有问题，但是……"

红茶的办公桌上还有一张他和杨墨勾肩搭背的照片，红茶看了一眼照片突然说："他走的那天中午，我们还通了一个多小时电话。"

"一个多小时？不是说那天他全天都在陪着他太太游玩吗？"

"那天我们讨论了下个月线上活动的规则设置。"红茶说，"他假装拉肚子，在厕所蹲了一个多小时，在电话里跟我说腿都麻了，眼冒金星……打完电话他老婆不让他吃东西，说要清肠胃，我们在群里讨论要吃什么，他就一直在说饿，我们还狂笑他自作孽不可活，谁知道这……"

江达琳面露恻隐之色。

有几个员工过来，毛毛躁躁地走到办公室门口："茶总！那我们先走了啊。"

红茶摆了下手："哦，去吧，替我也上炷香，磕个头。"

员工离开后，红茶才向江达琳解释："今天是杨墨的头七。"

红茶又沉默了一会儿，忽地恼恨地在桌上重重拍了一巴掌。

过了一会儿，顾凯雷叫江达琳去会议室里开会。会议室的LED屏幕上出现了一个图表，显示着每个游戏大区参与声援行为的人数比例。

顾凯雷的脸色十分难看，江达琳解释道："目前看来，《光环之塔》36个大区已经全部出现了声援杨墨的行动，共有九万多名玩家签名表示如果处理结果不尽如人意，不排除删号可能。游戏商城的销量也跌得很厉害，一旦再有《财经要闻》这样的主流媒体发声加入，局面就真的不好控制了。"

顾凯雷烦躁地说："那你什么意思？"

江达琳坚持说："我建议贵公司尽快和李静柔谈判，商量一个解决办法。"

"哦。"顾凯雷用手在脸上揉搓了几下，"那这样，你还有那个卫哲，你们先代表我们公司去谈。"

江达琳在瑜伽教室门口等待卫哲。

瑜伽教室里，学员正伴随着柔和的音乐和口令声在做瑜伽，基本都是女学员，只有两个男人，卫哲便是其中一个，他手上的手环显示着他现在状况稳定。

教练的声音出现在卫哲的耳侧："冥想，倾听自己的呼吸，想象你是一只海鸥，飞翔在无边无际的海上，没有烦恼，没有焦虑，自由自在……跟我一起，呼……吸……"

而在卫哲旁边，一位练瑜伽的女人偷偷睁开眼，瞟向卫哲英俊的侧脸，嘴角偷偷扬起。

瑜伽课结束，卫哲换好衣服神清气爽地走到前台，赫然发现江达琳等在那里，随后就见她猛地站起来走到他面前。

江达琳的动作太大，卫哲吓了一跳。

江达琳似乎并不觉得自己太过激动："卫哲老师。"

"你怎么知道我在这里？你跟踪我？"

"是这样。"江达琳晃了下自己的手机，"我打不通你的电话，是路易斯姐姐告诉我的。"

卫哲往前走："你又有什么事？"

江达琳赶紧跟上去，语气急促："是这样，New Face公司想让我去跟……"

话音未落，方才瑜伽课上的女人忽然从侧面跌到了卫哲面前。卫哲赶紧扶着她，那女人顺势靠着卫哲的胳膊："Hi！"

"你也在这里学瑜伽啊？既然是同学，不如我们加个微信吧，这样万一谁有事要缺课，也有人帮忙请假，你说是不是？"

两人之间波涛暗涌，双方皆无视一旁的江达琳。这女人一冲出来就打断自己的事情，江达琳看来看去都不知道该说什么了。

江达琳一脸疑惑不解，指着一旁明显是她朋友的另一个女人，迟疑着问："可你朋友不也在这里学吗，她不能替你请假？"

气氛忽然间变得很尴尬。

女人直起身："你是谁啊？关你什么事儿？"

"我……"江达琳还没说完，就被卫哲踩了一脚，她瞪了卫哲一眼，"你踩我干吗？"

"这是你女朋友啊？"女人指着江达琳问道。

"当然不是。"卫哲果断地说，"我加你的微信。"

成功要到微信后，女人才傲娇地扬长而去。江达琳哼了两声，看到卫哲像发现新大陆一般看自己，他问道："你长到这么大，一直都活得这么直截了当的吗？"

江达琳点头："不然呢？"

卫哲摊开手，往前走："New Face又怎么了？"

"他们想让你和我负责公司跟李静柔的谈判，协商赔偿金额。"

卫哲好笑地问："哦，那和我有什么关系？"

江达琳弱弱地说："他们，希望我……和你一起去。你能不能……"

"不能。"

"那你能不能教教我？我不会谈判。"

卫哲回头，一字一顿地说道："第一，我还不是DL传播的人；第二，这件事我没有任何好处；第三，你堂堂一个总裁，人脉资源加在一起难道就我一个人？"

江达琳眨了眨眼，显得有些可怜："我知道，我知道，我这不是没办法了吗？理由你也都明白。而且，你就是我的人脉资源里最好的资源……"

卫哲捂住耳朵："停停停！听着，我不是你的保姆，你也不是我的客户，最近我在休假，你不要没事就来打扰我，知道吗？再见。"

卫哲潇洒地往前走去。眼看着两个人越离越远，江达琳站在原地大喊了一声："你站住。你是不是觉得，我要是连这个都做不好，就没资格当总裁，没资格邀请你加入我们公司当合伙人？"

卫哲停下来，倒是有些意外她会这么说，但还是诚实地说："对。"

江达琳走到他身边："那是不是如果我做好了，你就答应我的邀请？"

"我可没……"卫哲刚要开口，就被江达琳连珠炮般的话截住。

"OK，那就这样说定了，只要我成功解决New Face的事，你就同意加入DL。好的，一言为定，再见、再见！"

她说完就捂着耳朵跑出去了，完全不给卫哲反驳的机会。

卫哲看着她的背影乐了："居然还想套路我……"

在医院的斯黛拉收到了江达琳发来的消息，说邀请了卫哲当合伙人。

她走出诊疗室，神色复杂地关上手机，又接到何宏伟的电话。她方才的检查结果称不上好，何宏伟恰好和医院院长在聚餐时遇到，便问她是否需要安排一下。

斯黛拉直接拒绝了，又突然想起舒晴所说的话，对何宏伟道："对了，有件事你帮我分析分析。我听说卫哲最近想动一动，所以让舒晴去试探了他一下，看看能不能请到他，结果他打了一套太极。本来我也没抱多大希望，但我今天听到个消息，江达琳也向他发出了合伙人邀请，而且他居然还帮江达琳去我们客户的公司开会了。"

"是吗？这倒是有 点意思。"

斯黛拉说："嗯，我就在想两个问题，一是卫哲为什么突然决定不做独立公关了，二是卫哲为什么会愿意帮江达琳？"

何宏伟轻声说："其实你这两个问题，都取决于一个关键点。"

"关键点就是，这个卫哲究竟是个什么样的人？"

江达琳告别卫哲后，就去了李静柔家。门刚打开，她就看到面前的李静柔脸色苍白，双眼红肿。

江达琳不安地跟着李静柔进屋，先做了自我介绍："李小姐，我是DL传播的，我代表New Face……"

这是一套典型的两居室，不大却干净整洁，过道桌上供着小小的灵堂，上面有杨墨的遗像。李静柔脸色苍白地坐在单人沙发上，面无表情。

江达琳坐在她对面，膝盖上放着一个文件夹。

李静柔突然间开始和她谈起杨墨的事情："我和杨墨是通过别人介绍认识的，算相亲吧。第一次见面那天，我一看见他那件格子衬衫，就想扭头走了，但还是碍着媒人的面子坐了下来。后来他把菜单塞给我，一个劲儿地让我挑贵的点，我又觉得这饭店撑死了人均消费一百，他瞎显摆啥啊……我吃了两口就说要走，他还愣在那儿，我都走出去老远了，他气喘吁吁地追上来，我还以为他醒悟了呢，谁知人家说‘你手机忘拿了’。”

说完她擦了擦眼泪：“说吧，顾凯雷想怎么做？”

江达琳低头掩饰自己的不自在：“呃……我今天来，主要是为了了解情况。毕竟不管怎么说，杨墨是在度假的时候去世的……”

李静柔打断她的话，声音凄厉：“他在加班！从我们认识的那天起，他到哪里都会带着电脑，而且每次选旅行目的地时他都会问有没有联通4G信号覆盖……”

江达琳看着文件：“但、但这还是不能证明他在加班，这个《工伤保险条例》第三十九条有规定，职工……”

李静柔擦了擦眼泪，用通红的眼睛瞪着江达琳：“你不要给我背条款，人活着的时候每天废寝忘食，在公司吃，在公司睡，从来没有人给我背过条款；现在人死了，就来跟我背条款了吗？”

江达琳慌乱地深呼吸，借口要用洗手间，躲起来给卫哲打电话。

卫哲正坐在副驾驶座上，驾驶座上是当红女主持王楚。接到江达琳的电话时，他轻微地蹙眉，很无奈地问：“又怎么了？”

江达琳低声说：“你接电话啦，我还怕你不肯接电话呢。我现在在李静柔家里，我想问你个问题……”

卫哲把车窗往下降，冷漠地回答：“我拒绝回答你任何专业问题，问我问题是要收费的。”

“卫哲老师，我的这个问题一点也不专业，就是个生活中常见的问题。就是我、我想和一个人讲道理，可是、可是对方老是哭，我……”

卫哲语气稍稍缓和：“你想跟一个人讲道理，对方却跟你讲感情，是不是？”

“对对对，我该怎么办？”

“不怎么办，这只能说明你的道理没有讲到点子上。行了不说了，我还有事，再见。”

开车的王楚眯着眼睛，看向卫哲的眼神有些奇怪：“谁啊？怎么还叫你老师？”

卫哲不在意地说：“一个同行，我帮了她一次，她就哭着喊着要拜我为师。我才不打算收她做徒弟呢，平白无故就把我叫老了一辈儿，这不是占我便宜吗？”

王楚啧了一声，嘴角挂着笑：“我看你是怕被叫老了一辈儿，不利于占她便宜吧？”

卫哲侧过脸看她：“你想歪了啊！”

三分钟之后，餐厅门口，江达琳的电话再次打过来，卫哲不耐烦地问：“又怎么了？”

“卫哲老师，我又有一个非专业的问题。验孕棒上两根杠的意思，是怀孕了对不对？”

江达琳原本打算走出洗手间，却无意间瞥见废纸篓里有一个包装盒，上面写着“早早孕验孕棒”，而盒子里有一根用过的验孕棒探出头来。

卫哲气疯了，没好气地大声说：“你连怀没怀孕这种事也要问我？你不会自己搜啊！”

身旁的王楚和餐厅的迎宾同时用惊愕的眼神看向卫哲。

江达琳弱弱地回答，语气听上去很诚恳：“我搜了，我就是想跟你确认一下，你肯定比较懂行……”

卫哲连话都没再说，就挂断了电话，回头才发现王楚和迎宾惊愕的眼神。

西餐摆在桌子上，王楚聊了两句工作，发现卫哲明显心不在焉，卫哲冷不丁地问：“你说，那个人问我两道杠是不是代表怀孕，这是不是她怀孕了的意思？”

王楚放下刀叉，八卦的心思也上来了：“你刚明白过来啊，不然人家问你干吗？我还说你怎么那么淡定呢……”

卫哲被王楚的眼神看得浑身不自在：“你什么眼神啊？我当然淡定了，又不是我的！”

“你确定？”

“我怎么可能出这种纰漏，笑话！”卫哲抓起手机给江达琳发微信，“不行，我的好奇心被激发了……”

“你是不是怀孕了？谁的啊？看不出来啊，你还有这本事？”

江达琳回到公司后便将发现的消息告知了顾凯雷，顾凯雷听后询问她的意见：“DL这边有什么建议？”

卫哲不在身边，江达琳连说话都不太有底气，有些紧张地道：“我建议，尽快和李静柔和解。”

无花也认同：“我同意，杨墨去世前两天，每天都在工作群里说话，最晚的时候是凌晨4点50分。这件事情要是传出去，也会对公司不利。”

有人突然问道：“群里的聊天记录可以算加班的证据吗？”

江达琳查了一下资料：“可以。聊天记录只要满足真实性、关联性、合法性条件的，可以作为定案证据，早在2015年就有类似的案例出现了。”

顾凯雷拍了一下桌子：“你在胡说八道什么？什么定案证据，我们犯法了吗？我们又没犯法！”

“她的意思是，所有的聊天记录都很危险，所以从现在起，所有相关聊天记录必须删除，所有员工必须封口，不允许公司的任何人擅自对外发布相关信息，也不允许任何人擅自对这件事做出评价。整件事只有一个人可以拍板，那就是雷总；整件事对外只有一个出口，那就是……江达琳。”

卫哲的声音突然加入进来，江达琳立刻回头看，脸上带着毫不掩饰的惊喜。她看着卫哲，嘴角轻轻弯起。

两人从公司走出来，江达琳兴奋地走在卫哲左侧：“哎，你怎么会来？”

卫哲看着江达琳毫不掩饰的开心，眼神里也夹杂着笑意：“本来我是一点也不想来的，但想到替你开过一次会，就这样被莫名其妙地误认为是我在处理New Face这件事，要是被你搞砸了，这件事传出去岂不是会连累我的名声？”

江达琳笑着说：“太谢谢你了！那现在我们是要准备谈钱了吗？我查过美国一些类似的案例，李静柔只要把怀孕的事情说出去，在舆论上对New face一点好处也没有，更何况现在New Face还在融资阶段，还要靠光环之塔的业绩……”

就在这时，两人同时收到一条微信，江达琳的嘴角瞬间就垂下来了。

卫哲举起手机：“看见了吧，顾凯雷说了，New Face最多出五十万，不会再多了。所以你现在要做的就是负责把价格控制在五十万以下就可以了。”

汽车停在李静柔家楼下，江达琳坐在车上：“你真的不能陪我一起上去？”

卫哲坐在副驾驶座上：“李静柔求过我，我没答应，我跟你一起上去，除了激怒她，对我们没有任何好处。”

卫哲发觉自己在江达琳面前总是格外有善心，多教了她几句：“谈判的艺术在于层次，青蛙要用温水煮，骆驼身上的稻草要一根一根地加上去。察言观色、进退有度，你要把节奏掌握在你自己的手里，不要被对方牵着鼻子走。”

江达琳深呼吸，还是感到紧张：“你说的这些都太抽象了，有没有具体一点的方法？”

卫哲从口袋里掏出一副对讲耳机，递给江达琳一只：“把这个戴上，具体吗？”

江达琳双手合十，嘴角高高翘起：“太具体了！谢谢您，卫哲老师。”

卫哲不自觉地勾唇笑了一下，从车上走下来，去了附近的咖啡馆。

“杨墨他为了公司，这几年哪天不是加班到深夜？他们动不动就组织头脑风暴，到了周末又要进行团队建设，其实就是找个酒店关起来继续干活，好不容易休息一天还要开什么复盘会，家里老人生病他都没时间去探望，全是我替他照顾……”

卫哲坐在咖啡馆里，仔细听着耳机里传来的内容，他沉着的声音通过耳机传到江达琳耳边：“肯定杨墨的辛苦，同时表示遗憾，强调规章制度……”

江达琳对李静柔说：“杨墨的辛苦我们都知道，也都感到非常遗憾，但这依旧不属于工伤致死的范围。”

李静柔反问道：“杨墨如果不是长期加班导致亚健康，他好端端的怎么会突发心脏病？这怎么不是工伤？”

卫哲喝了一口咖啡，悠悠地说道：“他是在度假期间突发心脏病的，心脏病突发的原因非常多，除非有医学鉴定，否则无法证实杨墨是过劳死。”

“他那几天真的一直在加班，真的。那天他一直加班到第二天早晨，我半夜醒了好几次，他都躲在阳台上敲电脑，怕有声音吵到我。一开始我还催了他两次，后来我也不催了，催了也没用……”

李静柔说完便问：“你们打算赔多少？”

江达琳叙述卫哲所说的话：“三十万。本来按照公司制度，最多给到相当于杨墨六个月工资的丧葬补助，三十万也是公司念在杨墨一直以来做出的巨大贡献上，给的一点心意，还是董事会特批的。”

“三十万？你们……你们简直……”

“对不起，我个人非常同情你，但是……”江达琳正在安慰李静柔，被卫哲打断。

“不要说废话。”

李静柔站起身，从口袋里拿出化验报告：“我怀孕了！这是医院的化验报告，这个孩子是杨墨唯一的骨血。我得一个人把这个孩子拉扯大，三十万根本不够。”

“那你想要多少？”

“两百万。”

卫哲坐在咖啡馆里，往咖啡里加了一包糖："你再加十万。"

江达琳轻声说："四十万，这是New Face的底线了，再多我们真的做不到。问题是目前没有任何证据能证明杨墨是工伤致死，都是你的一面之词。除非你能把证明拿出来……公司问过产品部的所有同事，没有人能证明杨墨在加班。"

李静柔情绪波动很大，她指着江达琳的手指都在颤抖："那是因为你们不许他们站出来说话！"

"继续劝。"

江达琳拿出同意书："李小姐，我劝你还是接受这个价格吧，如果你要得高，我担心New Face会宁愿接受仲裁。而就算是去进行劳动仲裁，你也不可能拿到比四十万更多的补助了。"

李静柔抽泣着，忽地站起来，扑通一声跪在杨墨的遗像前："杨墨！杨墨！你看看，你睁开眼睛看看啊，这就是你的公司，这就是你把性命扑上去的公司！现在你死了，他们就这么对你啊……我怎么说他们都不信，可怜你死的时候还惦记着他们，你冤枉啊杨墨……你连你的孩子都没看上一眼啊……"

卫哲听着那边的动静，喝完最后一口咖啡："留下同意书，你可以走了。"

江达琳把同意书放在桌子上，留下了一句话："只要你答应明天之前在这份同意书上签字，这四十万本周内就可以打到你的账上。你……好好想想。"

几分钟后，江达琳一脸不开心地坐在卫哲面前。

卫哲挑眉："你这是什么表情？挨打了吗？"

江达琳有些丧气地嘟囔："还不如挨打痛快呢！明明说好五十万，干吗说四十万？"

"甲方给你五十万你难道非要一次性花完吗？万一李静柔再抬价呢？你去哪里找预算？你放心吧，李静柔会同意的。在没有证据的情况下，这恐怕是对她来说最好的结果了。再过几天，不，最多两天，这件事就会彻底烟消云散，世界上最健忘的动物不是鱼，是网民。"

"真狡猾。"江达琳撇了下嘴，"我可以问一个问题吗？像这种事，我怎么才能知道我是不是站在正确的一方？"

卫哲慢悠悠地说："你不知道，你只知道你站在客户的一方。你是公关，公关不是警察，也不是法官，客户请你来是为了解决问题，而不是判断对错。"

“那万一我们帮助了错误的一方怎么办？如果New Face是错的呢？”

卫哲嗤笑一声，像是嘲笑她过于幼稚：“人们往往会有一种幻觉，认为强势、人多、财大气粗的那一方天然是错的，而弱势、人少、贫穷的那一方就是对的。可是强势、人多、财大气粗，又有哪一个词能够跟错误画上等号？不要仅仅凭着直觉去判断谁对谁错，更不要让所谓的同情心影响你的判断力。”

江达琳怔住，在思考卫哲说的话：“那你觉得New Face到底是对是错？”

“这重要吗？”卫哲站起身，打算离开了，“这重要吗？你难道没听说过，只有小孩子才分对错，成年人只分利弊？”

江达琳不明白，跟在卫哲身后：“可天下绝大部分的蠢事是成年人干的。对错当然重要，万一做错了事，除非自己也被蒙在鼓里，否则晚上会睡不着的。”

没过多久，江达琳就再次被叫到了New Face。

办公室里，金堂和红茶分别站在顾凯雷的两边，气势汹汹，两人的争吵声越来越大。

金堂看着红茶的办公室的人做出来的捐款程序，生气地说：“这个捐款程序就是你们部门里的人写的，你敢说跟你没关系？你知不知道这种事传出来，会对公司的声誉造成多不利的影响？”

红茶呵呵冷笑：“说得好像公司的声誉现在很好一样……”

顾凯雷说话了，看着自己的员工：“红茶你这态度不对啊，不像是New Face的一员，倒像是站在公司的对立面。”

红茶索性把早上的事情说出来：“我要是真的站在公司的对立面，我就不来说这话了。不瞒你们说，今天一早就有两个高级工程师跟我说想辞职。我暂时没批，让他们再想想。反正这事儿你们看着办吧。”

红茶的办公室里，杨墨生前的工位前，抱着一台电脑的新员工原本要坐杨墨的工位，听到消息后指着座位问：“这个位置死过人？那我能不能换个别的地方坐？”

江达琳跟着红茶过去，瞅了瞅杨墨的工位，发现旁边有个纸盒，她从盒子里拿出一个日记本，趁着无人注意，悄悄地翻看起来。

她把纸张翻得飞快，把日记本放回原处后抬起头，表情若有所思。

江达琳给卫哲打电话时，卫哲正在酒吧里喝酒。江达琳走过去，坐在两人第一次见面的吧台旁。

她接过卫哲递来的酒杯：“李静柔刚才给我打电话，说答应签同意书了。”

“是吗？”卫哲举起酒杯，“恭喜，人生第一单！”

“可我一点儿都不觉得开心。”江达琳想起杨墨的创业日记本，凭借记忆念了几段内容后停了下来，“你说杨墨是不是太可怜了？什么样的工作值得拿命去换啊？”

卫哲不置可否，缓慢地喝着酒：“你想听真话还是假话？有一句话叫作周瑜打黄盖，一个愿打一个愿挨。杨墨是个成年人，他又不傻，愿意卖命，那他一定有他卖命的理由。”

“你以为现在的格子间和过去的纺织厂有什么区别？只不过是把纺织机换成了电脑，梭子换成了手机罢了。互联网公司的期权、股份是实现这些人迅速改变命运的梦想最直接的途径，他们用不着你可怜，有一个目标努力奋斗可比混吃等死强多了。”

江达琳听完之后说：“我觉得你说得不对。”

卫哲斜睨了江达琳一眼，望着杯中酒，轻轻晃动酒杯。他笑江达琳太幼稚，笑她看不清生活真相。

“你太天真了，你不觉得你这些所谓的情绪很多余吗？没有人会理直气壮地要求别人去卖命，因为法律不允许，一切都是个人的选择。杨墨加班很辛苦，但他不是过劳死，New Face没有做错任何事。你口口声声说对错很重要，为什么看不见这些黑白分明的事？”

卫哲看她一眼：“更可笑的是，你既然已经来到商业社会，还成为一家公司的总裁，那就应该懂得基本的商业道理和游戏规则。你明明坐在渴望赚钱、渴望成功的位置上，做着用金钱和期权诱惑别人为你效劳的事，现在却说着卫道士一样的话，你不觉得其实你自己更虚伪吗？还是说，其实你根本不适合当这个总裁？”

江达琳没想到卫哲会这样说，被骂蒙了。她低着头，一瞬间回国后的委屈都涌了出来，眼泪在眼眶里打转。

“不被公司的员工认可、不被舒晴几个人看在眼里、被组委会要求更换颁奖嘉宾……”眼泪不受控制地从她的眼角流了下来。

卫哲无奈地掏出纸巾递给她：“我道歉好吧，更换嘉宾的事情是我不对。”

江达琳的声音闷闷的，她拿着纸巾不动：“没有，你是圈内大神，我就是个小菜鸟，我确实没资格给你颁奖。”

卫哲没哄过女孩，登时有些无措，他将声音放低，语气尽可能地轻柔：“看在我帮过你的分上，不要生气了，嗯？无论如何，李静柔已经被你拿下了，New Face也被你拿下了！可喜可贺！我们不吵了，好不好？”

江达琳微微怔住，红着眼睛看着他，看起来委屈得紧。

过了一会儿，她吸了下鼻子，轻声说：“李静柔说的是真话。她说了，要证据的话，产品部的每一个人都可以给杨墨做证。如果她是为了讹钱，如果加班是子虚乌有，她为什么要这么说？”

卫哲皱眉，没想到她还在纠结这件事情：“谁会在乎这些？你刚刚只用四十万就成功解决了New Face的问题，你们公司的一百万欠款也有了着落，运气好的话，未来还会和New Face有更多合作。来，喝酒！”

“还是不对，我要去搞清楚几个问题。”江达琳站在卫哲面前，“其实你心里也明白，New Face是错的，杨墨确实是过劳死，是不是？”

卫哲好心地告诉她：“你不要再追究这件事了，不管是对着你的那几个合伙人、，对着媒体，还是对着客户，记住，只字不提。你没有证据，这些录音是没有用的，你拿出去别人也不会承认。你考虑过后果吗？你还想不想做这个总裁了？”

“我……”江达琳咬紧嘴唇，心里犹豫不决。

江达琳将几段会议录音反复听了几遍，又去找李静柔询问杨墨在去世的前一天是否加班一夜，可即便得到了肯定的答案，她也找不到任何有力的证据。

她索性打开了《光环之塔》，游戏页面弹出来一条公告消息，称游戏将在周六进行为期三小时的维护。

江达琳看了一眼维护时间，是在凌晨。她呛了一下，皱了皱眉，给李静柔打电话：“我记得你说过，杨墨选择旅行目的地的标准之一，是看当地有没有联通4G覆盖？”

“对，因为酒店的Wi-Fi往往信号不好。”

“那杨墨带去普吉岛的电脑在不在你家？”

“我们一回国，New Face的人就把杨墨的工作电脑收走了，说那是公司资产。”

江达琳只好再去找红茶，奈何杨墨的工作电脑被安排给了新员工。红茶匆匆走到新员工的位置前，将新员工支开后，随手在电脑上敲击，直至屏幕上出现Linux系统的登录日志页面。

上面的登录名是杨墨。

红茶如释重负，从口袋里掏出一个U盘，插进了电脑里。

第七章　卫哲加入

因为杨墨事件，《光环之塔》的日活跃人数逐渐下降，连带着对New Face的经营造成了影响。办公室内，顾凯雷和众股东在一起商讨策划活动。讨论正如火如荼，江达琳走进来，叫走了顾凯雷。

顾凯雷回到自己的办公室，看着电脑上一一闪过New Face员工创业时的场景，狐疑地看了一眼江达琳，然后渐渐被视频里面的东西吸引，似乎是有些动容。

江达琳见他轻轻地擦拭了一下眼角。

视频结束后，江达琳把杨墨的创业日记递给顾凯雷。

顾凯雷翻了几页，呼吸变粗，他在脸上狠狠地揉了一把，才看向江达琳："你什么意思？"

江达琳合上创业日记："我想请您重新考虑一下公司给李静柔的赔偿金额，她现在怀着孕，没有工作，也没有固定收入来源，四十万的丧葬补助金实在是……"

顾凯雷不可思议地问："你是来替李静柔求情的？你搞出这么一个东西，就为了让我同情李静柔？你知不知道你在做什么？"

"我……"

江达琳深深吸了一口气，将登录日志交给顾凯雷。

"这是杨墨的电脑系统里的登录日志，上面的登录时间和IP地址，完全证明了杨墨在三月五日晚上零点十六分到五点四十八分通过远程操作，参与了

《光环之塔》当天的服务器维护工作。不仅如此，从三月一日他们到达普吉岛开始，他每天都工作到凌晨，最早下线的一次也是在凌晨三点，他在加班，他一直在加班，李静柔没有撒谎。”

顾凯雷目瞪口呆：“你知道你现在是站在哪一方的吗？你简直……”

江达琳反而冷静下来了：“杨墨一直在加班，他就是过劳死，这就是证据。既然我可以查到这些，说明能查到这些的人一定很多，您要不要再认真考虑一下？”

江达琳坐在家中的窗台边，和邦尼聊天：“你说我是不是蠢到家了？明知是南墙，却非要伸头去撞。”

邦尼十分认同，笑着点了点头：“是挺蠢的，换了我肯定不会这么做。不过这就是你啊！我还记得军训那会儿，张晓丹丢了钱包，硬说是我偷的，理由是我是全寝室里最穷的人，却买了条一千多块钱的裙子。别人都不吭声，就你站出来替我打抱不平。我这个人，从小到大就自私自利、爱慕虚荣，但我还是愿意跟和我相反的人做朋友啊！”

江达琳还是在叹气：“别提了，别人是新官上任三把火，我是走马上任第一件案子就先坑自己的客户，再坑自己的公司。还有卫哲，本来我还打算这一单做成了再去求他，他没准儿就答应加入我们公司了，现在这么一来，他肯定对我特别失望……我觉得我挺对不起他的。”

说曹操曹操到，江达琳看着手机屏幕上显示的来电名字，心中生出一股不好的预感。卫哲说他就在她家楼下。她站在楼下，脚步迟缓地朝卫哲走过去。

刚走过去，江达琳就遭到了卫哲的质问：“你把那什么登录日志给顾凯雷了？”

江达琳心虚地回应：“嗯……”

卫哲气不打一处来，声音低沉，夹杂着怒气：“要不是无花给我打电话，我真不敢相信……你居然还真这么干了！你到底想做什么？你夜里站在我们家小区门口，苦苦求我放你进门，求我教你写声明，在我家楼道里睡了一夜后发烧了，害得我不得不去替你开会；被人挤对得话都说不出来的时候也是我去救的你；帮着你远程同步和李静柔谈判直到她答应签下同意书……我帮了你那么多，你就是这么报答我的？”

江达琳苦着脸：“卫哲老师……我只是觉得New Face那样做不对，我不是存心……”

卫哲声音微凉，语气更冷：“你只是觉得New Face那样做不对，但你从来没觉得自己做错了是不是？我现在告诉你，你到底错在哪里。

“第一，你害了你的客户。你的客户给了你这个机会，并且还要支付给你计时工资和服务费，而你利用了这个机会，利用了客户让你接触到的人和资源，掉过头来攻击了客户，说你是白眼狼都是给你面子。

“第二，你害了你的公司。你不是代表你个人，你是代表整个达琳传播。这件事不仅会让你的公司蒙受经济上的损失，还有名誉上的。有两种可能的结果，一种是所有人都知道，DL传播在New Face的这个案子上吃了个大败仗，另一种更惨，DL传播的小江总案子做到最后突然反戈一击，把自己的客户给卖了。

“第三，你害了你自己。商场是很残酷的，你自以为你做了一件好事——没有人会认你的，这个圈子从来只认输赢，不论好坏，New Face这个案子，你输了，就这样。江达琳，你把自己的招牌给砸掉了，你明白吗？”

卫哲的一字一句，重重地敲在江达琳身上。江达琳嗫嚅着，却不知道该说什么。

两人沉默地对视着，江达琳渐渐红了眼眶，却仍然倔强地说：“我不觉得我做错了什么。”

卫哲冷笑，转身就要走：“哈！你真够执迷不悟的，那我无话可说。我只能说，你不适合做公关。”

江达琳一把抓住他的袖子，但又说不出话来，只能红着眼，倔强地瞪着他。

卫哲看着她通红的双眼没有动：“抓着我干吗？”

“对不起嘛……我……”

“既然觉得自己没错，你为什么要说对不起？”

“就是觉得对不起你……”

卫哲冷哼一声：“放手。”

江达琳吸吸鼻子，慢慢放开手，眼神却追着卫哲不放。卫哲看她一眼，转身离去。

江达琳做了一个梦，梦里一片黑暗，眼睛被迷雾遮住视线，而后迷雾散开，她却发现眼前是一个铁栅栏，里面待着的是江远鹏。

江远鹏痛心疾首地质问：“你既然想要救我出来，就应该想尽办法挖到卫哲，为什么要去帮李静柔？你帮李静柔挣了两百万，那公司的一百万怎么办？公司以后的业务还怎么往下做？”

江达琳哭喊着说："爸，那两百万是李静柔应该得到的……"

江远鹏大吼："什么应该不应该？这是生意，不是儿戏！"

江远鹏突然消失，卫哲走了出来。他一脸冷漠："我不是告诉过你了吗？你根本不适合做公关，我是不可能来做你的合伙人的，因为你不配。"

江达琳被邦尼拍醒时，还沉浸在梦中，她揉了揉自己的眼睛，喘了一会儿气，才泄气地躺回去："我不上班了。"

"为什么？"

江达琳垂头丧气地道："因为我身为New Face的公关却拿着杨墨过劳死的证据去威胁了New Face，导致New Face不得不答应赔给李静柔两百万，所以New Face欠我们公司的一百万一定泡汤了，所以斯黛拉、舒晴、杜威廉，还有公司其他人一定会鄙视我、笑话我，所以我是世界上最愚蠢的总裁，所以我不能去公司上班。"

"哦。"邦尼把她的手机递给她，屏幕上是一排来电提醒，"可是斯黛拉一连打了三个电话给你，把我都吵醒了。"

江达琳愣了下，一骨碌坐起来，拿过手机给斯黛拉拨号，才知道今天是杨墨的追思会。

追思会是在公司一个改造后的会议室里举办的，房间里摆满了鲜花水果，投影仪上放满了杨墨生前和同事的合照。

江达琳一身黑色，匆匆走进来。第一排座位上，李静柔坐在顾凯雷身边，两个人在低声聊天，看似和好如初。

追思会上，顾凯雷作为公司老板，站在台上难过地开口："我这儿有一本杨墨的创业日记……我才知道，原来杨墨每天到公司的第一件事是去给发财树浇水，他每周都买彩票，每次都只买十块钱的，有人劝他多下点赌注……其实他把一生的赌注都下给了New Face，下给了我顾凯雷……"

顾凯雷红了眼眶："在此，我代表公司宣布，一次性赔偿杨墨遗孀李静柔丧葬补助金五十万，抚恤金一百五十万，提前回购杨墨名下的八十万股期权，与此同时，等杨墨的孩子出生后，公司将每月提供一千元抚养费，直到这个孩子十八岁长大成人。"

江达琳有些感慨，走出追思会的时候，无花追过来："小江总，请留步。我们雷总有请，有一件好事要告诉你。"

顾凯雷亲自告诉她，New Face打算继续和DL传播合作。

江达琳惊喜地问："雷总，想不到你会愿意将明年全年的业务继续签给我们公司，这真是太意外了……我还以为、还以为……"

“还以为我会气疯了是吗？”顾凯雷笑着摇头，“说出来你可能不信，我看到那一个月的登录日志，我这心里……我整整一晚上没睡着。谢谢你提醒我啊，我得让我的兄弟们知道，他们给公司卖命，公司就能许他们一个光明的前途，还能管他们一家老小，让他们无后顾之忧！”

顾凯雷拍了下江达琳的肩膀：“不过话说回来，我跟斯黛拉也强调了，接下来我们公司的业务，必须是你和卫哲俩人一起负责，你有点太实在了，而且太年轻，说实话我还是不太放心……”

江达琳尴尬地答应，心里却没底气。

她还不知道怎么把卫哲哄过来呢！

卫哲听到门铃响起的时候正在处理工作。他放下电脑，就看到一个巨大的礼篮堵住了摄像头。他蹙眉看着，紧跟着礼篮后面就露出江达琳的小脑袋。

“无聊。”

卫哲咣的一声把门禁电话挂了。

门铃再响起的时候，卫哲摁下通话键：“我和你没什么可说的，你回去吧。”

江达琳抱着礼篮，大喊道：“哎，等等卫哲老师，我是来给你送奖金的，你让我上去吧！”

卫哲愣了下，摁下了开门键。

江达琳溜进来，将一个信封递给卫哲。卫哲打开之后，看到里面是一张银行卡。

“这张卡是这次New Face付给我们公司的服务费的一半，是你应得的酬劳。另外顾凯雷不但已经把欠我们公司的一百万付了，还答应把明年New Face全年的业务都交给我们公司！”

卫哲愣住：“这怎么可能？”

确认是事实之后，卫哲把手机还给江达琳，走到酒柜前面拿酒喝，表情稍显阴沉。

江达琳凑过去，仰着脸看卫哲的脸色：“我说卫哲老师，你就算不为了我高兴，也不至于拉长个脸吧？再说这也是你的成绩啊，顾凯雷说了，要求你和我两个人一起负责New Face的业务。怎么样卫哲老师，你加入DL，做我的合伙人好不好？”

卫哲问她：“顾凯雷怎么说的？你把原话告诉我。”

江达琳感到莫名其妙：“你干吗这么凶？他说他明白过来了，还说他一直为了省点钱在装傻，他以前不是这种人。对了，他还说像我这样宁愿不挣钱，也要把事搞清楚的实在人，还是头一回见，所以觉得我肯定不会坑他，于是他果断地决定把全年的业务交给我们公司！就这样！是不是特别有理有据？”

卫哲用左手掐着腰，冷笑一声，坐在沙发上：“现在这些创业型公司还真是全凭着团队领袖的一腔热血在往前冲啊。他们因为一腔热血，就把公司的业务交给一个随时有可能胳膊肘往外拐的供应商吗？”

“首先我不是胳膊肘往外拐，我是胳膊肘往正确的方向拐。其次我觉得，顾凯雷是个讲道义、真性情、知错能改的人，他特别明白自己要什么。你想啊，他要是为了省那两百万，失去了员工的心，那才是真的得不偿失！现在他把年单给了我们DL，那他们家员工肯定觉得，哦，老板还是那个不忘初心、充满正义感的老板！可以继续为他卖命！他表面上是输了两百万，可他赢了价值观啊！人家精着呢！你说我分析得对不对？”

卫哲定定地望着江达琳，不置可否：“不过我还是没答应你要去做合伙人，别忘了，那可是你一厢情愿。”

江达琳站在卫哲面前：“卫哲老师，你不能说话不算话。”

卫哲感觉心情好了一些，勾唇笑道：“现在我正好给你上上课，只要没签合同，我说的话都可以不算话。”

“你……你不答应，我就把你的秘密说出去！”江达琳压低声音，“我知道你在看心理医生。”

卫哲疑惑地看着她，脸上还带着讥讽的笑容：“你怎么知道？”

江达琳心虚地说：“那天去你家找你帮忙，你让我用了你的电脑，所以……”

卫哲不在意，呵笑一声：“嘁……我看心理医生怎么了？你去调查调查，做我们这一行的，十个人有七个人有自己的心理医生。就你们公司那几位，你觉得他们就不看心理医生？你说你学会了威胁，这就敢来威胁我了？你这自信哪儿来的啊？刚拿了个一千万的小生意，就已经自我膨胀了是吧？”

江达琳嘟囔：“还真的当上老师了……”

江达琳先是双手合十，然后高高举起酒杯，开始卖可怜：“我……对不起嘛……哎呀，我是真的想请你加入，我求求你了！”

卫哲挥了挥手中的银行卡：“看在你还挺大方的分上，这样，我同意加入DL，但我有几个条件。第一，给你一个试用期，三个月吧，看看你行不行。第二，我要单开部门，独立核算。第三，年薪单谈，三百万股期权。第四，路易斯和我一起过来，还有她的期权……”

江达琳也不管卫哲提出的条件是什么，只顾笑着点头。

卫哲正双手抱胸站在工作区里。屏幕上是展示DL主要成员资料的PPT，正随着路易斯的介绍不断变化。

“斯黛拉，35岁，大学刚毕业就进了DL。她从江远鹏的助理做起，一直做到管理合伙人兼CFO，为DL的发展壮大立下了汗马功劳，也是江远鹏最信任的员工。然而江远鹏一失联，她就带着舒晴和杜威廉去江家逼宫了，试图接任总裁，可惜江家控股，她最后没有成功。

“可惜了……奋斗十几年，好不容易等到一个这么好的机会，换了我是她，我也得去逼宫。等等，你说江远鹏和鲲鹏基金这些事里，会不会还牵扯到斯黛拉？”

路易斯接着说：“很多传言都在说是斯黛拉举报的江远鹏，不过都是空穴来风，没有证据啊。”

“斯黛拉为人极其理性，她的工作社交等近乎无懈可击，唯一的弱点在她的家庭上。她5年前通过别人介绍认识了现在的丈夫、恒悦酒店的高级销售经理崔英俊。比较有趣的是，我发现这个崔英俊最重要的客户，居然是DL传播，DL给的那些生意，占到他所有销售额的百分之九十。也就是说，他在酒店的业绩其实全靠斯黛拉。而且他俩住的那套公寓也是斯黛拉婚前买的。”

卫哲脸上挂着讥讽的笑：“居然是个吃软饭的！”

路易斯竖起食指，晃了晃：“干事业双商爆棚，谈恋爱一团糨糊，很多出色的女性是这样，我很理解她。因为我也是这样出色的女性啊！”

正在喝水的卫哲被呛到了，剧烈地咳起来。

路易斯一秒恢复正经，继续介绍：“舒晴，29岁，F大管理学院毕业的高才生，也是你的校友。她四年前进入DL，在成功完成两单营销案后，顺利升为合伙人。不少人认为她升职太快有猫腻，但我研究了下她做过的案例，发现她确实在营销策划上有一手，她有想法也有创意，擅长以柔克刚。两年半前舒晴孤身一人前往美国，回来的时候就多了个儿子，没有人知道孩子的父亲是谁，她自己也从来不提。而这也成为她为人诟病的一点，据我所知，她常常被人在背后嚼舌根。”

“单亲妈妈？DL的这几个女性还真是各有特色啊！”

“杜威廉，32岁，因为手上有帝龙珠宝这个大客户，被当时想拓展奢侈品客户的江远鹏挖角进了DL。他擅长营销，之前有个金融界背景很强的女朋友，他借此拿到了不少客户，难能可贵的是分手后他还能把这些客户给留在手里。

女朋友常换常新，和你差不多。”

卫哲打断她：“为什么是和我差不多？我可没女朋友。”

路易斯一脸不屑：“你是经常换女伴，但从来没有女朋友；他是每一个女伴都被介绍为女朋友，你们本质上区别不大。”

屏幕上出现江达琳的照片，她有一张明显很稚嫩的脸。路易斯不知道从哪里搞来的照片，照片上江达琳没穿着正装，正傻傻地笑着。

“这个最简单。江达琳，两周前还在纽约攻读硕士，兼职房产经纪人，两周后临危受命成为DL传播的总裁，刚刚拿到了人生中的第一个客户New Face，还成功地挖到了一名合伙人，也就是你。江达琳的母亲李月如过去是高中老师，他们一家三口其乐融融，直到鲲鹏基金出事，江达琳的人生终于出现了第一个漏洞，也就是她的父亲，DL原总裁江远鹏！”

画面最终定格在江远鹏的照片上。

卫哲沉思，过了半晌问：“这个江远鹏，到底有没有问题？我们得想办法查清楚，不然总觉得是个隐患。”

“你真决定加入DL了？”

卫哲抬眼，看着屏幕上的照片：“我既然已经决定不做独立公关，就要找一家有前途的公司。虽然现在DL公司的融资已经暂停了，不过这只是暂时的。更何况，你不觉得这个公司很有趣吗？”

路易斯关掉电脑，笑着说：“老大，恕我直言，你是觉得江达琳很有趣吧？”

“嗯，你好像说对了。”

“喂，人家就是个单纯的女孩子，你放过她吧……”

“我打算亲自调教她，她现在被这一点点靠着撞大运赢来的成绩冲昏了头脑，什么讲道义、真性情、知错能改，什么输了两百万、赢了价值观，简直可笑！路易斯，你说如果我来培养她，过三年，不，过一年，她会变成什么样？一个我卫哲亲手培养出来的女公关大师，哈！你觉得呢？”

路易斯咽了下口水：“我觉得……算了我还是把我的真实想法咽下去吧。”

几家欢喜几家愁，江达琳回到家敷着面膜泡澡，好不惬意。舒晴和斯黛拉却神情严峻。

斯黛拉坐在办公室里，表情无太大变化：“我曾经研究过卫哲经手的几个案例，他是一个……喜欢剑走偏锋的人，常常不按常理出牌，我甚至怀疑这件事看上去是我们在想办法挖他，其实是他自己布的一个局。直播碰瓷、校友聚会突然出现，让我不得不多想一下。”

舒晴听她讲解一通，也困惑了：“不知道他是怎么想的，我们走一步看一步吧。”

袁肃得知卫哲加入DL，接连给舒晴打了好几个电话，语气里全是威胁，舒晴挂断电话前听到袁肃说：“你别忘了，举报江远鹏的那些材料可是你交给我的！这事你脱不了干系。还有，既然是合作就要有诚意，你拼了命地跟我们抢小力士奶粉是什么意思？我跟你说飞扬集团是我们名仕公关的老客户了，你要想从我们手上拿走那就是在做梦！”

“我警告你不要把飞扬集团和小力士奶粉扯进来！我再跟你强调一遍，江远鹏跑了，我和你的合作也就到此为止，别的我什么也不知道，就这样。”

舒晴狠狠地挂断电话，表情晦暗不明。

她不免想起四年前她刚加入DL不久时，江远鹏一字一句地教她关于公关传播的知识。

“媒体喜欢什么东西？简而言之，就是能够为该媒体或者这个个人带来利益的东西。阅读量、传播度、社会效益、广告效益。我们做客户，更要做客户管理，必须得给客户洗脑，不能被客户牵着鼻子走，要成为媒体和客户之间的桥梁。明白了吗？”

那时的舒晴不过是纯真的年轻人，望向江远鹏的眼神里全是崇拜。她大胆地同江远鹏对视，并不顾忌空气里异样的气氛在蔓延。

江远鹏经常同她谈心，说得最多的便是：“我跟李月如与其说是夫妻，不如说是伙伴。”

舒晴坐在副驾驶座上，不知所措地安慰道：“或许做伙伴比做夫妻更稳固？”

“那要看你追求什么了。”

而一年前，江远鹏告诉她，他为她在鲲鹏基金里投了一百万。

微波炉叮的一声，舒晴回过神来。

江达琳坐在人迹寥落的街头咖啡馆里，清晨雾气未散，街道上只有寥寥几人，面前桌上的咖啡已经变冷，她心不在焉地坐在沙发上。

直到江远鹏匆匆赶来，坐在她对面。

江达琳一下子哽咽，双手握住江远鹏的手：“爸，这到底是怎么回事啊？你是不是……犯罪了？你要是真犯罪了，那咱们就去自首，我们一家人可以重新来过。”

“我没有犯罪。”江远鹏慈祥地笑，眼尾处有很深的皱纹，“爸爸没有犯罪，是你少鲲叔叔拿了鲲鹏基金的钱，投了一个空壳公司，我的钱算是打水漂了，他的人也不见了。本来呢我也没想走，可经侦找到我谈话。我才知道，原来我被人举报了！经侦话里话外的意思，好像认为是我配合杜少鲲筹划了这个骗局，还协助了杜少鲲潜逃……我是百口莫辩，跳进黄河也洗不清……”

江达琳担忧地问：“那你打算怎么办？总不能一直躲着吧？”

“我跟杜少鲲有几十年交情，还是了解他的，你再给爸爸一点时间，最多两三个月，爸爸一定能把杜少鲲找出来。”

江达琳点了点头：“我明白了，爸你放心吧，公司这边，我会尽我全力做好的，等你回来，我把一个完完整整的DL还给你。但举报你的人，你知道是谁吗？”

江远鹏沉思了一会儿，略微混浊的眼睛里闪过一道光：“暂时还不清楚，这也是我想跟你说的，这个人能举报我，那就说明他一定是我们认识的人，可能就在我们身边。你在公司一定要多长几个心眼，商场如战场，处处是陷阱，处处是敌人，想到这里，爸爸就觉得对不起你，让你这么小就面对这些。”

“爸，你放心吧，我会小心的，我不会轻信别人。而且我也找了新的合伙人进来帮我。”

江远鹏很欣慰：“我听你妈妈说了，我跟他在不同场合见过几次，他是个很厉害的年轻人。前两年我也找猎头挖过他，可惜没有成功。还是我女儿有本事。我女儿青出于蓝而胜于蓝。”

没聊几句，江远鹏就要离开，江达琳依依不舍地送走父亲，桌子下的手却暗自攥紧，眼神无比坚定。

周一清晨向来是公司电梯最挤的时候。玩过了整个周末的人踩着上班的点拥进电梯，电梯瞬间拥挤得如鱼肉罐头似的。

艾米和杜威廉正聊着卫哲的八卦，仿佛知道不少卫哲的风流韵事。艾米最后总结似的发言：“表面越是花心的男人，内心就越是禁欲……”

挤在电梯里的路易斯咬着咖啡纸杯，眨巴着眼，饶有兴趣地听着老板的八卦。她悄悄转过头，撞上杜威廉随意扫过来的视线。

杜威廉朝艾米使了使眼色也无济于事，只听见艾米慢悠悠又略带嫌弃地说：“不过有一件事我没想明白，他那么帅，又那么花，可他的助理为什么那么胖……”

杜威廉的眼睛都要抽筋了，艾米终于收到信号，如遭雷劈一般，话语一顿才道："胖乎乎惹人爱呢？"

路易斯端着咖啡，轻巧地打招呼："Hello，各位，好巧！"

卫哲十点多才到DL传播，挑了挑眉，看着自己的办公室，门上贴着Wei Zhe。路易斯在布置办公室，抬头说："你来了？全公司的人今天都春心萌动，都在讨论你。"

卫哲懒洋洋地坐下："你是不是把我的堵车背景音给换了？"

早晨九点半，他还习惯性地躺在卧室就接到了江达琳的电话。她跟催命似的，卫哲感叹，似乎还是做独立公关更舒服一些。

他捞过床头的小音箱，假装自己正在堵车，谁知道音箱里突然传出一声响亮的牛叫。

路易斯拍了下脑袋："哦，对！我上个月换了，不过怎么会有牛叫？我用的可是国际大都市的交通素材啊！

"不过，可能用的是印度的……"

卫哲喝完咖啡才走去江达琳所在的会议室，他扫了一眼桌上摊开的文件，以及放着的电脑和电话机，微微挑眉，有些惊讶："这是你的办公室？"

"这是暂时的，我刚来，办公室还在整修，最近不是特殊时期吗？大家都比较忙……"

卫哲嘴角泛起冷笑，环顾了一圈正在办公室里忙碌的众人，心中了然。他径直走到安东面前："电闸在哪？"

安东蒙蒙地指了指一个方向。

身后的江达琳追出来，刚想喊卫哲开会，就见卫哲停在总电闸前，毫不犹豫地拉下了电闸。天花板的灯熄灭，打印机和复印机停止了工作。

卫哲磁性的嗓音此刻冷冷的："各位，现在应该不忙了吧？"

仅仅过了一会儿，江达琳的办公室就被整理完毕。书架上是熟悉的陈设，放置着合伙人合影以及各种传播类奖杯。

江达琳的目光停留在办公桌上的一张合影上，那张合影是他们一家三口的照片。她拿起照片，看见照片里的女孩笑容灿烂，青涩无比。

斯黛拉经过贴着"Jiang DaLin"名牌的办公室，两人视线交会的瞬间，江达琳笑了："斯黛拉姐！"

斯黛拉轻轻点头。

卫哲的声音出现在两人身后："所以，我们可以开会了吗？"

会议室里，大家的目光本应盯着屏幕，人们却不约而同地瞟向了卫哲。不说大家早已对他的能力有所耳闻，单单是看到他这张脸出现在办公室里，就已经是赏心悦目了。

斯黛拉扶着眼镜，看着电脑说道："首先欢迎卫哲正式加入我们DL传播，成为公司的第四名合伙人，从此DL传播如虎添翼，相信我们未来的势头会越来越好。其次是要祝贺小江总，你不仅解决了这次过劳死的风波，让双方化干戈为玉帛，还成功追回了New Face的欠款，更拿下了New Face明年一整年的业务单。"

"这不是我一个人的功劳，多亏了卫哲老师帮我。谢谢你，卫哲老师。"

"客气。"

"不过，为了能够尽快把剩下的缺口补上，我们还有另一件重要的事，不得不做。"

斯黛拉给几个合伙人发了员工名单，加上了黄色标记的皆是待裁员员工。斯黛拉和舒晴表情冷淡，卫哲置身事外，悠闲地望着众人。

"EP（设计、采购承包）项目组，两个AM（客户经理）要裁掉一个，一个郭安妮，一个陶媛，留哪个？走哪个？"

卫哲歪着脑袋，姿态悠闲，翻着手机照片道："这个郭安妮，我好像在哪里见过。"

江达琳看着两张陌生的脸，迟疑了一会儿道："要不再等等，至少得让我把人都认全吧？"

她看向斯黛拉，却见斯黛拉正在发呆。桌上的手机响了好一会儿，江达琳推去她那里。斯黛拉走到会议室外接电话，电话是崔英俊打来的，他来询问方才她打去的电话。

站在走廊里，斯黛拉定了定神。

方才她打去的电话不知被谁接起，电话里的对话被她一字不漏地听了去。原来她寡言少语的丈夫，在外面并不安分。

会议室里，艾米拍了下手："今晚为卫哲和路易斯准备的欢迎派对定在新开业的Circus酒吧，大家一起去吧。"

酒吧里人头攒动，热闹非凡，大家欢呼加油，卫哲站在众人面前将一个个酒杯拿起来干掉，喝完最后一杯，他如王者一般举起双手。

江达琳看着这个场面，巴不得现在就拎包离开："是不是公关做到了大师级，都是这么浮夸的？”

换个地点，这估计就是大型传销现场了。

舒晴笑了笑：“我们这一行大部分人是幕后玩家，像卫哲这样的明星型选手确实不多见。不过作为一个每年能带来六千万业务的人，他也有浮夸的资本。”

眼前温柔保守的陶媛和体态妖娆的郭安妮一起走了过来。

两人一同和江达琳打了个招呼，随后又朝卫哲走过去。

“她们两个人里，只能留一个？”

“对，EP公司没跟我们续约，我们不需要那么多人了。”

江达琳咬了咬嘴唇：“她们知道裁员的事吗？”

“最终名单还没定，目前还是保密的。”

卫哲脱离人群，端着酒杯走过来：“我有一个好消息，还有一个坏消息，你们想先听哪一个？”

“好消息。”

“哦。那就是我确定我和那个郭安妮没有一腿。”

江达琳没有听下去的欲望：“这算什么好消息？”

“这当然是好消息，我刚来你们公司，可不想跟谁有什么过去。”卫哲后背靠在沙发上，“坏消息是，那两位姑娘应该都知道裁员的事了。”

江达琳和舒晴面面相觑。

卫哲留下这个消息就走了，没一会儿就和一个美女聊上了。卫哲的手轻轻摸着酒杯边缘，腕间白色的手环露了出来，美女温柔地摸着卫哲的手环，试图往前挪一格。

卫哲挪了一下手：“别乱动，这些格子可是有特别的意义。”

“什么意义呀？”美女的手还没放开，“难道是代表重要的女人吗？那是不是你扣在哪一格上，就代表你今天想念谁？”

卫哲但笑不语。

江达琳走过去问正和卫哲调笑的美女：“我能不能借他几分钟？”

“你是谁啊？”

“他的老板。”江达琳看着卫哲。

卫哲在美女耳畔低语几句，美女才依依不舍地离开。

“怎么我每次见到你，你身边都有个女人啊？还不带重样的。”

“我这个人最不喜欢的就是重复。你说吧，有什么工作要找我聊？”

江达琳笑了笑：“就是你以后见客户的时候，能不能把我带上？一来我是

DL的总裁，我和你一起去和客户见面，人家一定觉得我特别重视你，也重视这个客户；二来呢，万一这个项目出了什么问题，你可以把责任全往我头上推。怎么样？”

卫哲扑哧笑出声：“你长得挺美的。”

江达琳摸了下自己的脸：“是吗？”

“所以，你就不要想得太美了。”卫哲拿起酒杯喝威士忌，“客户也知道你是总裁，我走哪儿都带着你，人家还以为DL公司没人了，我可不想丢那个脸；再说了，你不去，这项目多半是出不了什么问题的，你去了，没准儿问题就来了，得罪的还都是我的客户，我冤不冤啊？

“还有，你不是想拜我为师吗？拿出点诚意来。”

江达琳撇嘴：“还要什么诚意？我们条件不都谈好了吗？能给你的都给你了，再要我可没钱了，公司的情况你又不是不知道。而且卫哲老师，我是真的想跟你学，尤其是危机管理和危机公关，你就让我跟着你好好学习吧。”

卫哲冷哼：“你卖惨倒是有一套。”

江达琳立刻弯着眼睛笑：“你就考虑考虑吧，卫哲老师？”

一旁的安东腼腆地走过来，说要跟着江达琳学习。身旁的卫哲一口酒喷出来，他忙狼狈地拿过纸巾擦拭。

江达琳瞪着卫哲，而后才答应安东：“好啊！”

这时路易斯走过来，拍了拍江达琳的肩膀：“你看见斯黛拉了吗？这里的老板特别想见她。”

“她是自己开车走的，没跟大部队一起。”

斯黛拉把车开进空无一人的停车场，找到了崔英俊的车，看到排挡杆旁边有半包小孩的零食。

她走到角落里拿起一块板砖，敲碎了车窗，车辆响起剧烈的报警声。她打开车门，翻开储物箱，箱子里面放着一沓发票和停车票。

保安闻声赶来，斯黛拉出示驾驶证和身份证，淡定地说：“这车是我的，我忘记带钥匙了，一着急就用了点暴力。”

她坐到驾驶位，打开车子自带的GPS导航记录，给熟人打了个电话。忽地发现驾驶座上有两根长长的头发，斯黛拉拿起头发，确定那不是自己的。

没有接着去酒吧，斯黛拉回了空荡荡、没有人气的公寓。她把桌子上的鲜花和水果拿走，打开一张巨大的上海市地图，根据导航记录清单一个个地做着记号。

总算确定了一个地点，她接着给崔英俊打了几个电话，心里反倒有些怅然。心里升腾起的希望无声无息地坠落，碎了一地。

崔英俊工作结束后望着空空如也的车位傻眼了，看到手机屏幕上全是未接来电，他匆匆忙忙地拨了回去："你找我？正好，我跟你说我刚发现我那车不见了，我正要找保安调录像呢！"

听到斯黛拉把车窗砸了，崔英俊无语了："你把车窗砸了？不是，你干吗不用备用钥匙？"

斯黛拉平静地说："上周你不是把备用钥匙拿走了？换块玻璃很快的，明天下午就好了，我让人给你把车送酒店去。"

她继续躺回床上看老电影，《蒂凡尼的早餐》正演到经典桥段："Because no matter where you run, you just end up running into yourself（不管你去往哪里，你总是受困于你自己）。"

斯黛拉看了一眼天花板。

困住她的，是她自己吗？

第八章　形象大变

“听说有很多名人来你这里做造型？”

江达琳仰着脸，露出一张素面，她一边洗头，一边对着旁边的造型师说话。

“嗯哼。”

“那你是特地为了我，提前开门的？”

“错，我是为了卫哲。”

造型师用一块毛巾包着江达琳的湿发，扶着她坐起来：“他帮我成为全市最贵的造型师，我当然要对他好。做人不能忘恩负义，你说是不是？”

江达琳坐在镜子前面：“你打算把我弄成什么样啊？”

“卫哲都跟我说好了，等会儿你就知道了。”

造型师正在给江达琳做头发时，江达琳看了一眼手机，接连几条信用卡消费短信发在手机上，江达琳气愤地给卫哲打电话：“卫哲，你少买几件听见没有？那是我的卡！”

造型师好笑地问：“买几件衣服怎么了？女人要对自己好一点，别心疼钱。再说了，你不还是个总裁吗？”

“总裁的钱也是钱啊！”江达琳在心里骂了卫哲好一通。

卫哲的车在造型机构前停下，他后面是辛苦地拎着几个购物袋的路易斯。路易斯晃了晃购物袋：“我总觉得你挑的这些衣服太成熟了，搭配她那张少女脸，会不会很奇怪？”

“你又不是没看见她平时穿的衣服，那才叫不伦不类。不过这也不怪她，不知道是谁规定的，做公关的就是要穿一身黑，问题是中国有几个人能把一身黑穿好看的？知道的是公关……”

卫哲大跨步推门而入，脚步微顿。

坐在椅子上正被化妆的江达琳回头看过来，眉眼漂亮，眼尾翘起，发丝柔软，红唇衬得皮肤更白。

卫哲把手放在门把上，正怔住时，江达琳走过来摊手问卫哲要银行卡。

路易斯把衣服递给她试。江达琳一走出试衣间，就撞上了几人毫不掩饰的赞赏眼神。挑剔如卫哲，此时也是轻轻挑眉，眼神略微怔住。

江达琳身着高领宽松毛衣和一条潇洒的阔腿裤，露出一小截纤细的脚踝。

风格骤变。江达琳转身看试衣镜，再回头看卫哲，轻轻笑起来，暗想卫哲也算是没白白接触女人，他的眼光还算不错。

往车边走的时候，江达琳仰起脸：“怎么样？”

“什么怎么样？”卫哲从上到下看她一遍，“还不错。”

江达琳整个人焕然一新，她总算明白了为什么女人总爱买买买。她迈着步子自信地往办公室走去，瞥见众人惊讶的眼神，心里愉悦不少。

她一路走回自己的办公室，身后的卫哲也转身进了自己的办公室。办公室里，李月如正坐在椅子上，目光温柔地落在三人的合影上。

江达琳冲进去抱住李月如，李月如待了一会儿便说出了和江远鹏一样的话，嘱咐她注意公司的几个人。

江达琳暗暗记在心里，才送走李月如，就转而去了卫哲的办公室。

卫哲转动办公椅，抬眼问：“你打算冒充舒晴的助理，去飞扬旁听比稿？”

江达琳背着手，微微前倾身体：“这是我第一次参加比稿，你就不打算给我点儿建议？”

“你都已经决定了，我没什么建议。”卫哲摊手，“如果你非要什么建议的话，我的建议是，你不要表现。”

飞扬集团写字楼一楼，舒晴脸上一贯带着的笑容消失了。方才在办公室里，舒晴刚拿出方案，就被飞扬集团轻飘飘一句“主题变了”打了回去，她辛苦地做了那么久比稿，此时前功尽弃。

见江达琳气不过，舒晴安慰她：“很多甲方这样，他们想不明白自己要的是什么，就叫供应商来比稿，一边比一边自己找方向。有通知供应商的，也有不通知的，想一出是一出的甲方多的是，你以后慢慢地就见怪不怪了。这才一轮，后面还有呢！”

“还有啊？”江达琳泄了气。

“谁让我们是乙方，只能乖乖受着，前世作孽，今生乙方。”

听到远处有人叫她的名字，江达琳回头，惊讶地叫了一声：“谭师兄！”

舒晴看了看谭新凯又看了看江达琳：“那是飞扬新来的市场部经理谭新凯，你们认识？”

江达琳点头：“他是我的学长，比我高两届。那舒晴姐，我去跟他打个招呼，你先去买咖啡吧，不用等我。”

“别忘了，你是我的助理啊！”

谭新凯笑容明亮地站在她面前。江达琳不免想起自己和谭新凯的第一次见面，六年前踏入校园的第一天便是谭新凯作为学长接待她，后来关于她们寝室丢钱包一事，谭新凯也帮了不少忙，甚至找到了丢失的钱包。

只是还没等她感谢谭新凯，谭新凯就飞去别的国家实习了。

算起来两人也有多年不见了，江达琳脸微微发红：“谭师兄，你怎么会在这里？”

谭新凯打量着江达琳，面露欣赏之色：“我之前一直待在深圳，上个月刚入职飞扬，做小力士奶粉这个品牌，想不到第一次听比稿，我就遇到你了。你看起来变化很大！既然我们这么有缘，刚好现在是午饭时间，我请你吃饭吧。”

江达琳的脸更红了，她推拒道：“不行不行，应该是我请你吃饭才对，当时你被我连累得那么惨，我一直找不到机会报答你。还是让我请你吧。”

“那也不行，既然你叫我一声师兄，师兄请师妹吃饭天经地义，你在这儿等我一会儿，我马上回来。”

目送谭新凯离开，江达琳迅速给邦尼打电话，语气激动，让邦尼以为她遇到了什么了不起的大人物。

舒晴站在咖啡馆里，抬头发现站在自己面前的人是沈英杰。舒晴道：“你是去飞扬集团讲标的？”

沈英杰笑着说：“无可奉告。”

舒晴哼一声：“君子坦荡荡，小人长戚戚。”

沈英杰乐了：“OK，是，我是来讲标的，你们上午场，我们下午场。而且，我已经知道他们把营销主题改了，所以我打算不吃午饭了，把方案再调整一下。怎么样，够坦荡了吧？”

“你以为你有内线，我就会怕你？”

“怕你是不怕的，不过，赢你也是赢不了的。”

店员们打开两台收银机，抬手叫两人，舒晴和沈英杰各走到一台咖啡机前，两人同时点单。舒晴说：“要一杯美式，双份的咖啡，不加糖不加奶。”

沈英杰在她身旁说：“巧克力星冰乐，双份奶油谢谢。”

舒晴鄙夷地说：“有些人看起来是个男的，点个咖啡却暴露了他娘娘腔的本性。”

舒晴忙着斗嘴签错字了，等在后面着急买单的男人有些不耐烦：“你们别忙着打情骂俏了，能好好买单吗？”

舒晴和沈英杰同时回头，面上一窘。

“你才打情骂俏呢！”

沈英杰质问她身后的人：“关你什么事？”

舒晴签完字后去取咖啡，没有捕捉到沈英杰脸上一闪而过的坏笑。

江达琳和谭新凯正相谈甚欢，两人聊起彼此几年间的经历，一时间气氛欢快不已。江达琳不忘自己“小助理”的身份，说起话来也谦虚。

来谈工作的路易斯和旁边的人从一旁走来，看到江达琳后喊了一声：“小江……”

江达琳猛地抱住路易斯的脖子，在她耳边低语了几句，就见路易斯转了转眼睛：“我们过来谈MTPR高峰论坛的事儿，那我就不打扰你们了，你们慢慢聊！我们去那边坐。”

谭新凯问：“MTPR是国内规格最高的市场公关类论坛，你们公司要参加吗？”

“嗯，是啊，我们公司刚挖到一位公关大神，每年的MTPR，他都是组委会成员，刚才那位就是他以前的助理，她也被我们公司挖过来了。你对这个论坛有兴趣？”

“当然，我是做市场的，不过有兴趣也没用，这个论坛是邀请制的，开放的几百个旁听名额一放出来就被抢光了。”

路易斯和张秘书坐在他们侧面，她看见坐在江达琳对面的男人笑容满面，明显对江达琳有意思。

看热闹不嫌事大，路易斯嘿的一声拍了张照片，转发给卫哲时还不忘加一个害羞的表情。

卫哲正靠在老板椅上仰头望天，用手指轻轻地在桌上敲打，手机屏幕上是路易斯发来的照片和一串文字。

“现场直播，小江总和一身份不明的男人……”

卫哲打开照片，将照片放至最大，照片上江达琳和对面的男人正笑着。他嗤笑一声，坐着老板椅转了个圈，将腿架在办公桌上。

窗外绿树成荫，阳光被层层叠叠的树叶过滤成块块光斑，随风轻轻晃动。

卫哲放大男人的脸，问道：“这人什么来路？”

路易斯发来一段语音：“说是她的大学师兄，看着两人关系挺好，但小江总不让我说她的总裁身份，不知道她葫芦里卖的什么药。”

“不让说？她不让说你就不知道了？”

办公室内，安东把MTPR论坛的通行证递给江达琳。江达琳看了看通行证，想起了谭新凯，走到路易斯的格子间的对面，敲开了卫哲的办公室的门。

卫哲正在打电话：“我不赞成做直播，如果你们想保持论坛的神秘性和高级感，那就必须提高准入门槛，严格控制人数……嗯、嗯……”

两条修长的腿架在办公桌上，卫哲瞥见办公室门口探出的脑袋，挂断了电话：“我说，古人说得好，无事不登三宝殿，不过你登的频率是不是太高了？”

江达琳指了指屋顶，嬉皮笑脸地说：“我不用登，我不是跟你都在同一座三宝殿里吗？你能不能帮我再弄一个论坛旁听的名额啊？我一个朋友，他也是做市场的，想听听论坛，学习学习。”

卫哲眼珠一转：“哪个朋友啊？男朋友？”

江达琳赶紧摇了摇头。

“既然不是男朋友，那也不值得我帮忙。”卫哲竖起一根手指，“这票就不给你了。”

江达琳急中生智：“他是小力士奶粉新来的市场部高级经理谭新凯，我们公司现在正有求于他，帮他弄一个论坛旁听名额很正常吧？”

“小力士奶粉的负责人是舒晴，如何与客户打交道是她的事，你瞎起什么哄？你应该去学一下，什么叫作总裁的分寸感。”

江达琳无语：“我跟你说实话，我就想私下给朋友帮个忙还不行吗？这跟我是不是总裁、跟他是不是小力士奶粉的人没关系。”

卫哲笑：“有一句话你听说过吗？你和世界上任何一个人之间只隔着五个人。你、我、舒晴、你那位师兄，再到整个飞扬集团里的所有人，每个人之间的间隔，连两个人都不到。怎么会没关系？这简直是牵一发而动全身的关系。”

“所以你一辈子就活在这些关系里，就活得这么谨慎是吗？连朋友之间帮个忙都要左思右想权衡利弊？我看你是活得太累了吧！”

江达琳说完就怒气冲冲地跑了。

MTPR论坛举办前一晚，江达琳坐在卫哲家，开始适应自己学生的身份。面前堆着几大本厚厚的公关案例，江达琳对着电脑在写方案；卫哲坐在她对面，插着耳机打游戏。

谭新凯发来微信消息，江达琳偷看卫哲一眼，开始回消息。江达琳想到了带谭新凯参加论坛的方法，两人约定明天见。

卫哲瞥她一眼，扯下耳机：“你的方案写完了吗？玩什么手机，在和谁发短信？我现在可是在百忙之中抽空来培训你，一星期就这两小时，你好好珍惜。”

江达琳赶紧低头写方案，嘟囔：“就是个朋友。而且我很珍惜，我不是正在思考怎么写吗？A、B公司是竞争关系，我刚给A公司写完，现在又要给B公司写，你一会儿让我当正方，一会儿让我当反方，我会精神分裂的！”

卫哲看了一眼手表：“公关人就跟律师一样，今天给张三辩护，明天又要为李四服务了，本来就得做好精神分裂的准备。”

“难怪你要看心理医生了……”

“什么？”

“没什么，我继续写方案。”江达琳低头写方案，假装什么都没发生。

MTPR论坛当天，江达琳随卫哲和路易斯一起，三人一起查验通行证后，进入大堂。大堂的电子水牌上滚动播出着论坛的日程安排，四周都是公关精英，三三两两地围着聊天。

江达琳先去了趟洗手间，然后从后门走出去，把通行证上的名字换成谭新凯，成功地偷偷把谭新凯带过去后，她跑到贵宾席，走到了卫哲旁边，一本正经地假装刚从洗手间出来。

卫哲冷言冷语道：“你挺有本事，还真把人弄进来了！”

江达琳装傻说：“啊？你说什么？你是说我朋友啊？我不知道他怎么也来了，说明再怎么严格的论坛，也总是有途径可以进来的。是吧？”

卫哲叫来路易斯：“中场休息时让人到讲堂出口查验通行证，凭通行证领取论坛资料。混进来个把人倒也确实不是什么大事，可有人居然想侮辱我的智商，那就不能忍了！”

“喂喂喂！”江达琳大惊失色，怕扰到别人，附在卫哲耳边说，“卫哲老师，都是我不好，我错了还不行吗？我、我不该帮我师兄混进来，不该装傻，但我保证下次不再犯了！”

她温热的气息落在耳边，卫哲不动声色地挪了下肩膀。

“你还是没明白你错在哪！跟你说了多少次，你是DL的总裁，他是甲方客户的经理，我们正在竞标小力士奶粉，以现在的情形来说，你不该和他走那么近。”

江达琳小声说：“谭师兄不知道我是总裁。”

“呵。”卫哲仿佛听到了天大的笑话，“你自己蠢就是了，为什么还要指望别人和你一样蠢？你的照片和视频网上一查到处都是，你还真相信他不知道？”

江达琳有些着急，用手指抓了下卫哲的胳膊：“反正你们先不要提就是了。”

“哦？”卫哲挑眉，饶有兴趣，“你喜欢他？”

江达琳扭扭捏捏，不好意思地说：“谈不上吧……我们刚见面没两天。”

“不能彼此坦白的恋爱，是不会有好结果的。”

你一句我一句，两人如同小孩子般斗着嘴。

路易斯看着近日越来越幼稚的老大，有些看不下去，她把江达琳拽到自己身边：“你别理我老大，他一个不婚主义者，懂什么恋爱啊。”

江达琳把卫哲刚才说的话抛诸脑后，瞬间有了兴趣：“卫哲老师，你是不婚主义者？你不打算结婚啦？你是认真的不婚主义者，还是‘我是不婚主义者但其实我只是不想跟你结婚’那种为了不负责任找借口的不婚主义者？”

卫哲回头看她：“你讲绕口令啊？还有，你先看好你自己再说。”

他的眼神嫌弃到了极点，卫哲对江达琳丝毫理由都没有却贸然下决定这件事不予认同。过了半晌，他又看向路易斯：“你去查一下那个谭新凯。”

说完卫哲就往台上走，他被论坛邀请为发言人，发言的内容正是和最新的新闻事件有关：就在今天早上，一辆豪车在右拐弯时撞到了骑着外卖车穿着制服的叶永福，留下三千元后逃逸。

“三个关键词：豪车、外卖、三千块钱。我们来设想一下，如果拿掉‘豪车’这个关键词，变成一辆车撞了一个外卖员，司机撒了三千块钱就走了，还会不会引起那么大的反响？如果再拿掉‘外卖员’这个关键词，变成‘一辆车撞了一个人’，你还会关注这件事吗？再变化一次，如果是一辆豪华跑车撞了一个外卖员，没撒钱，就是跑了，你还会这么关注这件事吗？”

卫哲一边侃侃而谈，一边扫视众人，目光最终落在后排听众席上，语气微顿，眉头微皱。

“但这其实就是一起再普通不过的肇事逃逸事件……”

路易斯察觉到异样，循着他的视线回头看去。后排听众席处，江达琳和谭新凯正在窃窃私语，显得十分亲密。

论坛进行到尾声，会场内的人纷纷站起身准备离开。会场中心处，卫哲正和几位嘉宾握手寒暄。卫哲瞥了一眼有说有笑的江达琳和谭新凯：“今天我们的江总也来了，我叫上她一起合影吧。”

卫哲拿着话筒，脸上是戏谑之色：“小江总，小江总！快来合个影，上来啊！小江总！江总裁！”

江达琳的脸都绿了，她无措地看了一眼谭新凯。谭新凯确实没露出什么意外的表情，见她过去后，一个人走出了礼堂。

画面定格的瞬间，卫哲笑得春风满面，江达琳却满脸尴尬，恨不得把卫哲活剥再入肚。

坐在回公司的车上，江达琳愧疚地给谭新凯发微信：“谭师兄，对不起，我不是故意骗你的。”

她又气鼓鼓地看卫哲：“你是故意的！为什么？我不是让你暂时保密吗，你干吗还这么做？我哪儿得罪你了，你非这么整我？”

“你真以为你谭师兄傻是吧？我告诉你，你那个谭师兄百分之两百已经知道你是DL的总裁了，人家是故意不说破。所以你这个谎撒得毫无技术含量，还不如主动挑明。我刚才也跟舒晴说过了，你以后不会再跟着她去飞扬集团讲标了，实在要去就大大方方地以DL总裁的身份去，不要鬼鬼祟祟地装什么小助理。”

江达琳气不过：“你……就算谭师兄已经知道了，那也是我和他之间的事情，你没有权力替我做决定！”

卫哲淡定地说：“我当然有权力。因为你想拜我为师而我也正在教你，因为你想靠着我在DL站稳脚跟，因为你还在三个月的试用期内……还是说，你不打算通过我的考核了？”

江达琳瞪着卫哲半天，气不过地哼了声。

又一轮比稿结束，飞扬集团的地下车库里，舒晴遥控打开自己的车，身后是最近怎么都躲不开的沈英杰。

沈英杰十分潇洒地下车，手里把玩着车钥匙：“你有没有想过，为什么每次来飞扬，我们都能偶遇？”

舒晴试图绕过沈英杰：“不用想，还不是因为某些同行总喜欢投机取巧，以为把时间安排在竞争对手后面，就能让赢面更大一些。你说呢？”

沈英杰把车钥匙抛起来又接住：“原来是这样，我还以为这说明我们有缘分呢！”

“什么？”

“你对我有成见。”

舒晴试图去打开车门，沈英杰突然间走近一步，微微俯身，两人之间的距离瞬间缩短。

舒晴转过身，几乎和沈英杰脸贴脸：“你说对了，我对你有成见。”

“可我对你没成见。”沈英杰靠近舒晴，两人的鼻尖几乎就要挨到，“有没有人跟你说过，你的嘴唇的形状很美？”

暧昧的气息蔓延，舒晴觉得自己此刻有两个选择，一是不管不顾地任由眼前的人贴上来，二是毫不犹豫地远离这个不知怀有何目的的男人。

两人的嘴唇就要贴上的刹那，舒晴嘴唇微动：“我有个儿子，今年两岁了。”

她一字一顿轻轻吐出，眼看着沈英杰的眼神变得僵硬。

舒晴讥讽一笑，一把拉开车门，却被沈英杰一把拉住，他重重地吻在舒晴的唇上，舒晴瞪大了眼，直至呼吸被那人尽数夺去。

沈英杰直到走进公司，嘴角都带着笑，经过的袁肃指了指他的脖子。

手机屏幕倒映出他脖子处的一抹唇膏印，沈英杰用手指轻轻抹去唇印，嘴角的弧度却更大了。

他不由得想，原来在工作上雷厉风行的老虎，还是只伶牙俐齿的猫咪呢。

卫哲还没回到公司，就被告知明通股份的CEO董天慧正在自己的办公室里。在去楼上的电梯里，江达琳和卫哲各自站在电梯两边，路易斯左看看右看看，索性玩起手机谁也不理。

卫哲从走廊上经过，看见办公室里的董天慧一脸忧心忡忡。董天慧从昨晚开始就联系不到儿子小鹏，无奈地来找DL传播。

卫哲皱着眉坐在办公室里，听董天慧说完后不冷不热地开口：“天慧总，小鹏是成年人，你一天联系不上他很正常，根本用不着你这么劳师动众地亲自跑到我们公司来。究竟出了什么问题，请你对我直说，我才好帮你，你说是不是？”

董天慧深深地看了卫哲一眼："今天凌晨，小鹏给我打了个电话，说是出了车祸，他暂时不回家了，电话被匆匆挂断，我再打过去就打不通了。不管他发生了什么，我都可以帮他的，但联系不上他，我就……我就帮不了了。你也知道我的身份，这虽然是私事，但一旦被人利用，后果很难预料，我必须尽快解决。所以不管怎么样，我得赶紧把小鹏找回来。"

卫哲微微一点头："明白了。"

送走董天慧后，江达琳也不计较下午的事情了，跟在卫哲身后问："天慧阿姨和你说什么了？"

卫哲摊手说道："董小鹏出了车祸。"

"什么？"

卫哲快步走进会议室，一边翻看资料一边问路易斯："交警队你联系过了吗？"

"我刚才给王队打过一次电话，他正忙，说一会儿回给我。"

江达琳正打算联系医院，看见手机上蹦出来一条短信："没关系，这是小事，是总裁还是助理不重要，我只知道你是我的小学妹江达琳。"

江达琳笑了笑没回短信，抬眼看，发现卫哲正看向自己。

路易斯翻看着视频，突然间被电脑上的一张照片惊到了。照片上一个男生坐在走廊里，有着一张英俊忧郁的脸，她看了看，才发现这个男生竟然是车祸中被撞的外卖员的儿子。

路易斯把那张脸放大，啧啧道："肇事者还没抓到，受害者的儿子倒是已经上热搜了，好几家公众号都用他的照片当文章封面。"

江达琳看了一眼屏幕，低下头笑着回短信："谢谢你的理解。"

"找个时间我请你吃饭吧，无论如何我都要谢谢你让我有机会听到讲座。"

"好。"

"喀。"听到卫哲突如其来的一声，江达琳赶紧抬起头，以为有线索了。

交警队发来了董小鹏的车牌号，路易斯看着视频念了出来："白色保时捷911，沪BT5788。"

江达琳眼皮一跳，震惊地看着卫哲，她在电脑上敲了几下，屏幕上出现的照片里，一辆保时捷撞上了外卖车。

她将照片暂停放大，能清晰地看出保时捷的车型是911，且车牌倒数第三位数是7。

卫哲用手指摸了下下巴："很有可能，这就是董小鹏的车。"

第九章　寻找真相

会议室里众人正在紧急讨论。

路易斯指着屏幕上放大的照片："董小鹏，今年25岁，明通股份CEO董天慧之独生子，生父在他两岁时就和董天慧离婚了，从此双方再无来往，董小鹏也随之改了母姓。大学毕业后他先后进入三家公司，但都是没到半年就辞职了。他名下还有一家贸易公司，但经营情况显示的是暂停营业。他喜欢打游戏，最常去的地方是离他家很近的一家网吧，那边的人都认识他，说他这两天都没去网吧。"

江达琳拿着手上的资料说："董家的保姆说，昨晚小鹏开着车出去后就一直没回来，别的她也不知道。我还问了董家的司机，不过这个司机上个月被解雇了，估计天慧阿姨自己都忘了。最后一个是小鹏的大学同学，人家半年前就出国了。"

路易斯困惑地说："很明显，董天慧根本不知道她儿子有什么朋友。"

江达琳回想以前："我本来以为小鹏和天慧阿姨是很亲密的，小时候小鹏长得瘦小，常常被高年级同学欺负，我那时候就经常看到天慧阿姨怒气冲冲地来找班主任算账。"

卫哲坐在椅子上，用手指轻轻敲了下桌子："有句话叫作别自以为了解孩子，其实每个孩子长大的过程，就是父母目送他渐渐远去的过程。"

"这就是你不想结婚的原因？"

"我不想结婚，不代表我不想要孩子。"

“那你想要孩子？”

“不想。”卫哲瞪了一眼江达琳，对其他几个人说，“我们必须在警察找到董小鹏之前找到他，否则就会非常被动。”

“怎么找啊？”

安东怯生生地举手：“我有一个办法可以试试。”

安东的电脑屏幕上瞬间出现了很多GPS定位数据，他敲击着键盘，手指动得飞快，现在的样子和刚才怯怯的实习生仿佛不是同一个人：“我可以反向追踪小鹏常用的游戏账号，只要他上线，我就会收到通知，然后根据他的IP地址，我就能查出他的下落。”

江达琳猛地拍了下安东的肩膀：“可以啊！安东。”

安东摸了下自己的肩膀，羞涩地笑了笑。

斯黛拉走过来：“小江总，我可不可以借用一下你的助理？”

安东指了下自己的鼻子：“我？”

斯黛拉的办公室内，她站在安东身后，指着在“难得英俊”的微博下评论的博主“静水深流”的名字：“这个人，你能找到她的住址吗？”

安东沉默着敲键盘，过了一会儿，指着屏幕上面的一点说：“这儿，康源路282号，香樟园。”

斯黛拉沉默了一会儿道：“还真是这里。不过我叫你查地址的事情，不用和别人提起。”

安东点了点头，又听斯黛拉说：“你还是实习生？不错啊！”

安东一张脸涨得通红。

找到董小鹏的地址后，卫哲一边拿外套和手机，一边吩咐江达琳：“和我一起去昆云。”

“另外，路易斯，你准备方案B。如果董小鹏就是那个撞了外卖员的肇事者，这件事就不仅仅是董天慧的私事了。”

路易斯条件反射般拿起纸笔：“这件事还涉及明通股份，而现在舆论一边倒地谴责豪车司机，一旦真相曝光，董小鹏被抓，董天慧的名誉、明通股份的股价……我明白了。”

安东立刻站起身：“那我呢？他要是换地方了，你立刻通知我们。”

江达琳坐在驾驶座上，汽车飞驰在高速公路上，卫哲开着音乐，轻松地哼着歌。

不同于卫哲的轻松，江达琳有些焦虑：“小鹏出了那么大的事，你怎么这么轻松？他撞了人后跑了，那可是犯法的！”

卫哲打开了车窗，风吹进来让他感到惬意无比：“现在我们只能证明董小鹏出了车祸，有可能是他撞了人，也有可能他只是乘客，并不一定是他在开车。到底发生了什么，我们还没有查清楚，你何必杞人忧天？况且一个人撞了人跑了，也分为故意的和无意的，就算他是真的故意跑了，那也不是什么坏事。”

江达琳不语。

卫哲把右手伸到窗外，感受着风：“对你我来说不是坏事！本来还以为这就是个普通案子，要不是冲着明通股份的名头，我们根本无利可图。如果真的是他干的，那就是从天而降的一个大案子，光是那些对董家母子不利的舆论，没个几百万根本摆不平，要是舆论再波及明通股份，那就是天价了。”

江达琳握着方向盘：“小鹏是我的发小，是我的好朋友！你这人怎么这样？在你眼里难道就只有利益吗？”

卫哲转过头笑，用一副教训学生的语气说：“董天慧来找你我，是因为你我是公关，而不是因为你是董小鹏的好朋友。我现在在用职业的眼光看问题，倒是你，把感情和工作混为一谈。再说了，我的眼中只有利益不好吗？你别忘了，你可是公司最大的股东，这些利益你都有份的！”

江达琳急刹车，把车停在网吧门口。门口的不远处停着一辆白色保时捷911，本应放着车牌的地方是空的。两人对视一眼，推门进了网吧。

江达琳循着网吧小妹所指的方向看去，董小鹏正窝在角落里昏天黑地地打游戏，键盘四周放着吃过的泡面和饮料。

江达琳走过去，直接按下电脑的关机键。

董小鹏摘下耳机，正要大骂，突然看清了眼前的人。

“你是……你是江达琳？你怎么来了……你不是在美国吗？”

江达琳风尘仆仆地赶来，看到董小鹏正在打游戏，舒了一口气：“小鹏，我没心情跟你开玩笑。我问你，叶永福是不是你撞的？今天凌晨撞了人，还在人身上撒了三千块钱，驾车逃跑的司机，是不是你？”

董小鹏瘫在椅子上：“什么跟什么？我都不知道你在说什么。我真不知道你在说什么，还有你为什么要来找我？你怎么找到我的？”

卫哲眯着眼，弯腰从两台电脑之间的夹缝里抽出一张车牌。他不顾董小鹏的大叫，说道：“人都被你撞得飞起来了，你问我干什么？”

董小鹏伸手去抢车牌：“你胡说什么？他什么时候飞起来了，他就是从助动车上摔下来而已……你诈我？”

董小鹏意识到自己中了圈套，低下头，过了半晌才轻声问：“那人现在怎么样了？没死吧？”

卫哲摇头。

“那就行。”

江达琳生气地吼他：“什么叫那就行？叶永福现在躺在医院里一直昏迷不醒，你却还有心思坐在这里打游戏？”

卫哲抬腕，盯着手表：“我估计警察很快就会找到这里，你现在把撞人的整个过程原原本本地跟我说一遍。”

看着又要大喊的董小鹏，卫哲淡定地说：“你已经被通缉了，你知道吗？”

董小鹏明显不信：“得了吧，多大点事儿，我又不是故意撞他的，不就是赔钱吗？行了，既然我妈找了你们，你们就去谈吧，该赔多少赔多少，你们找我妈要，我就不管了。”

看董小鹏完全不配合，江达琳一咬牙要拨110，她的手却被卫哲拦住：“你不能眼睁睁地看着他进监狱。董小鹏是你的客户。客户请你来是让你解决问题的，不是让你报警的。即使他犯法了也不应该由你来报警，谁都能报警，但一定不能是你和我。”

警车的声音很快就响起，警察冲过来，把董小鹏的脸摁在了键盘上。

江达琳皱眉看着：“现在怎么办？”

卫哲耸肩：“去找董天慧，问问她到底想要怎么样。”

“这下你知道我为什么要找你们了吧？要不是撞了人，他是不可能不露面的。但这事儿……你们也知道我的身份，我根本没法去替他找关系求人什么的，万一被人抓住把柄就麻烦了。所以我才来找你们。琳琳、卫哲先生，你们一定要帮我，要帮小鹏。”

董天慧的语气平稳又无奈，她过了半晌又说：“他只是犯了一个错，但他绝不是见死不救的人。我们家是有社会影响力的，这件事对于我的家庭、我的公司，都是一件大事，这是一颗地雷。我需要你们帮我消除负面舆论，不要让舆论影响判决，再适当地增加一些正面宣传，告诉人们小鹏不是这样的人，他只是一时头脑发热做了一个错误的决定。卫先生，你能理解我，对不对？”

“可是……”

卫哲在她身后咳嗽一声，制止了江达琳，微微笑道：“当然。”

江达琳追着卫哲走下台阶：“你刚刚干吗答应她？小鹏既然做错了，就该承担后果，我们不应该替他洗白！我不同意。”

卫哲无奈地说：“你不同意什么？真相都没搞清楚，你能不能专业一点，把前前后后弄明白了再来下结论？”

江达琳摸了下脑袋：“还没有弄明白吗？哎，你等等我！”

斯黛拉坐在一辆出租车里，一脸平静地翻着手上的杂志，抬头望过去，眼前正是香樟园的大门口。

出租车的计价表价格一直在跳，出租车司机蹲在不远处的地上，路过的大爷也不停地张望。很快，一辆车停在了香樟园的大门口，崔英俊从车上下来，随后下来了一对母女，崔英俊亲热地摸着小女孩的头，而一旁的女人手上是一个拼色羊皮包。

是斯黛拉丢失的那个包。

出租车司机再回到车里，八卦地问道：“是不是刚才那男的，开SUV的男的？”

在偌大的上海，各种各样的事情都会发生，这样的戏码司机也见过不少。城市寸土寸金，新鲜事也一件件地冒出来，不过像这个女人一般冷静的人却很少见。

然而看到斯黛拉冷漠的双眼，司机也不敢说什么了。他把车门关得飞快，毕竟别人的事情和他无关，得罪了顾客，他可就得不偿失了！

斯黛拉站在玄关处，原本正在客厅看电视的崔英俊殷勤地迎了上去，开鞋柜给斯黛拉拿拖鞋：“你今天怎么下班这么早？对了，我们酒店新搞了一批特级绿茶，送白金会员的，你不是爱喝茶吗？我弄了两份给你。”

斯黛拉疲惫地进了浴室，水雾蒸腾，斯黛拉尽情地让水洒在自己脸上。小姑娘挂在嘴边的“仰起脸，眼泪就不会掉下来”，倒还是有点用处的。

崔英俊的身影出现在浴室外：“那什么……Tony今天跟我说了个事，他说打算明年给我升一升，弄个销售副总监。所以最近各家酒店都在冲夏季会议用房，你们客户那有没有什么活动？”

斯黛拉不语，从浴室出来就径直走向了卧室，把卧室门紧紧关上，给何宏伟拨去了电话。

“宏伟，我是斯黛拉，我打算离婚，你帮我……”

夜色浓重，月光如水一般涌进房间，苍凉惨白。斯黛拉拉紧窗帘，闭眼躺回了床上。

董小鹏事件的舆论发酵得比想象中严重，办公室里，卫哲和江达琳聚精会神地听着闫律师讲述案情：“事发当晚，叶永福接了一单外卖要送到清山新村，经过祁连山路梅村路路口时，叶永福无视红灯，试图违章穿过路口，刚好董小鹏的车右转，但因为没有及时减速，撞到了叶永福的助动车。事情发生后，董小鹏第一时间下车检查叶永福的伤情，和叶永福达成私了的口头协议后，董小鹏留下钱离去。”

电脑里，董小鹏的声音响起：“我一发现撞了人，就赶紧下车，先看人有没有事儿是不是？我一看，那老头还在动，好像没什么问题，我因为着急，就问他感觉身体行不行，他要是行，我就给他留点钱，咱们私了得了；他要是不行，我立刻开车送他去医院。那老头说他没事，我就把钱包里的现金都掏出来给他了……”

“接下来的事情就比较棘手了。”闫律师接着说，“而当救护车将叶永福送到医院时，叶永福已经陷入昏迷状态，这是董小鹏始料未及的。但无论如何，他也不能算是肇事逃逸。董小鹏最多就是违章驾驶以致伤人，绝对不能算是肇事逃逸，董小鹏是无辜的，我已经申请取保候审了。”

董小鹏从警局出来后，先去了DL传播。他一身轻松地靠着沙发，戴着大大的耳机，边听歌边抖腿。

卫哲扯下他的耳机，声音如同一盆凉水：“重要的是舆论。最近这段时间你必须保持低调，要伤心悔过，不能这么高高兴兴，跟中奖了似的……”

“喂！我是无辜的。”

“就算你们私了了，你和无辜之间，最起码也隔了十条街。现在人们认为你是驾着豪华跑车视人命如草芥的富家子，是那种认为用钱就可以摆平一切，甚至可以脱离法律制裁的人。这种形象很坏，坏到不但会影响到你的判决结果，还会影响到你妈妈在公司的地位，影响到明通股份的股价，所以从现在起，你要听我的。”

“哦！”

董天慧欣慰地去摸儿子的头，董小鹏却下意识地躲开。

卫哲收回视线，声音依旧冷静：“现在我们有两点可以利用。第一，叶永福违章在先，这是铁板钉钉的事实；第二，就是你说的，你是和叶永福私了以后才留下钱离开的。但这些说法里也有漏洞，小鹏，我有几个问题要问你。这些问题你很可能会被别人问到，所以你要想清楚。”

“第一个问题，那天凌晨，你为什么会开车开得那么快？是不是有急事？”

“呃……我开的是跑车，一不留神就开快了。”

“这个理由不够好。”

董天慧接下话：“那天我想叫小鹏陪我出席一个活动，他不肯，我们吵了一架，我也骂了他，他是在气头上出去的，所以……”

“OK！”卫哲微微前倾身体，给人带来稍许压迫感，“第二个问题，在网吧的时候，你怎么没说你跟叶永福私了了？”

董小鹏缩了下身体，抖了抖腿：“我那会儿都被你们吓蒙了，一会儿通缉一会儿悬赏的，跟着警察就来了，我哪儿顾得上说那些？”

“最后一个问题，你为什么摘车牌？”

“我、我害怕呀，这毕竟是撞了人，我当时就是头脑一热，心虚了呗……你不会是在怀疑我吧？我真的跟他私了了……不是，我知道我做错了，以前我也做了很多不太好的事，但这次我是真的跟叶永福私了了，他同意了我才走的。你们得相信我，江达琳，你认识我那么久了，你应该相信我呀！”

卫哲站起身，居高临下地看着董小鹏，留下一句话后就招呼江达琳离开：“OK，那这样，从现在起，你除了家里哪儿也不许去。不许打游戏，你的游戏ID已经曝光了，你一上线就会引起人们的注意，可以看书、读报、听音乐、大扫除，但绝对不许在网上留下任何印迹。最重要的是，你必须对我诚实。”

董小鹏也是没经历过大事的人，这下点头如捣蒜：“我当然诚实，只要能不坐牢，我都听你的。”

两人去了一所居民房找目击证人。

显然已经被问过许多遍，证人显得很不耐烦：“我都跟派出所讲了几百遍了，记者也采访过我了，我确实看见了车祸发生，我也打算上去帮忙的，但我看到那个跑车上的人下来了嘛，我就没过去了。我看到他数钱给那个外卖员了，那我想大概两个人谈好价格了没事了，谁知道后来外卖员又昏过去了。”

同样，当天的救护车医生也给出了相似的回答。

会议室里，江达琳轻松下来，卫哲用手指转着笔：“我看都是叶永福自己要钱不要命。现在我们要做的是，尽量把网上的热度压下去，现在的舆论走向太负面，别还没等到小鹏的判决出来，先把董天慧和明通股份给害了。”

卫哲打电话给各大媒体周旋，把联系人名单都翻了两页，江达琳敲着键盘写公关文章，正拉着路易斯审核，拎着外卖的安东把谭新凯领了进来。

谭新凯把甜品随手放在桌上。

江达琳放下稿子，反应过来向众人介绍：“各位，这位是我的大学师兄，谭新凯。”

“我不管你用什么方法，是删帖还是爆个什么别的新闻随便你……”卫哲看着办公室里突然冒出来的男人，挑眉继续讲电话，却晃了一下另一只手的食指，示意谭新凯离开办公室。

才送走谭新凯，江达琳就冲进办公室，朝正在核对媒体清单的卫哲勾了勾手指头。

卫哲蹙眉走到办公室外，江达琳一字一顿地说：“你刚才这样对谭师兄是什么意思？我知道你不喜欢他，你就是故意的！”

卫哲不置可否：“我当然不喜欢他，我为什么要喜欢这种以吃软饭为人生目标的男人？他在追你，你能看出来吧？”

“那又怎样……”江达琳小声地说。

卫哲调出手机上面的资料：“谭新凯，今年28岁，安阳人，父亲是汽配厂的工人，母亲无业，她有时在菜市场给人打打零工。他还有个亲姐姐，在县城帮人做美甲，姐姐的丈夫是个酒鬼。谭新凯考上大学后，一共谈过两次恋爱，第一次是跟同班同学，女方的父亲是一家连锁餐饮公司的老板……说来也巧，这个老板我还认识；第二次是跟高他一级的学姐，女方是上海本地人，她家里拆迁分了六套房子。两段恋爱持续时间都不长，分手原因不明，但可想而知。我告诉你这些是因为他摆明了在追你，而我不希望你成为他的第三次恋爱对象，明白吗？”

江达琳抢过卫哲的手机：“你调查谭师兄？他是我的朋友，你不要太过分！”

“如果他只是你的一个普通朋友，我才懒得理会，可现在看着这小子没准儿还打算成为你的男朋友，所以我才不得不多留点神，不然我对他才没兴趣！”

“就算他有可能成为我的男朋友，这也是我的私生活，你凭什么干涉我的私生活？”

卫哲冷笑道：“私生活？既然你当了总裁，还是一家传播公司的总裁，就不要试图拥有百分之百的私生活。小到微博、微信，大到结婚、离婚、结交朋友，你的一举一动都有可能引发严重的后果。对了，DL不是还有冲击上市的野心吗？到时候你就更没有私生活了，你得个重感冒说不定都会引起股价震荡。我不是在开玩笑，你以为我闲得发慌才去查你的谭师兄？”

“你就是吓唬人！那你查过他了，怎么样？谭师兄积极上进、乐于助人，是个好人吧？”

卫哲懒得多说：“好什么呀，他是典型的凤凰男。凤凰男最大的问题，就是手里攥着的东西太少，想要的却又太多，让人不得不防。”

江达琳正要反驳，卫哲伸出食指靠近她的嘴唇：“他追求美好是没错，可连谈恋爱都是只选贵的不选对的，就难免引人遐想了你说是不是？”

江达琳被他吓了一跳，捂着嘴说：“听听你的语气，你不觉得说这些话的你，活脱脱就是个90年代狗血电视剧里仗着有点钱，就觉得全世界要谋夺自己财产的有钱老太太吗？我不想跟你说了，我们简直有代沟。”

“有钱老太太？代沟？”卫哲头一次觉得自己冷静不下来，拽了下自己的手环，烦躁地回到会议室。

江达琳和卫哲讲不通，便叫来邦尼好一通吐槽，谁知道邦尼啃着苹果点了点头：“我觉得卫哲说得不错。本来嘛，谈恋爱就是一场战争，你敬一尺，我敬一丈，寸土必争啊！那什么门当户对，说得也没错嘛！”

“你……”江达琳放弃了，“我是不懂这些，听着就觉得累。那个，谭师兄好像就是在追我。他今天约我吃饭，我说晚上要加班，谁知道他突然就买了不少吃的东西来我们公司了。”

“真的啊？行动派啊！”邦尼盘腿坐在江达琳对面，“那你是什么感觉？是厌恶？还是喜悦期待？你看见他突然来你们公司，你是惊喜还是惊吓？”

“也没有惊吓，我就还挺高兴的。”江达琳又想起卫哲说的话，“但卫哲说谭师兄家境不好，他追我是有别的企图，说他是个凤凰男，反正就是那些阴谋论呗！”

“凤凰男？这我可就不爱听了。照他这种说法，我这种从小在农村长大，跑到上海来上大学和工作的，岂不是凤凰女了？”

江达琳的手机收到两条短信，是谭新凯发来的，说的是周五晚上校友聚会的事，谭新凯打算下班后去接她。

邦尼伸长脖子看到了短信内容：“可以啊，这谭师兄追你追得够紧啊！”

收到回复后的谭新凯关掉了廉租公寓的台灯，闭眸想了一会儿，又给江达琳发去了晚安短信。

尽管卫哲动用了媒体关系，舆论已经有所控制，然而本地论坛上依然是一片腥风血雨。关于董小鹏见死不救的讨论量直线飙升，会议室的灯亮了整晚，而卫哲一直在窗边打电话。

“这都是因为董小鹏的身份，他是明通股份CEO的儿子，开的又是保时捷，你换个开助动车的撞了人试试，保证求人家说他都没人理。”

卫哲挂断电话后，又打电话给斯黛拉，听见电话里都是杂音，像是正在搬东西。卫哲微微蹙眉道：“斯黛拉你在听吗？是不是你那里有问题？”

斯黛拉嗓音沙哑，她虚弱地抬了抬手臂，让救护车的护士尽可能小声点：“我没事，你说吧。”

“是这样，现在舆论对董小鹏很不利，我们打算一方面继续往下压，另一方面尽可能地安抚受害人和其家属，不能让他们制造出更大的麻烦。叶永福现在所在的医院设备不够好，我记得你做过第一医院的公益活动，你看看有没有途径跟医院打个招呼，帮忙把他转过去？”

斯黛拉躺在救护车上，开始翻通讯录。

医生瞧见病人在担架上还不忘工作，瞠目结舌：“这位患者，你都躺在救护车上了，还不能消停点儿？”

“就是，有什么工作比命还重要……你别打了行不行？没见过你这样的，话都说不出来了……”

斯黛拉拦住上前阻拦的护士，一刻不停地打着电话。

输液后，她一手举着输液瓶，一手捧着电脑，艰难地往行政楼走。何宏伟从行政楼出来，瞥见她的模样，笑着摇了摇头：“说起来，我还没见过你生病的样子，现在这样倒是挺可爱的。”

“我的嗓子都这样了，你还气我。”

何宏伟在她身侧坐下：“怎么突然要离婚？”

“崔英俊出轨了。”斯黛拉一边打字一边把手机照片给何宏伟看，“对方是个早教中心的老师，这些照片是我在他们中心的网站上找到的。”

何宏伟了然，沉默了一会儿问：“你打算怎么做？”

“让他净身出户。”

斯黛拉发邮件的动作没停，她做出的决定也和动作一样干净利落。

过了一会儿护士来拔针，瞥见她还在工作：“还是你聪明，躲在这里清静，前面那栋楼都闹翻了。就是那个被豪车撞了的外卖员，他转到我们医院来了，原来不是说司机肇事逃逸吗，现在都在传是这个外卖员自己要求私了的，刚才过来了许许多多记者，把ICU围住了。”

ICU病房的长走廊上，叶永福昏迷不醒地躺在担架车上，嘴上戴着氧气面罩，两个护士推着他举步维艰。一群记者蜂拥而上，围住了担架车。

叶永福的儿子冲过去，几乎要和记者打起来，斯黛拉快步走上前，拦住了把镜头怼上去的记者。好在这些是她熟悉的媒体，斯黛拉给了记者两个资源，换来片刻的安静。

叶东烈却不愿意放过记者，斯黛拉转了转眼珠，凑近他的耳朵：“你想不想让你父亲转到单独病房，无人打扰？”

几分钟后，一切安顿好，斯黛拉回到行政楼继续工作，看见一道阴影落在电脑上。

叶东烈坐在她旁边：“我是来告诉你董小鹏在撒谎的。我爸不贪财，他才不会私了，他不是那种人。”

“你说董小鹏在撒谎，你有证据吗？这难道就不是你的一面之词？你不了解为人父母的心，供孩子上大学是很累的，需要很多钱，而父母为了孩子，什么都愿意做，连命都可以不要。你不是不信，而是不敢信，你不敢面对你父亲宁愿私了而不去医院，其实是为了筹钱供你的事实。”

他有多擅长写代码，就有多不擅长说话。叶东烈狠狠地瞪着斯黛拉，把脸涨得通红，也说不出任何话。

卫哲一行人也往第一医院去，平日里光鲜靓丽的董小鹏，此刻正穿着款式老旧简单的西装，踩着一双老式的棕色皮鞋。

董小鹏不耐烦地扯了下衣领：“其实我觉得你们这些做法都是多此一举，你们就应该直接去跟姓叶的聊价格，我跟你说他就是想多要点钱！这帮人每次都这样，给点钱，这事儿就完了，你们别老这么折腾我。”

卫哲自顾自地发着邮件：“道歉是分步骤的，视频道歉是对网友说的，而对于受害人家属，只有你当面道歉，才会显得有诚意。”

董小鹏靠着座椅闭着眼，露出轻浮的神色：“这帮人哪次不是拿了钱就走人？”

卫哲和路易斯同时抬起头。他用手指比了一个手势，路易斯了然地打开了电脑，开始查找董小鹏的违章记录。

单人病房内，叶永福昏迷不醒地躺在床上，叶东烈用毛巾在脸盆里蘸水，然后仔细擦拭叶永福的手和脚。

从病房外走进来一群人，走在中间的赫然是董小鹏，叶东烈把毛巾扔在盆里，冲上去就要揍他，被卫哲架住。

董小鹏眼神闪烁：“我是来道歉的，事情发生后，我心里一直不好受，我想来看看叶叔叔，我……我也不是故意撞他的是不是……”

叶东烈吼道：“我不需要你的道歉！你不但见死不救，害得我爸有可能变成植物人，你还到处造谣，往我爸身上泼脏水！”

卫哲眯眼：“造谣？我们什么时候造过谣？”

“你们给我滚，滚得越远越好！我不会相信你们的！你们这些人没有一个好东西。”

走出单人病房，卫哲的脸色不是很好，他把一篇文章和转账截图拿给董小鹏看：“难道我没有警告过你，不要在网络上留下任何痕迹吗？谁让你找水军发帖了？”

董小鹏咽了口唾沫：“我又没瞎说，再说不是你说叶永福要钱不要命的吗？这可是你的原话。”

卫哲冷哼一声：“我现在说你是个蠢货，这也是原话，你要不要也找个水军公司发出去？明明闯了祸还振振有词不识好歹的家伙，你知不知道我们下一步就是要和叶东烈谈和解？你知不知道叶东烈现在对你恨之入骨？如果你存心想刺激对方的话，你可以继续发帖谩骂，我绝对不会拦着你的，不过做这些之前，我建议你先给律师打个电话，问问他如果庭外和解不成，你有可能会被判几年！”

董小鹏的脸红一阵白一阵，江达琳匆匆跟上卫哲，用眼神示意董小鹏先离开。

卫哲的办公室内，路易斯把一沓单子放在桌子上。资料上清清楚楚地写着，董小鹏最近几年造成的大小事故。

董小鹏在2011年4月拿到驾照，同年6月就撞了人，赔了人家五十万完事；2015年把一辆小货车撞进了水库，幸亏人没死，赔了八十万；第三次是去年，违章追尾一辆出租车，把后排的乘客撞骨折了，赔了十五万。

“所以他才会说这些人都是拿钱走人。”

江达琳正眉头紧蹙，卫哲看她一眼问道：“你在想什么？”

“我只是在想，小鹏会不会是在撒谎？”

第十章　真相大白

医院里，卫哲正在同叶东烈讲和解条件。

奈何叶东烈只是固执地说：“董小鹏在撒谎，我不要钱，我想要他坐牢！那才是他应该付出的代价。”

江达琳有些沮丧：“闫律师，如果叶东烈坚持不同意庭外和解，那怎么办？是不是就得打官司了？”

“对。现在最大的问题是叶永福一直重伤不醒，即便有私了这个环节，一旦法官认为情节严重，而叶东烈又一再拒绝和解，那小鹏很有可能还是会被判刑，至少一个拘役是跑不掉的。”

江达琳苦恼地慢慢走着：“本来听到小鹏说他不是故意逃走的，我还松了口气，可现在听叶东烈这么一说，我又觉得小鹏做得太过分了。就算对方答应了私了，他也不该真的丢下钱就走，不，他就不该提出要私了！”

“你太感情用事，其实每个人心里都有个价格，我们要看的只是价格够不够高，叶东烈这么说不过是在虚张声势。”

司机老秦等在医院楼下，江达琳让老秦先走，打算坐地铁同谭新凯去吃午餐。

卫哲没见过坐地铁还欢呼雀跃的人。

卫哲坐在副驾驶座上：“她放着司机不用，跑去坐地铁？这也太作了吧？”

路易斯发动汽车：“干吗？地铁招你惹你了？”

“地铁没问题，问题是他明知道江达琳是有司机开大奔的，还非要说自己来接她，他来接就来接吧，还硬要说清楚是坐地铁。哪个男人约会，连交通方式都会在电话里说好？对交通方式的选择只是他表现控制欲的一种方式，但如果继续下去，他会从日常生活的一点一滴去操纵江达琳的生活，让江达琳迁就他，为了他改变自己的生活方式。”

“有这么严重吗？”路易斯不以为然。

“有，不过我不会让这种事发生的。江达琳是我的……”

路易斯玩味地笑，等他说下去。

“学生。”

“喊。”

地铁站里人潮拥挤，身边有人匆匆而过眼看就要蹭到江达琳，谭新凯小心地把她护到了自己身边，江达琳轻拂耳边散落的发丝，很轻地笑了声。

乞丐坐在人群必经的路上，谭新凯掏出五块钱放在乞丐的碗里，而后兴冲冲地回来了。

“你还是和以前一样乐于助人。”

吃过晚饭，谭新凯送江达琳回家。男人和女人在一起时，连月色都变得撩人，接下来的事情似乎是顺理成章，谭新凯站在月色下向她告白。

“我……”江达琳揉了下手指。

“没事，你不用急着答复我，不愿意也没关系。”

江达琳的脸噌地红了：“我不是不愿意……”

从楼梯爬上楼，站在家门前，江达琳用后背贴着墙，拿手背碰了下自己的脸，果然还是烫得很。

她缓了缓，才掏出钥匙打开门。

“饭吃到一半，房东给我打电话，说这个房子已经卖了，叫我一个月内搬家，我可是签了一年的合同啊！虽然说会赔我违约金，但是房东也太过分了吧。还有更可恨的，我在电话里和房东吵架，李斯特是从头到尾听着的，我挂了电话以后，你猜人家怎么着？人家一声也没吭，连问都没问一声！”

邦尼一脸郁闷，见她回来，坐在沙发上大吐苦水。

江达琳等她消气了，冷不丁地冒出一句：“刚才谭师兄和我说，他喜欢我。”

八卦果真是消灭一切不开心的利器，邦尼瞬间凑过来，精准地替换上八卦的神情：“然后呢，你怎么说？”

“我……我说我也不是不愿意。”

“那就是愿意呗！”邦尼瞅着她害羞的脸，抓过镜子放在江达琳眼前，“你已经在恋爱啦，小傻瓜，你看看你少女怀春的表情。”

爱情是最好的化妆品，这句话说得还真不错。镜子里的女人脸蛋俏丽嫣红，怕是最昂贵的腮红也达不到这个效果。

“我、我就是觉得谭师兄这个人真的挺好的。临去饭店前，他特意嘱咐我不要说我是DL的总裁，让我就说自己是个小助理，省得别人会麻烦我。不过那会儿我还没答应要做他的女朋友呢！”

“哎呀招了，这会儿已经答应了做某人的女朋友了对不对？”

两个人打闹嬉笑。月亮娇羞地被掩了起来，房间里光线昏暗。

第二天，斯黛拉输完液，拿着棉球捂着打吊针的地方，走出行政部，略微一思索走去了住院部。住院部的单人病房内，叶东烈把电脑放在用凳子架起的板子上，正在一行一行地敲代码。

“你在写代码？你是计算机系的？”

叶东烈声音冷漠：“不是每个计算机系的人都会写代码。”

“你还在生气？我听说那些帖子的事情了，特意来向你道歉。舆论这种东西总是出乎意料，但请你一定要相信，那些帖子绝对不是我们发的，也和董家无关，毕竟我们是一心想和你和解的，是不是？”

叶东烈沉默片刻道：“你走吧，我不想说话。”

斯黛拉盯了他一会儿，不由分说地带着叶东烈去宾馆住下。叶东烈当然不愿接受施舍，最后被斯黛拉用可以更方便地照顾叶永福的理由说服了。

斯黛拉去买了一系列洗漱用品，又放了一沓钱在桌上。叶东烈埋头收拾东西，看到桌面上斯黛拉的名片，抬头看，斯黛拉正站在窗前恍惚地望着夜空。

叶东烈继续埋头收拾东西，在斯黛拉走出去时，叫住了她：“喂！”

“嗯？”

“你这个嗓子，可以喝鸡蛋茶。”他的语气听起来还是很别扭。

叶东烈缓缓走到窗前，远远地看着旅馆外停着的车，车窗开着，斯黛拉正坐在里面发呆。他把手机打开，将镜头拉近。

镜头里的女人神情模糊而美丽，看起来又似乎遥不可及。

他回头看房间，眼中有一丝怅然。

关于离婚的事情，何宏伟已经办得差不多了，翻着资料，何宏伟说：“从目前的情况来看，崔英俊没准儿会找你要抚养费。你的收入和资产超过崔英俊那么多？这种案例我见得多了，你看着吧，在未来人们离婚，女人倒过来给男人抚养费的案例会越来越多的。”

斯黛拉露出讥讽的笑：“反正我要他净身出户。”

何宏伟抱着资料离开，斯黛拉突然叫住他：“你知道鸡蛋茶怎么做吗？”

“什么鸡蛋茶？”

“没事。”

等何宏伟离开，斯黛拉站在镜子前化妆。她往手腕上戴了一块钻表，手指从一排排鞋子上经过，最后停在logo很明显的LV上。

斯黛拉在车上打开导航，把目的地定为香樟园。

这是一间比较普通的公寓，布置得有些凌乱，但很温馨，地上摆着小孩子玩的玩具，装修风格是完全不同于自己家的暖色调，沙发上还放着斯黛拉的拼色羊皮包。

斯黛拉站在客厅里，环顾四周，看着王思琪紧张地给崔英俊打电话，她在房间内拍了几张照片。高跟鞋发出清脆的声响，斯黛拉快步离开了。

把崔英俊的电话挂掉，再将其加入骚扰电话名单，斯黛拉才坐进车里，靠着椅背长长地舒了一口气。

车载广播掩盖了她微弱的叹气声。

“外卖平台一日三餐的CEO在其微博上针对旗下外卖员叶永福送餐途中被撞昏迷一事发布声明，发誓不管董小鹏是什么来头，这件事他一定会追究到底，否则不配做一日三餐的CEO。他同时表示，自己已经到医院看望了叶永福和叶东烈……”

微博热搜上，挂着九张CEO徐斌看望叶永福的照片。

一日三餐的微博搜索指数直线上升，不到两个小时，已经急速上涨了二十多倍。随之而来的是，明通股份的股价跌了近两个百分点，即将进入跌榜前十。

“这一日三餐还真有一手，热点蹭得简直无懈可击。”

卫哲抱臂，盯着数据看：“从叶永福被撞出事，到董小鹏被抓获，这中间隔了整整十几个小时，也没见一日三餐出来说半个字，后面叶永福转院也是我们帮忙协调的，事情都过去两三天了，一日三餐都没动静，现在他们突然宣传得这么起劲，肯定有别的原因。路易斯，你查查一日三餐。”

斯黛拉突然出现在会议室门口：“别查了，我问过了，一日三餐在昨天晚上被查出存在大量商户没有卫生许可证的问题，他们正费尽心思往下压消息呢。”

“难怪，原来是想先做点好事，等坏事被爆出来的时候，也不至于颜面无存。”卫哲嗤笑一声，“现在我们唯一能做的，就是尽快想办法劝叶东烈能够和我们坐下来谈。”

“可他现在恨死我们了！我们根本连对话的机会都没有。”

斯黛拉站出来：“我可以想办法试试。”

斯黛拉站在走廊上，对面是手里拿着热水瓶的叶东烈。叶东烈冷声说道：“我不是说了吗？我不想见到你们公司的任何一个人。”

“我不是以公司的身份来见你的，我是代表我个人来的。”斯黛拉随他走入病房，见他放下热水瓶说道，“你有没有时间，我带你去一个地方。”

叶东烈有些犹豫，又听斯黛拉说了几句话才缓步跟上。

他们去的地方是一日三餐的简易工棚，里面的床都是上下铺，有的墙上挂着“一日三餐”公司的制服马甲，工棚内的环境十分脏乱差。他们从上往下看，还能看到有人在墙角小便。

叶东烈显然不知道叶永福就在这里住。

“一日三餐公司昨晚被查出存在有大量商户没有卫生许可证的情况，这几天就有可能被爆出来。”

“你是说他们在利用我？”叶东烈气笑了，“你不觉得你们都太好笑了吗？你是不是觉得，你带我来看这些，告诉我一日三餐其实是在利用我这件事，我就会答应和董小鹏谈判和解？你错了，在我眼里，你们都是一丘之貉，没有任何区别。”

斯黛拉定定地看着突然响起来的手机，把崔英俊换号打来电话的号码再次拉黑，抬起头时，叶东烈已经走远了。

崔英俊回到家里又是下跪又是撒泼，最后撕破了脸要分一半房子。斯黛拉看着这个曾和自己同床共枕的人如今的模样，连说话的欲望都没有，拎着行李便离开了，顺便还让何宏伟早些起草离婚协议。

“也算是朋友。”斯黛拉对何宏伟说，“我没有忍住，下午去找了那个王思琪。我倒觉得这或许是我的本性，如果不是亲身遇到，我也无法想象我会做出这样的事。说来有趣，王思琪并不是那种妖艳粗俗的女人，她很清秀，也有知识，抛开一切说，她不会成为我的朋友，但我也不会讨厌她。”

“那这样，住酒店不舒服，我在临江国际有一套房子空着，那里一直有人打扫，很干净，不如你先去那儿住？”

“不用，酒店挺好的。”

斯黛拉拖着行李箱去了安豪国际，销售经理一眼就认出她来。他先是低声让客房送水果上去，再给她开免费Minibar（迷你酒吧），而后又忽然拦住客房，给人事打了电话：“你去打听下，DL最近是不是有什么活动跟我们有关，他们的斯黛拉忽然住在我们酒店了……对啊，她不是一直喜欢去恒悦吗？她老公是恒悦的啊！”

在DL传播前台，江达琳笑着经过，笑容都甜了几分，让人不免猜测她遇到了什么好事。艾米捧着一盒红玫瑰拦住江达琳：“喏，你的，一早就被送来了。话说，是男朋友送的吗？我可数过了，一共19朵长柄红丝绒玫瑰，花语是‘我正期待你的爱’。”

江达琳抱着玫瑰花，衬得脸更加艳丽：“没有哦！”

话音刚落，快递又捧着一大捆玫瑰走了进来，把它们放在地上：“斯黛拉在吗？”

江达琳看着艾米说：“这么多玫瑰花象征什么？”

艾米错愕，尴尬地说：“象征……‘对不起我爱你’……我瞎猜的。”

江达琳捧着刚插好的玫瑰花瓶，喜滋滋地拍了张照片。经过办公室的卫哲瞥见玫瑰花后走了进来：“红玫瑰？”

江达琳伸出一根手指堵住卫哲的嘴：“对，谭师兄送的。我知道你想说什么，所以你最好免开尊口，我现在心情很好，不想跟你吵架。”

“哦，我也不想跟你吵架，我是想说，我本来以为这花是你从垃圾桶里捡的。”

卫哲把手机递到江达琳面前，屏幕上图片中的垃圾桶里躺着一捆玫瑰。

“呃，这是谁扔的？”

“我。”斯黛拉站在办公室门口，保持着敲门的动作，“有时间吗？开个会吧。”

“临时召集各位开会，是因为我有件私事要宣布。我和崔英俊暂时分居了，最近一段时间我住在酒店，不出意外的话，我们应该会离婚。虽然这是我的私事，但考虑到有可能会给业务带来一定的影响，所以我觉得有必要告诉你们一下。”

会议室里，斯黛拉站在众人面前，众人面面相觑。

“好了，散会吧。”

其他人离开后，斯黛拉走向卫哲和江达琳：“昨天我带叶东烈去了一次一日三餐的员工驻地，本以为他会认清现实，但没想到他的对抗情绪更激烈了。他现在坚持认定董小鹏在撒谎，而我们所有人都是在利用他，在骗他，我怎么劝他都没有用。”

“昨天我去问过小鹏，他发誓他说的是真话，我觉得他应该没撒谎。而且之前我们查过，救护车到的时候，叶永福确实是醒着的。如果庭外和解谈不成，小鹏还是有可能会坐牢啊！”

董小鹏显然怕极了坐牢，在会议室里十分不安。

“现在最大的问题是，大部分的舆论依旧认为小鹏在出事后赶着离开是对生命的漠视，而这一点确实很难解释。”卫哲接着说，“并且一个好的道歉，最关键的还是在于做错的那一方究竟愿意付出多大的诚意，用多大力度去承认并承担自己的错误。”

“还要什么力度啊？我下跪可以吗？”

董天慧突然开口：“我可以发布声明，如果小鹏真的是肇事逃逸，我就向董事会引咎辞职。自从出了这件事，公司里反对我的那些人都跳了出来。今天早上我已经和董事长通过电话了，倘若无法在短期内平息这件事，这个CEO我也做不下去了。这个力度够吗？”

卫哲点头：“再搭配一点别的东西，应该够了。”

卫哲翻出几个不同的采访视频，交给了剪辑师，盯着剪辑师剪完了整段视频。

走出董家时，路易斯担忧地低声问：“这事你没告诉小江总？”

“告诉她干吗？你不觉得她只会坏事？再说就是点小技巧而已，我没必要什么都告诉她。”

“那个跑车上的人下来了。”

“我们到的时候，病人的眼睛是睁着的。”

“病人还说了句话。”

而后是董小鹏的声音：“当时我就问他，你行不行？他说没事。但是对于这起车祸，我依旧有着不可推卸的责任。”

视频播放完毕，路易斯指着屏幕上的曲线：“播出前，认为董小鹏肇事逃逸的人占到样本总数的百分之八十二；播出以后，认为董小鹏肇事逃逸的人的样本占比，已经下降到了百分之二十九。相当大的一部分网友认为董小鹏只是一时心急，加上看问题太简单，所以才会留下钱离开。而且我们那篇‘财富不是原罪’的帖子，阅读量破了百万呢！”

“太好了，总算把这舆论的龙头给扳了回来，下一步就尽量促成庭外和解，即便叶东烈死活不同意，形势对庭审也是有利的。”

江达琳盯着屏幕一言不发，会议结束后她径直走去卫哲的办公室质问：“这视频明明是把每个人说的话打散了重新拼接起来的，视频里出现的根本不是原话，你这不是故意在误导舆论吗？”

“怎么叫误导？这最多只能算是重新编排。董天慧公开发表声明，愿意用个人的名誉和地位来担保董小鹏，这个视频只是起到一个辅助作用，只是一个为了让叶东烈尽快同意庭外和解的宣传手段。这些举动都是善意的，董小鹏没有撒谎，没有逃逸，这些你都很清楚。”

“我不管这些举动是不是善意的，即便是善意的谎言，那也是谎言，你这样做就是欺骗网民。更何况还有叶东烈，他已经够恨我们的了，他看了这个视频，肯定会更愤怒、更恨我们。”

卫哲莫名其妙：“我不做这个视频他就不恨我们了吗？我现在根本就顾不上他愤怒不愤怒，他只是芸芸众生中的一个人，而我现在需要的，是芸芸众生。”

“啊！”江达琳气极了，大吼一声，“你太过分了！”

卫哲吓一跳：“别以为你是总裁就可以对我大喊大叫。快出去。”

“我会有所作为的！我会证明给你看！”江达琳气鼓鼓地摔门走了。

江达琳坐在办公室内，一遍遍地重复播放着车祸的监控录像。

邦尼趴在办公桌上吐槽：“我今天去看房子，那破房子还没你这办公室大，居然张口就要五千一个月，而且屋里到处是蟑螂，说不定还有老鼠，可把我恶心坏了……你说这租个房子怎么那么贵啊，还都要付三押二，我现在整个人都崩溃了……喂，江达琳，你有没有在听我说话？”

江达琳敲下暂停键：“啊？哦哦！我在听呢！”

“骗子！”

卫哲经过门口，敲了敲办公室的门：“邦尼来了？”

邦尼立刻站起身，笑嘻嘻地说：“卫哲老师！我反正闲着没事，就过来陪琳琳加班，你也没下班？”

“总裁不下班，其他人也很难走啊。”卫哲看向江达琳，声音难得放低了，“行了，还在生气？”

卫哲绕到她身后："还在看车祸监控视频？"

江达琳生气地瞅着他，而后沉默了片刻，把电脑转过去给两人看："我觉得这视频有问题。要是能有办法搞到这个视频的原版录像就好了。"

从画面中可以勉强看出董小鹏似乎在和叶永福说话，但两个人的嘴型以及叶永福的脸都看不清。

"你又想干什么？这件事已经了结了。"

"是你说的，如果不把真实的情况搞清楚，那随时有可能被打脸，所以要在洪水到来之前先把漏洞都堵上！我……我就是想去堵漏洞。"

卫哲深深地盯着江达琳的眼睛，而后似是无奈地说了一句："原版的录像，只有交管中心才有。"

邦尼眼睛一亮："交管中心？我好像可以试试。"

再从车上走下来的时候，邦尼已经完全变了一个模样。烈焰红唇，头发被她仔细梳理过。她拎着外卖踏上台阶，忽然停下来将衣领往下拉了拉。

卫哲将胳膊撑在车窗上，勾唇笑："你这个闺密，有点儿意思。"

邦尼提着一大袋外卖，风姿绰约地走进中心办公室，周队长正在忙碌，一抬头看见邦尼，愣头愣脑地笑了。

"邦尼，你说要来看我，我还以为你在开玩笑呢！"

"怎么会开玩笑？你看，我知道你在加班，特意带了好吃的过来的。"

"谢谢。"周队长笑着说，"好久不见，你越来越漂亮了。"

"你说什么？我没听清。"

"我说你越来越漂亮了！"周队长哈哈大笑，"说吧，找我有什么事？要是吃罚单了我可帮不了你。"

"瞧你说的，把我当成什么人了，我就是来看看你的。你要是有时间，我们出去吃夜宵啊！"

"说吧，要我帮什么忙，只要不离谱，我悉听尊便。"

卫哲、江达琳和邦尼一起站在管理中心里挂着的屏幕前，屏幕里视频正在循环播放，江达琳指着一个画面按下了暂停键，画面里刘东背对着叶永福，根据叶永福的口型来看他说的并非"没事"两个字。

"这么说来，董小鹏在说谎？"

卫哲蹙眉："我觉得我们可以走了。谢谢你，周队长。"

卫哲拉着江达琳的手，直到走到车边才把她放开："你到底想做什么？你是不是又想节外生枝？”

江达琳小声说：“刚才你也看到了。”

“我什么也没看到！就算我看到了，那又怎么样？能说明什么？在撞到人后的情况下，董小鹏记不住原话自己概括了一下是很有可能的，记错了也很正常。怎么，你想仅凭这一点就去证明董小鹏在撒谎，然后送他去坐牢吗？”

“但是……”

“没有但是，江达琳，你是不是对调查自己的客户上瘾了？还是上一次拿下New Face的事让你对公关产生了什么误解？我警告你，你这样是很危险的。目前舆论对董家有利，你不要再惹麻烦！”

江达琳悻悻地低下了头。

邦尼吐了吐舌头，瞧见卫哲老师严厉的样子，同情地看了一眼自己的闺密，心想这以后她可有的受了。

深夜邦尼和江达琳睡在一张床上。

江达琳翻来覆去没睡着，满脸纠结地坐起来，抱着电脑就打算出去。

“我要去找卫哲。”

“喂，你挨骂没挨够啊？”

卫哲趿着拖鞋开门的时候眉心紧蹙，似乎下一秒就要大发脾气：“你要是想像上次一样来劝我反过来查自己的客户，我劝你趁早死心，晚安！”

江达琳使出浑身力气撑住门：“我找到证据了，你想看吗？”

“不想。”

“你不看我就当你默认了，我现在就将其发在网上。”

“滚进来。”

江达琳先后调出了两段视频：“你记不记得，我们在交管中心看的高清版视频上，刘东，就是那个戴眼镜的胖子的位置？我记得刘东在这个位置，但你看，董小鹏是背对着他的，刘东根本不可能看见董小鹏和叶永福说话，更何况他还是个近视眼。所以要么刘东在撒谎，要么董小鹏在撒谎。”

卫哲审视着江达琳：“你有完没完？”

“我打算明天一早再去找刘东，你去不去？”

卫哲无语：“如果我说我不去，你是不是也会一个人去？”

江达琳点了点头。

卫哲伸手揉了一把她的头发：“我输给你了。”

江达琳护着自己的头发，梳理了一下：“喂，你把我的头发都揉乱了。”

第二天一清早，江达琳就咣咣咣地敲刘东家的门，刘东睡眼惺忪地打开门，从口袋里掏出眼镜戴上。

江达琳眯着眼问："刘东，我有个问题要问你，你近视多少度？"

"我？左眼七百，右眼九百，怎么啦？"

江达琳往旁边一指："那个人是不是在说话？"

刘东推眼镜看去："嗯，对，在说话，他不是在打电话吗？"

卫哲没好气地回头，摊开手，他手上根本就没有手机。江达琳回头说："我是想问你，事发当天晚上，你说你看见董小鹏和叶永福在说话，可当时董小鹏和叶永福离你的距离差不多就是这么远，而且董小鹏还是背对着你的，又是在夜里，你确定你真的看见他俩在说话？"

刘东犹豫了，支支吾吾地说："我是觉得，那董小鹏蹲在地上看叶永福，肯定得说话呀是吧？"

"现在我可以确定小鹏是在撒谎。我只要能证明这一点就行了！"

"你是不是疯了？"卫哲气笑了，"董小鹏是不是你发小？董天慧是不是你妈妈的好朋友？你到底想不想要明通股份这个客户了？你还想不想在DL站稳脚跟了？你这脑子里到底装的什么？"

"我知道你是为了我好。"

"打住。"卫哲打开车门坐进去，"不要给我戴高帽子，我做这些的出发点都是为了我自己的利益，而你现在正准备伤害我的利益。"

"可是我真的需要这个啊，就是因为小鹏是我的朋友，天慧阿姨是我妈妈的朋友，我才需要知道真相。我比任何人，都希望小鹏是无辜的，但如果他不是，我也不能眼睁睁看着叶永福、叶东烈，看着真正无辜的人，就这样莫名其妙地受到伤害。卫哲老师，叶永福今年才48岁，却有可能变成植物人。我现在好不容易找到了一点线索，你让我袖手旁观，我做不到。卫哲老师，我想请你，再帮我一次。"

卫哲不语，无意识地用手指着拨弄手环："算了，你现在立刻给董小鹏打电话。"

董小鹏看起来心情不错，坐在江达琳对面大口吃着午餐，嘴里说着："哎，要是能搞定和解就爽了，江达琳，到时候我请你出去玩几天，叫上几个朋友，咱们去海边搞个别墅，晒晒太阳，开开游艇，怎么样？"

江达琳一只手伸到脑后，拍了拍自己的后脑勺。

卫哲坐在两人的后面，拿起手机给江达琳拨号。江达琳接起来电话：

“喂？我是江达琳……什么？叶永福醒了？”

董小鹏一下把嘴里的东西喷了出来，目瞪口呆地望着江达琳。

“叶永福醒了？”

“对，刚才是医院打来的电话，说叶永福有醒来的迹象。这可真是太好了，省得我们还要跟叶东烈讨价还价。”

“等一下。”董小鹏仓皇地开口，“我没跟叶永福说好……我确实想跟他私了，可他当时咕噜、咕噜说不清楚，我又急着去打游戏，看他也没什么事，就把钱丢给他走了！我哪儿知道后面会发生那么多事……”

江达琳用陌生的眼光看着董小鹏：“你因为和天慧阿姨吵架而开快车，导致撞了人，然后扔下三千元一走了之，而你之所以会见死不救，就是急着去打游戏？”

“对啊……怎么了？”

“我明白了，那我先回公司。”

江达琳将包里的录音笔摁下停止按钮，面色难看地告诉卫哲：“小鹏承认了，他根本没跟叶永福私了。”

第十一章　为人师表

酒店房间里，窗帘紧紧拉着，屋子昏暗安静，沈英杰懒懒地躺在床上，目光盯着正在穿衣服的舒晴。

舒晴一边系扣子一边回头："我不太明白，为什么每次你约闫晓慧，都能成功地比我们晚一个小时？"

"因为我已经搞定了她。"

"真的假的？"

"当然是假的。"

沈英杰慵懒地笑："你能不能别这么瞪着我？你这样瞪着我，我会……我会忍不住把你吃掉的。"

他靠近舒晴，近乎呢喃地说道。

舒晴红着脸想把沈英杰推开，却被沈英杰拽到怀里。舒晴挣开："你等着，这一单，我一定会打败你。"

"这么自信？"

舒晴忽然挠沈英杰的痒痒，沈英杰一笑，舒晴便再次占了上风。沈英杰试图翻身，却被舒晴使劲压住："不管你有什么手段，只管放马过来，我可不怕。"

沈英杰摸了一把舒晴的头发："到时候输了你可别哭。"

舒晴一笑，从床上撑起来，沈英杰也想起来，舒晴用手指着沈英杰叫他别动，穿上鞋独自离开了房间。

沈英杰刚走到外间，就看到镜子上被舒晴用唇膏画了一只向下的大拇指，他的笑容顿时更深了。

最后一次比稿开始，舒晴站在台上侃侃而谈：“我们会通过新闻发布会、虚拟现实互动、视频前贴片、社交媒体内容等全方位多渠道宣传打造小力士奶粉的知名度。”

会议结束之后，舒晴将一个文件夹递给闫晓慧。闫晓慧打开文件夹，里面赫然夹着一张购物卡，上面写着一万元。

闫晓慧看着舒晴站在前面，轻声说：“实景魔术的创意，老板很喜欢，我也觉得不错。”

舒晴长舒一口气，电梯到一楼后，她看向电梯外的沈英杰。

沈英杰笑着替舒晴扶着电梯门，舒晴抿着唇笑着往外面走时，得意地留下了一句话：“加油哦。”

沈英杰眉目含笑，目送舒晴离去。

咖啡馆里，闫晓慧和沈英杰面对面喝着咖啡。闫晓慧笑着问：“你炒股吗？”

沈英杰端起咖啡：“哈哈，买一点，买得少，不过都是长线，买了往那儿一扔就不看了，炒短线的太分散精力。怎么，闫总对炒股票也有兴趣？”

“算是投资理财吧，买点股票，买点基金，之前还买了两只信托。对了，我还差点就买了那个鲲鹏基金。”闫晓慧饶有兴趣地道，“幸亏没买，这段日子每次看见DL传播的人，我其实都特别想问这个鲲鹏案打算怎么了结。”

沈英杰开心大笑：“那你怎么不问？你一问，说明这一单肯定归我们，我这心就定了。”

闫晓慧嘴角带笑：“那就是个八卦，跟DL的业务没关系嘛，你说是不是？不过那个舒晴好像有个儿子？”

沈英杰的笑顿住：“呃……我不清楚。”

闫晓慧哈哈大笑：“你也太谨慎了，别人家竞标，都是拼命往对手脸上抹黑，你还真有君子之风。”

想起舒晴，沈英杰笑笑：“我们凭实力取胜嘛。你刚才说你对股权投资有兴趣是吗？我会把话给袁总带到的。”

闫晓慧笑了，端起咖啡轻轻喝了一口。

办公室里，江达琳拿着录音笔，无精打采地坐在位置上。坐在对面的卫哲心沉如水，淡定地喝着酒。

江达琳郁闷地说："我觉得……我们……"

卫哲站起身，胳膊被江达琳一把拉住，他回头："你想过没有，肇事如果有逃逸情节，是会重判的。"

"我知道……我想劝小鹏去自首。"江达琳垂着脑袋，"因为我想要你支持我，你是我的合伙人，这个案子是我们危机管理部的第一个业务，我想要征求你的同意。"

"那我告诉你我是怎么想的。我认为你应该就当什么也没发生。"卫哲看着拉住自己胳膊的手，"你不想要明通股份这个客户了是吧？"

"我当然想要，可是这样拿下的生意，这样挣到的钱，我心里不踏实！"江达琳抬头倔强地说，"你不是这样吗？如果你每天都心安理得，为什么要去看心理医生？"

"……"

"若要人不知除非己莫为，你有没有想过，如果有一天别人知道了这件事的真相，那我们DL成什么了？我爸爸跟我说过，做传播公关这一行，利随名往，不能因为一点蝇头小利坏了名声。"

卫哲甩开她，谁知道江达琳的力气竟还有些大。卫哲说："可你别忘了，你爸爸吃亏可就吃在了这个'名'上。"

站在门外的安东被俩人对峙的情形吓了一跳："那个……闫律师问，什么时候出发去医院签协议……"

卫哲最后说："这可是你妈妈介绍给你的业务。"

"这是公司的业务，我想我妈会理解我的。"

"那好，既然你说是公司的业务，那我们就按照公司的方法处理。"卫哲彻底甩开她，快步离开。

"什么，要求客户自首？"

一分钟前，江达琳站在众人面前义正词严地说了她的建议。她接着说："情况就是这样，我认为无论如何，我们不应该帮董家隐瞒真相，我建议我们主动暂停庭外和解，要求董小鹏自首。"

杜威廉先提出抗议："但那可是明通股份，一年上千万的大客户，我觉得不应该是我们去开这个口！我不同意，这不是疯了吗？哪有这种事！"

"但我们不开口，那谁去开口呀？那就没人说了！要是不说……那叶永福多冤枉啊，他明明没有答应董小鹏私了。还有叶东烈，他一直被蒙在鼓里！"

杜威廉不理解："他也没实际损失啊，钱一分不少赔，没准儿还能多赔，是吧？不吃亏！"

舒晴同样也持反对意见。

江达琳求助地看向斯黛拉，斯黛拉选择同意："叶东烈这个人，从我和他的接触来看，从头到尾不管外界怎么评价，他都认定他父亲不是贪图钱，现在真相也确实如此，可见庭外和解的可能性微乎其微。加上这件事属于刑事案件，我们有义务主动协助警方的工作。事实上我们完全可以将这个线索主动提供给警方，但出于为客户考虑，我们先劝董小鹏自首，希望能够争取宽大处理，也算是仁至义尽了。"

许久之后，所有人都看向卫哲，江达琳将手指拧在一起，等待卫哲说话。

"我……我决定……附议小江总。"卫哲停顿许久，才道，"刚才我一直在想，今天这个庭外和解协议要是签了，万一……我是说万一有一天，叶永福醒了呢？如果有别的证据出现，指出董小鹏在撒谎呢？我们不能排除这个可能，是不是？"

杜威廉只关心客户："那你的意思是，明通股份这么大的客户，就这么不要了？"

卫哲瞥一眼江达琳："对。我们传播了半天，公关了半天，都是替他人做嫁衣，为什么不把我们自己给包装起来，宣传出去？毕竟利随名往，是不是？"

江达琳高兴地看着卫哲，卫哲心照不宣地撇了撇嘴。

"卫哲老师说得太对了，我要是客户，我肯定乐意和这样的供应商合作！"

马屁拍得刚刚好，卫哲被逗笑了。

斯黛拉点了点头："我觉得可以。之前因为鲲鹏基金的问题，我们DL给外界的印象一直不太好，如果能有个契机一下子将这种印象给扭转过来，无论是对未来的融资，还是对长远发展来说都是有利的。"

卫哲摊了摊手，事情最终确定。

江达琳冲上去要和卫哲击掌，却被卫哲冷淡地拒绝。

医院里，叶东烈坐在走廊里，看着董小鹏在董天慧的陪同下去自首的视频。他关上电脑，看到一双高跟鞋，再往上看，是斯黛拉。

"你来干什么？"

斯黛拉淡淡地说道："我来是代表我自己和我们公司向你道歉。"

“哼，想不到你这种人还会愿意道歉。”

“之前我确实以为董小鹏说的是真的，所以才会说出那些……那些所谓父母为了子女不惜拿命换钱的话。是我想当然了，也伤害了你还有你父亲。是我错了，所以我特意来跟你说对不起。”

斯黛拉继续说：“是，我们之前是没有弄清事情真相，但发现真相后，我们也是第一时间去劝董小鹏自首，才会有现在的结果。我不敢说亡羊补牢为时未晚，但也希望你能看到我们的努力。如果你坚持不原谅，我也可以理解。”

斯黛拉把公司合伙人凑的钱递给叶东烈，钱却被叶东烈失手碰落在地上，他们两人同时蹲下去捡钱。

叶东烈把整理好的装钱的信封递给斯黛拉：“对不起，我不会要你的钱。你那天说人永远不要跟钱过不去，可惜了，我就是个死脑筋。”

“你照顾你父亲吧，如果有什么需要帮忙的，你可以随时联系我。”

叶东烈看着眼前的人正慢慢走远，纠结了一下说：“你的道歉，我勉强收下了。”

斯黛拉淡淡一笑，彻底走远。

卫哲和江达琳处理完事情之后，去董天慧家里道歉，董天慧讲话不冷不热，却始终带着悔意：“我觉得自己事业成功了，就去给他买大额的保险，还留了不少房产，认为这样就可以弥补我对他关心的缺失。然而命运送来的礼物，其实在暗中早就标好了价格，偿还都是迟早的事。”

江达琳和卫哲对视一眼，皆沉默不语。

“刚才我差点气都透不过来，看着天慧阿姨那样子，我就觉得我好对不起她。”走在台阶上，江达琳拍了拍胸脯。

“你有什么好对不起她的？金钱不是万能的，你已经完全证明了这一点，恭喜你，得偿所愿。”

江达琳鼓了鼓嘴说道：“又讽刺我，你不是也同意了吗？正大光明，清白做事，不是你说的吗？”

卫哲狠狠地揉了一下她的头发：“有一句话我要送给你：不要蹬鼻子上脸。”

江达琳抬起头追上去：“中午我请你吃饭好不好？”

她眼前的人很傲娇，拦下一辆出租车：“不用，我打车走了。”

江达琳一边漫不经心地吃着午餐，一边有些沮丧地说：“谭师兄，你说我是不是特别傻？”

“你不是说那个董小鹏以前撞过好几次人，每次都是家里出钱摆平的吗？就因为他有恃无恐，所以祸才会越闯越大，在他眼里钱和权力可以解决一切！我跟你说，要是这次还是让他靠着花钱摆平了，你等着看吧，过两天没准儿他直接就把人给撞死了。像他这种人，社会上太多了，仗着家里有几个臭钱，就觉得自己可以为所欲为。”

江达琳还是有些郁闷，谭新凯看了一下她的脸色：“你不应该这么想，你这是伸张正义啊！有什么错？”

“谢谢你啊，谭师兄。唉，我的合伙人估计还在生我的气呢！”

谭新凯问：“你的合伙人？就是那个卫哲吗？他如果因为这个就生你的气，只能说明他三观不正。一个掉进钱眼里的人，能有什么大格局？他也不配当你的合伙人。”

“也不能这么说，其实最关键的一票，还是他投给我的！”

她正说着，卫哲的电话就打了过来，江达琳接完电话便匆忙赶回了公司。

算是因祸得福，董小鹏事件过去之后，明通股份的同行加死对头P&Y集团就慕名而来要求合作了！

江达琳咬了咬牙，心想：果然是资本主义者，卫哲真的是在哪里都能找到商机。

卫哲懒懒一笑：“我总不能白投你的赞成票吧？”

在江达琳的办公室里，何宏伟正在对李月如说：“公安经侦这里，因为没有确凿证据能证明江总需要为鲲鹏基金的事负责，所以这件事不会影响到DL的正常运营。但是江总一直不露面，怎么说也是不配合调查，未来或许会负些民事责任。”

在办公室窗外，郭安妮踌躇满志地带着笑从斯黛拉的办公室里走了出去。

“另外一点，假如DL想维持现状那倒还好，但如果DL想要重启IPO之路，就必须早做准备，毕竟江总是大股东，现在又是这个局面，投资机构想要进来的话，肯定会有顾虑。”

送走何宏伟，李月如才叹了口气：“何律师这点说得没错，如果DL想继续发展，你爸爸手上最好不要再有DL的股份！唉，这鲲鹏基金始终是个污点啊！”

窗外走廊上，又有一个熟悉的人经过，江达琳指着那个人说：“他是斯黛拉姐的先生。那天斯黛拉姐当众宣布，他们已经分居了。”

DL传播的前台等候区，崔英俊已经捧着一大束漂亮的鲜花等了几个小时，而斯黛拉却迟迟不愿意出来见他，崔英俊无奈只好走去她的办公室。

不管崔英俊如何苦苦恳求，斯黛拉都自顾自地回复邮件，眼睛都懒得抬起。

崔英俊卑微地说："我跟她现在已经彻底不联系了，真的，电话、微信全删了，我就是一时糊涂。再说了，你也知道，我们从去年到今年，几乎就……没怎么……那啥……你看我也知道错了，你就给我个机会吧。你也别住酒店了，酒店哪有家里舒服，咱们回家吧。你放心，我会用整个余生来对你好的，好不好，老婆？"

斯黛拉抬起眉毛冷冷地看了崔英俊一眼："我真的很忙，你还是先走吧。"

见求和不成，崔英俊咽了咽口水："我们都那么久了，我知道你一直都是个公私分明的人嘛，咱们夫妻俩吵归吵，没必要影响合作是不是？"

"我说了要和你离婚，你既然知道我公私分明，一定也知道我言出必行。你走吧，接下来你有什么问题，可以直接联系我的律师。"

知道斯黛拉是要玩真的，崔英俊扑通就跪下了。

花瓶破碎的响声从斯黛拉的办公室里传了出来。大会议室里的几个人刚探出脑袋，就看见崔英俊从斯黛拉的办公室里狼狈地跑了出来。

被围观的崔英俊整了整外套，假装硬气地指责斯黛拉："斯黛拉你做人不要太过分……哼！"

斯黛拉冷笑一声，甚至不屑理他，转身去了卫哲的办公室谈工作。

江达琳再从办公室走出来时，就看到斯黛拉和卫哲送郭安妮和汤总出来。很明显，郭安妮和汤总关系不一般，江达琳甚至看到汤总的手在郭安妮的腰上轻轻拂了一下。

江达琳若说看不明白，那倒真的是谎话了。

江达琳朝卫哲走过去："怎么回事？"

卫哲送走两人，回头看她："就是这么回事。"

"这可真是……明明陶媛的得分比郭安妮高，我也看过她做的方案，做得挺好的。另外，所有外驻员工里，陶媛的出差报销费用也是最低的！郭安妮和她比起来差远了。"

"但郭安妮的男朋友是欧若拉的少东家。"卫哲把一份合作意向书递给江达琳，"而他刚跟我们签了一份合作意向，这可是一年八百万的客户。从这一点上看，郭安妮的价值比陶媛大多了！"

“可是……”

“别可是了。”卫哲把合作意向书塞给江达琳，“不要得了便宜还卖乖，一年八百万营收的客户不想要了吗？别忘了，今年的指标还有很大的窟窿呢！”

直到坐上车，江达琳都持续处在情绪的低气压中。老秦感觉到她不开心，笑着问：“心情不好啊？”

江达琳垂头丧气，过了半晌问：“老秦，你对未来有什么打算吗？”

“我啊，我打算等赔偿金一到账，就带着老伴出去旅游。”老秦笑呵呵道，“不过离职赔偿金比我想象的多。”

“等等。”江达琳皱眉，“你也被裁了？”

“不是被裁，小江总，我是自愿离职的。”

江达琳不听，立刻打电话给斯黛拉：“喂？斯黛拉姐吗？我是江达琳，为什么会把老秦也裁了？”

“当初为了节流，我们决定辞退所有专用司机，改向租赁公司租车，这是大家都同意了的。我看到你也签字了。”

“不是，我签字的时候，那个单子上只写了‘司机’两个字，我不知道有老秦呀。而且老秦为我爸爸工作了那么多年，怎么能说裁就裁？”

江达琳颓然地放下手机，愣了半晌，忽地用手蒙住自己的眼，沉默了许久没说话。

老秦慢悠悠地开着车，放了一曲老歌。江达琳吸了吸鼻子：“老秦，等我把公司做大了，一定会再回来请你。”

“好嘞。”

车窗外的世界灯红酒绿，纸醉金迷。车里的人眼神透着一股坚定，心里却有一丝迷茫。

前台处，斯黛拉接过艾米递来的文件，瞥见艾米一脸诡异地笑着，她奇怪地看了艾米一眼，接起了好几次响起又挂断的电话。

打来电话的是叶东烈，他的声音听起来有些忐忑。

斯黛拉一边填写单子一边问：“有事吗？”

“是这样，我有个事想请教你……不过你要是不方便就算了……”

“没事，你说。”

“是这样，我收到两家公司的Offer，可是我本来是打算毕业了就自己创业的，我找不到人请教，所以……”

斯黛拉边打电话边往办公室走，办公室的人脸上都带着奇怪的笑，她皱皱眉："都说创业要趁早，这样即使失败了也有时间东山再起，岁数越上去，沉没成本就越高，但成本低不代表没成本，抛开房租啊这些吃喝拉撒不算，总得有一笔启动资金……哦，你是在打你爸那笔赔偿金的主意吧？"

叶东烈忙回答说："不是这样，我不会动那笔钱，那笔钱是给我爸治病的。我创业的成本其实很低的，用不了多少钱，我自己设计了一个App……"

斯黛拉一推开办公室的门，三个男模便跳着艳舞搔首弄姿地朝她走过去，还把手中的皮鞭放到她手里。斯黛拉笑出声，叶东烈听得有些忐忑。

身后以江达琳为首的几人都鼓掌大笑。

艾米递上去一束花："本来订了蛋糕，谁知道店里居然说蛋糕被弄坏了。我们什么都来不及准备，但还是卫哲厉害！半小时内找了三个大帅哥来给你跳舞祝寿。"

卫哲懒懒地笑着，挥了下手。

众人嘻嘻哈哈地散去时，斯黛拉笑着说："对不起，刚才是同事们跟我开了个玩笑。"

"刚才他们是在庆祝你的生日？"

"是啊，如果不是他们提醒，我自己都忘了。"

没有蛋糕，倒还是有酒的。斯黛拉走到柜子前面，拿出放置许久的一瓶酒，倒在玻璃杯中轻轻抿了几口，便去了办公室一起开会。

办公室的门忽然被人踹开，斯黛拉皱着眉看着冲过来的崔英俊，屋内众人也都站了起来。

"斯明静你故意整我是吧？你为了跟我离婚居然还散布谣言，你想害我混不下去是吧？我告诉你，你个老妖精，我崔英俊不是那么好欺负的，你给我小心点，我……"

眼看着崔英俊就要冲到斯黛拉面前，卫哲面沉如水，干净利落地一拳把崔英俊打倒在地。他揉了揉手，叫来保安带走崔英俊。

斯黛拉面无表情地看着这一切，办公室外的走廊上，一行人小心翼翼地往里看。

江达琳推开门往里走："我是来告诉你，我、我们全公司上下都支持你。我已经通知物业和保安，以后这个崔什么什么的如果再来公司，必须在一楼大堂门口就拦住他。他要是敢硬闯，就见一次打一次，让他那么嚣张！哦对，如果有什么需要我们帮忙的，我们必会齐心协力，责无旁贷。"

斯黛拉笑了笑，平静下来后发现叶东烈已经打来了好几个电话。

DL传播楼下，叶东烈正满头大汗地一只手提着蛋糕盒子，一只手打着电话，望着高耸入云的办公楼。看到斯黛拉后，他咧开嘴角笑了笑。

斯黛拉接过他递过来的蛋糕，无端地感叹了一声，心想他果然是大学生，笑容干净，毫无杂质。

"你从大学城赶来的？岂不是横穿了整个上海？"

叶东烈抹了把额头上的汗："是啊。我也没想到居然那么远，又是地铁又是公交的，我都差点转晕了。"

斯黛拉笑着说："走吧，去找个地方吃蛋糕。"

叶东烈摸了摸头："好啊。"

蛋糕的盒子拿掉后，出现的是一个非常漂亮的蛋糕，只是味道……斯黛拉看着叶东烈笑个不停。她笑过之后，又觉得许久没这么开心了。

"哎，你居然买了榴梿蛋糕？"

叶东烈不好意思地笑："店里现成的就这一个，我就买了，你不会不吃榴梿吧？"

"不，我很久没吃榴梿了，不过我非常喜欢吃。"

叶东烈如释重负："那祝你生日快乐，年年有今日，岁岁有今朝。"

"你不应该给我唱歌吗？"

"啊，祝你生日快乐！"

歌没唱下去，蛋糕也没能继续吃，两人被咖啡店的其他顾客投诉后，提着蛋糕盒去了公司外的花坛旁。

叶东烈把计算机教材垫在花坛上，等斯黛拉坐上去后，他真心实意地道歉："对不起，我没有想到味道会这么大。"

阳光明媚，两个人一人站着一人坐着，慢条斯理地吃着蛋糕。

斯黛拉翻看着手机，难得的好心情被破坏了。崔英俊正在朋友圈骂她，洋洋洒洒地写了很长一段话，斯黛拉沉着脸关掉了手机。

叶东烈忽然开口："你看上去有些不开心。你应该多笑笑，你笑起来很好看。"

斯黛拉忍不住笑了起来。

年轻的男孩像是有着无限旺盛的生命力，他站在你面前，就能无端地感染你，这是一种难以抗拒的吸引力。

叶东烈小声说："看，多好看。"

想起叶东烈提起的App，斯黛拉要过来App之后吃惊地看着页面。两人并肩而坐，斯黛拉操作着App："这是你做的？你能把demo（示例代码）发给我吗？”

“你有兴趣？我一会儿就发给你。”

斯黛拉回到办公室后就联系了丁伟，丁伟是OR科技公司的老板。和丁伟交谈后，斯黛拉索性直接去了OR科技。OR是个充满科技感的公司，斯黛拉四处环顾，看见落地窗干净明亮，老板也很随意，他穿着简单的T恤衫就走了出来。

斯黛拉和对方寒暄几句，把叶东烈发来的demo拿了出来。

丁伟看了一会儿，坐直身体：“有点意思，这个东西谁做的？学计算机的？他做的是哪个部分？前台？后台？交互？”

“应该都是他做的，但具体的事项我也不清楚，我只是想找你确认下，这是不是个好东西以及这个人是不是个人才？”

“什么人才，最起码在交互设计这一块，他应该是个天才！”

斯黛拉带着舒畅的笑，靠在老板椅上打电话。丁伟爽朗地笑：“哎，这种人对你们公关公司来说是杀鸡用牛刀了，你放过他，把人给我吧。”

“怎么，你想挖人？哈哈哈，好吧，你可以试试，但我不能保证，他还挺想创业的。”

DL前台，依然是熟悉的场景，杜威廉正和艾米聊天，谭新凯走过来的时候，两人都没在意，直到听见谭新凯说自己要找的人是江达琳。

恰好江达琳从办公室里走出来，直接带着谭新凯去了自己的办公室。

艾米看了眼自己刚做的指甲，八卦地说：“肯定是男朋友，不是男朋友怎么会来接她下班？”

话音未落，电梯门再次打开，走出来的是主持人王楚。

杜威廉吃惊地问：“你是王楚？”

王楚淡笑：“我是来接卫哲的。”

艾米一边整理自己的包，一边羡慕地看着先后走进去的两人：“今天是什么日子……女的也有人接，男的也有人接，就我没人接……”

江达琳坐在办公室里处理未处理完的工作，谭新凯拿了一本书坐在旁边看。办公室外是一双双八卦的眼睛。

卫哲走出办公室就看到了聚在一起的员工，他循着众人的视线看过去，就看到了江达琳和谭新凯。

王楚见他不动，催促道：“我们快走吧，路上肯定会堵车。”

然后她一脸错愕地看着卫哲走向江达琳的办公室，紧跟着卫哲就把江达琳带去了他自己的办公室。

王楚怀疑自己对卫哲的认知出了错："他这是在做什么？"

对于老大的反常表现，路易斯早就见怪不怪，表情异常平静："这个……我老大是小江总的老师，他现在正在'为人师表'。"

"啊？"

卫哲站在办公室里，用一副教训人的语气说："我不是警告过你，不要跟他多来往吗？"

江达琳怒目而视："不是，这关你什么事啊？我什么时候管过你的私生活了？卫哲你能不能讲点理？你不觉得你太敏感了吗？就因为人家家境不好，你就要否定他的一切，就觉得别人对我有企图？"

卫哲语气轻蔑："对，因为这种人往往为了往上爬而不择手段，无所不用其极。还有，你说这属于你的私生活，那我告诉你，你是乙方的总裁，他是甲方的市场部经理，你们的关系既敏感又不对等，落在别人的眼里，就是乙方的老板为了竞标，不惜和甲方区区一个小经理在一起了！"

江达琳气极："我为什么要在意别人怎么说？这都什么时代了，我就不信飞扬集团会仅仅因为我和谭师兄在一起，就不把这一单给我们公司了。只要我们有实力，小力士奶粉早晚是我们的！"

卫哲无语地说："说你天真简直是诬蔑了天真两个字……"

"我不理你了！你真是莫名其妙！"江达琳转身就走。

卫哲上前抓住江达琳，江达琳顿时像被提起来一样，她回头瞪着卫哲。

"那个谭师兄今天是不是没跟你打招呼，突然来公司的？他是怕被你拒绝！我跟你说，这个谭师兄的心机比你深多了，他是故意来公司的，就是为了告诉所有人你和他的关系，他是在彰显领地，你懂吗？"

"哦？"江达琳看了下办公室外，"那看来你也被人彰显领地了。"

卫哲错愕，办公室外，王楚正皱眉看着他。

"你是不是对那个江达琳有意思啊？"刚坐在酒吧内，王楚就八卦地追问，"你怎么看她和别人约会就那么着急？这可不符合你一贯的作风。"

卫哲点了一杯酒："你胡说什么呢，我怎么会对她有意思。她要是真好好约会，我才不着急，那男的不行。"

"那也是别人自己的事，你怎么这么着急？"

"她现在在公司的位置还不稳，只有她坐稳了总裁之位，我才能实现利益最大化，在此之前，我不允许她跑偏。她那个爹已经是污点了，不能再有一个污点。”

酒吧进来了一个熟悉的人，卫哲看见了，挥手打招呼。邦尼走过来笑了笑：“好巧啊卫哲老师！”

“是啊！这是我朋友王楚。这是邦尼，是我们总裁的闺密。”

等邦尼和李斯特携手离开，王楚凑近了问：“你连总裁的闺密都认识？”

“职业习惯，防火防盗防闺密。不过这个邦尼还挺有意思，说得一口好外语，原来她男朋友是老外。”

邦尼去了洗手间，李斯特一人坐着。他留意到王楚朝自己这里看，立刻笑着露出一口白牙，朝王楚举杯。

王楚露出一个很公式化的微笑：“看来这总裁的闺密的男朋友，也不是什么好东西啊。”

卫哲乐了：“要不要我们做个实验？”

卫哲端着酒杯离开位置，随后李斯特就朝王楚走去，带着一脸调情的笑。卫哲饶有兴味地看着，想了想，拍下了一张照片。

吃过晚饭，谭新凯回到家。他租的房子是很简陋的一室一厅，谭新凯微笑着走进门，瞥见角落里堆着一堆旧衣服时，瞬间冷了脸。

他母亲又从捐赠箱里捡了衣服。

“妈！我求你了，我不用你给我省钱。我那么努力地工作，不是为了让你从垃圾堆里捡衣服穿的。

“房子的事儿不用你操心，我自己会管。你赶紧给我把这些衣服扔出去。”

谭新凯提起了女朋友的事情，谭母一脸开心，他面露得意之色：“她家条件好着呢，她在松江住别墅，在市中心也有房子，开一百多万的豪车。人也挺好，没谱我也不会带回来见你。”

他接着塞给谭母一千元钱：“这一千块钱你找个红包，明天包给她，就说是你给她的见面礼。她家里条件好，咱家条件差，所以我们必须得显得大方点，不能让人家觉得我就是图他们家有钱，你懂吗？”

谭新凯环顾自己简陋的房子，想起江达琳昂贵漂亮的车，目光幽暗。

第二天一大早，江达琳就被李月如叫回了家。

“上次何律师说的话，我考虑过了，我打算把你爸爸的股份转到你名下，由你代持，这样等公司未来融资上市，操作会更简单一点。”

江达琳没什么感觉，边吃饭边点了点头，任由李月如安排。

“以后这些可都是你名下的财产了，而且这不是个小数目，肯定会有人对你起觊觎之心，你得懂得保护自己。还有，你是不是恋爱了？”

江达琳噎了一下：“你听谁说的？是不是卫哲告诉你的？”

“你这么紧张干什么？你别管我听谁说的，公司是我和你爸一手建立的，我要想知道个什么事还不容易？更何况你都把人带到公司去了，说明你们是公开了。他是什么样的人啊，你跟妈妈说说？”

江达琳不好意思：“绕了半天，你是想问这个呀！就是我大学的一个师兄，之前我们有两年没见了，现在突然又遇上了，就这样。谈不上哪一步，我们才刚吃了两顿饭，你放心吧，谭师兄是不会觊觎你家女儿的股份的！别杞人忧天了。”

“我杞人忧天？”

李月如望着关上的门若有所思，看来她还要好好调查一番才行。

江达琳在电梯里遇到卫哲，两人并肩站着，江达琳没好气地说：“是不是你告诉我妈，谭师兄来公司的事了？”

“这公司是你爸妈一手建立的，你妈妈想知道点什么，还用得着我告诉？”

江达琳不想一大早就生气：“嘁……反正我妈开明，从来不管我这些，不像某些人，八卦又爱多管闲事。”

卫哲无所谓地摊手：“本来有个八卦想跟你分享一下的，你这么一说，那就算了。”

江达琳的眼睛亮了，她忙换上无懈可击的笑容：“什么八卦？你和我说说。”

卫哲举起自己的手机，示意她看：“我昨晚在酒吧拍的，这老外还想单独约王楚吃饭，不是什么好东西。至于这件事要不要告诉你闺密，你自己看着办。”

江达琳在办公室里走了两圈，揉了下头发，看了看照片，犹豫许久，最后还是把照片发给了邦尼。

邦尼站在走廊上瞪着手机上的照片，面目狰狞，挂断江达琳的电话后，气愤地往教室走去。

站在走廊里，邦尼拿着手机在李斯特眼前一晃：“你要不要脸啊，还想约人家单独吃饭？人家都告诉我了，你不要脸我还要脸呢！”

李斯特带着蹩脚的口音说：“约她和你的脸有什么关系？她告诉你又怎

么？！这有什么关系？我和你又没有结婚，你也可以和别的男人约会。”

眼前的人是一副完全陌生的模样，李斯特说完便毫不留情地走开，转而又同其他女生愉悦地聊起天来，像是邦尼并不存在一样。

邦尼转身进了洗手间，接了一大杯水，猛地泼在李斯特的脸上。李斯特用袖子擦了擦脸，看上去狼狈不堪。

邦尼冷声说：“你的脑子不清楚，我让你清醒清醒！”

第十二章　不婚主义

解决完李斯特，邦尼气鼓鼓地在江达琳的办公室里走来走去，最后猛地拍了下桌子。

“我邦尼在大上海混到今天，什么时候受过这种待遇？真把我当软柿子捏了！死渣男，不行，我不能放过他！”

邦尼利落地扯过江达琳眼前的电脑，手指快速操作，一边打字一边得意地笑：“这是他们老外圈最爱去的一个论坛，我把这外国瘪三不要脸的事迹发上去，还放上照片，我好好给他扬扬名，让他以后再撩妹，我让他嘚瑟！”

搞定之后，邦尼只觉心情舒服许多，大大咧咧地瘫在老板椅上，终于开始关心闺密的事情：“你和谭师兄怎么样了？”

“我正想跟你商量呢，他妈妈请我今晚去他家吃饭。”江达琳有些紧张，“我有点虚，进度是不是太快了？”

“倒也还好，这至少说明他还是挺认真的，至少比某些洋瘪三强。哎，你不会晚上就穿这一身去吃饭吧？”邦尼扫了一眼江达琳身上无趣的职场装扮，“好看是好看，就是太正经，太像总裁了，没什么女人味儿。要不我们换换吧，你穿我这身？”

“也行。”

江达琳换完衣服后便去开会了，办公室里铃铛网的总裁唐正拿着遥控器坐在离屏幕最近的地方，屏幕上正播放着铃铛网即将内部推广使用的AI视频。

江达琳换上了邦尼的裙子，温柔性感，却显得毫不专业。

卫哲直皱眉："你穿的是什么呀？"

江达琳低声说："我又不知道下午会突然跟铃铛网开会……"

唐正转过头："我打算从下个月开始，逐步在整个铃铛网内部推广使用这套AI系统，预计在三个月之内，将整个铃铛网的后台审核系统用AI替代人工。那这就意味着我接下来需要裁员……"

卫哲反应过来，敏锐地问："多大规模的裁员？"

"主要是运营、客服和审核这三块，第一期我们打算裁掉八百人，总部三百、分部五百。规模不大，但我们自己的HR团队……忙不过来。"

副总流云跟着说："我们在纽约、香港分别设有两个审核中心，服务我们的商户，不过现在嘛……"

"之前一直是卫哲负责我个人的公关事务，我一直劝他，独立公关做不大，可是他不听，所以大的项目也没法给他做。现在他既然到了DL，有了一支完整的团队，那这个任务我就交给你们了。我对你们的要求是迅速、高效、不留后患，可以吗？"

卫哲没有异议，点了点头。

唐正跟着在手机上敲出几个数字："不过有句话我要说在前面，整个裁员项目我只有这么多预算，包括给你们的服务费用。另外，我需要你们垫资百分之五十。"

卫哲快步走在走廊里，身后是江达琳和斯黛拉。斯黛拉皱眉说："垫资百分之五十？那可是一千多万。得好好算算这笔账。"

卫哲翻看着文件："我觉得他是想试试我们。"

斯黛拉不置可否，一旁的江达琳接起手机，捂着嘴低声说："谭师兄？我刚散会，你等我五分钟，我这就下去！"

江达琳兴冲冲地往办公室走，任谁都能看出她有多开心。

"看来是在热恋啊！"斯黛拉面露嘲讽，"DL传播的小总裁VS飞扬集团的小经理……说出去谁信呢？"

飞扬集团的办公室内，闫晓慧刚刚目送谭新凯离开办公室。方才谭新凯站在她面前，提出要避嫌小力士奶粉项目，问及原因，原来是和DL的小总裁在一起了。

闫晓慧用手指敲了下桌子，扬起嘴角微笑道："你还真是实诚，倒也用不着避嫌，不管是DL传播还是名仕公关，最终都是靠实力和价格说话，你不用想太多。"

她低头笑了笑，给沈英杰发去了微信。

沈英杰用床单裹着下半身，手里拿着手机看消息，快速地回了微信。舒晴正舒坦地躺在沈英杰旁边，餍足地望着天花板。

沈英杰放下手机，把玩着舒晴的头发。

“嗯，话说，我打算跟你约法三章。”

舒晴支起身，转向沈英杰。

沈英杰好笑地把她拉进被子：“你要说什么？我可不是你想的那种人！”

舒晴竖起了手指：“第一，我和你目前的关系，未经对方同意，不得擅自向你我之外的任何人透露。第二，我们在一起的时候，绝对不讨论工作。第三，我和你，是且只是互惠互利的陪伴关系，我们不存在任何情感的牵扯，我们对对方的私生活不得过问，一旦任何一方认为这段关系对自己的生活造成了妨碍，有权提出中断，另一方必须立刻同意且执行无误。”

沈英杰并不意外，一直笑着点头。过了一会儿，他才从床上起身：“你再躺一会儿，我先走了。一点半有个会，我得早点赶回去。”

“小力士奶粉？”

沈英杰伸出手指，弹了一下她的额头，像对待小孩儿似的：“忘了你的约法三章了？无可奉告。”

沈英杰赶去约定好的包厢，顺便把手上的小纸袋递给了闫晓慧。

“一点小小的心意，等竞标完成，回头利润咱们都好说。”

闫晓慧的目光落在纸袋上，她没有打开，径直将其推了回去。沈英杰意外地抬头。

“这次公司内审来势汹汹，而且审查重点就是市场部和销售部。”闫晓慧欲言又止，“反正说真的，钱我就不拿了，但我肯定会在艾文面前主推你们名仕公关，这一点你尽管放心。”

沈英杰愣了愣，把纸袋塞回包里。

事后沈英杰给袁肃打电话：“飞扬内审，闫晓慧缩了，小力士奶粉这儿恐怕得另外想办法。”

与此同时，舒晴也收到了闫晓慧退回的商场卡。她脸色大变，打电话过去的时候，不出意外地收到了等同于婉拒的回复。

舒晴想了想，拨电话给沈英杰。沈英杰笑着问：“怎么，刚分开两小时就直接打电话来，你又想我啦？”

她翻了翻白眼：“我跟你说正经的，小力士奶粉那边，你们公司是不是在暗中动了什么手脚？你摸着良心说。”

“我当然是摸着良心说的。”沈英杰好心情地笑，“你明天中午有没有时间？”

“你干吗？这才过了两个小时，我还在办公室呢！”

“我是想请你吃饭，你想哪里去了啊？”

沈英杰和舒晴正聊着，袁肃敲了敲他的窗户，轻车熟路地走进来拿起威士忌倒了两杯。

沈英杰想了想：“袁总，其实我一直想跟你说，我想退出小力士项目。我……我跟DL的舒晴在谈恋爱，我得避嫌。因为这层关系，我觉得，我们不适合再竞争下去，这个案子你就交给别人负责吧，也不用跟我说任何进展。”

袁肃大惊失色：“什么？舒晴？你跟她在谈恋爱，你什么时候跟她好上了？这世界上的女人那么多，你和这个女人谈恋爱？你知不知道她没结婚就有个儿子？是个单亲妈妈？”

沈英杰开口说：“我早就知道这些了，她从来没有隐瞒过我。而且再怎么说，这也是我的私事，你就别管了吧。”

袁肃把杯子重重一放，转身甩手离开。

“我已经跟公司申请退出小力士奶粉项目了，我们公司会派别人负责，这下你总该相信我的赤胆忠心了吧？”

舒晴看到沈英杰发来的微信，笑着发过去了一个大红唇印。

谭新凯站在公司楼下，遇到了李月如，明显李月如此次前来的目的是找他。

坐在车上，谭新凯堆着笑打招呼：“总是听琳琳说起，看到过两次照片，所以就认出来了。本来早就想去看您的，可惜一直没机会。”

李月如淡笑道：“不必这么客套了。不是每个长辈都是抱有善意的……”

谭新凯失去了笑容：“您反对我和琳琳交往？”

“没有必要反对，你和琳琳最终不可能走到一起，我又何必当那个跳出来反对的恶人？”李月如说，“因为你们是不同的人。你很努力，为了摆脱原生家庭，你非常刻苦地学习，实现了鲤鱼跳龙门，毕业后你很辛苦地打拼，拼尽全力，就是为了让自己能在大城市有一个立足之地，将家人接到身边，给他们安稳的生活。”

谭新凯生气地说道：“难道这有错吗？我知道她很单纯、很善良，我会好好保护她。”

"她的单纯和善良，是我和她爸爸花费了大量的金钱和心血培养出来的。你会发现她即便穿得很朴素，衣服的材质和搭配也都很不错。我们也有意识地训练她独立，去纽约留学，从挑选学校到租房子，都是她自己完成的，课余她还会打工挣零花钱。对了，她还做了不少公益，有事没事就跑去当志愿者。你猜她三年级时的理想是什么？竟然是消灭癌症。"

"我不知道你为什么要和我说这些。"

李月如终于看向他："我跟你说这些的目的，是要告诉你，你们现在能互生好感，是因为彼此都将最好的一面展现给对方，但时间长了，琳琳会发现，你们终究是不一样的人，你太接地气、太实际了，而她的思维方式根本是在另一个层面。你追求一生的目标，是她在出生没多久就已经获得的东西，是她连考虑都没考虑过的东西。你的人生目标和家庭环境决定了你无论是在精神还是物质上，都无法持续地滋养她，等到那个时候，你们自然就不会继续在一起了。"

谭新凯沉默片刻后道："很多长辈总觉得自己可以掌控一切，但事实上他们会发现，其实他们根本掌控不了什么。要是琳琳知道你今天找过我，跟我说了这些，她会怎么想？"

"那就随便你了。你告诉她，也不过是我们母女之间大吵一架，但那又怎么样？她是我的女儿，她总不会因为你就离我而去。"

谭新凯站在街边，脸色难看。他看向自己一直紧握着的左手，展开拳头，手心已经被划出了好几条指甲痕，他松了下领带，回到了公司楼下。

大办公室里空空荡荡的，大部分人已经下班，收到谭新凯师兄发来的短信的江达琳还呆呆地坐在办公室里，卫哲走到了身边她也没有察觉。

"你怎么了？魂不守舍的？"

江达琳回神："谭师兄刚才给我发短信，说他妈妈生病去医院了，晚上约好的吃饭临时取消，可今天中午我们吃饭的时候还说得好好的呢，怎么会这么巧啊？"

卫哲笑出声："你问我？"

"哦对，你一直很讨厌谭师兄，你当我没问过。"

卫哲嗤笑一声："真是看不下去……不就是被一个男人放了鸽子吗？至于这么没精打采的吗？而且我告诉你，妈妈病了、夜里加班、路上抛锚，是变卦放鸽子的三大借口。"

江达琳提不起情绪，卫哲正要离开，想了想，又转身扯过她的手腕："横竖我晚上没事，请你喝酒要不要啊？”

卫哲依旧是坐在副驾驶座上，江达琳边开车边絮絮叨叨关于谭新凯的事情。卫哲不耐烦地说：“那你瞎起什么劲，女人还是矜持一点，会显得比较有身价。”

江达琳鄙夷地看过去：“你说的那是旧式女人，再说你交往的那些艾达、琳达、米兰达什么的，有哪个是矜持的？”

卫哲不屑：“我交往的艾达、琳达、米兰达，她们追求的目标可是我，如果不积极主动地争取，那就会被别人抢掉机会。而你那个对象谭师兄，挂在那里晾三个月也引不来一只苍蝇，你还是矜持点吧！”

江达琳选择放弃：“算了，跟你聊这个你也不懂，你一个不婚主义者，怎么会理解恋爱的乐趣？”

卫哲淡然一笑：“恋爱的乐趣？哈，恋爱能有什么乐趣？我追求的是真正的自由，你才是真的不懂。真正的自由，就是在这个世界上能够影响你的喜怒哀乐的人，能够牵扯你的情绪的人，越少越好，最好是零，那才是大自在。你在乎的人越多，束缚就越多，活得就越痛苦。”

话音刚落，卫哲就冲着突如其来的一通电话吼道：“你要结婚？邀请我参加……你在哪儿结婚？你等着！你跟谁结婚啊？结什么婚啊，喂？喂？”

江达琳幸灾乐祸道：“怎么？卫哲老师？你在乎的人出现了？”

按照卫哲给的地址，半小时后，江达琳把车停在了一栋改装的房子前。房间内有漂亮的花和雕塑，墙壁上贴着手绘作品。

江达琳背着手仔细浏览，一旁的卫哲烦躁不安。

敲门无人来开，卫哲一把摘掉旁边雕塑的头，拿了把备用钥匙出来开门。打开门，一阵激烈的音乐声响起，房间内有着各种镭射灯光和气球。

林肯举着话筒大喊：“大家好，今晚我们即将见证一个重要的时刻……”

卫聘婷穿着简洁的婚纱，缓缓从楼梯上走下来。

卫哲大步流星地冲过去，没来得及说话就被卫聘婷紧紧抱住：“阿哲你能来真是太好了，我从下午起就一直觉得少了什么，还是大伟提醒我我才想起来！你来得太好了，这么重要的时刻，你怎么能不在场？这肯定是老天的安排，看来一切都是冥冥中注定的……”

江达琳费力憋笑。

“Hi，我是林肯，林大伟的儿子，你是娉婷阿姨的儿子卫哲吧？以后我们就是兄弟啦！”林肯拿着话筒大喊。

房间尽头是捧着鲜花的林大伟。他西装革履，缓缓朝卫聘婷走去，卫聘婷又尖叫一声，高兴地捂着脸，旁边的林肯兴奋地拍着照。

林大伟走到卫聘婷面前，卫哲拦住他："你别跪啊，我没同意你求婚……"

江达琳兴奋地鼓掌，被卫哲狠狠瞪了一眼，赶紧住手。而林大伟已经单膝跪下："娉婷，认识你是我一生中最幸运的事，和你在一起的每分每秒，我都觉得自己是最幸福的男人，我想照顾你一辈子，娉婷，你愿意嫁给我吗？"

"我不同意！"

"我愿意！我愿意！"卫娉婷眼泪汪汪地伸手给林大伟，林大伟将钻戒套在了卫娉婷的手上。

卫哲大步向前，刚要挡在两人中间，他面前忽地多了一个人——林肯。

"你凭什么不同意？婚姻是自由的，你如果再捣乱，我就要报警了！"

"你尽管报，我刚好告你们非法拐骗妇女。"

江达琳正在一旁鼓掌，突然间卫哲就和林肯打成一团，她赶紧冲出去，两个人打到筋疲力尽，气喘吁吁地躺在地上。

林肯喘着粗气："你没有权力阻止两个相爱的人在一起！即便是儿子也没有权力……"

卫哲站起身，冲着卫聘婷喊道："你和他领证了吗？"

"还没有，我们准备……"

卫哲一把揪住林大伟的衣领："你听着，不许领证，不然我跟你没完。"

离开之前，卫哲自嘲地笑了笑："妈，你就长点心吧，你已经结过三次婚了，这事儿就那么有意思吗？"

卫哲大步离开，江达琳追上去，看到了他脸上的伤口。身后的林肯也追上来，汗津津地站在两人面前。

三人去了附近生意红火的夜宵店，围着一张桌子吃小龙虾喝啤酒。

林肯一字一顿艰难地吐出一段话："去年年初，我爸爸在尼泊尔徒步，进山不久就遇到地震了，我爸爸的脚被石头砸骨折了不能走，手机也没信号，刚好娉婷阿姨路过，她走了二十多公里的山路，带着人折返回来，救了我爸爸。我爸爸回到美国后，没过几天，就决定到上海来找娉婷阿姨。我爸爸跟我说，娉婷阿姨是他这辈子遇到过的最美好的女人。"

卫哲停下喝酒："我知道她去尼泊尔徒步，但这事儿我不知道。"

"因为你根本不关心她。"

"总之，他们是患难见真情，我爸爸和我妈妈很早就不在一起了，他以前很少笑的，遇到娉婷阿姨后，我才知道原来我爸爸也会这么开心。"林肯忽地站起身，“娉婷阿姨很重视你的话，所以我郑重地请求你，请你祝福他们，不要阻止他们在一起。”

卫哲斜睨林肯一眼，直到被江达琳疯狂使眼色又碰了下胳膊，才不情不愿地说：“知道了，怎么这么啰唆。”

这一年是林肯计划中的间隔年，他打算留在上海体验真正的、原汁原味的上海生活。

江达琳拍了下脑袋：“那你可以租余庆坊的房子，我的闺密就住在那里，那边很有味道的。”

“那是哪儿？”

“我把地址发给你！”

另一处小酒吧内，斯黛拉正在一个人闷头喝酒。酒吧地方不大，很多人挤在一个舞台上跟着领舞跳舞。

斯黛拉站在不显眼的角落里，靠墙站着喝酒，旁边吧台上放着好几个空杯子。叶东烈喘着气跑到她面前，脸上带着腼腆的笑。

“你在这儿等我一会儿，我去买酒，你想喝什么？”

叶东烈伸出一只手拦住她：“不用你买，我请你，我现在在做兼职，有收入，你喝什么？”

人群里，叶东烈举着两杯长岛冰茶走过来，大概是怕被拥挤的人群挤洒了，他一点点地移过来的。

叶东烈端着自己的酒杯尝了好大一口，呛了一口：“这根本不是茶。”

斯黛拉情不自禁地笑了：“这名字是骗人的，其实里面一滴茶也没有，相反酒精含量很高，你喝起来要当心哦。干杯！”

叶东烈随她靠在墙上：“我都不知道怎么感谢你，谢谢你让我去面试。”

斯黛拉举着酒杯：“不用谢我。丁伟这个人，如果东西不好，他是不会因为我的面子就叫你去面试的，所以你不用太感谢我。相反，这还是我第一次推荐人给他，倘若你真的去了OR，那丁伟等于欠了我一个大大的人情。”

“你最近还好吧？”叶东烈讲话吞吞吐吐，“我……我搜过你的名字，然后，看到那个人……造你的谣……我可以替你把他的账号黑掉，让他什么也发不了，只要你愿意。”

“谢谢你的安慰，不用黑他的账号，随他去吧。”斯黛拉妩媚一笑，“你没有喝过长岛冰茶，那你有没有跳过舞？”

斯黛拉转身就挤进了跳舞的人群，叶东烈紧跟着挤进人群。斯黛拉挥舞着双手，跳得很投入，叶东烈在人群里不知所措，目光追随着斯黛拉。

音乐声掩盖了心跳声：“我可不可以抱你？”

斯黛拉有些醉了：“好啊。”

“那我……可不可以亲你啊？”

斯黛拉眼神迷离，什么也没说，下一秒主动将唇凑了上去，在距离叶东烈的嘴唇不到一厘米的地方停住。

忽地，斯黛拉将叶东烈推开，脚步踉跄地跑了出去。

叶东烈瞬间清醒，大步追上去，却只看到开走的出租车。他顿住脚步，怅然地留在原地。街上的人寥寥无几，叶东烈坐在路口的石墩上，痴痴地望着天上的月亮。

他好像触碰到了什么，却还没能拥有。

第二天众人开始处理铃铛网的裁员项目。

卫哲嘴角还残留着昨天打架留下的痕迹，正在分析情况：“现在的情况是这样，铃铛网愿意拿出三千万来解决裁员问题。这笔钱不仅包括了给离职员工的赔偿金，也包括了给我们的所有费用。”

江达琳心不在焉，低着头给谭新凯发消息。对于她提出的去医院看望谭伯母的建议，谭新凯只是一味地拒绝。

被卫哲用胳膊肘撞了一下后，她忙回过神看预算表。

“铃铛网从成立到现在历时五年，虽然已经做成国内最大的电商平台，但其实一直在烧钱，到现在还没有挣过钱。而他向投资机构的承诺是年内一定实现盈利。”

杜威廉皱眉：“他不赚钱，我们得赚啊！”

斯黛拉翻了翻文件：“我就是担心投资风险。”

“我觉得我们可以做。”卫哲说出自己的意见，“不亏本，我刚才算过了，只要成本控制得好，还是有的赚，毛利在百分之二十左右。”

商场上的人各有各的精明，杜威廉眯起眼：“那一个不小心就白干了。”

卫哲笑了：“这是唐正的精明之处，如果将裁员的开销和我们的费用分开算，那没准儿被裁的人狮子大开口，我们也就答应了。现在他给我们一个打包价，我们就不得不替他精打细算。也就是说，如果要接，就意味着我们要压缩成本，从机票、酒店到出差的人数和天数，所有开支都必须精打细算。各位要是觉得没问题，这个案子我们就接了。”

杜威廉摊手：“我听组织的。”

“卫哲，铃铛网是你的客户，剩下的你来安排吧，我们配合你。”

卫哲点了点头，沉声说道：“铃铛网虽然是我的客户，但我这部门的人手有限，而且普通员工很难处理得当。我希望公司除了我之外，至少还有一名合伙人直接参与进来。”

斯黛拉扫视一圈：“嗯。小力士奶粉正在出结果的关键阶段，舒晴走不开，威廉手上也是同时好几个案子在转，这样，我可以负责香港部分，一来我对香港熟，二来香港离上海近，万一有事我可以两头兼顾。”

“那太好了！总部可以交给路易斯，她和流云配合过，对铃铛网很了解，香港交给斯黛拉，我……”卫哲皱眉看着忙着发微信的江达琳，忽然勾唇一笑，“和小江总负责纽约，周五就走。”

会议室里，路易斯看着边走边发微信的江达琳：“小江总好像不太乐意去？”

“她一心想约会，越是这样，我就越得把她带走。对了，这几天你顺带着盯一盯谭师兄。”

“他怎么了？”

“本来两人都要见家长了，突然就说他妈生病了，他心眼儿有点多，得防着点。”

路易斯应下，离开前又调侃：“老大，你这个老师……好像是过分敬业了哦！”

人来人往的机场，江达琳拖着行李在经济舱的人群里排队等候买票，前面是乌泱泱的人群。她一手拖着行李一手拿着手机给谭新凯发信息告别。

谭新凯的消息看不出态度，不冷不热。

江达琳抬起头，突然看见远处卫哲优哉游哉地朝国际登机口走，她喊他等等自己，然而卫哲根本听不到她的喊声。

江达琳泄气，背着大包包跟随卫哲来到头等商务休息室门口。

“您好，这里是头等舱和商务舱休息室，请您出示一下登机牌。”

“算了。”江达琳恨恨地离开。

卫哲在奢华的休息厅喝着香槟，手中拿着iPad，从他的位置，可以看到江达琳从一楼的大厅走过，他舒舒服服地伸了个懒腰。

人群陆续登机，经济舱的人要先经过商务舱，而商务舱的人早已落座。

江达琳的目光锁定在用报纸遮住脸的人身上，捏着鼻子说：“哇，美女，你也太漂亮了吧！”

卫哲放下了报纸，丝毫没有尴尬的感觉，反而是一脸淡然地望着江达琳。

“明明说好了控制成本，所有人都是全程经济舱加三星级酒店，你为什么要搞特殊？你为什么坐商务舱？”

卫哲淡淡地说道：“第一，客户是我的，利润和成本本来就是由我自己控制的；第二，我的商务舱机票是我用自己的里程积分换的，不占用公司一分一毫；第三，你真觉得斯黛拉会听你的，乖乖坐经济舱、住三星级酒店？”

“就我自己傻是吗？”江达琳愤怒地离开，找到自己靠窗的位置，将包狠狠甩上行李架，坐了下来。

江达琳戴上耳塞，开着电脑看资料做笔记，眼前多了一杯草莓奶昔。

江达琳目不斜视：“拿走，我不吃嗟来之食。”

“这杯草莓奶昔是半岛酒店的甜点师贡献的配方，用最新鲜的草莓加全脂奶现点现做的，好像用了十几个草莓才有这么一杯。”

江达琳看他一眼，一边抓过杯子大口喝起来，一边翻着资料：“谢谢你，你可以回你的商务舱了。”

卫哲无语：“我说你就打算看一路的资料啊？十几个小时呢，你还是休息会儿吧，否则到了地方干活都没力气。”

江达琳还在看资料：“我休息不起来……我有点担心。你看2014年微软宣布全球裁员一万多人，当时就爆发了严重的抗议，有数百名员工静坐示威；同一年索尼全球裁员，同样出现了这种情况，好几百人举横幅示威……你说，我们这次去纽约，会不会也遇到这种事儿啊？”

卫哲不置可否：“嗯，有可能啊！抗议、示威都是正常的，还有想不开自杀的呢！另一种可能是杀你，说不定你前脚刚谈完协议，后脚就被人打了一顿，或者被人一枪给崩了也没准……那可是美国。”

江达琳傻傻地问：“那我们岂不是冒着生命危险在裁员？”

“尽人事，听天命，谈呗！一切结果都是谈出来的！所以叫你好好休息，不要焦虑。一旦裁员开始，你就得保持高度的清醒，一句话也不要说错，一步路也不能走错。要不这样，我委屈一下，跟你换换，你去前面休息会儿吧，过两个小时我们再换回来。”

“你怎么这么好心？”江达琳不敢相信，戴上了降噪耳机，“你先离开吧，我现在比感恩节前的火鸡还要焦虑，比秋天的青蛙还要清醒。我还是继续看案例吧，多准备一点，生存的概率更高一点。”

卫哲乐了：“累了你自己来前面找我。”

十几个小时后，飞机降落在纽约机场。

卫哲推着一架行李车，上面是两个大箱子，外加一个睡着的江达琳。瞥见在人群中张望的刘旭阳，他拍了拍江达琳的脸。

江达琳赶紧爬起来，揉着眼睛往外走。

卫哲神采奕奕，与他对比鲜明的是，江达琳正打着哈欠，睡眼惺忪。

铃铛网纽约办事处大楼里，各种肤色的白领行色匆匆。三人穿过办公室，四周员工脸色冷漠。江达琳正安静地走着，听见办公室内传出茶杯破碎的声音。

办公室里正有人大声吵闹，一位员工盯着面前的黄色信封，忽地把所有的文件推到地上。很多人挤到门边看，员工却蹲在地上捂着脸哭起来。

卫哲走过去，声音柔和，非常和气："No, it' s not your fault, it has nothing to do with your work capability, your skills or your attitude, it's not about you, the entire New York office is gone（不，这不是你的错，与你的工作能力、技能或态度无关。这件事与你个人无关，整个纽约办公室都解散了）。"

员工呜咽："Artificial Intelligence? So, the robot took my job（人工智能？所以是机器人抢走了我的工作）？"

卫哲微微点头，重新将黄色信封退给他。

坐在办公楼外的长椅上，江达琳喝着汽水吃着三明治："一上午就炒了三十多号人，厉害啊！我真没看出来，你还有当神棍的潜质，笑死我了！说得跟真的一样。早知道你有这手，DL的裁员就交给你处理好了！省得我那么纠结。"

卫哲又带上了一副说教的语气："DL裁员你之所以纠结，是因为你是老板，这也就是唐正不愿自己来面对的原因。不能怪他，裁员可不是简单的事，更何况这还是在美国，法律、国情都跟国内不一样，我们上午遇到的这些都算是简单的，你还没遇到一哭二闹三上吊的呢！"

江达琳突然碰了下他的胳膊："哎，卫哲老师，要不下午让我也试试吧？"

"你不行。"

"我对这次的裁员对象已经做过全面的分析，针对不同的人种，比如白人、华裔，应该采用哪些不同的语气和方法，哦，还有裁员的要点，不争辩，只陈述立场，重复他的感受与现实，保持冷静倾听；注意态度，绝不高高在上，绝不激怒或刺激对方；抚慰他的心灵，但绝对不妥协……你看，我都知道，而且上午我也看过你现场演示了，你知道我记性好，你说的那些，我都记住了。而且好几百人呢，我们两个人同时干活，速度不说提高一倍，至少提高一半吧？哎呀，你就让我试试吧！好不好？”

“OK。那你试试。”

一下午的时间，江达琳没能成功裁掉一个人，甚至被愤怒的员工吓到了。她大口大口喘着气，接住卫哲递来的汽水。

“现在舒服多了。”江达琳坐在户外草坪上，“刚才那个人说知道我住在哪里，还让我等着。”

“他不可能知道……大不了我们换一家酒店。”

江达琳仰脸看卫哲：“我现在总算明白为什么唐正不想来了，我觉得我就是个坏人……你说，未来公关会不会也被AI取代啊？”

“那不挺好？”卫哲笑笑，“那我就彻底退休了。”

办公楼大门口，刘旭阳匆匆跑出来，心惊胆战地指着大楼：“不好了，有员工扬言要自杀。”

江达琳和卫哲、刘旭阳一起拼命跑向大厅。江达琳一脚踩空，被卫哲一把扶起，她抬头感激地望着卫哲，随后加快速度跑了过去。

处理完一系列事件，江达琳拖着疲惫的步伐往酒店走去，两人房间相邻，卫哲随后也走回房间。

他躺在床上，接到了路易斯的电话。

路易斯刚从谭新凯的小区走出来：“谭新凯的妈妈压根没生病，不知道他葫芦里卖的什么药，为什么要撒这个谎。”

卫哲笑了笑：“我大概能猜到为什么，你继续留意，这小子花样挺多。”

放下手机，卫哲正要睡觉，房门被敲响，打开门，他就看见江达琳站在外面。

“我可不可以睡在你的屋里？”

大概是刚洗完澡，江达琳穿着睡袍，露出来的脖颈处皮肤是一抹奶油白色，赤脚上是可爱的红色蔻丹，嘴唇湿润有光泽。

卫哲上下扫视她，挑眉道：“小江总，我可不是你想的那种人。”

江达琳挡住要关上的门，挤进房间：“我说错了，我是说，我可不可以睡在你屋里的沙发上？我一闭上眼，眼前就出现白天那些人的脸，越想越害怕，求求你了……”

卫哲放她进去，然后就看到江达琳蹑手蹑脚地观察四周，小心翼翼地说：“你屋里没有别的女人吧？”

卫哲猛地拍了一下她的后脑勺："别打扰我睡觉。"

灯被摁灭，房间陷入一片昏暗。

江达琳直挺挺地躺在窄窄的沙发上，脚部由一把椅子支撑，而卫哲躺在两米宽的国王大床上。

江达琳在黑暗中幽幽地说："你就忍心让我睡沙发？你是不是男人呀？"

"我一向追求男女平等。"

过了一会儿，江达琳窸窸窣窣地转身，小声问："卫哲老师，你睡了吗？"

"干吗？"

"我算过了，目前已经有百分之八十五的人签了离职协议，剩下的不肯签的人里，态度最强硬的共有22个，包括丁约翰在内，他们都是纽约办公室早期的员工，其中有好几个人还是丁约翰推荐给唐正的。现在丁约翰闹得最厉害，他们很有可能会把丁约翰当成代表……我在想，我们要不给这一批人多加点儿离职补偿，你觉得呢？"

卫哲翻身扯过被子，假装自己已经睡着。江达琳从沙发上走下来，推了卫哲一把："喂，我知道你没睡着，我认真跟你说呢。"

"钱呢？从哪里来？"卫哲提到最关键的地方。

"从唐正给的预算里啊，我们把利润稍微压缩一下，少挣点儿，给他们每个人补发……"

"停。"卫哲摸了下头发，"停！你给我打住。我说江达琳，你是不是有问题啊？你是开公司的，不是做慈善事业的，拿着我们那点利润，去补贴甲方自己的员工，你脑子进水啦？"

"我是觉得他们有点可怜……"

"可怜？"卫哲气笑了，"我都用自己的积分换机票了，我才可怜呢！这种事需要合伙人投票才能通过，我先投你一票反对，你有本事跟斯黛拉、舒晴他们说去！"

"还有，赶紧回你自己的房间。"

卫哲下床，拎着江达琳走到了门外，无情地关上了门。

晨曦透过缝隙洒在酒店的床上，卫哲醒来，被白晃晃的阳光刺激得睁不开眼。

而江达琳正在去丁约翰家的路上。

丁约翰便是此次被铃铛网裁掉的主要员工。开门的是丁约翰的妻子，她眼圈红红的好像刚哭过，狐疑地看着江达琳。

丁约翰的三个孩子在外间坐着吃早饭，丁约翰的妻子在一旁照料小孩。丁约翰提起自己为了工作拖家带口来到纽约，甚至帮助唐正物色了新员工。

江达琳只是不停地道歉。

丁约翰的脸上挂着嘲讽的笑："你不要再说对不起了，这是世界上最无力的三个字。你们想要招人的时候，就拼命地说，这是大家的公司，每个人都拥有所有权，当你们不需要员工的时候，就绝口不提所有权了，就把人像一块抹布那样说扔就扔了……你走吧，我不想跟你多说什么。"

江达琳握紧手，想了一夜的话即将脱口而出，这时丁约翰的妻子又带进来一个人，是卫哲。被卫哲颇有深意地一瞪，江达琳缩了缩脖子，再没敢开口。

坐回车上，江达琳弱弱地说："你怎么知道我在这里？"

卫哲冷哼："刘旭阳告诉我，你找他要了丁约翰家的地址，我就知道没好事。幸亏我来得快，不然不知道你又答应什么丧权辱国的条件了……"

走在纽约的街道上，卫哲的脸色总算没那么难看了。然后他看到江达琳的口袋里露出了一个信封。

卫哲打开信封，里面工工整整地装着五千美元。

"你干吗？这是我自己的钱，我没打算用公司的利润补偿他，我用自己的钱来表示慰问不行啊？"

卫哲笑她执迷不悟："解决问题就靠你自掏腰包发钱？我跟你说，你最大的问题，就是你总以为凡事带上'个人行为'四个字，就真的跟公司无关了，我告诉你，这不可能。我们是来解决问题的，不是来当慈善机构的，你私下里给丁约翰发钱，说出去算怎么回事儿啊？你以为唐正知道了会感谢你吗？"

江达琳也大声地说："我不用他感谢，我就是尽尽自己的心意。不然我老觉得有负罪感！"

"你干吗要有负罪感？我们跟他们没仇！行吧！你可以继续自说自话，这样，你现在就发声明，把总裁位子给辞了，完了你爱给人发多少钱发多少钱！"

两人每次聊到同样的问题，都避免不了同一种结局。

看着卫哲扬长而去，江达琳忍不住腹诽，到底是谁更难搞一些？

第十三章　纽约之行

上海余庆坊。

林肯找了好几个房子，总算是找到一个满意的，他跟着房东四处参观，听着房东的介绍一脸欣喜。他推开一扇高高的窗户，探头看向外面，一眼就看到对面阳台上站着的女人，她穿着白色的大T恤，长发如瀑，一脸烦躁地喝着啤酒。

他心不在焉地回答房东的问题，目光全被对面的女人吸引："那个女孩是谁？"

"哦，邦尼啊……噢哟，那个小姑娘，她是弄堂里出了名的绣花枕头一包草，说起来她在外面教外国人说中文好像很高级，手里嘛没有钱的，每次交房租好像要她的命一样。她住的那间房子也是我的，不过那间我卖掉了，省得她再跟我赖皮，我叫她月底之前必须搬走。"

对面的女孩拨弄了一下头发，转身进了房间。

林肯终于转过头："这房子我要了。"

天色已晚，邦尼没精打采地躺在床上，听到敲门声响起，爬起来，趿拉着鞋走去开门。邦尼一脸震惊地望着拎着提篮，面带微笑的林肯。

如果她没记错，前两天打车时，就是这个男人不管不顾地闯进了自己的出租车内。

"你跟踪我？"邦尼一个激灵，下意识地想要关门。

"不不不，我不是跟踪你，我是你的新邻居，特意来拜访你的！我就住对面。我的房东也是孙阿姨，你要是不信我，可以问她。”林肯赶紧把手上的提篮递过去，“这是送你的，请多多关照。”

提篮里装着一瓶玛歌酒庄的干红，一个红丝绒蛋糕。

还算是有品位。

邦尼接过提篮后，利落地关上了门，把欲言又止的林肯留在门外。

邦尼回到房间，给自己倒上一杯红酒，切了一块蛋糕，美滋滋地吃了一口，又拿手机拍了一张照发给江达琳。

江达琳啃着比萨，看着手机上邦尼发来的照片："你可真小资啊，羡慕死我了，我在纽约天天比萨汉堡、汉堡比萨，都快吃吐了。"

"隔壁新搬来一个邻居，这些都是他送的。说实话，如果我有机会去美国出差或上学，别说天天比萨汉堡，就是天天吃糠咽菜也行啊！唉，有时候想想，我该不会一辈子都要被困在这种又老又破的房子里吧？"

江达琳看着消息，笑了笑："我这有事，不跟你说了。"

卫哲和江达琳针对丁约翰制订了一个初创员工赔偿计划，结果两人败兴而归，丁约翰只是要求见唐正。

视频里，唐正面无表情："其实我不懂什么叫互联网，我也不懂什么叫电商，我只知道，不管是线上还是线下，做生意的核心就是四个字：完成交易。"

挂断视频，卫哲嗤笑一声："你们唐总这个人，还真挺有意思的，一口一个他不懂电商，呵呵，他要是不懂，下面谁还敢说懂？"

刘旭阳叹了口气："说实话，这次裁员我还真没有怨气。这就像蒸汽机来了，马车一定会被淘汰一样，AI来了，某些工种一定会消失，这是文明前进的必然结果，早一天晚一天，总是要来的，早来比晚来好，早点降临，没准掉头还来得及。我唯一的怨气，是对我们唐总的。这些人在硅谷，他们想找什么工作找不到？他们都是冲着唐总来的。我记得纽约分部开业第一天，唐总对所有人说，今天各位支持了我唐正的梦想，我唐正还各位一个璀璨的明天。可现在呢？别说璀璨明天了，他连飞过来当面辞退大家都不敢。"

刘旭阳说得激动，一口喝完红酒："我给唐总发了好几封邮件，一开始他还回复，后来他连回都不回了，都叫别人跟我联系。哼！"

江达琳提出疑问："你说，要是我们提出让唐正到美国来，当着所有员工的面宣布裁员，给大家一个交代，你觉得可能吗？"

“如果唐正来了，那还要我们干什么？别忘了，你也是老板，别又一时心慈手软坏了自己的生意。”

江达琳不打算接话，省得这人又突然离开。

两人停在一个冰激凌小摊前，卫哲垂眸问：“吃不吃？”

“吃。”

卫哲点头：“老板请客。”

江达琳只好掏钱给摊贩，顺嘴说道：“你就给我讲讲你的理论吧，卫哲老师。我们这个礼拜的课都没上呢！你不是我的老师吗？”

卫哲接过冰激凌：“你说唐正请我们来的目的是什么？他不敢面对。而我们要做的，就是在他不出面的情况下，将裁员一事尽快结束，同时避免任何法律风险和公关风险。”

江达琳不解：“可是他不来，你就能保证这些被裁的员工不上网发帖子泄愤吗？我看恰恰相反吧！你看那些员工，他们个个都处在过激反应的边缘了，我认为他不来，铃铛网陷入舆论危机的可能性更大！虽然我们要做生意，但也不能为了甲方口中所谓的利益，对真正的诉求完全视而不见吧？”

卫哲冷笑：“明明是资本家，装什么慈善家，我就烦你这套……”

两个人都没想到，此次被裁员工的情绪如此不稳。当天晚上，喝醉后的丁约翰把公司的玻璃门砸坏，触发了自动报警装置后被警察带走。

更要紧的是，铃铛网的大办公室里，二十多位员工穿着同款黑色T恤站在办公室抗议，他们的T恤上印着咆哮的丁约翰以及铃铛网的专属标志。

刘旭阳低语：“现在怎么办？这拨人要是走到大街上去，那就成大新闻了。”

卫哲脸色铁青，他不动声色地将手上的皮手环放松了一格，缓缓思考着，走到桌前倒了点威士忌。

“这样，旭阳，你现在马上去弄一些吃的喝的，要有巧克力，发给大家。”卫哲看向江达琳，“我们出去。”

卫哲走到众人面前，镇定地开口：“关于昨晚的事，公司决定放弃追究丁约翰的责任，并且已经委托给律师负责，我们务必尽快将丁约翰保释出来，保释金由公司承担。有关裁员这件事，我知道各位的心情一定非常糟糕……所以我希望各位可以告诉我你们的诉求，这样，这里有好几十位员工，能不能请你们推举出三名代表，我们坐下来谈？”

“你不要想着分化我们。”

卫哲微微蹙眉，忽地脱掉鞋子，走到人群中央席地而坐。他姿态放松：“人太多了，我建议每个人将自己的诉求写下来。”

江达琳小心翼翼地递过去纸笔，卫哲也耐心听着众人的意见，加上刘旭阳推过来的食品饮料车，气氛总算是好了一些。

安抚好人群后，卫哲咬着饮料吸管：“刘旭阳说，丁约翰那边，虽然我们不起诉他，但大厦的业主依旧要起诉他，再加上他有酒驾情节，所以想保释他我们还得费点力气。”

江达琳无语：“真是！果然是没有最糟糕，只有更糟糕。”

“先吃饭去。”

“我吃不下。”江达琳坐在地上，看着写着诉求的字条，“你先去吧。”

卫哲不语，只是伸出自己的手，江达琳犹豫了一下，把自己的手掌放进了他的掌心里，从地上快速起身。

两人面对面吃饭，江达琳忍不住说：“我觉得我们太残忍了。”

卫哲皱着眉头喝下难喝的咖啡：“我们已经尽力了，裁员就是这样的，这本来就不是一个会有任何一方感到高兴的事，我们的裁员补偿已经相当丰厚了！现在的情况是他们心里过不去这道坎，你要去拯救他们破碎的心灵吗？”

“不是拯救，是尽可能地满足他们情感上的需求。”江达琳着急了，“你怎么不回答？”

卫哲无奈地放下杯子：“我不是跟你说过吗，你的大多数情感是多余的，我们处理问题靠的是理性，不是情感。”

“但唐正当初之所以能说服这二十二个人接受低薪待遇来纽约帮他，难道他靠的是理性，不是情感吗？”江达琳摸了下卫哲的胳膊，“卫哲，我们把唐正弄到纽约来吧，好不好？”

“我想想。”

他们还没通知唐正，铃铛网裁员的新闻已经出现在各网站的页面上。

卫哲坐在办公室内，正在进行三方连线会议，中间的唐正脸色铁青地看着镜头，而另一侧斯黛拉正坐在窗前喝咖啡，她身后是美丽的维多利亚港。

卫哲轻松地安慰唐正：“现在是全球化时代，美国的新闻传到国内只需要一秒钟，铃铛网那么大体量的公司，会被国内媒体跟进是很正常的，不过你也不用太担心，目前发布报道的都是些网络媒体，还都是二三流的，连一流都算不上，那些报道跟小道新闻也差不多。”

“稍等。”卫哲假装接起电话，“我们不打算起诉丁约翰，我们认为这其中有误会。丁约翰已经被保释出来了，我们也放弃了对他的指控，但由于办公室的业主不是我们，所以他还是面临着破坏财物和DUI（酒驾）两项指控，我们的律师正在想办法和对方谈和解协议，他应该不用坐牢……国内的新闻我们会想办法控制的。

“那是一个意外，我们的律师正在工作！当然都在控制之中……你说的那个是谣言，没有人自杀！”

唐正怔住：“什么？还有人要自杀？”

卫哲点头：“确实有一个员工扬言要自杀，但没有真自杀！”

“Bonfire（篝火）说要采访唐总！呃……”江达琳走进来意识到他们正在开会，“唐总、斯黛拉姐！”

唐正听到采访邀请犹豫了一瞬，江达琳和卫哲对视一眼，索性把戏演到最足，两人一人唱红脸，一人唱白脸，到最后唐正险些立刻答应要来纽约。

视频结束，卫哲笑着看江达琳：“你演得不错嘛！”

“就怕他看出来，但愿他会愿意来纽约。”

斯黛拉结束会议后正准备去休息，看到手机里突然蹦出叶东烈发来的很多条微信消息。

“我在天气预报上看到香港要刮台风了，你还好吗？注意休息。对了，我去OR公司面试了，感觉还不错，谢谢你给我这次机会。”

“你是不是不理我了？那天晚上的事，对不起，我真的是情不自禁，对不起！”

“真的不理我了？你不要不理我，行不行啊？”

斯黛拉的脸上露出一丝柔软神色，她没有回复微信，将手机放回桌上，望向窗外的香港夜景。维多利亚港美丽优雅，此刻，也正温柔地容纳她心里的柔软。

与此同时，小力士奶粉的最后一次比稿正要开始。舒晴等在等候区，一帧一帧地检查讲稿的PPT，她身后放着一摞打印出来的标书。

她正给斯黛拉打电话：“听说他们中国区的大老板艾文也临时决定来听，挺突然的……不过我对我们的创意还是有信心的，毕竟实景魔术那么前沿，国内还没有人尝试用到宣传大片里过……不过前两轮比稿，名仕公关都是拼了命地要求后讲，今天却突然变成先讲。我总觉得有点怪怪的。”

“你注意一些，随机应变。”

“嗯，或许是我多心了。”

舒晴看着走过来的谭新凯，挂断了电话。她即便心里不安，如今箭在弦上，也只好硬着头皮面对。会议室里，肖雅正在将U盘的内容拷到一台电脑里。

等肖雅结束，谭新凯笑着说："舒总，一会儿大家统一用这台电脑做演示，等肖总拷好，你把你们公司的方案也拷进去吧。"

舒晴皱眉，有些犹豫："谭经理，我能不能用我们自己的电脑啊？"

肖雅拷贝完毕，似笑非笑地说："哟，舒总还真谨慎，今天我们先讲，你怕什么呀？"

谭新凯淡笑："用你自己的电脑也可以，不过我们这个机器的转接头比较特殊，不知道能不能适配。"

舒晴打开包，拿出一个盒子，里面是不同的转接头。

"之前讲标的时候，我就留意过你们这里用的转接头，我都带来了。"

会议室里，每个人面前都放了一份标书，舒晴侃侃而谈，台下的几个人却在窃窃私语，舒晴停了下来。

"我们想问问，为什么你们也会想到用实景魔术？"

舒晴愣了："因为实景魔术是当下最前沿的一种剪辑拍摄手法，国内还没有人用过，通过这个技巧，可以让……"

艾文耸肩说道："那看来，你们和前面一家想到一起去了。"

站在闫晓慧的办公室里，舒晴直接问："闫总，我认为名仕公关剽窃了我们的创意。核心创意是你们公司规定的多重免疫力，大家都是一样的，也只能一样，而推广和拍摄手法往往组成了创意的重要部分。"

闫晓慧笑着说："实景魔术只是一种拍摄手法，你们可以想到，别人也可以想到，你不能仅凭拍摄技术的相似，就指责别人剽窃。今天你们是当场讲标的，而且还是名仕的人先讲，他们根本没时间偷你们的方案，我觉得你是想多了。但你的心情我也能理解，反正最终结果还没有定，你不用太着急。"

舒晴脸上的表情变幻莫测，她最终定住脚步，诚恳地开口："闫总，如果我们DL，或者我本人有什么不足，麻烦你一定告诉我，不管是价格还是方案，我们都可以改进。我真的希望我们可以合作成功。"

目送舒晴离开，闫晓慧微微蹙眉，给袁肃打去电话："袁总，今天比稿的事，到底怎么回事，你们是不是偷了DL的方案？"

袁肃靠着老板椅，对面坐着肖雅："我们怎么可能偷方案？我们的主题创意又不差，价格也比DL的好，我们为什么要偷方案？"

"可你们之前两轮比稿，都没有用过实景魔术的创意。"

袁肃呵呵两声："我们是真冤枉啊闫总，你不是临时告诉我说，艾文会来听比稿吗，我怕老外心思多，坏了我们的事，就让他们给方案加一点料，时髦一点、洋气一点，这不，就也用了实景魔术，不能仅凭这一点就说我们偷方案是不是？这就是个拍摄手法，那照你这么说，我还要说是DL偷了我们的方案呢。"

舒晴满脸愤懑，将车开得飞快。

沈英杰刚从办公室走出来，瞥见舒晴站在街边的角落中，就笑着走了过去，刚走近几步，就遭到舒晴的质问："我问你，你怎么就突然决定不参加这次竞标了？"

沈英杰微微愣了一下："为了避嫌啊，我不是跟你说过了？"

舒晴冷呵一声："避嫌？难道不是因为你们的人串通闫晓慧一起偷了我们的方案？你们是怎么想到用实景魔术的？这可不是我问你的！是飞扬的大老板艾文今天当场问我的！这还不是剽窃？这还不是偷创意？"

"飞扬的大老板？"

舒晴站得离沈英杰远了一些，声音却更大："你很意外吧？要不是今天艾文突然心血来潮，连着听了两场比稿，你们肯定就能瞒天过海了。可以啊，沈英杰，我只知道名仕公关无耻，但我一直觉得你应该不是那种人！想不到你居然也能做出这么下三烂的事！"

沈英杰上前安抚舒晴："你也说了，今天是当场讲标，我们公司还是先讲的一方，你们的标书在你们自己手上，我们怎么偷方案啊？偷了又怎么来得及改？话又说回来，我们虽然在一起，可我对你的方案一直一无所知。而且以我的自尊，我也不会做出这种事。我再说一遍，我对这件事一无所知。"

舒晴甩手要走，脸上挂着讥讽的笑："我不信。我算是认清你了，你、你们老板袁肃，还有其他那些人，你们一个个简直寡廉鲜耻。"

沈英杰被莫名其妙地指责了一通，感到不悦："我说的话信不信由你，你也别光顾着指责我，你自己也并不坦荡。我和你交往到现在，你什么时候跟我坦白过你的历史了？你除了跟我说了句你有个儿子，然后呢？儿子是谁的？你有过丈夫吗？为什么分开了？是离婚还是分手？你们还有联系吗？这些，你主动跟我坦白过吗？"

舒晴脸色阴晴不定，最终无奈地冷笑："可以啊沈英杰，你终于说出来了！你耿耿于怀很久了是吧？无法辩白了就换一种方式攻击我是吧？你这个人也就这样了。"

舒晴伸出大拇指，对着沈英杰往下指。

沈英杰站在办公楼里，走了几步，突然间愤怒地往墙上捶了一拳。经过办公室的时候，他看到一边看电脑一边打哈欠的肖雅，转身进了袁肃的办公室。

“我们到底有没有偷DL的方案？”

袁肃猛地站起身，关掉办公室的门：“英杰啊，你是不是跟那个女人在一起时间长了，被她把脑子带坏了怎么的？她敢这么质问你，你就应该反过去问她，你叫她把证据拿出来，没证据乱说，小心我告她诽谤！”

沈英杰表情严肃：“不是那就最好。”

江达琳和卫哲收到消息时，正坐在办公室内同合伙人开视频会议，两人表情严肃。

“闫晓慧刚才给我打电话，说名仕公关发邮件过去了，声明他们的方案完全是原创的。 我反正是不相信他们也刚好想到用实景魔术的创意，怎么可能两家的方案亮点都一样？但我想来想去也不明白，他们到底是怎么偷的方案，我已经连电脑和投影仪转接头都自己带过去了。”

杜威廉不以为然：“他们当然不会承认，而且这事儿就是里应外合，我把话放在这里，这个闫晓慧和名仕公关肯定是串通好的。”

几个人看向卫哲，卫哲沉声说道：“为今之计，只能先争取时间。这样，我们先发一封措辞严厉的申诉函到飞扬集团，要求彻查此事。最近飞扬一直在内审合规，其中一条要求就是严打市场部和供应商串通一气的现象。”

“但也只能先这样了，我们能拖一天是一天，看看还能不能有翻盘的机会。”

“我不甘心，这个案子我忙活好久了，我不能眼睁睁地看着我们就这么输了。”舒晴定了定神，“你和飞扬市场部的谭新凯在交往对不对？开会的时候，谭新凯也在场，你能不能问问他，或许他知道一些内情？”

视频会议结束，江达琳坐在座机前，口中念念有词，背着谭新凯的手机号，要拨电话时才看向丝毫没表现出离开意向的卫哲。

“卫哲老师，你能不能出去一下？”

卫哲懒懒地说道：“既然是聊工作，多一个人听，对我们有好处。”

江达琳瞅了卫哲一眼，将信将疑地打了电话：“谭师兄，是这样，我们公司给小力士奶粉提交的方案，被泄露给名仕公关了，你知道这件事吗？我说话直你别生气，我们的方案真的是被剽窃了，你觉得有没有可能，是你们公司的人把方案给泄露出去的？”

谭新凯掀开帘子，走出包厢：“问题是我们公司的人也不会事先知道你们要讲什么呀！你别急，我这会儿有个饭局，这样，我要是有什么消息，马上告诉你，好不好？对了，你什么时候回上海？到时候我去接你。”

江达琳看了卫哲一眼，不好意思地说道：“一会儿我把航班信息发你啊！”

江达琳挂断电话，没精打采地说：“他也不知道。”

卫哲嘲笑道：“他当然什么也不知道了。”

谭新凯挂断电话后走进包厢，坐在对面的人赫然是肖雅。谭新凯掀开帘子的瞬间，远处的路易斯举着相机，悄无声息地拍下了几张照片，挑眉笑了笑。

肖雅笑得热情洋溢：“来赶紧吃，这家刺身不错，你尝尝。”

她将一个信封缓缓地推过去：“这个是我们的一点小小谢意，这次多亏了你，要不是有你帮忙，就算我们的价格再有竞争力，我们公司在这创意上恐怕要吃亏。”

谭新凯的目光落在信封上，他没有动手去接：“今天出的意外你也知道了，我怕闫总那边会不高兴。”

“不会，她又不知道咱们的事，而且艾文会突然来听讲标，也是她告诉我们的，她能说什么呀？没事，你拿着，等到合同下来，我们还有重谢。”

谭新凯犹豫了一会儿，最终把钱收下了。

第十四章　被夸奖了

铃铛网总部的大办公室里，唐正沉默严肃地站在被裁员工面前。他嗫嚅着，做着深呼吸，吐出气，再吸气。

他的面前是一群挂着工牌的员工。

唐正缓缓上前一步，弯腰重重地鞠躬。

“我曾经对各位说，你们今天信我唐正，我还给大家一个璀璨的明天，但是我食言了……我答应大家要做到的事，没有做到，我不想给自己找理由了，没别的理由，是我唐正无能！”唐正捂着眼睛，过了半晌才沉重地开口，“什么补偿、什么遣散费，说实话，不管给多少钱，都补不上我欠你们的这份歉意。之前我为什么一直不来，我是心里过不去，怕看到你们的一张张脸、一双双眼睛。你们曾经那么信任我，你们是我最优秀的伙伴，而我……”

面前的二十个人都是陪同唐正一路打拼过来的员工，他们听完唐正的一通话后也忍不住落泪。

唐正神情坚毅：“是我对不起大家！但是我想说，我会回来的，铃铛网会回来的，我给各位的承诺，我并没有忘记。你们是我唐正一个一个精挑细选请来的人。不瞒各位所说，铃铛网正在筹备一个跨境海淘项目，项目预计会在明年年初上线，到时候，只要我再来美国，我将第一拨儿请各位回来！有句话说得好，今天的收拳，是为了明天更好地出击……”

唐正依次走到众位员工面前，一个个叫出名字，挨个握手道歉，一堆人哭成一团。

“铃铛网总裁唐正在美国纽约宣称裁员不过是一次暂时的撤退。”

看着大写加粗的新闻标题，江达琳笑着问：“你怎么知道唐正一定会来？”

卫哲悠悠说道：“他这个人虽然害怕面对裁员，但他更害怕的是让人觉得他是个失败者。这么爱装的一个人，要是被人称为失败者，还有裁员这样切实的证据摆在那儿，他怎么受得了？”

江达琳的眼神透露着欣赏。

卫哲笑着问：“喂，我的工作顺利完成了，你这个当老板的应该表示表示啊！”

“我们去吃中餐好不好？我知道一家特别好吃的中餐馆，以前我上学的时候一直去。”

“行啊，我跟你走了。”

卫哲跟在江达琳身后，边接电话边用调情的语气说：“Hey Monica! Yes, I'm in New York, you got me! Tonight? Sure! 9 is great! Love U（嘿，莫妮卡！是的，我在纽约，你逮到我了！今晚？当然！九点是个好时间！爱你）！”

江达琳看着他，嫌弃地说道：“不会吧，你在这儿也有情人啊？”

“嗯，太受欢迎也没办法，相知遍天下，天涯若比邻。”

“受欢迎归受欢迎，也要注意身体健康啊同志！”江达琳看着卫哲的神情，笑着说，“作为你的老板，我是在关心你啊，你可是我的合伙人，你的私生活也得受我监督，为我负责啊，我这可是跟你学的……哈哈哈。”

说完江达琳就被卫哲按住了脑袋。

中餐馆外，江达琳茫然地四处张望，不知为何没看到一个顾客。她往里看，发现地上趴着不少不同肤色的顾客。江达琳吓了一跳，被卫哲拉起手：“快走！”

一把枪抵在江达琳的后脑勺上，她带着哭腔蹲下：“走不了了。”

江达琳和卫哲趴在角落里，偷偷瞧着劫匪，劫匪A拿着枪在店里乱指，看谁不老实就瞄准谁，吓得人们抱头哆嗦。

卫哲看江达琳一眼，搂住她的头，低声说：“一会儿他们过来，你别直视他们的眼睛。”

江达琳从兜里掏出一把瑞士军刀，塞到卫哲的手心里。

卫哲低语：“你疯了？人家有枪！你给我把水果刀？你要我去拼命啊……”

“不是。”江达琳回答，“我是让你防身。”

卫哲低声警告她：“我警告你，你别乱来，我是不会陪你送死的，你要想跟他们打，离我远点儿再动手。”

劫匪来到一个白人女人跟前，将白人女人的耳环扯掉，白人女人发出一声尖叫。江达琳一把捂住自己的脖子。

“这是我爸送我的项链。”

卫哲见她护着项链，无奈地伸出一只手替江达琳解开项链，趁劫匪不注意，他将项链从地上擦过去滑到了对面的柜子底下。

江达琳紧张地直咽口水。过了一会儿，劫匪站在卫哲和江达琳面前，没一会儿，两人的手表、现金都进入了劫匪的袋子里。

两人从警局报完警出来时，卫哲的皮带没了，皮鞋没了，他用两只手艰难地提着裤子，脚上踩着一双临时找的塑料凉拖。

两人对视一眼，江达琳蹲在地上哈哈大笑。

“哈哈哈，你连皮带都没了，一会儿提着裤子去约会，人家会不会觉得你太直接了？”

“赴什么约！我的手机都没了，根本联系不上对方。”卫哲无语，“你笑什么？也不看看是谁替你保住了项链。”

江达琳掏出脖子上的Darling项链，感慨道：“这条项链是我爸第一次出国的时候给我买的，陪着我十几年了，今天要不是你，我的项链肯定没了。还有，这次在美国出差，你也一直护着我，一直在教我，其实我心里都明白，谢谢你啊。”

卫哲听得别扭：“你说这些干什么啊？听得我鸡皮疙瘩都起来了……恶不恶心啊！赶紧走！”

总算是回到了上海，江达琳身心舒畅地推着行李往外面走，看到人群中左顾右盼的谭新凯时，她顾不上自己还没出去，隔着栏杆就去和他聊天。

卫哲推着车往前走，走过隔离栏区回头发现江达琳仍在和谭新凯说话，他一脸无语。

他停在原处，修长的身材格外亮眼。

右肩膀被人拍了一下，卫哲从左侧转身，不出所料地看到了裴瑜。

“你居然还记得这个？”

卫哲淡笑：“习惯既已养成，自然会发生条件反射。我猜到是你了，但又觉得不太可能，没想到真的是你。”

裴瑜看着卫哲行李箱上的吊牌："你从纽约回来？"

卫哲挑眉："你呢？学成归国？"

"准确地说是回国学习，我一直在米兰学设计，我爸让我回来先上个MBA补补商业知识。别来无恙！"

卫哲笑道："别来无恙！抱一个。"

裴瑜奔放地搂住卫哲的脖子，在卫哲的脸上亲了一下。

身后的江达琳将两个人的互动看在眼里，小声嘟囔："没听说他有人接啊。"

卫哲和裴瑜分开后，江达琳打了个招呼："这位是？"

"裴瑜……我多年的好友。"卫哲摊手，"江达琳，我的老板。"

"多年好友？哈哈哈，好吧，确实有很多年了。你好。"裴瑜揶揄道，"你看起来好小啊！老板你好。"

"不敢不敢，我和卫哲老师是合伙人关系，我一直在跟他学习呢！"江达琳介绍谭新凯，"哦，这是谭新凯，是我师兄。"

裴瑜的目光在谭新凯身上从头到脚地打了个转，而后她笑着对江达琳说："我们家公司找的公关我一直觉得不怎么样，回头我跟我家老头子说说，跟你们合作试试。"

"贵公司是？"

"Bella时装。"

谭新凯再次迅速地打量裴瑜。

卫哲截住了裴瑜要说的话："行了行了，几年没见，你怎么一见面就谈生意？以前没见你这么庸俗啊！"

"以前我单纯，所以才会被你骗啊！哎，你的车在哪儿，你送送我呗！我有好多话要对你说。"裴瑜嗔怪地瞥他一眼，听到卫哲说自己不开车后，挽住了他的手，"你不开车？那你可以坐我的车，我刚好有司机来接。"

"你是打算抓着我不放了是吧？"

卫哲无奈，将裴瑜的行李装到自己的行李车上，裴瑜挽着卫哲的胳膊走路，两人亲亲热热，俨然一对情侣。

裴瑜坐在后排："我不想住家里，自己找了个住处，正在让人收拾，回头等我弄好了，你来不来做客？"

"你要请我，我当然去。"

裴瑜瞄他一眼："话说，你怎么会去给那个小丫头当合伙人？"

"你爸爸那些老臣子看你，你不也是小丫头一个？"

裴瑜忽地叹了口气："喂，我这次回来除了上MBA，我家老头子还给我派了个重要任务——结婚。"

卫哲淡淡地说道："我但凡听到有人要结婚，都挺不高兴的。"

裴瑜问："难道不只是因为我吗？"

卫哲顺着她说："也有这个成分，好了吧？"

"我总要结婚的，可你又不想结婚。"裴瑜得意一笑，"喂，我在机场一眼看到你的时候，心还是怦怦直跳。"

"所以呢？"

裴瑜大笑道："我打算在婚礼前，好好享受几个月人生。所以……你应该……不会有什么心理负担吧？"

卫哲挑眉，表情淡漠："车里还有别人呢！"

裴瑜笑着，眼波流转，坐稳后，看向卫哲的手腕："这是什么品牌？叫什么名字？"

"叫……色戒。"

裴瑜娇嗔地在卫哲身上拍打了一下，脸上绝没有介意被调戏的神色。

裴瑜靠着椅背："哎对了，你们那位小总裁怎么找了那么个男朋友啊？土了吧唧的不说，我感觉他心术也不正。你们地小总裁问我们家是什么公司，我说Bella时装的时候，那男的眼睛一下子就亮了，跟两个探照灯似的。"

卫哲眯起眼，略微思考了一会儿道："没准儿你说对了。你的手机借我用一下。"

裴瑜听见通话内容，打趣道："刚下飞机就进公司，你现在这么敬业啊？"

路易斯站在前台，等卫哲回到公司时，把备用手机和临时电话卡都递给了他。回到办公室，路易斯把几张照片摊在桌面上，这些分别是谭新凯在包厢密会肖雅以及饭局结束后，谭新凯和肖雅站在饭店门口等车的照片。

卫哲拿起照片看："有意思。但这几张照片不足以说明问题。"

路易斯想了想说道："也对，肖雅是供应商，她约谭新凯吃个饭，是再正常不过的。"

"这样，你继续留意姓谭的，等拿到了确切的证据再说。"

江达琳正要推开卫哲的办公室的门，一字不漏地听到了两人的谈话，愣了一会儿，转身离开。

她抢过安东的手机，给谭新凯打了个电话。

坐在餐厅里，江达琳犹豫地说："谭师兄，我们公司有人说看到你和名仕公关的肖雅走得很近，还一起吃饭。”

谭新凯微愣：“对啊，怎么了？你不是在怀疑我吧？你要是怀疑我，那我真是冤枉死了。对，肖雅确实请我吃过饭，而且还吃了好几顿，事实上自从公司准备上小力士奶粉这个产品，名仕公关的人就已经在全方面地接触我们的人了，请我们吃个饭。送点小礼物，都太正常了。也不仅仅是名仕，你们公司也不例外，不信你回去问舒晴，她估计不知道请闫总吃过多少次饭、送过多少礼物了。”

江达琳拍了下脑袋：“我就说是这样，我就瞎问问。”

“你是不是和那些人相处太久了，就变得疑神疑鬼了？”谭新凯过会儿说，“有件事我一直想跟你说，但又不知道怎么说。”

“你说啊。”

“你知道我为什么会突然取消你去我家吃饭的安排吗？因为那天你妈妈来找过我。然后我就有点自惭形秽。你别着急，你妈妈没说什么，她挺和颜悦色的，但你也知道，她坐的那车，还有那气质……我、我一时之间想不开，又生气，觉得自己配不上你，索性编了个瞎话，说我妈病了。”

江达琳气极：“居然是这样……我干吗生你的气？又不是你的错，都是我妈不好。可是……可是我妈是怎么知道你和我的事儿的？”

谭新凯给她夹菜：“这就是我想跟你说的重点，肯定是有人跟你妈妈说了我们的事，她才会来找我的。”

江达琳离开餐厅后就回到了公司，冲进卫哲的办公室：“卫哲，我问你，你为什么要派路易斯去调查谭师兄？我都知道了。”

卫哲懒洋洋地抬头：“那又怎么样？”

“你、你到底想干什么？我已经警告过你一次，不要调查谭师兄！你为什么不听啊？谭师兄怎么碍着你了，你跟防贼似的防着他，还派人跟踪他？亏你想得出来！要不是被我发现了，指不定你还会干出什么事来！”

卫哲摊手，看起来云淡风轻：“那我也再跟你说一次，调查姓谭的有三个理由，第一，你是DL传播的总裁，我是你请来的合伙人，你还在我的考察期内，你要对我负责，我也要对我自己的选择负责，不管是谭新凯还是阿猫阿狗，只要他是你的男朋友，那他就在我的调查范围之内，我必须确保我的利益不会因为一段不成熟的恋情受到损失；第二，我们刚刚被偷方案，姓谭的既然是飞扬的市场部经理，那就是这次漏标的重大嫌疑人，更何况他还和名仕的人那么热络，我当然要调查他；第三，你知不知道他跟你说他妈妈住院了所以取消了约会，但他妈妈其实没住院，身体很健康？”

江达琳生气得很：“什么刚巧？你就是故意的，口口声声说是为了公司利益，有什么事儿你冲着我来，你私下去跟我妈说，算什么公私分明。你就是不想让我和谭师兄在一块儿！”

“你有完没完？”

“我没完！我忍无可忍了！我现在再次声明，卫哲，你不要借着公司的幌子来干涉我的私生活，这世界上就没有这样的道理！从今往后，我和谭师兄之间的事情，你不要再过问了，更不要再去找我妈妈搬弄是非，否则、否则……否则我就彻底不理你了！”

卫哲嗤笑了一声。

推门而来的斯黛拉打破了两人剑拔弩张的气氛。

坐在会议室里，两个人之间的紧张气氛也没消。

舒晴先开口：“我估计最晚到下周，小力士奶粉的结果肯定会出来，我想大家一起再想想看，我们还有没有机会再努力努力，是不是还有翻盘的机会。否则就这么输给名仕，我实在是气不过。”

“卫哲、小江总，你们一直做的是危机管理，有没有什么建议？”

“我……”

“我……”

卫哲和江达琳同时开口，而后又同时闭嘴。卫哲站起来，在黑板上画了一个图。两个交织在一起的圈，左边的圈里，写着“对方想要的”，右边的圈里，写着“我们能给的”，卫哲将两个圈重叠的地方涂上了斜杠。

“找出这个中间部分，就是我们翻盘的关键。”

舒晴沉思：“之前我一直在公关闫晓慧，也暗示了我们能给她什么好处，本来她也收了礼物，后来又说飞扬内审太严格，把礼物还给我了。我觉得她是个很理性的人，我很少听她提起自己的日常生活和家里的事。她平时在朋友圈发的也都是和工作有关的东西。”

江达琳飞快地打开闫晓慧的朋友圈上下翻阅，发现闫晓慧发过一张她女儿过生日的照片，照片里有一个插了六根蜡烛的生日蛋糕。

卫哲点头：“女儿是个好突破口。”

找到突破口后，一行人才散会。

回国后再没见过邦尼，江达琳回到办公室后打了电话，才知道邦尼已经停课在家许久了。

邦尼一脸郁闷地打电话，窗外忽然传来呼呼喝喝和搬东西的声音，她掀开窗帘往楼下看，好几辆装着木板水泥的小货车把整条弄堂堵得满满的。

林肯正在楼下热情洋溢地指挥着工人们往里运东西，过了会儿，他捧出一箱汽水给工人喝。

邦尼把头探出门："你这是干吗呢？"

林肯笑着露出一排白牙："我把房子修整一下，很多电线老化了会有危险，还想修理一下水管，原来的水管太脏了，地板下面有些地方已经腐烂，会有害虫。另外我还想添一些别的元素。"

"你租了多久？"

"一年。"

邦尼无语："你才租一年，那一年以后你要是走了，这装修不等于白送她了吗？我劝你多长点儿心眼儿。"

"怎么长心眼儿？"

"第一，不能让她任意涨价；第二，不能赔一个月房租就任意中断租约，违约成本必须高昂，我就吃了她这个亏；第三，租约到期你要有优先租赁权。"

林肯掏钱给工人吃饭，邦尼匪夷所思，皱眉问："他要多少你就给多少啊？你这工期有多长？"

"我的计划是两个星期，主要是基础设施整修。"

邦尼三百，两个星期光饭钱你就得付八千四。你这老板的钱也太好挣了。我真是看不下去，你有装修合同吗？拿来给我看看，我不能白喝你的红酒。"

邦尼看了好一会儿，又跟着指点了经验。

房东孙阿姨爬上楼梯，四处看了看对着林肯说："你这是大进攻啊！我跟你说，你修房子没关系，但是装货运货不要影响其他邻居生活，知道吗？我前面一路上都在帮你打招呼，喏，刚才弄堂的路也堵掉了，地上掉了不少灰要去扫掉，知道吧？你租人家房子要懂礼貌的。"

邦尼看不下去了："孙阿姨啊，做人要懂得适可而止，他这房子花那么多钱整修，等于是白送你的，你就别得了便宜还卖乖了行不行？"

孙阿姨嘴角一撇："你这小姑娘，这里有你说话的地方了？你自己跟人家好好学学才是真的，你看人家，租来的房子宁愿自己出钱整修，这才叫有品位懂生活。你再看看你，一把年纪了居无定所，房租月月拖，你到现在还不知道搬去哪里住！

"还有，上个月的电视费你还没付来！喏，七十三块，拿来！"

邦尼摸出七十五块往孙阿姨手里一塞："多两块不用找了，你拿去买药吃！”

往江达琳办公室走的邦尼，迎面撞上卫哲，邦尼笑着打招呼：“你和琳琳这次在纽约，玩得开心吧？”

卫哲语气淡漠：“还行吧。”

邦尼走进江达琳的办公室，接过江达琳买回来的礼物，随意地问：“你跟卫哲没事吧？我刚才在外面碰到他，他说话有点阴阳怪气。”

江达琳无奈：“我们吵架了。你知不知道，他跑去跟我妈告状，让我妈阻止我和谭师兄谈恋爱！完了我妈就跑去找谭师兄，也不知道她说了一堆什么，反正谭师兄就说，觉得自惭形秽配不上我，本来我们约了要和他妈妈吃饭的，被我妈这么一折腾，他就临时取消了。”

“可是……我觉得他应该不是那种人啊……你看他一风流倜傥的钻石王老五，有钱又有事业，又有美女环绕，还那么聪明，他犯得着管你的私事吗？”邦尼整理听到的信息，迟疑道，“不过卫哲那么厉害的一个人，他应该不会无缘无故地去怀疑一个人吧？”

“别提了，一提我就头疼。”

“一边是男朋友，一边是合伙人，你这也算是，新型的双面胶吧，比普通的婆媳关系更难处理。不过你和卫哲这么僵着也不是事儿。”邦尼压低声，“你别忘了，这公司里只有他是你的人，你可别把人家气跑了！”

“我打听过了，闫晓慧家对口的小学在这个区排名比较靠后，她申请过几所重点小学，连报名都没报上，只有在良德小学拿到了面试资格，可惜她女儿没通过，被刷下来了。”

办公室内，舒晴正在分析闫晓慧目前的情况。

卫哲用手指敲了敲桌子：“也就是说，她女儿的学校，到现在还没着落。”

“闫晓慧也是着急，还给她女儿报了个英语强化班。哦对了，小江总，好像就是在你闺密教书的那个培训中心。”

江达琳猛地抬头：“邦尼？”

江达琳当即叫了邦尼一起去培训中心。培训中心的走廊上，站了不少家长，闫晓慧也在其中。江达琳躲在角落里，背着身子不让闫晓慧看见。

邦尼笑嘻嘻地从教室里走了出来，比了一个“OK”的手势。

“闫晓慧的女儿在我们这儿上的是英语强化班，上课的小孩都是为了考重点小学来突击的。她女儿其实基础比别的小朋友还强点儿，就是性格比较内向，不爱说，口语不好，就因为这个，她才没通过面试，被刷下来了。”

邦尼说完之后问：“这个幼升小的事，你打算怎么做？”

江达琳和邦尼告别：“我打算去问问我妈，她以前是老师，应该有不少人脉。”

江达琳随后就回了别墅，李月如打了一通电话后，良德小学的副理事长答应在下周一再安排一次面试。

“太好了，谢谢妈，那我先走了！”江达琳走到门口又折回来，“你去找过谭师兄吧？”

“对，他说什么了？”

江达琳沉默了片刻道：“他没说什么，就说他会好好努力的。不过，妈，我知道你们都是为了我好，但我是大人了，好歹也是个总裁！请你以后别管这些事了！如果你不相信我能管好我自己，那你也不会相信我能管好一家公司！”

“我要和邦尼去处理事情了，先走了。”

李月如目送江达琳离去，眼神意味深长。

坐在闫晓慧家的客厅，江达琳见闫晓慧对她们的到访并不开心，直接说明来意：“我听说你正在为你女儿升学的事儿发愁？”

闫晓慧面露不悦：“你听谁说的？”

江达琳拉过邦尼：“你别误会，你女儿就在我闺密的培训中心补课。”

闫晓慧态度变好，脸上有了笑容：“哦哦，原来是老师啊！”

江达琳立刻说：“我从良德小学那里又争取到了一次面试机会，周一下午一点，你想不想再试试？”

闫晓慧惊讶地张大嘴，笑容愉悦，可她随后又颓然地说道：“上次去良德面试，小乖不到十分钟就哭着出来了，我听面试的老师说，她进了考场就开始哭，从头哭到尾，晚上回来还发烧了。估计再面试一次，结果也不会有什么两样。”

卧室门口露出小乖怯生生的小脑袋，她穿着公主裙，见到有人立刻跑开了。

“你们也看到了，她从小胆子就小，我也不想让她再去受这种压力和惊吓。我和她爸爸商量好了，实在不行，就送她去老家上学，老家那边的重点小学，我们倒还是认识人的。谢谢你们的好意。”

闫晓慧站起身，有送客的架势。

江达琳给邦尼使了下眼色，邦尼从包里拿出一个迪士尼玩偶贝儿公主，朝着小乖晃一晃："Hi, xiao guai! How are you（嘿，小乖！你好吗）？"

小乖看见玩具眼睛一亮，却不说话。

"Do you want to play with me（你想和我一起玩吗）？"

小乖点点头。

"You should say yes（你应该说是的）！"

小乖蚊子哼一般说："Yes（是的）！"

"I can't hear you! Can you speak louder（我听不到你的声音！你能说得大声点吗）？"

邦尼终于听到一声响亮的"Yes"。

闫晓慧和江达琳吃惊地望着邦尼和小乖的互动，江达琳收回视线笑着说："我闺密是他们中心的金牌老师，特别牛。让她给小乖突击一天，说不定面试就过了。你要不要试试？"

闫晓慧百感交集，最终点了点头："好，那再试试。"

江达琳开车回公司，在DL传播门口看到上次在机场遇到的裴瑜从轿车上下来，而轿车上的男士在裴瑜的脸上亲了亲，两个人看起来十分亲密。

裴瑜径直去了卫哲的办公室。

办公室内，卫哲从背后圈着裴瑜，看电脑上的酒类市场战略PPT。

"调和型威士忌投放大量市场费用却没有效果，主要原因是一二线城市的市场已经被干邑和单一麦芽占领了，消费者的口味都固定了，钱投出去也没有用。倒不如将阵地转移到三四线城市去，农村包围城市，反而能取得效果。"

"原来如此。"

裴瑜转过身，与卫哲面对面，两个人瞬间贴得很近。

卫哲没有离开："就这点事，在电话、微信里都能说清，你又何必特地跑过来？"

气氛增添了暧昧，裴瑜的手向后扶着桌子："干吗？你不欢迎我啊？电话、微信再方便，哪有我亲自上门显得有诚意，你说是不是呀？"

卫哲低头微微一笑。

裴瑜转身走到窗前，忽地把卫哲办公室的窗帘拉上："我有个东西给你看。"

窗帘被拉上的一瞬间，大办公室内众人抬起头来，紧紧盯着卫哲办公室的方向。刚好经过卫哲的办公室的杜威廉惊讶地看着被拉上的窗帘。

“我去！”

“我的天哪！”

众人面面相觑，经过卫哲的办公室的江达琳看着大家：“怎么了？”

安东指了指办公室：“卫哲老师和一个大美女在里面。”

江达琳愕然，身侧的路易斯朝江达琳摊了摊手，撇嘴。

“昨天下午我带孩子去良德小学面试了，面试很顺利，我刚收到了学校发来的录取通知短信，现在我这心算是踏实了，我真的要谢谢你，还有你的闺密。”很快闫晓慧就给了江达琳回复，“比稿的事，我把整个过程原原本本地给艾文汇报了一遍，包括你们和名仕前两次的提案内容，他都看了。三轮比稿比对下来，我们都认为你们的创意方案是一脉相承、有迹可循的，所以我们决定跟你们公司合作，我已经给舒晴发邮件了。”

江达琳挂断电话，兴高采烈地告知众人这个消息，舒晴兴奋地走出来：“我刚收到闫晓慧发来的合作确认邮件，她还给我打了电话，说是特别感谢你……”

江达琳笑着说：“我们要好好庆祝一下，我去叫邦尼来，这次她是大功臣。”

办公室内，DL所有人手持香槟站着，三五成群，个个面带喜色。江达琳绘声绘色地描述着邦尼的行为。

江达琳和舒晴碰杯，杜威廉皱眉问：“卫哲呢？”

邦尼回头，瞥见卫哲和路易斯正在低语。她碰了碰江达琳的胳膊，示意她看向卫哲：“你们难道想一直僵着？你过去敬个酒，喝一杯，不就等于给他台阶下啦？”

江达琳闷头喝香槟：“干吗非得我给他台阶下，不能他给我台阶吗？”

邦尼教训她：“废话，你忘了之前是谁死乞白赖地求人家的？我跟你说江达琳，你可别真为了谭师兄把卫哲给得罪了，男朋友都是一阵子的，事业才是一辈子的！”

江达琳撇撇嘴，一脸不情愿地走过去，站在卫哲面前：“那个……大家都在问你怎么不过去。”

卫哲看她一眼：“我一会儿会过去的。”

江达琳讪讪地转身，发现邦尼在几米外瞪着她，又转过身来：“那个……哦对了，裴瑜有男朋友。”

“啊？”

“她来公司是有人送她的，两人还亲了，我看见了，觉得……有必要跟你说一声。”

卫哲微微勾唇笑道：“你叫我别管你的私事，干吗又来管我的私事？”

江达琳语气郁闷：“我才不是管你的私事，你们俩上班时间在办公室还拉着窗帘……影响不太好。当然了，其实也不关我的事，我不过是本着江湖道义，觉得应该跟你说一声，你要是不乐意听，就当我没说过。”

卫哲失笑，对着她的背影喊了一声：“喂！裴瑜是来找我谈生意的。之所以拉窗帘，是因为她要放Bella新一季的时装特辑给我看，办公室太亮了。信不信由你！”

“……”

卫哲举着酒杯，扬起一个笑容，朝斯黛拉等人走去。经过江达琳身边的时候，他低声说了一句：“小力士奶粉的事，你办得不错。”

江达琳脸一红：“我也没干什么，都是靠我妈和邦尼帮忙。”

卫哲不以为然：“一个公关最大的价值，就是她的私人人脉和运用这些人脉的能力。要不是有这些人脉，你觉得他们会服你什么？”

卫哲潇洒地往前走，江达琳愣了下，忽地高兴地露出笑容。

袁肃站在办公室内，已经接连摔了两个杯子，肖雅一脸窘迫地站在一旁。

“闫晓慧说，是艾文把三轮比稿的方案放在一起比对，DL三轮的提案核心亮点都是实景魔术，而我们前两轮的亮点都是普通的明星邀请广告片，到了第三轮突然画风一转变成实景魔术了，所以……艾文就认为……我们有……嫌疑……”

袁肃两手叉腰，语气阴沉：“那那个姓谭的怎么说？这到底怎么回事？”

“我约了他晚上吃饭面谈，我好好问问他。”

包厢里，谭新凯拿出信封，原封不动地推了回去，信封越过了餐桌的中线：“无功不受禄，事情没办成，我不能收你们的好处。”

肖雅笑着说：“行了，难道我们以后不合作啦？你快拿着，不然多没劲呀！你知道这到底怎么回事吗？怎么突然就变卦了呢？能不能帮我侧面打听一下？”

谭新凯微微蹙眉：“我试试。”

随后，谭新凯给江达琳打去电话：“今天我一直在忙，都没来得及恭喜你。”

“没事，我今天也忙，公司开了很大的party，我们努力了那么久，遇到那么多艰难险阻，总算是辛苦没有白费，大功告成了！”

谭新凯微微疑惑："我还真忍不住想问你，你们怎么搞定闫总的呀？前几天她还是倾向名仕的呢！"

江达琳迟疑："呃……我告诉你，你可别跟别人说！"

谭新凯笑着说："我保证不说。"

"其实也没什么，闫晓慧一直在为了她女儿上学的事儿发愁，我就让我妈帮忙，从良德小学替她女儿又争取了一次面试机会。她女儿也挺争气的，居然就考上了……"

谭新凯脸上的表情变幻莫测："原来是这样，你们家人脉可真广啊。"

舒晴离开公司后直接回了家，保姆正在陪同儿子乐乐玩耍。舒晴笑着接过了乐乐，低声给乐乐念《声律启蒙》，一旁的保姆开始收拾玩具。

沈英杰发来微信告诉她，他正在她家楼下。

舒晴放下乐乐，轻声关上门，走到楼下与沈英杰面对面站着。

沈英杰原本只是想来看看舒晴，话说出口却不自觉地带上了嘲讽的味道："可以啊你，庆功了吧？普天同庆？"

舒晴冷笑，转身就走，被沈英杰一把抓住胳膊拉到了怀中："你一直说我们名仕喜欢搞阴谋诡计，可现在看起来，你们DL也不干净嘛。"

舒晴表情冷淡："你想干什么？"

"我也不知道我想干什么，要不你教教我？教教我，你是怎么在一夜之间搞定闫晓慧的？你前两天还骂我无耻至极，今天怎么不骂了？是不是因为你也干了什么无耻至极的事？所以你才能瞬间翻盘，一百八十度大转弯，拿到合同？"

舒晴冷声说道："还是那句话，我不知道你在说什么。沈英杰，你在无理取闹。"

沈英杰使劲抱着舒晴，舒晴挣脱不开："你是不是喝醉了？"

沈英杰凝眸，忽地低下头将唇覆盖在舒晴的唇上，直到舒晴渐渐喘不过气来。她听见沈英杰低声问："怎么办？我和你，你有什么打算？"

舒晴沉默。

沈英杰气笑："你改走一问三不知路线了是吧？舒晴，你可以，有种你继续！继续装什么也不知道！好好享受你的成功吧！"

他把舒晴推开，开门上车，从车窗里伸出手，对着舒晴大拇指朝下比画了下，开动车辆绝尘而去。

城市的另一处，何宏伟把桌上的一沓资料递给崔英俊，崔英俊打开材料，里面装着他出轨的照片和打印出来的聊天记录。

崔英俊笑了起来，把材料丢在桌上：“就凭这点东西，你们就想叫我净身出户？”

何宏伟淡笑道：“远远谈不上净身出户，你自己名下的七十万存款，你自己拿走。根据婚姻法，无过错方有权要求损害赔偿，斯黛拉不过是在主张自己的权利，更何况虽然是婚后财产，这些财富的主要贡献者显然也不是你，以你的收入……恕我直言，要不是你们家庭的主要开销都是由斯黛拉负责，你连那点存款都存不下来。”

崔英俊使劲揉了揉脸：“我要是不同意呢？”

“那我们就只能法院见了，不过我建议你不要这么做。我听说你这段日子在酒店的处境不太好，一旦进入离婚诉讼程序，法院说不定会去你们酒店做一些取证调查，估计你的日子会更难过，你要想清楚。”

“你当我三岁小孩？怕上法院丢脸的人真的是我吗？是她斯明静！”

何宏伟呵呵笑：“你说得没错，但斯黛拉最多也就是丢脸，不会失业，你会。”

崔英俊忽然啪啪鼓起掌来，随后把一沓照片丢到桌上，照片里正是斯黛拉和叶东烈在酒吧亲热的情景。

何宏伟脸色不变，喉结却上下滚动。

崔英俊威胁：“要想人不知，除非己莫为，这句话不错。我不过是心血来潮，谁知道就让我看到这么劲爆的场面。唉！要说这个女人可真是不要脸啊，我现在越来越怀疑，她当初愿意跟我结婚，其实是因为跟那个江远鹏不干不净，没办法了拿我顶缸……再加上个你，现在连这种毛头小伙也不放过了，我这头上的帽子呀……真是绿了一茬又一茬啊！”

崔英俊摔门而去，何宏伟靠在椅背上，拿起照片看了一遍又一遍，脸色越发难看。

何宏伟把照片放到斯黛拉面前时，斯黛拉难以置信：“崔英俊跟踪我？”

“他这个人，骨子里和流氓没什么区别，但这都不重要。斯黛拉，我们认识那么久了，我现在希望你跟我坦白，你跟这个叶东烈到底是怎么回事？”

斯黛拉语气坦诚：“他要感谢我的帮助，我们去酒吧时，他喝多了。你还不了解我吗？他就是个应届毕业生，我怎么可能跟他有什么？”

“好吧，我相信你，不过我也要提醒你，现在的年轻人不像我们过去那么单纯，他们中有一大群人因为生活不易又不想拼搏，所以一旦发现有不劳而获的可能，就会千方百计地去抓住。”何宏伟紧跟着又说，“你知道我的风格，尽最大的努力，做最坏的打算。”

斯黛拉看见照片上是叶东烈炙热的目光，而自己紧闭双眸，像在表示不敢面对自己的内心。

手机铃声在这时响起，斯黛拉犹豫着接起来，听见了叶东烈明亮的嗓音：“你在公司吗？我现在就在你们楼下！”

斯黛拉走到公司楼下四下张望，忽然间腰间环过一双手，将她举了起来。叶东烈又把斯黛拉放下来，他脸上笑容干净，眼神纯净不染杂质。

“你疯啦，大庭广众之下瞎胡闹什么？”

叶东烈抿起嘴唇：“对……对不起，你生气了？”

“我只是想告诉你，我收到OR公司的录用信了！他们给我开的年薪是26万，26万啊！我的几个拿到录用信的同学，最多的一个也就年薪19万，而我是26万！我一收到邮件，想都不想，立刻冲过来找你。”

斯黛拉佯装冷漠道：“找我做什么？”

“我能得到这么好的工作，这都多亏了你啊！这么大的喜事，我一定要跟你分享。”叶东烈试探地问，“你是不是还在生我的气？”

斯黛拉拦住了一辆出租车，打算送走他，叶东烈不愿意走：“我、我可不可以请你吃个饭？我真的很想感谢你，你能不能给我一个机会，让我请你吃顿饭？我知道你忙，我、我就是想谢谢你。从小我爸就教育我，受人滴水之恩当涌泉相报，你帮了我那么多，我也只能请你吃顿饭，我真的没有别的意思。”

斯黛拉终究是不忍心：“那就周末吧，我正好也有事要告诉你。我还有个会要开，你走吧。师傅，麻烦送他去大学城。”

出租车内，叶东烈一直回头看，直到斯黛拉的身影慢慢变小。他扭头对司机说：“师傅，我不去大学城，你把我放在最近的地铁站就行了！”

第十五章　意外之喜

“小力士奶粉，源自新西兰天然有机牧场，坚持自然不施化肥，为宝宝提供原汁原味的新西兰营养奶源，奶源可全程追溯，拥有口味清淡、多重抵抗力、不上火、不便秘等诸多优点，自2010年推出后，已经在全球一百多个国家赢得了相当高的声誉。”

舒晴和杜威廉向众人展示小力士奶粉的广告介绍视频，视频结束之后向其他人说：“我们想了几个广告语，但还是觉得不够好。大家要是有什么好想法，还请贡献出来。”

杜威廉半开玩笑地说：“其实我有一句特别好，你们听，好草喂好牛，好牛产好奶，好奶育好人，小力士奶粉，让您的宝宝长成好人。”

“我们应该换个思路。”江达琳扑哧一笑，“有了，喝牛奶，长牛劲儿，发牛脾气，小力士奶粉。”

办公室的门突然间被推开，艾米站在门外低声说：“来了几个人，说是飞扬集团的调查组。”

卫哲沉声说道：“飞扬集团一直在内审，难道……”

舒晴站在窗边来回踱步，闫晓慧的电话始终打不通。

江达琳不解：“我不明白飞扬集团凭什么查我们的账！”

卫哲略微思考道：“因为我们是供应商，而且刚签了一笔大合同，他们怀疑我们有私下交易。”

江达琳着急：“那我们也不能敞开账目给他们看吧？”

"或者能不能告诉他们，他们没有权力查账？"

卫哲摇头："行是行，但一口拒绝的话，以后我们就别想再跟飞扬做生意了，之前花的力气也白费了。"

卫哲说完看向斯黛拉："我有个建议，等会儿不管他们对你说什么，你就只管说……"

另一间会议室里，斯黛拉微笑着看着调查组的人："你们的要求我们会慎重考虑，我们会在48小时之内给贵公司答复。"

她的对面坐着三名调查专员，两位外国人和一位中国人。

外国人皱眉："所有与飞扬相关的合约文件正本与往来账目都需要提供。"

斯黛拉摘下眼镜，放在手中把玩："你们的要求我们会慎重考虑，我们会在48小时之内给你们答复。"

另一位中国人厉声说道："提醒你一句，你们作为供应商，有义务提供相关资料。你们不要以为这只是我们公司的内审，从现在开始，一旦我们发现有供应商不合规，将会在整个集团内部通报，不仅未来不再提供合作，已经开始的合作，我们也会立刻中止。"

斯黛拉戴上眼镜，仍旧保持微笑："你们的要求我们会慎重考虑，我们会在48小时之内给你们答复。"

另一边，舒晴终于能打通闫晓慧的电话。闫晓慧同样刚接到公司内审调查的通知，正急着赶回公司，根本没有具体消息，舒晴挂断电话，无奈地摊手。

人来人往的弄堂里，邦尼摆了一个小摊儿，简易的架子上挂着两排衣服，这些全是精致的绣花旗袍，邦尼特地用中英文写了个牌子。

经过的人忍不住停留，拿着衣服讨价还价。林肯从对面走过来，胳膊下夹着图纸，身上有不少白灰。

林肯停留在邦尼的小摊儿前，久久不愿离去，最后摸了下邦尼摆着的衣服："这是艺术品！卖给我吧，我真的很喜欢。我怎么付你钱？对了，我刚学会用微信转账，不过我们是不是应该先加个微信？"

大概是第一次这么委婉地搭讪，林肯自己忍不住先笑了起来，挠了挠头。

邦尼收摊之后，领着林肯去了周边的传统小吃店。小吃店热闹非凡，邦尼指着菜单点了几个菜。

邦尼提起被停课的事情，林肯停下吃饭的动作，思索半天，诚恳地说："你可以告他诽谤。这样，我可以帮你问问别人，我有一个特别厉害的大哥，你等我一下，我问问他。”

邦尼好奇地问：“你在上海还有大哥啊？”

林肯快速地编辑了一条短信，收到回复后他带着邦尼赶去了大哥家。指着气派的建筑，林肯笑了笑，等到门打开的时候，卫哲和邦尼面面相觑。

林肯兴奋地喊着：“大哥！”

“邦尼？”卫哲看了看两个人，又挑眉看向林肯，“她是你的心上人？”

卫哲将门开得大了一些，客厅里，江达琳正坐在沙发上学习。她走出来的时候，还有些蒙。

“我刚学习完，正准备回家。”江达琳指了一下林肯，“你们这是？”

四个人齐声笑了一下，最后一起坐在了客厅的沙发上。听着林肯磕磕绊绊地讲着请求，卫哲索性让邦尼自己说。

“那个李斯特在他们公司，应该是个中高层吧？”

邦尼点头：“对。他在他们公司也是个副总。其实我本来也想过去他们公司闹一场的，我估计我只要一闹，他肯定就怕了，但我又怕闹到后面两败俱伤。我们培训中心可要面子了，回头我为了这个事丢了工作，那才是得不偿失，所以我才一直忍着。”

“不用你去闹，这种老外，我们吓唬吓唬他就行了。”卫哲笑着说，“不用小江总陪，有林肯再加上邦尼，你们两个就足够了。”

林肯陪着邦尼去了李斯特的公司，李斯特见到两个人的时候愣了下。

“邦尼？怎么，你是找了帮手来吗？我已经告诉过培训中心，你必须向我道歉。”

李斯特不愿意多纠缠，说完便要离开。邦尼大声喊：“你站住，我咨询过律师了，我没有骚扰你，你向学校投诉我，我可以告你造谣诽谤！”

林肯在一旁帮腔：“她没有开玩笑，我就是她的律师。”

林肯在手机上翻出一个搜索页面，上面是全英文的律师介绍以及林肯的照片。他递给李斯特，成功地看到了李斯特吃瘪的表情。

“你们想怎么样？”

林肯颇有气势：“请你立刻以书面形式通知学校，撤销对邦尼的投诉，澄清事实，并且向她道歉。否则明天我会把律师函寄到你们公司。”

邦尼和林肯高兴地沿着街道走着。

邦尼忍不住说：“今天真是多亏了你。不过卫哲也真行，还真给你弄了个网页出来，证明你有律师执照，把那家伙吓得一愣一愣的。”

林肯语气认真："我是真的有执照。我是法学院毕业的。后来才去做的室内设计。"

邦尼笑着问："放着律师不做，做设计师？你怎么想的？"

"我觉得律师的工作太激烈，又太具体了，我更喜欢自由自在的生活。做设计是我从小的梦想。"林肯说完，一脸好奇地问，"你有梦想吗？"

"有啊。"邦尼格外坦诚，"我的梦想只有四个字，不告诉你。"

林肯望着邦尼神采奕奕的脸，不由自主地说："我第一次看见你，就觉得你和其他女孩子不一样，你很勇敢、很厉害、很有力量。我……我很喜欢你。不瞒你说，我就是看见你住在这里，才特意搬到余庆坊的。"

邦尼抿嘴笑："算你费心了。"

"那我可不可以约你啊？"林肯有些笨拙地开口。

"不可以。你也看见了我的上一个恋爱对象是个什么德行的人……"邦尼假装轻松，"我相信你和他不一样，不过呢，我是一朝被蛇咬，十年怕井绳，我暂时不想再跟洋人谈恋爱了，你们的世界，我还不是很懂。"

邦尼大踏步地离开，被留下的林肯无助地挠了挠头。

飞扬集团的内审来势汹汹，中国分部甚至美国总部都遭遇了大地震，总部被罚了1.4亿美金，而后飞扬集团要求在中国区彻查。艾文已经被停职回国，总部安排了新的老板，闫晓慧也已经打算离职。

舒晴好奇地问："新老板？谁啊？"

闫晓慧摇了摇头："听说是个美籍华人，具体信息我也不清楚，不过中国区那么重要，又出了那么大的事儿，来的人一定不会是个善茬。虽说咱们之间的意向合同已经签了，但新老板肯定有自己的想法，等他来了你们还得想办法多下点功夫，再做一轮公关。我就是觉得有点对不住你们，刚把合同签了，我就得走，真是过意不去。"

"总算是把合同签了，要是没签，那就更惨。"舒晴随后又问，"那你打算去哪儿高就啊？"

"有一家在谈了，等入职了我再告诉你们吧。"闫晓慧又跟着叮嘱，"对了，你们还得多防着点袁肃。这次竞标他确实找过我，不过我拒绝了。偷方案的事，我是真的一点都不知情。"

舒晴眯眼："你是说……"

"假如名仕真的偷了你们的方案，那就说明我手下肯定还有袁肃的人。你们以后肯定是要打交道的，还是得多留心。"

谭新凯和江达琳在路上散步，两人随意地聊着天，谭新凯微微叹气："这几天公司走了不少人，我说不定也得重新找工作。毕竟我是闫总招进来的，她走了，换了新老板来，我的日子肯定不好过。而且这次内审的主要问题集中在我们市场部，市场部肯定要大换血。"

江达琳低头："好不容易才拿下了小力士奶粉，闫总和你却都走了，新人一来，我们等于又要重新争取一回，之前好多力气都白费了。"

谭新凯安慰她："公司已经给你们发过确认邮件和订单了，你也别太担心。"

"怎么不担心？你们公司不是还有个名仕公关的内奸嘛！"江达琳猛然抬头，"嗯，到现在我们也不知道他是谁，连闫总也觉得蹊跷。不过世上没有不透风的墙，他早晚会被我揪出来的，等我查出来这个人是谁，我一定不会轻饶了他！"

谭新凯的眼神晦暗不明。

江达琳突然想起什么："对了，这周末我有个好朋友新居落成，他想多叫些人一起去暖房，我想邀请你和我一起，但他也是卫哲的朋友，我怕……"

谭新凯笑着问："怕什么，难道他去了，我就不敢去了吗？他应该也不至于当着那么多人的面让我难堪，最多我让着他就是了。"

江达琳笑容明媚："我就知道你不会在乎这个！我也觉得，我和你啊干脆就公开亮相，让他无话可说。"

谭新凯目送江达琳上楼，他脸上的笑容散去，脸色难看起来。

舒晴和闫晓慧分别之后，先去了卫哲的办公室，完整地复述闫晓慧的话："闫晓慧提醒我了，我们接下去还得再和飞扬打交道，这个内奸如果找不出来，那简直就是个定时炸弹，但我实在不擅长破案这种事，你脑子活络，思路清晰，你帮我出出主意呗。"

卫哲沉吟："可以。这样，你把第三轮投标的整个过程再跟我复述一遍。"

"那天我去了飞扬大厦，在休息区等了一会儿，然后谭新凯过来了，让我去把比稿的电子方案拷进他们统一的电脑里。"舒晴想了一会儿，"我知道拷电脑这个过程其实很容易漏标，因为所有竞标的人的方案都会被拷到同一台电脑里，往往就有其中一方趁人不备，将另一方的方案拷到自己的U盘里。但那天是名仕的人先讲，所以我其实也就是多防一手而已，没有多大意义。"

卫哲眯眼思考："然后呢？那再往前倒，比稿的前一天，有没有什么特殊情况，比如谁碰了你的电脑？"

舒晴仔细回忆道："应该不会，我的电脑是有密码的，那一整天我的电脑都没离开过我的视线。我怕出意外，这段时间，每天下班我都会把电脑带回家，第二天再带过来。而且比稿前一天，我还特意等到晚上再去打标书，标书拿回来后就一直放在我的车子后备厢里……"

卫哲打断她的话："等等……"

卫哲去了四维印刷公司门口，手里拿着DL为小力士奶粉竞标准备的纸质标书，推开了印刷公司的门。

工人见有人走进来，大大咧咧地问："你找谁啊？"

卫哲举着标书："我是飞扬集团的，之前你们给我打印的这个标书，缺了一页，你们这里还有没有多余的？"

另一位员工走过来，看了一眼卫哲手里的标书："这本啊？那我没有。"

卫哲追问："不是让您多打了几本吗？"

员工斩钉截铁地说道："哪里有几本？你们谭经理打电话来关照说就多打一本，我给了后面来的那个女的，就没有了啊！"

卫哲眯了眯眼："谭经理？"

卫哲走回车子，坐上副驾驶位，对上舒晴期待的眼神说："他们多打了一份标书。"

舒晴拍了下方向盘："我就知道，还真是在这里漏的标……那有没有问出来是谁让他们多打一本的？"

卫哲摊手："没问出来。那些工人你也知道，他们根本搞不清楚甲方内部有哪些人，只有老板才知道。"

卫哲回到办公室再次播放录音，路易斯抬头看他："这事儿要是说出去，对小江总太不利了。那你打算告诉小江总吗？"

卫哲懒懒地笑："先不急着说，光凭一个录音还不够狠，说不定她还不信。得找个更好的机会，一次性地解决谭师兄。我再逼一逼他，估计他很快就坚持不下去了！"

卫哲起身离开办公室，打车去了位于余庆坊的林肯家。

林肯的家经过精心布置后，满是中国风情。邦尼正在进行直播，正对着镜头，不断地介绍着四周。

镜头里林肯的身影一闪而过，而后是裴瑜和端着红酒的卫哲出现在镜头里。看见邦尼走过来，裴瑜比了个“V”，卫哲用右手在额前一划，行了一个潇洒的礼。

门外，江达琳和提着水果的谭新凯走了进来。江达琳凑到镜头面前，噘着嘴亲了一下，而后笑着离开镜头。

谭新凯提着一些昂贵的进口水果，邦尼接过后吹了下口哨：“哟，这可是进口水果，很贵的，谢谢谭师兄，破费了啊！”

江达琳从谭新凯身后探出头，调侃道：“你客气什么？客气也轮不着你啊，这是送林肯的，莫非你已经以女主人的身份自居啦？林肯，是不是啊？”

捧着酒的林肯露出一脸憨厚的笑。而一旁的谭新凯和卫哲颇有深意地对视，互相客气地打了招呼。

众人围坐在一起，吃喝聊天。这个时候，往往是聊感情状态的最好时机，人人都充满了八卦欲望，八卦欲和食欲搅和在了一起。

裴瑜笑着说：“卫哲确实是我的初恋，不过我是不是他的初恋，那我可就不知道啦！”

卫哲苦笑：“你这是指鹿为马，颠倒黑白。”

裴瑜娇嗔道：“本来就是！你有了别人，就把我给踹了。”

两人你一句我一句，众人笑个不停。邦尼凑到江达琳耳边，咬着牙说：“这女的，比我还不要脸。”

江达琳扑哧一笑：“噗……你真有自知之明。”

邦尼撇嘴：“我要是跟她一样有个家财万贯的老爹，我也能这么嚣张。”

卫哲看着正在窃窃私语的两个人，突然间举手道：“我今天必须澄清一句，我和裴大小姐，我们现在就是纯洁的男女关系。”

邦尼不屑：“都男女关系了还纯洁？”

谭新凯也插话问了一句：“你们当初为什么分手？”

卫哲看他一眼：“因为有次我在她的房间里玩，她爸突然进来了，然后我们就分手了。”

裴瑜大笑不止：“你们别听他瞎说，其实我家老头子就问了他几个问题，他以为要招他当女婿了，顿时就吓跑了。”

卫哲摊手：“废话，就你爸那张脸，跟包青天似的！给他当女婿我能不逃吗？”

裴瑜推了他一把：“讨厌！我爸怎么了？给我爸当女婿还委屈你了吗？多少人哭着喊着要给我爸当女婿，我还不乐意呢！”

卫哲微微一笑："是吗？那谭师兄，你愿不愿意给裴家当女婿啊？"

"啊？"

江达琳赶紧冲出来："你问他干吗呀？关他什么事啊？"

卫哲耸了耸肩："我就瞎问问，那林肯，你愿不愿意给裴家当女婿？"

林肯喜滋滋地看向邦尼："我？No no no，我有心上人了！"

客厅内其他人各自开着玩笑，卫哲走去阳台喝酒，谭新凯看了片刻，也走到了阳台上。卫哲微微抬眼，语气平静无波："有事？"

谭新凯问："卫哲老师，我觉得我们之间是不是有什么误会？我知道你一直不太喜欢我。本来我也无所谓，但你是琳琳的合伙人，又是她非常尊敬的老师，你的态度其实已经给她带来了很大的困扰。我在想，怎么样才能让你改变对我的观感。"

"怎么改变？"卫哲边喝酒边笑，"恐怕有些困难。"

谭新凯苦笑着摇头："看来，你是在回避和我交谈了。也罢，随你吧，但我希望你不要再胡乱插手我和琳琳之间的事，毕竟挑拨离间非君子所为。"

卫哲抬眼，把酒杯放在桌子上："君子？华茂大学2010级经济系03班的谢明雨，大三上学期开始和你谈恋爱，是你追的她，你们俩谈恋爱以后的那个学期，谢明雨的绩点就从过去的2.8提高到了3.4。"

谭新凯很蒙："你调查我？我帮女朋友学习而已，这有什么问题？"

卫哲微微一笑："问题是你们没过多久就因为谢明雨家里反对而分手了，分手不到一个星期，期末考试时，谢明雨便被人揭发论文抄袭，取消了两门课的成绩还被学院处分了。她把这些都记录在了她的空间里，感谢互联网，时隔多年，让我依旧可以查到。据说揭发她的人，就是你。"

谭新凯脸上青白交错："所以这又能说明什么？"

卫哲笑得意味深长："是否说明，你这个人很记仇？"

不待谭新凯说什么，卫哲朝他举了下酒杯，先一步离开了阳台。

江达琳正在和邦尼聊天，无意间瞥见阳台上的两个人，心不在焉地聊了一会儿。离开林肯家时，她有些担忧，捏了捏手指："我看到你去找卫哲了，你们没事吧？"

谭新凯笑了笑："哦，没什么，我是想主动跟他示好，最好能够化解他对我的成见，省得你以后总是左右为难。"

江达琳有些不开心："那你肯定是白费力气了，卫哲这个人一旦对谁形成什么看法，基本就不会改变。"

"确实是白费力气了……"

江达琳笑得无奈："对不起啊，让你受气了。"

谭新凯摸了摸她的脑袋："没事，他是你的合伙人嘛！"

所有人离开之后，房子里只剩下了林肯和邦尼。邦尼帮忙收拾了残局，搓了搓手打算离开，林肯笑着蒙住邦尼的眼睛，带她走进一间带门锁的房间。

眼睛前的手被拿开时，邦尼的眼神变得惊喜，她捂着嘴巴看向林肯。

她眼前是一个很梦幻的房间，烛光闪烁，壁炉上点着高高低低的香薰蜡烛，有舒服的扶手椅和大书桌，流苏落地灯，地上铺着厚厚的地毯，烛光投影下，房间显得诗情画意。

林肯从邦尼那里买下的旗袍，正裱在画框里，如艺术品般置于一侧。

邦尼站在房间里四处打量："真美，我现在相信你是一个很棒的设计师了。"

"你喜欢吗？"林肯笑容羞涩，"这是我特意为你布置的。任何时候，只要你愿意，你都可以过来休息一会儿，看书、发呆，你做什么都可以。"

邦尼看着林肯的眼睛："你为什么要这么做？"

"我、我觉得，你看起来很累，你总是很紧绷，我觉得你需要一个地方休息一下。"林肯赶紧拿出钥匙，"你别误会，这间房间是独立的，就这一把钥匙，给你，我不会随便进来的，我保证……"

邦尼的眼圈红了，她轻轻低头，最后走到林肯面前，抬头搂住林肯的脖子，在他的唇上落下轻轻一吻。

"你真是个傻瓜！"

DL传播第一时间得知了飞扬集团即将派驻中国区总经理的消息。新任总经理是北美地区负责市场销售的副总裁薛义。

薛义到达飞扬的第一天，就宣布了新政策，即所有的市场公关合作，都要先从单个案例做起，根据效果再评估决定是否签订长约。

舒晴自然是有些担忧的："虽然我们已经和飞扬签了意向书，但薛义的这个决定对我们还是非常不利。我打算去公关一下。"

斯黛拉点了点头："我们的目标远不止小力士奶粉这一个牌子，必须赢得薛义的好感，不然我们寸步难行。"

与此同时，江达琳公布了一件事情，New Face新建了一个买手类电商平台，决定让DL传播负责全案的策划。

斯黛拉也笑着说："还有CAA资本的邓溪，他想约我们见一面，我们DL的IPO（首次公开募股）之路，看来要重新启动了。"

卫哲挑眉，淡淡地笑道："CAA资本是著名的美资资本，如果他们愿意来操盘，至少说明公司已经度过危险期了。"

舒晴拍了下手："这说明我们最近的成绩还不错。"

李月如得知消息后眉飞色舞，随后也不忘嘱咐江达琳："你不能光顾着高兴。这CAA是斯黛拉带进来的，她一定会想方设法利用这次融资机会笼络人心，加强她在公司的地位。一旦融资成功，董事会的席位肯定会增加，这增加出来的席位，一不留神就会全变成斯黛拉那边的人！"

江达琳自认向来不擅长职场计谋，微微皱眉："这样啊……那可怎么办？"

李月如给她夹菜："两个办法，第一，在融资过程中，你要尽量表现自己，要让CAA的人看到你才是公司的总裁，是团队的核心，让CAA的人看重你；第二，你更要抓紧卫哲，你得让他一如既往地支持你，千万不能让他倒向斯黛拉那边。"

江达琳默默记在心里："好复杂呀，我还以为有资本进来就是阶段性胜利，准备放鞭炮了，合着我这总裁之路还是任重道远，得依靠别人才能坐稳呀？"

上次会议结束后，舒晴几次试图联系薛义，结果都是败兴而归。薛义的助理的声音，她已经听到耳熟了。

听出薛义的助理语气里的拒绝，舒晴只能退而求其次："那要不这样，你告诉我，他和哪一家约上了？"

助理Cici回头看了一眼老板，压低嗓音道："一家也没约上！别说你们供应商了，连商会的活动他都没去，上星期公司给他办的欢迎派对都被他缩减了预算，他说要一切从简！"

舒晴挂断电话，想尽办法弄清楚了薛义平常最爱去的地方。最后她去了远郊的高尔夫球场。

一粒高高飞起的高尔夫球划过一道弧线，被打入场内。舒晴坐在高尔夫球车上，四下张望。

舒晴拿起手机，调整摄像头焦距当望远镜用，看到侧面开来一辆高尔夫球车，车上坐着的人赫然是沈英杰。沈英杰驾驶着车与舒晴擦肩而过，沉着一张脸，看也没看舒晴一眼，舒晴不禁皱眉。

她转了一圈眼珠，心一横，掉转车头，跟着沈英杰的车。

沈英杰踩了刹车停下来："你跟着我干吗？"

舒晴径直问："你来这里是不是为了薛义？"

沈英杰坐上车："无可奉告。还有，你别跟着我。"

沈英杰把车开走，舒晴不远不近地跟着沈英杰。许久之后，两人几乎绕着高尔夫球场转了一周。刺眼的阳光下，舒晴眯了眯眼，看到远处一辆高尔夫球车正载着薛义和袁肃朝另一个方向开去。

她反应过来，瞪向沈英杰："沈！英！杰！你居然敢耍我！"

随后沈英杰和袁肃坐在车里，透过车窗看见舒晴一脸阴沉地坐上了另一辆车离开。

袁肃呵呵两声道："你今天这手调虎离山倒是玩得不错。男人哪，要干大事，一定不能沉迷女色，尤其是舒晴这种标准的红颜祸水。"

沈英杰没吭声，过了半晌才问："你和薛义谈得怎么样？"

"一共也没说几句话，他推说有事先走了。"袁肃恼怒地说道："假洋鬼子！这才来中国几天，真把自己当大佬了？他也不想想，艾文这几年给飞扬挣了多少钱，还不是说走人就走人？什么大中华区总经理，就是个高级点的打工仔罢了！我不急，反正男人嘛，要么贪财，要么好色，时间长了，他总会露出马脚来！我看这个薛义貌忠实奸，是个曹操！"

沈英杰沉声说道："之前飞扬因为腐败被罚了那么多钱，薛义要是没几把刷子，他也不可能得到飞扬总部的信任，被派过来收拾残局。"

"他确实是个硬茬。"袁肃的眉毛拧成了一团，"对了，你听说了吗？CAA看上DL了。我还以为弄走了江远鹏，DL一时半会儿爬不起来了，谁知道又来了个卫哲，他帮DL拿下了New Face，还带来了铃铛网。现在连CAA资本都盯上来了。资本就是条狗啊，哪里有肉香，就往哪里凑。"

沈英杰笑道："他们未必能谈成。"

袁肃摇了摇头："要是真让DL融资成功，那我们的麻烦就大了。所以飞扬这一单，我们真得好好想想办法。DL的这个江达琳命还真好。还有那几个合伙人，个个都不是省油的灯。哎，好像那个斯黛拉最近有点忙？"

"听说她在办离婚手续。"

"你说生活还真是公平啊，你要做女强人，就非得给你配个垃圾老公；你要来当总裁，先把你爹给灭了。是不是？"

沈英杰淡笑："不是说，'天之道，损有余而补不足'？"

CAA资本董事总经理邓溪说一不二，很快就联系了DL的各位合伙人。服务员摆桌的间隙，众人在休息区闲谈。

邓溪讲话幽默，谈话气氛舒适："现在企业要做大，第一看盈利，第二看故事。小江总，标准的'90后'，少女总裁，年轻有为，长得也漂亮，你和DL这样时尚的传播公关类公司需要的气质非常契合，完全可以打造成一个'90后'企业家的领军人物、代表人物！卫哲，大名鼎鼎的公关专家，我一直想认识，今日终得偿！哈哈哈。公关这个圈子，有名的公司很多，但有名的个人不多，我看了卫哲做的几个案例，我都想请你去CAA给我们讲讲课啦……还有这个斯黛拉、舒晴、杜威廉，是吧？你们这个团队，有故事，但不仅仅是有故事，还有底蕴、有能力。"

江达琳有些惊喜："邓总，你过誉了。"

服务员已经摆好桌，江达琳坐在卫哲旁边，低语："没想到这个邓总还挺重视我们。"

卫哲靠近她，冷漠地说道："只有'我'，没有'们'，他重视我是应该的，重视你才是意外之喜。"

一旁的邓溪笑容可掬："那天宏伟跟我提到你们DL，我一看，在短短几个月内，New Face、铃铛网，还有飞扬集团，好几个大客户被你们收入囊中。这么厉害的公司，我们CAA不插一脚，不符合我邓溪的一贯作风啊！"

何宏伟淡笑："你客气了，我也是DL的一分子，更何况一般的小公司想投DL，我根本不理会，主要是觉得邓溪你们公司还是挺靠谱的……"

在会所门口告别时，斯黛拉走在邓溪旁边："这样，邓总，我们先回去了，就等着你们的人来尽职调查了。"

"好好好。"邓溪微笑应下，又低声问，"我听说你最近家里有点状况？"

斯黛拉尴尬地笑了笑。

"嗯，你也知道，我们要投什么公司，总是要先做功课的，我们听到了你的一些传闻，你要快刀斩乱麻，离得干净一点。"

斯黛拉怔住，身后的何宏伟也愣住了。

两人坐在车后排，何宏伟略带歉意道："我也没想到邓溪会突然提起这件事，不过这几年这些大资本的人都觉得自己可以指点江山了，嘴上没个把门的，你别生气，我替他向你道歉。"

斯黛拉微微笑道："我不是说这个，我是没想到他会把江达琳和卫哲作为团队核心。我本来觉得江达琳没什么价值，担心团队不够好，现在被他这么一说，倒成好事儿了。"

"那你接下来打算怎么办？"

斯黛拉看他一眼："我还能怎么打算？不管是不是我主导，谁被推在台前，我的那点股份都不增不减。公司能重启IPO是好事，我不会计较那些旁枝末节。"

"这就是我最欣赏你的地方，你永远都能一眼看透本质。"

见完邓溪后，卫哲接到了第一资本全球执行董事文森特的电话。他穿着浴袍，用毛巾擦着头发，看了一眼电脑上显示的视频通话请求，随手接通。

文森特不知从何处得知了DL与邓溪见面的消息，便让卫哲考虑放弃CAA，选择与第一资本合作。

"我们的整个产业链是打通的，只要我们投了DL，你们就立刻可以参与进来，所有的资源都可以互通有无。"

卫哲把毛巾扔在旁边，也没有拒绝，只是微笑着说："你让我想想。"

隔天便是CAA在DL传播的尽职调查，尽调员依次问了几位合伙人几个问题，问题无一不是犀利的。轮到斯黛拉的时候，对方果不其然地问起了关于离婚的问题。

只是斯黛拉没想到，尽调员也会问到关于恋爱的问题："我们收到消息说你正在谈恋爱，对方是你们公司在处理豪车撞外卖员那个案子时，那位受害人的儿子？"

斯黛拉没管理好自己的表情，一脸错愕。她动了动喉咙，摸了下头发。走出办公室的时候，她看见走廊上众人正在窃窃私语。

公司邮箱里，是崔英俊发来的一段视频，附带的几张照片便是斯黛拉和叶东烈的酒吧亲密照。

斯黛拉全身僵硬，当机立断，给全公司发送了邮件。办公室里众人噤声，纷纷低头看邮件。

"即日起，我将正式向法院起诉，要求和崔英俊离婚。各位收到的照片内容与事实不符，我将保留追究其法律责任的权利。此人到处造谣，兴风作浪，希望各位同事加以鉴别，切勿以讹传讹。"

下班后斯黛拉回到家，看到崔英俊正懒洋洋地靠在沙发上，茶几上放着一堆外卖的垃圾。

崔英俊看向墙上的钟表："你见客户一分钟也不能晚，见自己的亲老公一迟到就是两个小时，啧啧，喂，你和那小孩约会，会不会也迟到？我猜你不会，你不但得早到，还得车接车送，着急啊！"

斯黛拉抱胸站定："你想要什么？"

崔英俊撕破脸道："我？我不要什么，我就要两个字——公平！你挣得多，所以车子归你，房子归我——不然我没地儿住。所有的存款大家一人一半，其他的嘛，你每个月贴补我五千块钱。别的我也不计较了……哦对了，你还有DL的期权和股份，这个也得估个值，那也有我的一份。"

斯黛拉气笑了："你一个坐实了出轨的过错方，还有脸说自己是弱势群体？我告诉你，这房子跟你一分钱关系都没有；车子倒是可以给你，不知道什么乱七八糟的人坐过的车，我也不想要；我的期权、股份还有存款，你一分钱也别想惦记；至于每个月贴补你五千块钱……崔英俊，你要是以后还想在酒店销售圈里继续讨口饭吃，那就最好收敛一点。"

崔英俊凑近斯黛拉，拍手鼓掌，一副流氓模样，嘴里蹦出一些肮脏的词语。

斯黛拉懒得听下去，低头从包里掏出防狼喷雾，对着崔英俊的眼睛一阵乱喷，最后径直离开了房子。

她开着车，心潮起伏。想起和她结婚多年的崔英俊，她既不齿，又扎心，终于认清，眼前的人不过是个流氓无赖。

而她以前不过是瞎了眼。

试图在高尔夫球场偶遇薛义失败后，舒晴依然没有放弃。办公室内众人正围坐在一起研究薛义的资料和照片。屏幕上定格的是薛义年轻时的照片，其中有一张陈旧的黑白游泳队集体照，照片中的一个女孩神似邦尼。

"我们掌握的资料就是这些了。我想过了，薛义之所以跟防贼似的防着我们，一共有两个原因：第一是他不信任我们，觉得我们不干净，怕被牵连；第二则是新官上任的通病，人都喜欢用自己挑选的团队来做事，更为得心应手。"

舒晴接着说："我们现在需要一个让薛义听我们讲话的时间，哪怕只有半个小时，我有信心让薛义认可我们的方案。所以这事儿又绕了回来，我们要怎么打破这个僵局，让薛义愿意给我们这半个小时？"

卫哲思考了一会儿道："我在想，会不会是因为你的脸太熟了，你之前又是和闫晓慧、艾文他们打交道的，所以薛义对你的防备之心比较重？"

卫哲看向屏幕上的照片，薛义右边站着的女生和邦尼神似。他指着照片问："那个女孩是谁？"

"哦，这个是薛义出国前的女朋友，跟他是一个游泳队的，两人差点就结婚了，后来薛义就去了美国，据说那女孩还等了薛义几年。可到美国后薛义就步入了新生活，在美国成家立业生子，再也没回来过。”

卫哲若有所思。

这时办公室的门被邦尼推开，她先把网红店Madam K的蛋糕放在办公桌上给众人享用，随后拉着江达琳走出了办公室。

江达琳跟着她走到自己的办公室：“怎么了你这么着急？”

“郑琦来了！她在你的办公室里等着呢！”邦尼回头，“就我们对面寝室那个。”

江达琳和邦尼走进办公室，郑琦正坐在沙发上。她一身典型的白领打扮，白色的西装套装显得整个人又瘦又美，只是脸色看起来有些苍白。

江达琳走上前：“郑琦，我们有两年没见了吧？”

邦尼坐在郑琦旁边：“她遇上事儿了，她在同学群听说你回国在DL当了总裁，托我找你，我就带她来了。”

“啊？”

“是这样的，我们公司最近逼着我辞职。”郑琦扯起嘴角，笑容苦涩，“上个月月初，我被调进了一个新项目组，当时我很兴奋，因为这个项目的负责人是我们公司的创始合伙人方彼得，像我这样最底层的分析师，能跟着他干活简直是三生有幸。”

“后来我才知道，是我太天真。一开始一切都很正常，我们的工作就是在全国各地到处飞，除了忙就是忙，每天搬砖，从早忙到晚，各种连轴转。”

“后来他就叫我去他酒店的房间……我的潜意识告诉我应该拒绝，可是他是上级，我跟着他进了房间，但是没想到他竟然对我图谋不轨，我就赶紧推开他跑了出去。”

第十六章　只是开始

郑琦没想到接下来她面对的便是HR的劝退辞职。

江达琳惊讶又愤怒："居然有这种事？你有没有跟HR说性骚扰的事？"

"我申诉过了，可是HR根本不理会，毕竟Peter是大老板。"郑琦捂住嘴，有些哽咽，"其实自从那件事发生的那天起，我每天晚上都忍不住问自己，这都是为什么？我只是想好好工作、好好生活，为什么要让我遇到这些事？我做错什么了？我也没妨碍谁，他们为什么要这样对我？"

江达琳大怒："要不我们报警吧，或者走劳动仲裁。"

"不，我不想报警，也不想走劳动仲裁。"郑琦求助地看向江达琳，"我想把事情闹大。劳动仲裁又怎么样？顶多也就赔我两个月的工资而已，可公司一切照旧，还是会不断地有女同事遭遇这种事。反正这公司我也不可能待下去了，倒不如索性把事情闹大，把他们的所作所为说出来，让全世界的人都知道他们的真面目！"

江达琳点了点头，刚要说什么，看到卫哲敲了敲窗户。她转身对郑琦和邦尼说："你们在这等我一会儿，我马上回来。"

大办公室里，CAA的尽调员正在认真地工作。

江达琳走进卫哲的办公室，将郑琦说过的话原封不动地复述给了卫哲。卫哲没有犹豫，转而对江达琳说："这事儿你还是拒绝她吧，我们帮不了她。"

"哎，你这人怎么这么没同情心呀！那可是我同学！你是不是觉得你是行业大神，所有人都得求着你啊？我告诉你并没有好吗，我同学是来求我的！"

“求你？你也不行！”卫哲声音微凉，“这事儿没你想的那么简单，你知道方彼得是谁吗？”

卫哲用手指在电脑上敲了两下，将电脑屏幕转向江达琳。电脑屏幕上是一张方彼得的照片，而旁边的简介上清楚地写着——方彼得，CAA资本中国创始人。

卫哲挑眉：“方彼得何止是你同学的老板，还是整个CAA资本的老板，连邓溪都是他的下属。”

江达琳送邦尼和郑琦离开，声音越来越轻：“对不起哦郑琦，我也没想到你是CAA的……那个，要不你把你的简历给我一份，我想想办法，让同事也帮忙，我们要不再换一份工作？”

郑琦仍旧不吭声，脸色苍白。

电梯门缓缓关上，江达琳没精打采地走回来，坐在办公室里长吁短叹。

卫哲敲门而入，坐在沙发上：“怎么，你还在不高兴？”

江达琳郁闷得不想说话，抬头看他一眼：“你找我有什么事？”

“是另外一件事。”卫哲晃了一下手机，上面是薛义资料里的薛义前女友在游泳队的照片，“这是薛义的前女友，你有没有觉得她长得像一个人？”

“有点像……邦尼。”

卫哲收起手机：“我们需要一个脸生的人去找薛义，你觉得邦尼怎么样？”

江达琳毫不犹豫地反对：“就因为邦尼长得像薛义的前女友？当然不行，这算什么？这是利用，不，这简直是色诱……”

卫哲无语：“你说得太严重了。你不觉得邦尼很懂得怎么抓住人心，处理问题的时候很有一套吗？”

江达琳十分抗拒：“不行，说什么也不行，这跟CAA性骚扰郑琦简直就是五十步和一百步的区别嘛！你听着，邦尼不是我们DL的员工，她是我的闺密，你们别打她的主意！”

回到家，提起郑琦的事情，江达琳还是十分郁闷。

邦尼倒是表示理解：“这也不能怪你，你不可能为了她牺牲公司利益吧。”

江达琳嗤笑一声：“公司的利益……呵呵，卫哲今天还出馊主意，想让你帮忙去约我们一个久攻不下的客户老板呢！”

邦尼坐直身体：“是吗？为什么想到我呀？”

“那个老板谢绝和供应商的一切人来往，舒晴一直约不上他，大伙儿就说要找脸生的去约。完了也巧，你长得还像这个老板之前的女朋友！估计卫哲就灵机一动，觉得你特合适。”江达琳摆了下手，“你是我的闺密，又不是我的员工，凭什么让你去替我们公司约客户？而且卫哲那意思，就是说你长得像那老板的前女友，所以他看见你就会动心，这是什么心呀，这不就是色心吗？这算什么呀，把你当成什么人了？我才不干这种事呢！连杜威廉都跟着瞎起哄说你合适！”

邦尼低头，在江达琳对卫哲的吐槽声中，看到了卫哲发来的微信消息。她微微挑眉，脸上有一丝兴趣。

邦尼推门进入咖啡馆，卫哲正悠闲地坐在沙发上。

“一杯美式，谢谢。”邦尼对服务员说完，在卫哲对面坐下，“想不到你还真的会约我。琳琳已经告诉我了，并且她已经替我拒绝了，但你还是约我出来了，为什么？”

卫哲淡然一笑：“长相只是破冰的一个点，更重要的是，你有一种能力。你可以在最快的时间内，完成对一个陌生人，乃至一群陌生人的突破。这种能力是与生俱来的天分，真的，如果哪天你懒得再当老师，你可以考虑加入DL。”

邦尼哈哈一笑，饮了一口咖啡：“谢谢你这么高度赞美我！可惜，要不是琳琳已经拒绝了，我都忍不住要答应帮你这个忙了。”

“不是帮我的忙，是帮她的忙。”卫哲挑眉，“我们刚签完小力士奶粉的合同，之前的老板就被换掉了，新来的这个老板过于谨慎，一直对我们拒而不见，以至于合同无法推进，我们就怕夜长梦多，煮熟的鸭子可能会飞了！”

邦尼明白过来：“这个新来的老板是你希望我去约的人。”

“小力士奶粉是DL最大的客户之一，而这个客户一旦做好了，我们不但有机会去争夺飞扬旗下的其他品牌，还能够把它作为样本客户，便于我们去竞争其他业务。”

“就好像我教对外汉语，如果我的学生里有比尔盖茨什么的，那就是活广告，我肯定能招到更多的学生。”邦尼点了点头，“如果我能拿下这个薛义，那对于琳琳在DL的位置会非常有利。”

卫哲知道事情已定：“你要是真愿意去，事成之后，必有重谢。”

邦尼无所谓地笑笑：“重不重谢无所谓，只要是对琳琳有帮助……不过我们得瞒着她，她最近被性骚扰的事儿弄得神经高度敏感，特别容易受刺激。”

“OK，这样，我现在就给舒晴打电话，我们得告诉她一声。”

舒晴接到电话后直接赶来咖啡馆，同两人讨论。先前舒晴打探出了薛义经常去的健身游泳馆，卫哲提议让邦尼在游泳馆进行直播。

游泳馆内，邦尼纵身跃入泳池，身材姣好，姿态优美。

一个身影以自由泳从旁边追赶上去，就快要超过邦尼。邦尼轻松一笑，也改成自由泳，轻易地将薛义甩在落后自己半个身体的位置。

两人彼此追赶。到了泳池末端，薛义浮出水面，摘掉泳镜，欣赏地看着邦尼，在他身侧，邦尼紧接着上浮。

薛义手里拿着泳镜："你游得不错，姿势很专业。"

邦尼微微一笑，忽地摘下帽子，晃动一头秀发，用脚轻轻踢水，回头对镜头笑。

"每天早晨游两圈真的好舒服，我现在觉得整个人都舒展了，每一个细胞都充满了活力，完全可以应付一天的战斗！不过呢，游泳虽然好，但有一点大家千万要注意，因为泳池的水里含有大量的氯，还有其他的细菌，所以游完泳后一定要认真洗澡，更要注意保湿，通常我会选择敷一张厚厚的保湿面膜……"

薛义有些吃惊地望着邦尼，旁边手持手机的摄影师将面膜递给了邦尼。

邦尼将面膜拿在手里，微微笑着道："对了，游泳前也有一道重要工序，那就是涂抹隔离霜。就是这款，又好用又大罐，即便是涂全身也可以用好久。对了，提醒各位宝宝，我今天是在室内游泳，用隔离就可以了，如果是在海里露天游泳，那就一定要用专业的防晒霜……"

邦尼不慌不忙地说着，最后对着镜头飞吻："好啦，今天的直播暂时告一段落，我要去洗澡啦，拜拜宝宝们！"

摄影机关掉的时候，邦尼长舒一口气，甩了下头发然后扎起来。她拿起一瓶水，完全不讲究仪态、反差鲜明地咕咚咕咚一口气喝掉了大半瓶。

喝完水后，邦尼看着眼神凝固的薛义："你看着我做什么啊？"

薛义问："不好意思，你刚才是在拍广告吗？"

"我在直播呢，不过没什么流量，人最多的一次也才卖出一盒面膜。"

薛义笑笑："你是哪个公司的？"

邦尼惊讶："嗯？"

"这个游泳池是会员制的，每天这个时间来的人很少，来来回回就那几张脸，我都认识，但我从来没见过你。另外，若不是有什么特殊途径，他们也不会同意你在这里拍摄直播，而你一路拍到现在，居然都没有人过来阻止。所以，你是哪个公司的？”

邦尼愣了一秒才道：“被你看出来了？好吧，难怪他们说你精明。”

薛义疑惑：“他们？”

邦尼点头：“我朋友是DL传播的，他们想约你见个面，跟你聊聊那什么奶粉项目，可是一直都约不上。听说你喜欢游泳，我就自告奋勇地来偶遇了。你说你这人怎么这么难缠呀，不是已经签了合同了吗？干吗还推三阻四的，这不是也耽误你们自己的事儿吗？再说我朋友的公司做事很好的，你用了就知道了。”

薛义哑然失笑：“你平时说话做事，都这么直接吗？你叫什么啊？”

“都被你看穿了，我还有什么好装的，干脆投降了呗，反正我也没有恶意。说起来，我还得谢谢你，要不是有我朋友的公司报销，我可进不来这么高端的游泳会所。”邦尼站起身，赤脚站在地板上，“我叫邦尼，所以你愿意见我朋友吗？”

薛义摇了摇头：“我不知道你的朋友是出于什么考虑，决定让你来接近我。但公事公办，我不可能让一次所谓的偶遇来影响我工作上的决策。所以很高兴认识你，但是非常抱歉！”

邦尼着急了，上前喊了两句：“哎……你说公事公办, 可你自己也没遵守这一条啊！”

邦尼走到他身边：“你看，DL传播已经和你们公司签约了，合同是摆在那里的，就算你对他们不放心，那你怎么也得给人家一次解释的机会吧？你听都没听过，见都没见过人，就否定掉他们？这也太不公平了！而且据我所知，你们那个什么奶粉是急着要上的，你现在临时换供应商，时间够吗？你们来得及吗？要是新供应商的方案不尽如人意怎么办？以我对DL的了解，他们的方案肯定非常好，不然那什么铃铛网……这么大的公司也不会找他们出马！我敢说他们的方案肯定能让你们的奶粉火起来，你也能跟着新官上任烧一把火不是？再说，什么老供应商、新供应商，只要能为你所用，就是你的供应商，你有什么好怕的？”

邦尼说了一大通，只换来了薛义的一句：“你说完了？那再见。”

薛义大步地走向自己的办公室，一路上都有人向他问候。经过Cici的座位时，薛义停下脚步，用手指在桌子上敲了敲：“DL传播的内审通过了吗？”

Cici赶紧收起正在播放直播的手机：“通过了，DL刚和我们飞扬签约，没有任何金钱来往。所以没什么可查的。”

“嗯，知道了。这样，你约一下DL的人，让他们这周带着方案过来。”

薛义正要回办公室，想了想又问："对了，你平时看直播吗？就手机上那种？"

Cici以为自己看直播被抓包，有些紧张："有时候会看。"

薛义问："直播有哪些种类？"

见老板不是在质问自己，Cici立刻跟着说："有美容美妆类，还有直播唱歌的，对了，还有直播吃饭睡觉的。"

"看来是国内流行文化的一种了。"

薛义转身回了办公室，拿起自己的手机，点击搜索引擎输入——邦尼，直播主持人。

干净的街道上，林荫遮住了马路，卫哲站在街边，身形修长，潇洒不凡。远处，邦尼正走过来，气质卓越。

卫哲笑了笑，从口袋里掏出一个信封递给邦尼："舒晴接到飞扬的电话了，约了这星期和薛义开会。"

"真的啊？太好了，我还担心没效果，还把他给惹生气了呢！"邦尼拿过信封，打开往里看了看，里面有一沓钱，"我还真有奖金啊？"

卫哲挑眉："你是为我们公司办事，当然要有奖金。"

邦尼把钱塞回包里，长叹一声："唉，说实在的，我其实真羡慕薛义。大学毕业后远赴重洋，积累财富衣锦荣归，引得你们一群人前仆后继、绞尽脑汁只为得到他的垂青，这种人生才算是人生啊！"

"怎么，你喜欢薛义这种类型的？"

"喜欢可不敢，这种男人什么女人没见过？不是我能够找到的对象，我也就是仰望罢了。还是林肯更适合我。"邦尼摊摊手，"对了，我帮你们约过薛义这事儿也别跟林肯说，我担心他听了不高兴。"

卫哲笑："没问题，你想吃什么？我请你吃饭吧。"

"不吃了，我约了琳琳还有谭师兄一起吃饭。"邦尼忽然间捂住嘴，"哎呀，说漏嘴了，我忘了你瞧谭师兄不顺眼。"

卫哲不置可否。

邦尼赶到餐厅，得知谭新凯因为换工作在面试暂时来不了。两人边点菜边聊天，邦尼说自己前段时间已经搬去了林肯的房子里。

江达琳一直在走神，邦尼碰了下她的胳膊："你想什么呢？"

"我在想郑琦！我到现在都忘不了她那样子。"

"是啊，郑琦要是有个好爹，家里有点钱或者有点背景，就不用受这份欺负了。有钱走遍天下，没钱寸步难行，这就是没钱没势的苦啊！你现在明白了吧！”

生活的真相往往是残酷的，只是有人永远不会碰到真相被揭开的时刻而已。

邦尼的手机突然间响起，她一下站了起来：“郑琦的室友说，郑琦吃安眠药了。”

医院的病房内，郑琦脸色苍白地靠在病床上，向江达琳和邦尼解释自己并非想自杀，只是因为被开除了心情不好，失眠时多吃了几颗安眠药。

江达琳听郑琦讲完CAA解雇她的事后，受到了巨大的冲击：“这也太不要脸了吧？”

过了一会儿，江达琳下定决心：“不能就这么算了。我虽然没法帮你，但公关宣传那些基本的方法我还是懂的，这两个月我也学了不少东西，我可以教你。”

郑琦百感交集，激动地问：“真的吗？你愿意教我那就太好了。”

郑琦离开医院后，三人直接去了江达琳家，一人一台电脑忙活着。江达琳想的方法便是发一篇关于此事的文章，最重要的是，标题一定要劲爆。

邦尼念了一个标题：“投行创始合伙人性骚扰女下属，女下属不从反被辞退。郑琦你觉得怎么样？”

郑琦咬了咬嘴唇：“我没意见。”

江达琳坐在办公室里刷微博，看着昨晚发布的微博可怜的互动量，微微蹙眉。转发和评论里，甚至还有人质疑原博主。

江达琳没想到长微博没有引发网友的广泛关注，反而被名仕公关的人看到了。

因为舒晴和飞扬集团的薛义见面的事情，袁肃没好气地抠着下巴，沈英杰突然间提起CAA被发微博控诉性骚扰的事情。

袁肃翻着长文章，看到文章的标题后轻笑一声：“这标题起得挺专业啊！”

他点进郑琦的微博页面的关注栏，看到郑琦一共关注了12个人，最新关注的一个人赫然是江达琳。

袁肃一下坐直了身体，想了想，直接去了CAA附近的高级餐厅。袁肃看到坐在餐桌前的邓溪时，径直走过去递上了名片。

袁肃笑道：“没想到这么巧能遇见，你有没有时间聊两句？”

邓溪微愣，倒也没有拒绝。

“我看到贵公司那个叫郑琦的女员工发的长微博了。但我没看到你们的回应。对不起，作为一个搞了几十年公关的老兵，对于这种危机，我总是有一种天生的敏感。”

邓溪皱眉：“危机？这算什么危机？不过是一个对离职感到不满的底层员工而已，你不用危言耸听。”

袁肃拿起手机，打开郑琦那条长微博，展示给邓溪看：“投行、合伙人、性骚扰、女下属、不从……这个标题，每一个词都是关键词，任谁看了都想点进去一探究竟。我想说，这篇长微博不像是一个搞投资的人写的，倒像是我们公关人的手笔。出于好奇心，我又简单地查了一下，你猜我发现了什么？”

“什么？”

“我发现你们这位叫郑琦的女员工和DL传播的总裁江达琳，是大学同班同学。如果这件事背后的人是江达琳，那就只能说明是DL传播在帮着郑琦和贵公司对着干。他们之所以躲躲藏藏，肯定是因为你们最近准备投他们。”

邓溪脸色一变，回到办公室了解情况后，径直去了DL传播。DL的会议室里，邓溪气势逼人地坐在椅子上，把手机往桌子上一拍。

“你们想干什么呀？发长微博指责方彼得性骚扰，方彼得是谁啊？那是我的老板！就你们那现状，所谓的核心团队，个个漏洞百出，那江远鹏还不知道在哪儿呢，真以为股份转了就无所谓了？还有你们那账面，真当我看不出来？这么大一个窟窿，还等着我们的钱来堵呢！你们真是有本事啊，一边聊着投资，一边在背后捅刀子，有你们这样吃里爬外的吗？

“你们给我立刻解决这件事。这么说吧，如果这件事解决不好，那我们的合作也只能到此为止了。”

邓溪扬长而去，办公室的人面色沉重，黑如锅底。

江达琳先道歉：“我承认是我教郑琦发长微博的，但我真的没想到会这样，我以为只要用她的账号发出去，就没有人会知道这件事跟我有关系。”

杜威廉已经无语：“说起来去年我做的那个投资论坛还请过方彼得，请了半天也没请来他，想不到今天居然这么和他挂上了钩。这下可好，我这辈子大概都别想请到方彼得了……”

斯黛拉摘下眼镜往桌上一丢，满脸疲惫：“现在说这些还有什么用？赶紧想对策吧。”

杜威廉当即说：“道歉啊！我们肯定得道歉，不然怎么弄，融资融了一半，不干了？”

江达琳倔强地说："我不道歉。我不过是给我同学出了个主意，我又没做错。"

杜威廉只觉得头疼："哎哟我的江总裁，说'合作'是我们自己往自己脸上贴金好吗？人家CAA是大资本、金主爸爸！我们还指望着他们把钱投进公司呢！咱们现在的账上还是有窟窿的好吗？你跟谁过不去，也别跟钱过不去啊！"

斯黛拉忽地看向卫哲："卫哲，你怎么看？"

"为今之计，只有两条路。一条是向CAA道歉，尽量争取挽回；另一条是打死不认，一口咬定我们和这件事没有关系。"

说话的间隙，CAA的尽调组已经被公司叫了回去。

卫哲用手指敲了敲办公桌："你们觉得第一资本怎么样？前两天第一资本的全球执行合伙人文森特找过我。"

"那可是五大资本之一啊！"舒晴想起自己听过的八卦，"我也听说过，Vincent和方彼得当年在华尔街就是出名的冤家对头，据说方彼得还抢过Vincent的女朋友。所以第一资本和CAA两家在项目上也一直拼得很凶。"

卫哲沉思了一会儿，说出自己的意见："从CAA现在这个态度来看，我们就算是道歉了，也已经得罪了方彼得，后面不可能再有什么好结果。我在想，我们倒不如借郑琦的这个案子把事情弄大，正面回击CAA，拿它当个投名状交给第一资本，你们觉得呢？"

如今这种情况下，DL公司似乎也没有其他选择，几位合伙人都表示同意。

第一资本没想到，曾经和卫哲谈过的合作竟然进行得如此顺利，他们当下也很高兴。

卫哲气势很足，说起话来也是口吐莲花："我们几个合伙人都商量过了，我们融资的目的是为了做大、做强、做上市，是为了把DL做成行业内最好的传播公关公司。之前我们也明确了，不管给多少钱，我们都不接没良心、没底线的案子，不和道德败坏的客户打交道。我们要把我们的名气和信誉在业内竖立起来，即便是选择投资方，我们也会遵循同样的标准！"

文森特起身同他握手："是的，是的，作为两个女儿的父亲，我对你们的勇气非常钦佩。而且事实也告诉我们，价值观出问题的公司根本走不长远。很好！我支持你们去做，放手去做，融资的事，完全不用担心……"

下午时分，江达琳敲门后进入了卫哲的办公室。

得知卫哲已经同第一资本谈妥后，江达琳两眼放光："你是怎么做的啊？

怎么这么厉害啊？我本来愧疚得要死，谁知你突然就变出一个第一资本来，简直救我于水火啊！谢谢你哦！这次真的太感谢你了！”

卫哲语气依然冷淡：“不用谢我，只能说是你命好。”

“哎，你怎么没骂我啊？我帮郑琦，其他人都恨不得把我吃了，我都觉得自己是二百五，你怎么不骂我啊？”

卫哲抬眼：“骂你有什么用？又不能换钱。与其浪费口舌，我还不如多想想怎么善后。”

江达琳笑嘻嘻地看着他，眉眼弯弯：“谢谢啊！你放心，这个案子接下来我肯定什么都听你的，绝对不跟你唱反调，并且事事征求你的意见，不经过你的同意绝不轻举妄动。”

卫哲没好气地斜她一眼：“你最好说到做到，否则再把第一资本给气跑了，我也没本事救你了！”

见江达琳转身脚步轻快地离开办公室，卫哲叫住她：“让你同学郑琦来办公室一趟。”

卫哲皱眉看着长微博的内容，忍不住吐槽：“转发32，评论141，发布时间超过48小时，你们发的这篇长微博，除了提醒了CAA有这么回事之外，可以说是毫无效果。你们知道问题出在哪吗？”

江达琳一副听话的表情，双眼紧紧盯着卫哲。

卫哲将语气放缓：“问题出在没有实锤。话题OK，性与暴力，人民群众最喜闻乐见的两大题材，文字煽动力也足，就是可惜了，没有任何证据，什么都说明不了。而我需要证据，需要这件事的实锤。”

郑琦拿出放在包里的录音笔：“录音行不行？”

录音笔里，正播放着方彼得和郑琦的对话。

“你穿这条裙子，实在太美了……看到你我才明白，为什么……有些男人，那么喜欢穿制服的女孩子……你的声音真好听，我知道你也喜欢我，是不是？”

然后便是郑琦拒绝与逃跑的声音。

卫哲轻轻敲了下桌子：“这就是我要的实锤。”

路易斯重新编辑了微博，加上了实锤，在卫哲的示意下，稳稳地点击了发送。微博发送之后，江达琳刷新着电脑上的Web端，看到微博转发量已经达到两千，甚至连第一条长微博的转发量也已经超过一千。

卫哲笑着喝酒：“等着看，这才只是开始。”

转发量越来越高，正在同何宏伟吃晚餐的斯黛拉也看到了微博。何宏伟点开录音听了一句后关闭了录音："你们正式向CAA宣战了？"

斯黛拉边吃饭边说："之前非不能也，是不为也。但眼下我们既然有了新选择，那就不如放手一搏。不过CAA是你介绍来的，我们是不是让你难办了？"

何宏伟摊手："只要对你有好处，我无所谓。CAA自己内部不干净，怪不到我头上。"

斯黛拉举起酒杯和何宏伟碰杯，一边晃着酒液，一边刷着微博，忽然说："很奇怪，和CAA对着干，我突然觉得很解气。"

好事不出门，坏事传千里。事情越闹越大，连车载广播都在报道这件事情。

"一则《投行创始合伙人性骚扰女下属》的长微博刷爆了整个网络，眼下距离发出不到两个小时，微博已经有了两万多条评论和5万多条转发量……博主虽然没有揭露那位男高管的名字，但在录音里可以清楚地听到Peter这个名字……"

汽车后座上，性骚扰事件的主人公却正躺着呼呼大睡。

方彼得第二天走出酒店套房后，才从围追堵截的记者那里得知这件事。他看着堵在面前举着长枪短炮的媒体时，表情只有迷茫。

邓溪给他打去电话，让他先不要去公司。

不仅是方彼得遭遇到了媒体记者，记者甚至去了CAA公司对员工进行采访。见媒体答应绝不录音绝不拍照，甚至有员工同记者聊起了这件事情，言外之意是方彼得并不只是对郑琦做过这样的事情。

事情有这样的效果，江达琳自然很开心，同谭新凯吃饭的时候，她的嘴角一直微微翘着，心情很不错。

"闹了半天这件事是你的手笔啊。昨晚到今天，朋友圈一直在刷屏，我们公司的人都在讨论这个性骚扰事件。在我的印象里，郑琦长得很小巧，不太说话，成绩很好，想不到她还有这么大魄力！"

"我本来以为我悄悄地帮郑琦，这事儿不会有人知道的，谁知道第二天CAA就查到是我在帮她。"

"他们这么快吗？"

提起这件事，江达琳还心有余悸："对啊，所以我傻眼了嘛！你是没看到，斯黛拉他们看我那眼神，好像他们恨不得把我给活吃了！幸亏卫哲临时变了一个第一资本出来，要不然那天我肯定不能活着出公司门。”

谭新凯表情似笑非笑：“这个卫哲，真是厉害。”

“我妈说得没错，不管怎么样，我都得把卫哲好好抓住，好好供着。这公司总裁是真难当啊！”江达琳不欲多提卫哲，转而问起关于谭新凯跳槽的事情。

谭新凯本打算往电商或新零售的方向转业，只是工作还在慢慢找。他没想到闫晓慧帮他物色了新职位。坐在咖啡馆内，他和君来佳选商城的副总胡佳悠闲地聊着天。

“晓慧把你的情况都跟我说了，她介绍的人我们放心，我们也正缺少像你这样年轻、有市场经验的人才。我们公司刚刚融资一个亿，在同类公司里算是活得滋润的，不过现在市场上竞争激烈啊，我们也是一天都不敢懈怠。过不了几天，又有一家买手类电商要上线了。”

“我知道，是New Face顾凯雷投的那个吧，叫什么‘态度’商城？”

“对，就那家，New Face做游戏起家，财大气粗，这一下要闯入电商界，来势汹汹啊！”

胡佳对谭新凯的印象不错，闫晓慧转达给谭新凯，再往下接触，他们大概就能敲定谭新凯的工作了。

谭新凯站在咖啡馆外，想起江达琳提起的关于New Face的电商平台，若有所思地站在原地。

方彼得性骚扰事件闹得越来越大，方彼得的日常出行已经出现问题，每天都会被媒体记者围追堵截。

方彼得在电话里暴怒，吩咐邓溪迅速找一家公关公司。

邓溪立刻拿起上次袁肃递来的名片，联系了袁肃。

袁肃和沈英杰坐在办公室里询问邓溪：“邓总，到底有没有性骚扰？”

“当然没有，都是那个女的在陷害他。以Peter的身家地位，多少女人想跟他都没机会，他还用得着骚扰？”

沈英杰当机立断：“OK，那这样，第一步，发声明。”

很快，CAA资本官博下发了一条声明。声明内容简短有力，既反驳了关于方彼得性骚扰郑琦的传闻，又提出将对相关不实谣言保留追究法律责任的权利。

卫哲坐在办公室内，嗤笑一声："一，这是劳资纠纷，我们没做错；二，郑琦这是诽谤，我们公司不存在性骚扰，我随时会起诉你；三，你们DL这是传谣，我也随时起诉你。CAA的声明，还真是简单粗暴。"

"你们有没有看到CAA的声明，这是要开战啊……"安东冲进办公室，抬头便看到零食，"这里怎么这么多好吃的？"

路易斯吃着面包："这是楼上那家公司送来的。"

"这么好？发财啦？他们上市了？"

"因为……"路易斯指了指天花板，上面响起电钻声，"装修了。"

卫哲用一只手堵住耳朵，大声说："CAA的这个声明，与其说是发给全网看的，不如说是发给我们看的。"

江达琳也捂住耳朵大声喊："那我们怎么办？"

"当然是怼回去。"

询问过郑琦的意见后，卫哲在接待室安排了一场小型发布会。郑琦脸色苍白地坐在三人沙发上，周围坐了两三排记者。

面对记者的追问，郑琦哽咽地对着镜头，一五一十地将那晚的事情和盘托出。卫哲见事情办得差不多了，让江达琳先送郑琦离开了办公室。

随后卫哲清了清嗓子："好了各位，这件事究竟是怎么回事，相信各位已经非常清楚了。今天这个发布会将是我们关于这件事唯一的一次发布会，不会再有第二次，我们衷心希望各位媒体老师不要反复地去询问、采访郑琦，不要再给她发信息，更不要去骚扰她的家人朋友，以免对她造成更大的伤害，请大家在写稿的时候明确一点，这不是一起娱乐事件……"

采访视频很快就出现在电梯、地铁等人流量巨大的地方。

主持人王楚一脸沉重："这是一起严重的社会事件，受害人不仅仅是郑琦，也不仅仅是CAA里的那些女分析师。我们的朋友、同事、家人，甚至电视机前的你，都有可能，或者已经遇到了类似的性骚扰……"

地铁上的人安静地看着新闻，渐渐有人开始议论。

"今天郑琦站出来，鼓起勇气揭露职场性骚扰的真相，可还有多少深受其害的女性朋友们依旧在忍气吞声？我们节目配合市精神文明办特别开通了一条职场性骚扰举报热线，4005209999，请女性朋友在遇到类似事件时，勇敢地站出来揭发举报。请相信，我们都是站在你们这一边的！"

酒店套房里，方彼得站在屏幕前，看完了整段采访。他关掉了电视，转身拿起桌上精致的花瓶，狠狠摔到了墙上。

第十七章　一日为师

大办公室的气氛一如往常地热闹，电话声此起彼伏。路易斯戴着蓝牙耳机，正在接听来自各节目组的邀约电话。

杜威廉也从办公室里走出来："这一上午，整整有四家品牌约我去谈合作，居然还有个什么卵巢疗养机构！"

路易斯在接电话间隙摊了摊手："因为现在大家都认为，我们DL是一家勇于替女性发声。守护女性的传播公关公司。"

"是吗……守护女性？好的。"杜威廉拍了拍胸脯，"我喜欢守护女性！"

会议室里，路易斯在屏幕上播放本月十大热点事件信息量榜单。

"目前来看，整个性骚扰事件已经达到了热度巅峰，短短几天，全网信息量高达162.5万条，本月前十大社会热点事件里，后九条的全网信息量加在一起比这件事还要少20万条。"

郑琦有些吃惊："这么高？"

卫哲不以为然："我跟你说过，这件事会火遍全网。"

郑琦的电话响了起来。作为此次事件的主角，不少媒体试图联系她并进行采访。卫哲示意路易斯接过郑琦的手机，随后将一个本子递给郑琦。

"在这个本子上，写下你所有的私人社交账号和密码，它们现在都交给我们接管了。"卫哲将一部新手机推给郑琦，上面贴着新号码，"这是你的新手机，除了我们这些人，只能把手机号告诉你最亲的家人，其余人一律不要通知，你也不要接任何闲杂人等的电话，特别是媒体。”

办公室内还有时有时无的电锯声，大家讲话都吼来吼去。CAA采取了最常用的公关策略——等待，并持续不发声。

性骚扰事件的热度在前两天到达顶峰后，开始呈下降趋势。

江达琳无不担忧地说道：“一旦热度下去，我们就完全被动了。”

噪声突然间停了下来，卫哲的声音清晰可闻：“那就想办法让这热度再升上去。”

站在人来人往的街角，邦尼手中拿着麦克风正要开始直播。直播摄影师在几米外举着DV，戴着监听耳麦，旁边绑着一部手机。

露天的监控中心里，江达琳和卫哲站在监视器后面，仔细看着直播。邦尼走上街头，拦住路过的女生想要进行采访，然而最开始的几个人都拒绝接受采访。

江达琳表情沮丧：“这些人怎么这样？”

卫哲看着她的表情，笑道：“别担心，性骚扰是敏感话题，抗拒采访的人越多，就越说明这件事需要关注。哪怕所有人都拒绝采访，我也能剪出一个精彩绝伦的版本。”

邦尼站在一个看似是白领的女人面前，这次她总算得到了回应，一旁的围观群众也停下来，甚至有人走上前主动接受采访。

江达琳吃惊地看着已经上万的直播观看人数，瞥见第一位发声的白领正袅袅走来，笑着站在卫哲身边。

卫哲轻轻鼓掌：“堪称专业级的表演。”

“我可没表演，我说的是真的。对了，我帮你这么大的忙，你怎么谢我？”

卫哲凑到美女耳边，低声耳语，随后美女才一脸暧昧地轻盈离开。

江达琳目瞪口呆：“这是？”

“这是药引子。”卫哲低头看监视器，在线人数已经达到五万，他立刻打电话给路易斯，“和直播的人打个招呼，现在的数据够上首页推荐了。”

不知不觉，直播间的观看人数已经突破一百万。越来越多的路人愿意接受采访，甚至说出经历过的职场性骚扰。

另一处办公室内，薛义也点开了直播，直播页面上邦尼正在拦住路人采访。薛义饶有兴趣地点击送礼，随后送出了一个车队。

采访中途，邦尼对着镜头：“真是气死我了，今天这个采访真的是越做越来气啊！我要考虑准备点速效救心丸了！”

薛义也跟着路人大笑起来。

酒店套房内的方彼得此时却不怎么开心，气急败坏地叫来了邓溪和袁肃。

邓溪一脸焦虑：“你们有信心谈判吗？”

袁肃一脸认真：“放心吧，趁着这两天我们做了不少工作，接下来该轮到我们牵着他们的鼻子走了。”

直播结束后，邦尼跟着去了DL传播。邦尼盯着手机页面，微信、微博、直播各路App上的新消息提醒如潮水般涌入。

邦尼兴奋地大喊：“我收到车队了！这是我人生中的第一个车队啊，个十百千万……我的天哪！你们猜我这场直播赚了多少钱？整整两万多！哈！光礼物就收了两万多……到我手里一半，一半就是一万多！江达琳！这才两个多小时，我就挣了一万多……”

卫哲笑道：“你已经是网红了。”

江达琳更直接：“你就要发财了。”

邦尼点了点头：“这是我这辈子听过的最好听的话了！”

“邓溪打电话来了，说要约我们谈谈。”卫哲挂断电话走过来，看向郑琦，“郑琦，我现在要再问你一次，这件事你的诉求是什么？”

“我要求CAA公司还有方彼得本人，公开向我道歉。”

随同邓溪前来谈判的，还有名仕公关的沈英杰和肖雅。正打算回办公室的舒晴见到沈英杰后愣了愣。两人四目相对，一旁的艾米向舒晴解释：“他们是代表CAA来谈判的。”

沈英杰朝舒晴伸出手：“好久不见。”

舒晴犹豫了下，没有伸出手，淡淡地说道：“既然是对手，我就不握手了。”

肖雅面露惊讶：“这个舒晴怎么这么没风度？”

沈英杰收回视线：“我们没必要和没风度的人较劲，走吧。”

舒晴站在大办公室的复印机旁，透过会议室的玻璃看到沈英杰、肖雅分别和江达琳、卫哲握手。沈英杰的侧脸依旧俊朗。

卫哲先说出了自己的诉求：“除了付给郑琦应有的赔偿之外，CAA和方彼得个人必须发公开声明向郑琦道歉。”

肖雅嗤笑一声：“对不起，我是觉得你们这要求有点想太多。”

沈英杰淡淡地说：“我们坐在这里和你们协商，不代表CAA和方彼得真的做错了什么，你们明白吗？”

卫哲将本子合起来，一副要离开的模样。

沈英杰在身后轻轻地说：“急什么，我们还带来了点东西，你们不想看看吗？”

电脑屏幕上正播放着一段监控视频。视频里，方彼得弯腰凑在郑琦身边，两人看起来十分亲昵，而后郑琦给方彼得调整领带的位置。

郑琦脸色惨白，详细>>

慌忙解释：“我们是去见客户，我只是帮他一个忙……”

沈英杰打断她，淡定地笑道：“别着急，这里还有别的视频。”

屏幕上再次播放了两段视频。其中一段视频里，郑琦和CAA的VP（副总裁）总裁刘凯文亲昵说笑，而郑琦主动挽住了刘凯文的胳膊。而另一段视频中郑琦和CAA的高级经理David王在电梯里吻得难舍难分。

江达琳看向郑琦，郑琦脸色煞白：“我那时候和David谈过一段恋爱……”

“到底是谈恋爱还是别的我也不清楚，这些都是CAA监控录像的内容，看起来郑小姐在为公司殚精竭虑的同时，私生活也是相当丰富多彩的。除了方彼得，郑小姐还有不少好朋友呢。”

卫哲冷声说道：“这说明不了什么，主动恋爱和被动骚扰是两个概念，你不至于还想用受害者有害论那一套吧？发生了强奸案，就要责怪女人衣服穿得少？”

肖雅一脸不屑地笑：“但如果是郑小姐主动勾引，那方彼得的性骚扰也就不成立了吧？”

卫哲沉下脸：“这位肖小姐，如果你拿不出郑琦主动勾引方彼得的证据，那就请你不要做这样的推断。你也是女人，我不知道你是不是也遭遇过职场性骚扰，但你看待问题的角度实在令人齿冷。”

沈英杰按住愤怒的肖雅：“肖雅不过是就事论事，这正说明了她非常专业，请你不要人身攻击。至于郑小姐，你仅凭一段音频就掀起了如此轩然大波，不知道网友看见这些视频又会作何感想？”

卫哲调侃：“网友会觉得，CAA真是一个令人向往的公司啊！我都挺想去的了。”

“你很幽默，但不好笑。”沈英杰直直地看了卫哲一眼，又转而看向郑琦，“不过郑小姐，有一句话我发自肺腑地想对你说，我们在社会上打拼，都会知道不管做什么事都有一根无形的线在那里，我们把那根线叫作边界。你的未来还很长，面对边界，你该知道什么时候可以跨出一只脚，什么时候得把那只脚缩回去。”

沈英杰的目光落在会议室外，舒晴正站在复印机前复印文件。

从办公室出来，沈英杰微微笑着，眼睛却和舒晴对个正着。卫哲将沈英杰送到电梯口：“你很会要挟人。”

“彼此彼此。”沈英杰微微停顿，抬头对卫哲说，“我研究过你的危机公关案例。你是个喜欢剑走偏锋的人。”

卫哲笑笑：“有实力正面交锋的人，何必还来找危机公关？”

“有道理。我很期待你的反击。”

卫哲摊手：“你觉得你要赢了。”

沈英杰狡黠且愉快地笑了起来：“难道不是吗？”

电梯门关上，卫哲慢慢收敛了脸上的笑。江达琳气愤地说：“CAA也太过分了，居然用这种剪辑出来的监控录像来要挟我们。”

卫哲心情复杂，回到办公室后叫上路易斯：“我要搞清楚，这个郑琦到底是个什么样的人。”

路易斯去找了CAA前员工郭悦。公司门口，郭悦挂着工牌匆匆走了出来，待路易斯说明来意后，她转身便准备离开。

路易斯往前一步：“郑琦的长微博一发，你就给她发私信了！”

见郭悦转过身，路易斯接着说：“我老板，想跟你聊聊。”

“没错，我告诉过郑琦我的事情，她建议我向HR申诉，可惜我没有证据，最后的结果就是我辞职，公司赔了我三个月的薪水，就这样。”

卫哲微微蹙眉：“所以郑琦的事情一爆出，你就立刻发私信问她情况？”

“对，她比我聪明，居然还想到录音。不过她一直没有回复我。”

“出事后不久，她的社交账号就都被我们接管了。”

郭悦问：“那现在的情况怎么样？CAA愿意赔她钱吗？CAA和方彼得怎么可能道歉？他们宁愿赔钱也绝对不会道歉的，道歉就等于承认这件事了，那他们会吃官司的！方彼得是美籍，CAA是美资资本，要是去美国告他们……”

“那性骚扰就是大案子了！”卫哲眯着眼，语气意味深长，“你们查过？你和郑琦查过？”

郭悦点了点头：“对啊，后来申诉失败，我想过去美国告CAA的，可还是那句话，可惜啊，一是没证据，二是成本太高。”

卫哲和路易斯对视一眼，而后匆匆离去。

路易斯不解：“这么说，郑琦一开始就知道方彼得和CAA是不可能道歉的。那她搞得那么迂回干什么，还非要CAA道歉？”

“不要求道歉，你觉得江达琳会愿意帮她吗？舆论会站在她那一面吗？”卫哲冷笑一声，“对了，这件事先不要告诉江达琳，不管郑琦有什么动机，事已至此，这场谈判不能输。”

卫哲回到办公室，被艾米告知林肯正在等他。

卫哲递给林肯一杯咖啡，在椅子上坐下：“你希望我把邦尼捧成网红？”

“是啊，她今天直播的观看人数只有一万多，所以心情特别不好。我听说之前你帮她上过一次推荐，那次的观看人数足有一百万。这些东西我都不懂，也帮不到她，但我不想她不开心，你能不能帮帮她？”

“你真的是自己决定来找我的？”卫哲哑然失笑，“你有没有想过，女朋友是网红，未必是个好事情？”

林肯愣了一会儿，笑着说：“你是说太受欢迎不好？我不是小肚鸡肠的男人，如果我的女朋友可以有所成就，我会非常高兴的。”

卫哲微微点头：“OK，只要有机会，我会帮她的。”

卫哲送林肯到电梯口，电梯门开，里面赫然出现拿着夜宵的谭新凯。

谭新凯淡淡地说道：“卫哲老师，琳琳加班，我来给她送点夜宵。”

卫哲冷笑一声，林肯站在电梯口说：“你不喜欢谭师兄？”

“你看出来了？”

林肯笑着说：“邦尼告诉我的，她说你可能是潜意识里在吃醋。”

卫哲忽地抬头，嗤笑一声：“什么？我……吃醋？我吃谁的醋？”

林肯诚恳地说：“吃江达琳的醋啊，绝大多数的父亲因为太爱女儿了，往往会怨恨自己的女婿。你是江达琳的老师，中国有句古话，一日为师终身为父，所以你因为谭师兄吃醋也很正常。”

卫哲无语，把林肯送进电梯里，正要走回自己的办公室，想了想又走到江达琳的办公室的门口往里看。办公室内，谭新凯坐在沙发上敲打着电脑，江达琳一边吃吃喝喝，一边忙碌，倒是一派和谐的景象。

他不以为然地撇了撇嘴。

办公室内，同CAA的谈判仍然在继续。卫哲和沈英杰面对面坐着，两人短兵相接，谁也不肯退让。

卫哲果断开口：“我们要求CAA和方彼得公开道歉，否则我们法院见。”

沈英杰皱眉：“你们是在开玩笑吗？”

江达琳坐在卫哲身侧："接受道歉是我们的底线，如果你们拒绝道歉，那一切都无从谈起。在这件事情上，CAA必须给郑琦一个交代。"

沈英杰走到走廊上打电话，眉头紧皱。他挂断电话回头，却看到舒晴站在走廊上。两人四目相对，舒晴对其视若无睹，转身走开。

沈英杰推门进办公室："我们不会道歉，但作为交换，我们同意将郑琦小姐的解雇补偿提高到'N+4'，但郑琦小姐和贵公司必须签署保密协议，从此对此事封口。"

江达琳差点站起来："啊？不道歉？怎么可能！你们真以为给钱就能解决一切吗？"

沙发下，郑琦轻轻踩了一下江达琳的脚。

沈英杰微笑，和卫哲握手："这样，你们商量一下。"

回到办公室，江达琳皱眉说道："郑琦，你刚才踩我的脚干吗？"

郑琦扭头握住她的手："我想过了，CAA是不可能道歉的。"

"那他们也必须道歉！这是他们应该做的！哦，他们想着给你点钱，这事儿就这么完了？想得美！"

卫哲故意说道："这个你倒是可以放心，我们有最好的律师，而且我们都咨询过了，应该能打赢。唯一的区别在于，官司打赢后你可以获得道歉，但赔偿金会非常低，最多不会超过三万，而现在CAA提出的'N+4'，大约是十八万。"

郑琦在办公室里走了两圈，对着江达琳说："我不想在国内打官司。我爸给我打电话了，说看到那些帖子了，问我怎么回事……我跟他说了，他说、他说我把事情闹得这么大，丢尽了家里的脸。"

江达琳表情不忍，卫哲抬眼问："嗯，那你想怎么做？"

"我可以接受不道歉，但'N+4'才十八万，这也太少了。我想要一百五十万。"郑琦抿了抿嘴唇，"如果他们不同意，我们就去美国告他们。方彼得在美国是有头有脸的上层人士，而且CAA正在集中募资，募集的都是美元基金，假如他们不接受我的要求，我们就把中国掀起的这场舆论风暴卷到美国去。卫哲老师，你和琳琳不是刚处理过铃铛网在美国的裁员吗？你肯定有美国的媒体资源是不是？你觉得我们能做到吗？或者这样，你们替我去谈，能谈多高谈多高，最后我会支付百分之二十的费用给DL，作为你们的佣金。"

卫哲的笑容意味深长，眼神里有淡淡的嘲讽。

卧室里，郑琦正坐在电脑桌前打电话，电脑开着，页面上正是美国某大学的简介。

“妈，你不用担心，现在我有最专业的公关团队在帮我呢，我总算等到CAA他们主动提出赔钱了……我算过了，两年的学费加上房租和生活费，八十万应该够了……”

听到敲门声后，郑琦挂断电话走过去开门，看到卫哲的时候，微微愣住了。

卫哲四处打量房间，瞥见电脑页面，目光里透出一抹了然。

“准备出国留学？那费用可不低啊！”他开门见山，微笑着问道，“你从来没想过CAA和方彼得会向你道歉。你一直想要的就是赔偿，对不对？”

郑琦沉默了一会儿才道：“他们不会道歉的。而且他们这样对我，我想要赔偿又有什么错？”

“录音也是你早有准备的吧？”卫哲笑了笑，不再多说，“这样，我可以继续帮你，但你不能狮子大开口。一百五十万太多了，打个对折，还能努努力。”

郑琦垂下眼帘：“八十万，至少八十万。”

卫哲让路易斯重新编辑发送了一条新微博：“CAA资本的合伙人方彼得，在出差时对我进行了性骚扰。从今天起，我将实名讲述整个事件的经过，若有类似遭遇的姐妹，也欢迎联系我。在这个世界中，只有我们自己才能保护自己。”

江达琳开车带卫哲去收集签名，愿意出来述说自己的遭遇的人并不少。回来时，时间已经不早了，卫哲迎面遇上了行色匆匆的斯黛拉。

斯黛拉将几张公关群的截图给卫哲看，重要的语句被她圈了出来，几乎都是崔英俊散布的谣言，旨在诋毁斯黛拉。

“听说斯黛拉的那个小鲜肉比她小十几岁？”

“对，就是之前豪车撞人案的那个男孩呀，大学还没毕业。”

“啧啧，老牛吃嫩草，她真下得去手。”

“要不人家叫太后呢？太后嘛……懂的呀。”

卫哲叹了口气，抬起头：“他这是明摆着破罐子破摔，自己不想好过，也不想你好过了！”

斯黛拉收起手机：“就是如此。所以我想请你帮我，你是我知道的最擅长处理这种事的人。”

卫哲点点头，这对他来说并不是难事。

“另外，我希望不管查出什么，你会第一时间告诉我，而不是让不相干的人知道。”斯黛拉接着说，“对了，这件事就当成是我的一桩个人委托吧，有什么费用你告诉我。”

而另一处，刚刚结束会议的叶东烈走在走廊上，走在他旁边的是总裁丁伟。

丁伟拍了拍他的肩膀，亲切地说：“最近干得不错，研发总监他们都对你很看好。”

叶东烈腼腆地笑：“谢谢丁总，我会努力的。”

“还有件事，你和斯黛拉是不是在谈恋爱？”丁伟看到他不知所措的表情后笑了两声，“你别慌啊，我看见网上那照片了，照得挺好的。我挺赞成你们俩的，我老婆就比我大9岁。一句话，鞋舒不舒服只有脚知道，反正我的脚挺舒服的，你不用在意别人的眼光。对了，斯黛拉最近情绪怎么样？快开庭了吧？本来我想打电话问候一声的，又怕她不方便。她那老公真不是个东西……”

叶东烈微微怔住，出了公司坐上出租车，便一脸焦虑地打开手机，果不其然看到了天涯页面有他和斯黛拉的照片，而评论区已经不堪入目。

出租车刚到DL楼下，叶东烈就匆匆地跑到前台询问，却得知斯黛拉并不在办公室。

艾米上下打量着这个喘着粗气也难掩帅气的年轻人，认出是叶东烈。她望着叶东烈转身离去的背影，想了想还是告诉他：“她四点钟有个会，应该会来的。你可以等她一会儿。”

叶东烈随身带了电脑，索性就坐在休息区噼里啪啦地工作起来。DL来来往往的人，都看向叶东烈。

卫哲走出来，忽地瞥见低头坐着的叶东烈。他微微蹙眉看向叶东烈，把叶东烈叫到了自己的办公室。

知道叶东烈的来意后，卫哲微微挑眉笑道：“你和她的那张照片传遍了整个PR（公关）圈，人人都认识你，可你就那么坐在我们公司大门口。你确定是来向她道歉，而不是来给她添堵的？”

叶东烈涨红了脸：“我没想那么多，我知道我不应该来，但我实在是忍不住……”

卫哲的人生格言是利用一切可利用的条件。他望向叶东烈，想起对方是电脑高手，随后便让叶东烈在电脑上搜索检测。

叶东烈砰的一拳砸在桌面上时，卫哲停住喝咖啡的动作："镇定点！你都查到什么了？"

叶东烈把搜索结果给卫哲看，赫然是各种有关斯黛拉的不好的传闻。

"你看，在一周之前搜索量是0，也就是说根本没人搜索这个。直到七天前，有人故意大量搜索这些关键词，搜索量全部来自上海，每个发帖人的IP地址却来自同一个地方。"

卫哲微微挑眉："哦，也就是说，这是一次有策划、有预谋的行为，不是什么一时泄愤。那你能查到真实的IP地址吗？"

叶东烈飞快地敲击键盘，卫哲叹为观止，没一会儿叶东烈就查到了IP地址。

"我查了十个发评论留言最多的人的IP地址以及手机登录人的设备编号，其中有4个IP地址指向同一个地点——长宁区海洋国际大厦。"

卫哲了然地点了点头："我知道了，那你先回去吧。"

叶东烈坐在沙发上不动："我不回去，我要找斯黛拉。我总得做点什么吧，除了找几个IP地址……我不想看着她被别人这么说！"

"你喜欢斯黛拉。"卫哲语气肯定，"可你知道斯黛拉需要什么吗？"

叶东烈有些茫然："我、我一直在努力，希望有朝一日……"

"不要说有朝一日，'有朝一日'是我所知道的最愚蠢的空头支票，骗骗20岁的小姑娘或许有用，骗斯黛拉，你觉得她会信？"

卫哲喝了一口咖啡："女人都是需要安全感的，你要让她感觉到，和你在一起她可以全然安心，没有任何的担惊受怕。打个最简单的比方，崔英俊现在的所作所为极大程度地破坏了斯黛拉的安全感，而他之所以能做到这一点，有一个很大的原因是，你的出现让斯黛拉的名誉遭到了破坏。这让她遇到了难以解决的困境，最要命的是，让她的这场离婚官司变得很难打。"

叶东烈若有所思地离开了，离开之前朝卫哲鞠了个躬。

斯黛拉回来后，卫哲去了她的办公室："散布谣言的人的IP地址在长宁区海洋国际大厦，也就是名仕公关的所在地。"

斯黛拉难以置信道："这么说，崔英俊居然和名仕公关的人勾结在了一起？"

"嗯。我就是来告诉你一声，你也别太担心，我会处理好这件事的。"卫哲勾唇一笑，"这几天和名仕公关交道打得有点多啊！"

沈英杰很快就出现在DL传播公司里，他依旧是来谈判的。沈英杰淡定地问：“你们现在考虑得怎么样了？”

卫哲淡笑：“嗯……‘N+4’太少了。”

卫哲朝江达琳看了一眼，江达琳将一份文件放在沈英杰和肖雅面前。沈英杰看完之后，面露不悦神色：“你们想做什么？”

江达琳又拿出另外一份文件说：“CAA资本在中国发起设立CAA中国世纪成长基金2号，目标规模5亿美元。”

卫哲往后靠在沙发靠背上：“你觉得，如果郑琦拿着这份带着签名的集体申诉去一趟美国，会有什么后果？”

沈英杰眉头紧皱：“卫哲，借一步说话。”

走廊上，沈英杰低声问：“怎么，你们还打算打一场越洋案？”

卫哲懒懒地笑道：“我们上一次代理铃铛网的案子，就是飞去美国完成的，再飞一次也没关系。”

沈英杰走回办公室，拿起笔在纸上写下一个数字，推到郑琦和卫哲面前。

卫哲看都不看就把纸了推回去：“我们不接受。对手第一次给的Offer，我从来不看的。”

对上沈英杰瞪过来的目光，卫哲笑着说：“我们就别绕来绕去了，CAA不差这点钱，方彼得也不差这点钱。花钱保平安，多一事不如少一事，你说呢？”

沈英杰没好气地重新拿笔，在纸上写了个数字，递给卫哲。

卫哲拿起来看了一眼，才满意地把纸递给郑琦和江达琳。

CAA最终决定赔偿一百二十万。庆功会上，邦尼喝着香槟，笑着说：“一百二十万哪，同志们，怎么没人骚扰骚扰我呀……”

郑琦调侃道：“你不骚扰别人就不错了。”

一旁的江达琳却面色凝重，在郑琦走过来时，她叹气说道：“我在想，还有很多女孩子被骚扰了却既得不到赔偿，也得不到道歉。”

聊天声中，江达琳的手机响起，打来电话的人是方彼得。

江达琳走出写字楼，看到一辆商务车停在楼下。她朝里看，看到车内坐着方彼得。方彼得降下车窗说：“请上车。”

江达琳有些防备：“为什么要上车？”

“因为拜你所赐，现在认识我的人太多了，车里比较安全。你放心，我不会性骚扰你的。”

坐上车之后，方彼得对江达琳说：“我这么跟你说吧，我从来没有性骚扰过郑琦。我们约会过，但我没有性骚扰她。”

方彼得不屑地冷笑：“约会和性骚扰之间的区别，难道郑琦还分不清楚？如果她觉得我性骚扰她了，那为什么第二次还答应跟我约会？”

江达琳困惑地问：“第二次？约会？”

高级餐厅内，郑琦满面春风，一脸笑容，桌上燕鲍翅肚，郑琦正往父母碗里夹菜。她看到江达琳的电话后接了起来：“喂，琳琳，方便。哦，我爸妈来上海了；我陪他们在外滩吃饭呢。”

江达琳站在窗前：“刚才方彼得来找我了。”

郑琦站起来走到一边：“他找你干什么？”

“他说他要离职了，还说……说了一些挺奇怪的话。他说他想问问你，如果你觉得他性骚扰你，那为什么第二次又答应跟他约会？你们约会过两次吗？”

郑琦脸色微变：“他是在撒谎，你不要相信他说的话。这个人真的是……哈，反正我已经买好机票，这个周日先回一趟老家，然后就准备出国。我不想再跟CAA的人有任何瓜葛，也不想再听到任何有关他们的事，你明白吗？不和你多说了，我爸妈在等我。”

电话被挂断，江达琳站在窗前，一遍遍地回想方彼得说过的话。

她问自己，这一次，自己做的事情究竟是不是对的？

第十八章　先礼后兵

凌乱的厨房桌旁，卫哲正在低头切番茄，光线落在他的脸上，衬出英俊的侧脸。站在一旁的裴瑜头发绾在耳后，低头搅拌着肉酱。

裴瑜忽地认真停下来看卫哲："我发现你除了不想结婚之外，其实是一个非常完美的丈夫人选，现在像你这样会做饭的男人不多见。"

卫哲没抬头："嗯，我以前也不想高考，但我每门功课都学得不错。"

"嘁。"裴瑜轻笑一声，"可你还是参加高考了。"

卫哲勾唇笑："哈，那也许我以后也会结婚。"

"真的？"裴瑜故意将一点肉酱抹在卫哲的脸上。

卫哲反击，裴瑜笑着躲开，却也没避免被抹上肉酱。

手机铃声响起，卫哲擦干净手拿起手机接电话，电话里江达琳一股脑儿地讲了一大段话："下午方彼得突然来找我，说他没有性骚扰过郑琦，他问如果郑琦觉得她被性骚扰了，那为什么要答应和他第二次约会？问题是郑琦从来没说过她和方彼得有第二次约会，我打电话给郑琦，她说方彼得在撒谎，让我不要理他。我现在脑子里乱七八糟的，你听得懂我在说什么吗？"

卫哲愣了一秒道："听懂了。"

"谢天谢地，我就知道你听得懂。你说我该怎么办？我需要一个答案。"江达琳将车开得飞快，"我已经扪心自问半个小时了。重要，答案很重要，我现在就在去你家的路上，你在家吧？我们一会儿见啊。"

裴瑜从身后蹑手蹑脚地走过去，伸出胳膊搂住了卫哲的腰："和谁打电话呢？”

卫哲转身走向厨房餐桌：“看来我们的晚餐要加个位置了。”

餐桌上有红色的玫瑰花和蜡烛。

卫哲和裴瑜轮流将做好的意大利面和菜端上桌。江达琳一副主人模样，也很随意地给自己夹菜，一边止不住地念念叨叨。

“我在来的路上就一直在对自己说，这件事已经结束了，郑琦拿到钱了，公司挣的佣金虽然不多，但挣了名气，也算是双赢。但是我这心里的坎就是过不去，因为都这时候了，方彼得没有理由撒谎啊……哇，这意大利面谁做的？裴小姐，是你做的？还是卫哲做的？”

裴瑜撇了撇嘴：“是我们俩一起做的。”

江达琳感叹道：“好厉害啊，这味道太正宗了！对，卫哲，我认为方彼得没有理由撒谎，你觉得呢？”

卫哲边吃饭边说：“他确实没有。”

“所以我得找出真相，我得知道到底是谁在说谎。”江达琳放下叉子，“卫哲老师，我可不可以借你的电脑用一下？”

“这边。”

卫哲往工作区走，江达琳要跟上，忽地又转身端起一大碗意大利面。

江达琳坐在沙发上吃面：“我想过了，有关这件事，除了这段录音，我们手上的直接证据很少，几乎所有内容都是郑琦或者别人告诉我们的。”

卫哲替江达琳打开电脑，找出录音音频。两人一边吃面一边听录音，后面的裴瑜拿着叉子恨恨地扎着盘子。

江达琳不断地按下重复键。

“郑琦说过，她是在方彼得叫她再喝一点酒后，打开录音笔的。如果是这样的话，录音的开头怎么都该是‘再喝一杯，干杯，我喝不下了’这样的话……”

裴瑜搅局地说道：“也不是没可能，说不定当时方彼得已经喝多了？”

两人一起看向裴瑜，裴瑜识趣地说：“你们继续。”

卫哲把盘子放在一旁：“这段录音前面的部分有可能被剪掉了。”

卫哲拿出一个高级耳机，插在电脑上，给江达琳戴上。裴瑜撇了撇嘴，拉着卫哲的胳膊去了客厅。

裴瑜跷着腿，悠闲地吃着饭，瞥了眼江达琳：“她打算在这儿待到什么时候？”

卫哲笑容暧昧：“那取决于你打算在这儿待到什么时候。”

裴瑜娇嗔一笑："讨厌。"

江达琳又播放一遍录音，一惊一乍地说："下雨！我听见有下雨和打雷的声音！"

卫哲走过去的时候，江达琳摘下耳机正在思考，她扭头看向卫哲："郑琦说过，录音那天是四月二十三号。"

卫哲拿起手机查天气预报："广州，四月二十三号，多云转晴。"

江达琳一把抓过手机，打电话给方彼得。挂断电话后，江达琳凝神看向卫哲。卫哲举起手机屏幕，确定了录音的时间是五月六号，同时也是方彼得和郑琦第二次约会的时间。

卫哲压低声音说道："如果是性骚扰，就不应该有第二次约会。"

江达琳拿着手机猛然起身："我找她去！你们继续约会吧。"

"喂。"

卫哲冲着她的背影喊了一声，却被裴瑜一把拉住："你让她走呗。"

江达琳把车开得飞快，咬着嘴唇一脸愤懑。站在郑琦家门口时，江达琳气喘吁吁的。

门被郑琦打开的时候，江达琳站在她面前质问道："你为什么骗我？那个录音是你第二次跟方彼得约会时趁机录的，你想用这个录音作为筹码，从方彼得那里得到你想要的东西，谁知还没来得及用，就被CAA劝退了，对不对？"

被戳穿真相，郑琦的脸色变得很难看："江达琳，我真搞不懂你这个人，你为什么要管这些？你这么揪着不放，有意思吗？"

江达琳无语："可你冤枉了方彼得啊，既然你们是约会，那怎么会是性骚扰？"

郑琦笑了一声："那又怎么样，我真不明白你为什么要纠结这些，你们公司不是也早就知道了吗？大家各取所需，皆大欢喜不是很好吗？"

江达琳愣住："我们公司……难道卫哲知道？"

郑琦冷笑："求求你别再装纯洁了行不行？我真的听不下去！反正我拿到钱了，你们公司也借这个机会扬了名，还笼络了第一资本。得到了这么大的好处，你就别再揪着这件事不放了，OK？等等，你不会是在录音吧？"

"我不是你。"

江达琳留下一句话，便转身离开了。

吃过晚饭后，卫哲靠在沙发上刷手机，裴瑜在沙发另一头看着电视，时不时瞥卫哲一眼。

卫哲点开朋友圈，看到江达琳更新了一条朋友圈：人倒霉真是喝口凉水都塞牙，叫了份开心果，里面居然大部分都是闭口的，这个酒吧提供的大概是不开心果吧？

配图是一张不开心脸自拍和一罐开心果。

他笑了笑，拿起钥匙往门外走。

酒吧里，江达琳一个人喝着闷酒。她喝着喝着，突然间拿头往吧台上撞，最后一下要磕上去时，脑门被一只手护住。

江达琳抬头看到卫哲正站在自己身边。卫哲微微笑着，勾起的唇角看上去竟有些勾人。

“你怎么知道我在这里？”

卫哲在高凳上坐下，问调酒师要了一杯酒：“你不是发朋友圈了吗？”

“那裴瑜呢？你不约会了？”

“谁说我们在约会？”

“那你们……”江达琳摇摇头，“好吧，我自己就够乱的了，我也不想知道你们是什么关系了……来，喝酒！不过，你是不是早就知道了？”

卫哲举起酒杯喝酒：“事情已经到了那个地步，每个人都是被推着走的，她需要拿到钱，我们需要给第一资本一个投名状，事情只能继续，没有回头的可能。不过，我虽然猜到那个录音是她有意为之，但我以为是她第一次录的音，还真没想到，居然还有第二次约会。”

江达琳叹口气，闷头喝酒：“我太蠢了。”

“你是太容易相信别人了。”卫哲碰了一下她的酒杯，“做公关这一行，不单单要防着对手，更要防着队友！查完了别人，还得查查自己人！你慢慢地就明白了。”

江达琳郁闷得又要拿脑门磕吧台，卫哲用手护住：“行了，反正不管是为了道歉，还是为了赔款，不管郑琦是不是有意讹钱，CAA有性骚扰的事实是摆在那里的，你也别太纠结了！”

邦尼和林肯手拉手走进酒吧，江达琳抓住邦尼的胳膊：“邦尼？林肯？你们怎么也来了？”

邦尼微抬下颌，看向卫哲：“卫哲和我打电话了，说你心情不好。”

江达琳转过身，低着头对卫哲说：“谢谢你。”

两个女人抱在一起，江达琳搂着邦尼的脖子，邦尼知道事情真相后大骂郑琦。

卫哲和林肯碰杯，看到林肯有些担忧的眼神，笑道："她们没事，通常两个女人同仇敌忾一起骂一骂另一个女人，这事儿就算完了。"

酒吧灯光忽明忽暗，卫哲投过去的视线意味不明，却温暖绵长。

晚上多是有情人约会的时间。沈英杰正靠在床上看比赛，门铃声响起，他忙下床去开门。舒晴穿着美丽长裙，正站在门外。

沈英杰一脸意外，嘴角迅速染上一抹淡笑，上下打量着舒晴。他让开一条路，等舒晴进去后，轻轻关上了门。

沈英杰跟在舒晴后面往里走，房间内灯光昏暗，气氛暧昧。

沈英杰关掉电视，轻声说："今天我本来想给你打电话……"

舒晴蓦地转身，没说出口的话被沈英杰打断。他吻上舒晴的唇，两人顿时难舍难分。舒晴哑着嗓子说："我不是一个随便的人。"

沈英杰嘴角的笑意渐渐加深："刚好，我也不是一个随便的人。"

月光比灯光更宁静，透过窗户落到房间的地上，墙边两个影子缱绻。

斯黛拉从午睡中惊醒过来。

她轻轻喘气，无力地接起突然打来的电话，叶东烈在电话中说他正在公司楼下。

斯黛拉趴在办公桌上，疲惫地揉了揉眉心："不用了，我不是跟你说过吗？我们不适合见面。"

叶东烈有些失落："那我给你发邮件吧。"

斯黛拉打开发来的邮件，标题是"我的五年计划"。

"本来打算起名叫'关于我们的五年计划'，但那样好像太自以为是了……我现在的年薪，连奖金第一年应该能有二十二万左右，下个月我开始正式租房，每个月房租两千块，伙食费计划一个月一千五百块，交通费一个月三百，其余不确定支出每月五百，这样第一年可以存下来十六万八千四百……我会再接一些编程的兼职，争取到第三年，我可以支付首付买一套小房子。"

斯黛拉微微怔住，趴在课桌上，心突然间变得柔软。

冷静了一会儿，斯黛拉稍稍整理了下自己的心情，转身去了大会议室。会议室里大家正在进行视频会议，文森特声音爽朗："那好，如果大家都没什么问题的话，我想我们应该很快就可以签署意向协议了。"

众人高兴地准备离开，斯黛拉被文森特留下。

"是这样，方彼得不知从哪里听说我要投你们，突然给我打了个电话，跟我说了一些你们公司的情况。性骚扰这件事，你们让方彼得吃了一个大大的亏，他心里肯定是不舒服的。”

斯黛拉强制自己冷静下来：“他是不是跟你说了什么谣言？那些不是真的。”

文森特声音凝重：“我当然相信你，事实上我认为这些旁枝末节的事情，不应该也不可能成为阻碍一家企业进步的绊脚石。但我们也不能不警惕这些事，其实谣言并不可怕，可怕的是一直在制造谣言的那个人，那个人究竟有什么目的？他会不会冷不丁地就出来中伤你一下？现在是言语中伤，以后会不会用真刀真枪，甚至做出更恶劣、更可怕的事？中国有句古话叫，只有千日做贼，没有千日防贼，你懂我的意思吗？”

斯黛拉深呼吸：“当然。”

“我相信你一定可以处理好的。”文森特笑了笑，挂断了电话。

斯黛拉回到办公室，便给何宏伟打了电话：“我想过了，如果崔英俊继续纠缠不清，我们就稍微做一点让步。”

“就因为那张照片？”

斯黛拉无奈地说道：“那张照片我解释不清楚，我也不想再为这种事解释了，你明白我的意思吗？”

过了一会儿，何宏伟给了回复：“崔英俊开了一份协议，提出要你们的那套房子，存款一人一半。”

斯黛拉震惊道：“他疯了？”

何宏伟继续说：“外加每个月五千块的抚养费……”

斯黛拉万分烦躁，然而让她更烦躁的是，叶东烈还等在公司楼下。斯黛拉怒气冲冲地走下去：“我对你的计划毫无兴趣，你知不知道这场离婚官司我本来可以稳操胜券？就因为你，就因为那张该死的照片，我不得不被崔英俊要挟，不得不把我辛辛苦苦赚来的财产生生地送一半给他。我好好的生活现在变得一团乱，你知不知道现在有多少流言蜚语在针对我，有多少人在等着看我的笑话？什么五年计划，什么一年存款2二十万，三年付个首付！你知不知道照这样下去，只要法院判定我也有过错，我的损失别说二十万，连二百万、一千万都补不上，你懂不懂？所以就当我求你了，从今往后，不要再来找我，不要给我打电话，听明白了吗？”

斯黛拉转身就走，叶东烈蹲在地上，第一次感觉到无助。

卫哲站在斯黛拉的办公室前等她：“我约了崔英俊今晚谈一次，你有没有什么特别要交代的？”

斯黛拉摇了摇头：“没有，不过崔英俊这个人就是个无赖流氓。”

卫哲不在乎地笑笑，突然说道："对了，前天我见到叶东烈了，他来公司找你，你不在。我们遇见了，去喝了杯咖啡。我一直在想要不要告诉你这件事，现在觉得还是应该跟你说一声。"

斯黛拉语气冷淡："哦，我已经跟他说了，不许他再来找我。不过，他没跟你说什么吧？"

卫哲淡淡地笑道："没说什么，就是……挺关心你的。他的电脑技术非常棒，名仕公关的IP地址就是他查出来的。"

斯黛拉尴尬地笑了笑："哦……谢谢你。"

崔英俊哼着小调往斯黛拉家楼下走，忽地发现叶东烈正在不远处盯着自己。他色厉内荏，瞧见叶东烈阴沉的双眸，四下张望，急匆匆地刷卡进入了车库。

崔英俊鬼头鬼脑地开着SUV出来，看到叶东烈在地库一侧望着自己，吓得一哆嗦。他一边开车一边注视着后视镜，一路上心绪不宁。到了酒吧候，他猛地灌了几口酒，压下心里不安的情绪。过了一会儿，崔英俊肆无忌惮地张开胳膊在沙发上靠着，眼睛有点红。

崔英俊正在找女服务员的麻烦时，卫哲走过去，将一份离婚协议递给崔英俊："我们拟了一份协议，你看看。"

崔英俊瞥一眼："一次性支付十万……你们打发叫花子是吧？"

卫哲微笑："十万已经不错了。我这个人做事喜欢先礼后兵，今天既然是我约你谈，你最好珍惜这个机会。"

崔英俊表情狰狞："看见了吗？验伤单，那个臭女人故意约我出来，拿辣椒水往我眼睛里喷，差点没把老子的眼睛给弄瞎了。这是家暴！她不但在外面偷人，还家暴我，简直是无法无天、丧心病狂，到了法庭上，我得跟法官好好说说，这女人太恶毒了！"

卫哲拿着验伤单，听着崔英俊大言不惭地讲条件，他拿出了自己的手机打电话："金总……你好啊，我是卫哲，对对对，我在上海，没去北京。有个事想麻烦你，听说你们酒店刚招了个销售经理……叫崔英俊的，对对对，这个人跟我们公司有点过节……不谢、不谢，我就是提醒一下，好，好的，不用你请我。回头我去北京请你。先这样，再见。"

崔英俊愣了下，啪啪鼓掌："可以，太平洋上的警察，管得够宽的，连北京也够得着。"

卫哲摊了摊手，淡定地喝了一杯酒："本来呢这也就是你和斯黛拉之间的私人恩怨，可你非要掺和到两个公司的矛盾里去，那就怪不得我了。别说是北京，哪怕是国外，你信不信，袁肃能给你找到工作，我就能给你拆了。名仕公关能给你的好处，我们DL就能让这好处变成坏处！”

卫哲又笑着问：“不信是吧？你就这么想吧，假如我现在拿一单客户给袁肃，跟他说两家一起做利润均分，你看他到时候是要客户还是要你？”

崔英俊见卫哲软硬不吃，气急败坏，愤怒地离开了酒吧。

出了门，崔英俊鬼头鬼脑地查看四周，没看见叶东烈，这才放心地往停车场走。他给袁肃打电话：“我说袁总，他们已经知道咱们的事儿了，还把你给我找的那个工作给搅黄了！”

他一边向停车场走一边说：“袁总你放心，我也不会轻易放手的。现在她的公司准备上市，她就急急忙忙想把我甩了，好一个人发大财，独吞所有的钱，她想都别想！我崔英俊又不是傻子你说对不对……好好好，改天喝酒。”

他挂断电话时，叶东烈正站在他面前，恶狠狠地瞪着他。

崔英俊咽口水时，听到叶东烈正在录音：“我叫叶东烈，今年24岁，目前住在华亭大学西区8号楼203。我今天来找崔英俊纯粹是个人原因，和其他人没有任何关系，也没有受到任何人的指使。”

崔英俊想逃走，却被叶东烈一把抓住。叶东烈高高举起板砖，狠狠砸了下去：“你给我听好了，你要是再缠着斯黛拉，我就天天来找你。”

叶东烈作势要继续打，崔英俊呜的一声护住了脑袋。

叶东烈把板砖一扔，拿起手机拨打110：“喂，110吗？我要自首！”

斯黛拉收到叶东烈被带进派出所的消息候，立刻去了卫哲的办公室。卫哲转身对江达琳嘱咐了一会儿的开会细节，离开了办公室。

卫哲坐在副驾驶座上笑了笑：“想不到叶东烈居然会打了崔英俊。你叫律师去了吗？”

“是啊，他在派出所被关了一夜，今天一早派出所联系了他的学校，他学校又联系了叶东烈的公司，他们公司的CEO是我朋友，直接就给我打了电话。”斯黛拉叹气，“没有，这件事摆明了是叶东烈不占理，无非就是谈赔偿和解，叫律师去我怕反而把事情搞复杂了。而且宏伟正在帮我处理离婚官司，他要是知道了这一出，一定会很生气。唉，这事儿都怪我！”

卫哲抬眼问：“你怎么知道叶东烈不占理？”

“昨天他给我打电话，我发了很大的火，把很多气撒在他的头上，他肯定是一时冲动，就去打了崔英俊。”

卫哲安慰道："嗯，只要打得不重，应该也好谈。你别太担心，我已经给朋友打了电话，他让我们直接过去。"

斯黛拉开着车抵达派出所，卫哲有些意外地挂断电话："叶东烈没什么事，崔英俊的脑袋上被开了个口，缝了十五针。"

"……"

斯黛拉坐在驾驶座上没有下来："我……我就先不进去了，在外面等你。"

卫哲转身往派出所走去，旁边的警察带着卫哲走了进去。叶东烈靠在桌边。两人对视，卫哲看着叶东烈倔强的眼神笑了笑："受人所托，我过来了。"

叶东烈倔强地说道："你跟她说，我一人做事一人当，你们不用管我。"

卫哲哑然失笑："你说跟你没关系就没关系了？你有没有想过，如果崔英俊一口咬定是斯黛拉指使你去袭击他的，那可怎么办？"

叶东烈急了："他敢，我打死他。"

年轻人的这股劲儿还真是朝气蓬勃又不顾一切。卫哲摊手："你打死他斯黛拉更惨，新男友杀前夫，这是什么名声？"

恰好崔英俊脑袋上贴着纱布，猥琐地跨进了派出所的大门。他看到叶东烈，顿时吓得一哆嗦，赔了个笑脸，坐得离两个人远远的。

卫哲看在眼里，低声对叶东烈说："行了，我去跟他聊聊，你没事尽量少说话，别再给她添乱了。嗯？"

叶东烈没吭声，他目光却收敛了。

卫哲踱到崔英俊身边，带着看戏的目光打量着崔英俊的脑袋："伤得挺重啊。"

"缝了整整十五针，你说呢？"

卫哲啧啧两声："真是对不起，我刚才也批评他半天，可惜啊他愣头愣脑的，说什么也不听劝，还在那儿发狠。"

崔英俊急了："发狠？发什么狠？我的脑袋都开瓢了，他还想干什么？他是不是有病？"

崔英俊再次朝叶东烈看去，叶东烈一抬手，他吓得下意识一躲，忽然想起那天晚上卫哲所说的"先礼后兵"。

崔英俊目光一凛："我明白了，先礼后兵，原来这些都是你干的。"

卫哲摊手："我可什么都没说过。"

警察叫走了崔英俊，询问叶东烈打他的细节。叶东烈在停车场说的话让他不寒而栗，他动了动嘴唇，最终说："警察同志，说实话，昨晚我喝得有点多，我也不明白他为啥要打我，不过他也就推了我一下，我腿软，地上刚好有个石子，不小心就磕着了。"

崔英俊说着，又回头去望叶东烈，露出一个讨好的笑容。

警察感到莫名其妙："叶东烈说，他是为一个叫斯明静的女人打抱不平，所以才打了你，你却说这脑袋是你自己磕的？"

崔英俊缩了缩脑袋："他就推了我一下，这伤是我自己摔的。"

警察最后把两个人都叫过来，先对崔英俊说道："这件事既然你说叶东烈只是推了你一把，他也已经赔偿了你的医药费，那我就视作你同意和解了，你还有什么异议吗？"

崔英俊跟着说："我没异议。"

卫哲陪着叶东烈从派出所门口走出来，叶东烈一眼便看见等在车边的斯黛拉。斯黛拉对卫哲道谢后，转而看向叶东烈。

叶东烈看着斯黛拉，过了半晌才说："对不起，给你添麻烦了。"

斯黛拉过了半天才开口："天不早了，走吧，我送你回宿舍。"

叶东烈摆了摆手，想起卫哲的话："不用了，我自己坐地铁就行，我还得去一趟公司。"

斯黛拉淡淡地说："上车吧。"

江达琳结束同态度商城的会议之后，便一直在做后续的工作，谭新凯在办公室内陪江达琳加班。

江达琳得意地对他复述下午开会时的情形，脸上是掩盖不住的高兴。

外面路易斯站在办公室门口喊了一声："老大！你回来了！"

江达琳丢下手中的笔，对谭新凯说："卫哲回来了，你先坐一会儿。"

站在卫哲的办公室门口，江达琳敲了敲门，又背着手探了探头。卫哲勾勾手让她进去时，江达琳脸上是一副求表扬的神情。

卫哲见她嘚瑟的模样，也微微笑了："态度商城的郝悦给我打电话了！听说你下午卖了几个小聪明？"

江达琳不悦："呃，怎么叫小聪明，他们明明都说我改得好，而且我的确越改越好了呀！"

卫哲敲打她："文案这种东西，没有比较就没有好坏，而且不管你当场改得有多好，对方还是会让你再接再厉多想一想。你这么一来，把自己的余地都给挤没了……"

江达琳郁闷地说道：“好吧，我做错了。”

卫哲闻言摸了摸她的脑袋：“不过，那三个字你还是想得不错的。”

江达琳噘嘴：“对了，斯黛拉姐到底出什么事了？”

卫哲挑眉：“想知道啊？不告诉你。”

“喂！不说就不说！你这个人真没劲……我继续加班了！”

办公室里，江达琳和谭新凯正有说有笑。最近谭新凯来DL的次数不同于寻常。卫哲招呼路易斯过来：“盯紧他，他这个人，马脚藏不了多久了。”

斯黛拉送走叶东烈之后，想起叶东烈干净炙热的眼神，决定立刻开始打离婚官司。

离婚官司开庭当天，DL的几个人穿着精英范儿的套装，跟着去了法院。

斯黛拉笑了笑：“谢谢你们。”

卫哲双手抱胸：“我们也并不是纯粹来围观的。崔英俊在恒悦酒店的业务和公司多有来往，有必要的话大家可以做证。”

杜威廉晃了下手中的文件：“我们把所有相关资料都打印出来了，这些文件能充分地证明，如果不是因为你，崔英俊绝不会有这份工作。”

斯黛拉略尴尬地道：“这个……我还以为……我还以为你们会怪我。”

舒晴跟着说：“怪你干吗？我们给恒悦酒店做业务又不是不砍价。”

众人正准备往法院里面走，崔英俊突然打来电话说他同意庭外和解。一行人面面相觑，江达琳反应过来：“那是不是说明，我们赢了？”

斯黛拉告别众人后，回到了久违的家。房子里依旧整洁冷淡没有人气。她站在沙发上，将墙上的结婚照搬了下来，费力地扔进小区楼下的垃圾桶里。

斯黛拉拍了拍手，长吁一口气，一回头就看到站在不远处望着自己的叶东烈。她露出一抹笑，朝叶东烈走过去。

“我……我没别的意思，就是想来看看你。”叶东烈笑容腼腆，“我只知道你住这个小区，不知道是哪一栋，所以我就……”

斯黛拉微笑道：“崔英俊同意庭外和解了，我要谢谢你。”

“谢我干什么？”

斯黛拉低头，斟酌着说道：“嗯……我离婚，不是为了和你谈恋爱的。”

叶东烈瞬间变得沮丧：“哦。”

“不过呢……我倒是也不介意尝试一下新恋情。”

叶东烈反应过来后，眯眼笑着，随后猛然冲上去，一把将斯黛拉抱起来在原地转圈。斯黛拉露出欢畅的笑容，把幸福的目光献给眼前的人。

邦尼最近坚持每天直播，效果还不错，但是她发现似乎每一次直播都会有一个叫西区萨特的人捧场。

又一场直播结束，邦尼喝了一口水，对着镜子照了照自己的脸。直播平台后台的提示音响起，她拿起手机去看。

西区萨特："怎么想起来读波伏娃？"

邦尼笑着回复："最近发现她说的话有道理。"

薛义靠在躺椅上，心情愉悦："波伏娃太悲观，女人读她的书，恐怕会越读越觉得自己惨。"

邦尼看着他的名字，随意地问道："那你为什么喜欢萨特？"

薛义的书架上放着一张他搂着女儿过生日的照片，他盯着手机屏幕缓缓打字："萨特是所有灵魂孤单的人的偶像，我们需要在他的文字里寻找精神支柱。"

邦尼咬着杯子，想了想给江达琳打去电话："喂，是我呀，那个西区萨特又给我送车队了……你知道吗？这个人给我的感觉，简直就像是书里的人物……"

江达琳正和谭新凯一起喝咖啡，两人一人一台电脑，旁边还放着一沓资料和笔记本。

听到江达琳正在加班，她用惋惜的口吻说："哎哟，我的天哪，这大好的花好月圆夜，美男当前你还加什么班啊！你不是总裁吗？让手下的人去弄啊！"

江达琳盯着电脑上的邮件："这个案子我是把自己当成手下的人去做的，我就是想多做一点，多学一点。"

挂断电话后，江达琳笑着对谭新凯说："邦尼还说我们励志，我看她才是真励志，刚做完直播，又要在线上教老外说中文！我也是想努力追赶啊，你是不知道，这个总裁我每天都当得压力山大。我那天不是还在为我临时想出广告语的事沾沾自喜吗，谁知道到了卫哲那儿，还被他批了一顿，他说我是抖机灵、小聪明，关键是他说的话还都对。唉，哪天我要是能把他脑子里的东西都学会就好了！"

谭新凯目光一暗："每个人有每个人的特点，你有你自己擅长的东西，何必要学他脑子里的？我觉得你已经很好了。"

江达琳笑："你总是鼓励我。"

谭新凯宠溺地看着她："我不鼓励你，鼓励谁？"

斯黛拉的离婚风波过去后，文森特就送来了投资意向书。江达琳在投资意向书上签上自己的名字，随后将意向书递给文森特。

文森特笑着同她握手："这份投资意向书是一个开端，也不仅仅是一个开端，我更希望把它视作一声号角，而它预示着一段伟大征程的开始。在接下来的岁月里，还请各位同心协力，多多加油！"

江达琳语气坚定："我们会努力的，不只不会辜负投资人的期望，更不会辜负全体DL人的期望。"

文森特离开后，一直在一旁沉默着的卫哲走上前，带着江达琳去了另一间会议室。

会议室里，郝悦语气严肃："大约在一周前，我们发现有十几家本来已经谈好价格的制造商突然开始提价，跟串通好了似的。一开始我还以为他们觉得我们是新品牌，好欺负，所以他们抬价也正常，紧接着我发现事情不是这样。"

卫哲沉声说道："你是说，有人故意从中作梗？"

郝悦的助理将一份报价单递给卫哲和江达琳，两人翻看着，随后助理又递给两个人一份文件。

"这是我们给一家床上用品厂家的报价，而给同一个厂家的另一份报价比我们高了百分之五以上。价高的这一份报价，是君来佳选给厂家的，他们的条件是只允许厂家给君来佳选供货，不允许厂家和其他平台合作。"

卫哲快速地浏览完文件："看来君来佳选是准备釜底抽薪了，想从货源上堵住我们。"

郝悦压抑不住自己的愤怒道："嗯。但不只是这样，在我们给出报价后不到一天，君来佳选的人就主动找上了他们，这不是很奇怪吗？"

江达琳脱口而出："有人泄密？"

郝悦又看了一眼助理，助理将一张彩色的君来佳选广告单递给两人。江达琳念完之后猛地抬头："这文案不是我们打算用的吗？"

郝悦点头："是我们打算用的文案，却被君来佳选抢先一步用了，而知道这些机密的人……不多。"

卫哲和江达琳对视一眼，卫哲按下江达琳的手，压下了她想要说出口的话。

郝悦目光冷厉地看向两人："具体的情况我们还在调查，不过商城还有四天就要上线了，所以为了安全起见，我们希望你们公司退出这个案子。"

“我们为这个案子努力了这么久，他们凭什么临上线的时候让我们退出啊？我和你根本没必要泄露机密，依我看，肯定是他们自己人里有内奸！”

卫哲眯眼：“这事儿没那么简单。”

江达琳跺脚：“那也不能随便怀疑我们呀！而且为了保密，这个案子从头到尾只有你和我两个人参与，根本没有第三个人，他们怎么能没凭没据地就让我们退出，那传出去岂不是坐实了是我们泄密吗？不行，我不能就这么算了！”

江达琳气呼呼地往前走，卫哲若有所思，拨了郝悦的电话：“郝总，我是卫哲，你还没走吧？”

第十九章　遭遇背叛

卫哲站在地下停车场里，对面是态度商城的郝悦。

卫哲态度诚恳：“我想过了，虽然甲方出问题乙方背锅很常见，但整件事我们DL只有我和小江总两个人参与，我们俩绝不可能泄密。另外，有句话希望你别介意，我觉与其说我们DL有嫌疑，不如说你们态度商城内部人员的嫌疑更大。New Face是游戏公司起家，除了有钱，做电商根本没经验，以至于态度商城这个事业部里百分之八十的人是从外面招的，而新人一多，难免就要闹鬼。”

郝悦点了点头：“你有什么想法？”

“首先我认为你应该相信我们，而不是停止和我们合作。态度商城马上就要上线了，在这个节骨眼上你要我们退出，无异于因噎废食。”卫哲见事情还有转机，便接着说，“比起你们，我更想知道是谁在泄密。调查是谁泄的密很困难，但要想知道那些秘密流去了哪里，是很容易的。”

郝悦有些意外地说：“你是说，君来佳选？”

卫哲点了点头：“态度商城的成立，瞄准的第一个竞争对手就是君来佳选，一旦泄密，最大的获益者也是君来佳选。我建议从那边入手调查。”

郝悦最终决定再给DL一次机会。

卫哲回到办公室，便向路易斯要来了君来佳选最新的入职名单。

路易斯把名单递给卫哲：“我早上找猎头查君来佳选最近的招聘情况，猎头给了我一份最近的入职名单。”

君来佳选入职名单上被圈出了两个名字，一个闫晓慧，一个谭新凯。

江达琳抬起头："谭师兄？谭师兄要入职君来佳选？可是他从来没跟我说过！我只知道他要跳槽，但是我不知道他去了君来佳选。"

卫哲微微挑眉，和路易斯对视一眼。

江达琳站起身："你是不是又在怀疑谭师兄了？"

"……"

路易斯察觉到两个人之间剑拔弩张的气氛，借口要打电话，一溜烟跑出了办公室，甚至非常明事理地关上了门。

路易斯走了，江达琳愤怒地瞪着卫哲："卫哲，你不觉得你实在有点过分了吗？就算谭师兄入职了君来佳选，这也不能说明什么，你干吗老是盯着他不放呢？我跟你说了多少次了，这是我的私生活，请你不要管，麻烦你稍微尊重我一点……"

卫哲认真地说："如果谭新凯对DL的利益造成损害呢？"

江达琳不耐烦地说："有什么损害啊？你说了这么多回了，你有证据吗？"

"我要是有呢？"卫哲拿出一支录音笔，播放上次在印刷公司时录的音。

卫哲又从架子上拿出一本小力士奶粉的标书，递给江达琳："我去印制标书的印刷公司确认了，那边的工人说，是飞扬的谭经理让他们多打一本的。我怀疑这多出来的一本标书，就是要拿给名仕公关的。"

江达琳愣在原地，仿佛遭受了巨大的打击："你怎么没告诉我？"

"以你这种不见棺材不落泪的性格，我怕告诉了你，你也会说这不算确凿的证据。"卫哲实话实说，"我问你，你有没有跟谭新凯聊过态度商城的事？"

江达琳想起上次的谈话，有些无助地看向卫哲："你怀疑谭师兄是泄密的那个人？我确实和他提过一些态度商城的事，但都是不重要的东西，核心资料我从来没有给他看过。"

"这种事很难找到确凿证据，但是把种种迹象放到一起来看，我只能说谭新凯确实有很大的嫌疑。"

江达琳脸色苍白，一下子站了起来："给我一个假消息。"

卫哲有些吃惊："什么？"

江达琳抿了抿唇，轻轻地说："我和谭师兄约了今晚一起吃饭，你给我一个有关态度商城的假消息，我去讲给他听。"

卫哲颇为诧异又欣赏地看向江达琳："OK。"

江达琳想着卫哲给的假消息，望向不远处的餐厅大门，一脸紧张地往餐厅走去。

谭新凯丝毫没感觉到江达琳的不安，或者说他根本不在乎江达琳的感受。聊了几句过后，谭新凯将菜单交给服务员，问江达琳："你们和态度商城的事怎么样了？"

江达琳眼皮一跳，她假装找纸巾，弯下腰打开了包里的手机的录音功能。

江达琳直起身后笑了笑："嗯？哦，他们查明白了，怀疑是他们自己内部有人泄密，不关我们的事。"

"是吗？那太好了！那这事还是由你们公司继续跟进？"谭新凯不经意地说，"我这两天到哪儿都能看见态度商城上线倒计时的广告，特别是在地铁站，广告简直铺天盖地，真是声势浩大啊！这么大的手笔，肯定能一下抢很多客户！"

"抢客户我们倒是不担心，就是……"

江达琳欲言又止，谭新凯忍不住追问："怎么了啊，有什么还不能跟我说啊？"

江达琳注视谭新凯许久才道："我们今天刚开了上线风险评估会，有个问题还挺严重的。"

"是吗？什么问题？"谭新凯看着江达琳犹豫的神情，笑了笑，"你跟我说说有什么关系？我又不会说出去。"

江达琳稍稍思忖了下道："是这样，现有服务器的容量不够，一旦出现大客流，服务器就有可能死机。现在的预测是在零点十分、一点十分各会出现半个小时的全线死机，但现在抢着升级也来不及了……"

谭新凯聚精会神地听着，过了半晌才说："哦，那还挺严重的。"

江达琳将手机放在卫哲面前，手机页面为录音界面。她脸色苍白，试图解释："嗯。但那或许就是正常的聊天，毕竟我告诉过他态度商城怀疑我们泄密的事情，他随口问问也很正常……"

卫哲安慰似的笑了笑："那当然。"

江达琳表情沮丧地从走廊上走过，迎面撞上了斯黛拉。她们刚要擦肩而过时，斯黛拉忽地转过身："小江总，问你一个问题，最近有个女装品牌的项目，品牌主打年轻女孩穿搭，所以我想问问你，你们这个年龄的女孩研究时尚穿着，一般都在哪里收集信息？"

江达琳想了想道："很多啊，很多都是最热门的电视剧，看女一号穿什么，大家就一股脑儿跟着学，还有就是一些时尚公众号，我可以推荐你几个。"

江达琳说完笑了下："等会儿我到办公室就发给你。"

斯黛拉回到家里便捧着手机研究，手机页面上几乎全是各种年轻女孩的街拍穿搭。她时不时露出不屑、皱眉、好笑的表情，一边看一边打开衣柜。

衣柜里一大堆新衣服，全是非常年轻的风格。斯黛拉犹豫不决，一边琢磨一边对照着手机搭配，最后泄气地把衣服都塞回了柜子里。

宽阔的街道上铺满树荫，阳光不热不燥地洒在人们身上。叶东烈穿着运动外套和运动鞋看着手机里的地址导航四处寻找，却一不留神踩到了泥坑里。

餐厅里音乐舒缓，环境高雅，氛围似乎同叶东烈格格不入。

叶东烈的脸上和嘴角都有伤，他忐忑地走进下午茶餐厅，往前走，在干净的地板上留下了一串泥脚印。叶东烈回头一看，更加窘迫。

斯黛拉今天的打扮青春又不失优雅，叶东烈呆呆地坐在座位上，目不转睛地看着斯黛拉："你为什么这么漂亮啊？"

"真是……我不就跟平常一样嘛。"

叶东烈害羞地笑道："我就是觉得，特别漂亮。"

斯黛拉拿起一块麦芬，抹上奶油，见叶东烈望着自己，嫣然一笑，将麦芬放在叶东烈的盘子里。

说不出是甜点比较甜还是眼前的人比较可爱，斯黛拉拿勺子吃了一块甜点，觉得上午的攻略总算没白做。

他们吃完下午茶后便一起逛街。斯黛拉感叹年轻人是如此精力旺盛。她将车停在地铁口，对叶东烈说："还是我送你回去吧，晚上我开车很快的。我可以把你放在上次的地方，那要近多了。"

叶东烈想了想，郑重其事地说："我不想让你送我。我是男人，你是女人，应该是我送你才对，可是你开车了，我送不了你，但至少我也不能让你送我。"

斯黛拉被他严肃的语气逗笑了，点了点头，目送叶东烈离开。

江达琳将假消息告诉谭新凯时，卫哲开车去了态度商城。多亏卫哲做独立公关时打下的基础，郝悦倒也比较相信他，只是在听说放出的假消息是服务器容量不足时，她微微皱了下眉。

“什么？这你怎么能说出去？要是君来佳选知道了……”

“君来佳选知道了我们会死机，一定会想尽办法攻击我们，但可惜他们以为我们会死机一小时，却不知道我们已经把时间缩短到了十分钟，这是其一。”卫哲微微笑，眼神里是算计成功的愉悦，“他们还不知道，我们的服务器每一次出现延迟，就会伴随着一大波现金红包雨，这是其二。”

郝悦终于慢慢露出了笑容：“看来这一次，君来佳选要颜面扫地了。”

态度商城App上线倒计时开始，时间一秒一秒地接近了0:00，态度商城App下载页面上写着“疯狂24小时，注册会员，1亿现金红包等你拿”。

时间到了最后五分钟，路易斯和安东紧紧盯着电脑页面。安东搓了搓手，没来由地感到紧张：“菩萨保佑，请赐我好运气，抽个大红包！”

江达琳端着一杯咖啡走出来，撞上同样端着咖啡走过来的卫哲，隔着很近的距离，两人安静地望着对方的眼睛。

江达琳觉得自己像是在下一场结局未知的赌注，而在结局明了之前，她能做的只有等待。

屏幕上出现最终的倒计时，各种键盘声混合在一起，员工匆忙地跑来跑去。

时间到最后一秒，态度商城更新了最新的横幅广告，会议室里几个人纷纷抓起手机下载App，迅速打字注册。

最安静的两个人反而是江达琳和卫哲，卫哲嘴角扬起恰好的弧度，他抬起手腕，看了一眼手表。

态度商城上线几分钟后，流量达到了高峰值，服务器容量渐渐不足，网页打开的速度变得极其缓慢。江达琳语气焦急：“怎么样？君来佳选有没有攻击态度商城？”

“我正在刷……有了。”路易斯指着电脑页面。

江达琳和卫哲齐齐走到路易斯背后，看到君来佳选的官方微博新发布了一条文案——“有态度？开什么玩笑！”

安东举起自己的手机，看到几个公众号同时发布了相同的文章，就连标题都一样——“态度商城：24小时红包？24小时死机！”

“这才死机不到两分钟，连公众号都发出来了！”路易斯笑了笑，“肯定是事先准备好的，不然天才写手也来不及啊！”

就在页面加载迟缓的时候，一波又一波的红包雨降落了。江达琳点开一个红包，赫然是168元，她拿起手机给卫哲看。

卫哲扫了一眼："当然，态度这次准备了一亿元的红包，等于直接发钱。"

见时机差不多成熟了，卫哲盯着逐渐上升的流量，吩咐下去："路易斯，把我们准备好的反击文案发上去。"

路易斯迅速敲打键盘："OK！"

在君来佳选的办公室里，胡佳望着散落的红包雨，点开便得到一个红包。她微微蹙眉，嘴角带着讥讽的笑："想用红包雨来掩盖服务器延迟？哈哈，死机一个小时，你当消费者是傻子看不出来？"

闫晓慧匆匆推开办公室的门，语气焦急："胡总，态度商城的页面恢复正常了！"

胡佳愣住，又刷新了下页面，只见态度商城的页面运行流畅，她猛地抬头："不好，快把所有要发的稿子都撤下来！"

谭新凯哆嗦着接通了闫晓慧打来的电话，他一打开微博便看到态度商城的官博回应了一条新微博——"君来佳选？原来你是真不要脸！"

与此同时，郝悦也发布了新视频，视频里她振振有词："我们在一天前就完成了服务器的全面升级，根本不存在死机问题。我有个疑问，我们的页面因为数亿计的网友同时抢红包，刚出现不到两分钟的服务器延迟，君来佳选的微博就发了文案来攻击我们，朋友圈的帖子也出来了，还刚刚好就是说我们家死机的……

"我就想问问君来佳选，你们家编辑是未卜先知还是怎么的？你们做生意敢不敢有点底线？这种竞争是不是太不厚道了？"

江达琳瞪眼看着视频页面，听见手机铃声不断响起，任由电话自动挂断。大概是感受到了办公室里充斥着山雨欲来的低气压，安东和路易斯悄悄溜出了办公室。

卫哲径直走到江达琳面前："你现在该明白了吧？"

江达琳还盯着视频，甚至没有看他："明白，明白你现在心里特高兴？"

"……"

"你从一开始就说谭师兄，不，谭新凯对我别有用心……"江达琳转身，"你说他为达目的不择手段，现在这些全被你说中了。他偷小力士奶粉的方案，将态度商城的机密卖给君来佳选。我从头到尾都像个傻瓜一样被别人骗得团团转，最后现实情况一一印证了你说的话……你现在高兴坏了吧？"

路易斯和安东趴在办公室门口偷听，听到江达琳拔高音量后他们对视了一眼。路易斯双手合十，祈祷老大能成功躲过女人的致命武器——眼泪。

显然，卫哲没能躲过。

江达琳说了一通，卫哲无奈地朝她走去。江达琳红着眼睛使劲推开卫哲：“你走开！你走！我不需要你的同情。”

卫哲拉住江达琳的胳膊，看着眼前的人拼命挣扎，他纠结许久后说道：“对不起。”

门外的路易斯瞪大眼，仿佛听到了什么爆炸性新闻。

“我真的没有想过，也没有想到我会伤害你。我一直以来真的是从公司的角度出发去思考问题，我既然来了DL，就应该为你负责，为这个公司负责，为你爸爸负责，也是为我的选择负责。我比谁都更不希望看到现在这个结果……但如果，如果我真的伤害到了你……对不起。”

江达琳红着眼眶，目光凝住。

卫哲大概是第一次道歉，断断续续地说：“我希望你明白，我真的没想过要插手你的私生活，更谈不上管。或许是我的方法有问题……但以后，我尽量注意，如果你有什么不满意的地方，也可以骂我……好不好?

江达琳顿了顿，大声喊了一句：“我恨死你了！”

卫哲对上她的眼睛：“抱歉！”

江达琳恍惚地回到家时，窗外已蒙蒙亮，她扑到床上，用被子蒙着头。辗转反侧之后，她从床上一跃而起，开车去了林肯家。

邦尼披着睡袍站在客厅门口，江达琳眼睛红肿地大哭着扑进邦尼怀里。邦尼蹙眉听完谭新凯的所作所为，立刻利索地换好衣服冲出了房间，其速度之快令林肯和江达琳瞠目结舌。

邦尼坐在出租车后排，对着窗外的太阳拍了张照片，一副义愤填膺的神情，拿着手机发微博——“太阳底下果然没有新鲜事，男人果然没有一个好东西。”

刚发完微博，她便收到西区萨特的消息：“Hello，你出什么事了？”

邦尼有些意外：“你怎么知道的？”

薛义刚健身完，他拿过一旁的毛巾擦汗：“因为我关注了你的微博啊。你为什么会突然对男人有这么大地敌意？是不是男朋友惹你生气了？”

邦尼义愤填膺地说：“不，是我闺密的男朋友，这王八蛋玩弄我闺密的感情，把我闺密骗得团团转，我实在咽不下这口气！”

薛义哑然失笑：“你还挺讲义气的。现在像你这样真性情的人，真是越来越少了。你是一个人去找他算账吗？我建议你注意安全。万一遇到急事，你也可以给我打电话。”

邦尼看着屏幕上的手机号，心情变好了一些：“我给你打电话干吗？谢谢！你起床好早。”

薛义从健身房离开：“一日之计在于晨，年纪大了，我开始懂得珍惜时间了。”

卫哲敲门走进来时，江达琳正颓废地坐在桌边，林肯正将西式早餐端到桌子上。

江达琳尴尬地问道：“你怎么来了？”

“是我请大哥过来的，不然留你一个人在这我不放心。”林肯说完看向卫哲，“你来了就好，我去接邦尼。”

江达琳慢吞吞地说：“哦。”

卫哲看向憔悴的江达琳，悠闲地道：“瞧你这点儿出息！”

卫哲捧着一盘早餐吃得慢条斯理，江达琳拿着叉子一口也咽不下去。

卫哲忍不住说：“行了，你不吃就放下。”

江达琳红着眼睛瞪他：“你又是特地赶来看我的笑话的是吧？”

“是啊，反正我看得多了，也就习惯了。”卫哲看她一眼说，“你别瞪了，再瞪眼珠子都掉出来了……”

江达琳的手机响了，她接通电话，无语地看向卫哲：“邦尼、林肯和谭新凯打起来了，连警察都招来了！”

两人赶到咖啡馆的时候，邦尼正在用药水给林肯擦脸。林肯的额头和嘴角都破了，鼻孔里还塞着纸巾。

邦尼把面前的纸巾扔进垃圾桶里：“姓谭的下手真狠，我想想就火大！卫哲，这次姓谭的应该不会有什么好下场了吧？”

“还不知道，要看君来佳选的态度。”

江达琳情绪低落，邦尼瞥她一眼，转而说道：“哎，不说这些扫兴的，这个周末，我们要不一起出去玩？”

林肯咧嘴笑道：“好啊好啊！大哥，你呢？”

卫哲看了江达琳一眼：“哦，我应该也OK。”

江达琳腾地站起身：“那个……你们慢慢吃，我先走了。”

卫哲微微蹙眉，倒是邦尼笑着说：“没事，她一直就这样，遇到不开心的事就蒙头大睡，睡醒了吃点东西接着睡，一睡就睡好几天。”

晨光照进卧室，舒晴从床上起来眯了眯眼，看见枕边沈英杰戴着眼罩睡得正香。放在床头的手机收到一条微信，舒晴洗漱完拿起手机看，才发现这是沈英杰的手机。

上面是一个叫丫丫的人发来的微信："Garden Brunch的座位订好了，10:30开始，别忘了。"后面附上了三朵玫瑰花。手机再次响起，屏幕上显示着那个人紧跟着发过来的位置信息。

沈英杰被声音惊醒，摘下眼罩，刚好看到舒晴拿着自己的手机。他迷迷糊糊地接过舒晴递过去的手机。

"你把手机放在床头，就不怕有辐射吗？"

沈英杰看了一眼微信，又抬头看向走向镜子的舒晴。

舒晴正站在镜子前化妆，身上穿的是一条漂亮修身的连衣裙。沈英杰走上前，给他们两人叫了早餐。

"你这条裙子……昨晚放包里带来的？今天有活动？"

舒晴正在画眉："中午约了个潜在客户，所以要打扮一下。本来我是想回家的，但这个客户我真的很想争取到，所以约了中午吃饭，这样吃完饭我可以直接回家。"

"大客户？哪个行业的？"

舒晴想了想道："机械类的。"

"汽车？"

舒晴歪头一笑："不告诉你，说好了不聊工作的。"

沈英杰上下打量着舒晴曼妙的身姿："你平时见潜在客户，都打扮成这样？看着就跟等着别人占你便宜似的。"

"喂！"

沈英杰投降："当我没说。"

"你呢，大周末的，有什么节目吗？"

沈英杰帮她整理包："我约了人吃早午餐。"

"是不是太红了？"舒晴涂着唇膏，涂到一半，又拿出纸巾擦掉一层。"嗯，你说得有点道理，那家伙好像确实对我有点意思，我还是低调点好。"

江达琳离开咖啡馆后给谭新凯打了电话，低着头站在街边，远处谭新凯脸上带着伤走过来："你找我有什么事？"

江达琳抬起头，面露失望之色："我就想知道，你为什么要把我们的方案偷给名仕？你为什么要利用我，出卖我们公司的客户给别人？”

“这很难懂吗？为了利益啊！”谭新凯冷笑一声，“你别用这种眼神看着我行不行？谁不是这么干的啊？你知不知道闫晓慧找名仕要了多少？人家是直接拿分红的好吗？要不是飞扬内审风头太紧，闫晓慧的手缩回去了，你以为你们能拿到小力士奶粉的单子？你也别以为你们公司那些人就是清白的，就那舒晴，还有卫哲，他们谁敢站在这儿说自己从来没有干过这种事？”

“可我是你女朋友啊！”

“女朋友又怎么样？女朋友能帮我买房还是买车？我不拿着态度的机密去找君来佳选换点儿期权，我难道还能指望你啊？就你那个妈，她都让我恶心得不行了好吗？”谭新凯像疯了一样，“她说就算我能让你怀上我的孩子，她也会让你把孩子打掉。呵呵，说真的，我应该试试的，看看她是不是真的能那么狠心……

“还有你那个爹，那么多人的投资款，上亿的资金，他说挪用就挪用了，你还好意思说我无耻，窃钩者诛窃国者侯是吧？”

江达琳浑身发抖，一耳光打在谭新凯的脸上：“你胡说八道，我爸是无辜的！”

“无辜？无辜的话你让他站出来啊，有种他别玩人间蒸发啊！”谭新凯捂着脸，甩了甩手，“你打也打了，骂也骂了，拜你所赐，我的工作也泡汤了，我们两清了啊！”

江达琳疲惫地走回家，靠着房间的门坐在地上，情绪低落，索性一动不动，也不想理会手机上响起的各种通知声。

虽说是让江达琳独自待着，邦尼还是担心，她索性去了江达琳家。邦尼端着一碗馄饨敲了敲卧室门：“江总裁，您这一天都没吃东西啦，饿不饿呀？要不要吃点呀？”

“不吃，我一点都不饿。”

邦尼靠在墙边：“一点都不饿，你成仙啦？我可是特意去王家沙给你买的你最喜欢的虾仁馄饨，你真的不吃？”

卧室门被打开，江达琳看了眼馄饨，凑过去闻了闻：“算了，我真的没胃口。”

邦尼把馄饨放在桌子上：“怎么会没胃口，你不是说你还甩了那渣男一巴掌吗？而且先转身离去的也是你嘛，这已经是分手大获全胜的标志了，你干吗还一副失恋的样子？”

“我不仅仅是失恋，我是失望啊！”江达琳靠在墙上，表情郁闷，“我现在有点明白卫哲为什么会是不婚主义者了，他一定也是因为太伤心了吧？”

“他大概是太伤别人的心了。”邦尼翻了个白眼，“唉，算了，这好歹也是你的初恋，就允许你悲哀个几天吧，不过不要太久啊。”

“我就知道久病床前无孝子。”

“都这样了还知道顺便黑我，看来你还不算病入膏肓。那我吃了啊！”

江达琳拖着沉重的脚步走回卧室：“你吃吧，我再去躺会儿……”

邦尼吃着馄饨，想了想，先给林肯打了电话：“江达琳情绪不太好，我晚上住她家不回去了。”

挂断电话后，邦尼吃了一会儿，又点开了通讯录。

裴瑜开着车，副驾驶座上坐着卫哲，车停下来，卫哲和裴瑜一起下车。裴瑜靠在车门处：“号称是你送我回家，却是我开的车，我总觉得有什么地方不对。”

卫哲笑道：“这是好事，说明女人不再处于弱势地位，而男人依旧在尽职尽责尽义务。”

裴瑜失笑：“那……你要不要上楼？”

卫哲摇头：“还是算了，我怕遇到别人。”

裴瑜斜睨他一眼：“你什么时候变得这么胆小了？”

卫哲努了努嘴：“不是我胆小，是你家的灯亮着。”

裴瑜转身往上看，忽地笑起来：“抱歉，这人什么都好，就是太黏糊，老喜欢搞什么惊喜，其实都是惊吓。”

卫哲无所谓地笑笑：“我就当你是炫耀了，走了。”

“喂，你不至于连goodbye kiss（告别吻）都不给了吧？”

两人四目相对时，卫哲的手机忽然响起，他接起来，是邦尼打来的电话。

“卫哲老师，江达琳都一天没吃饭了，整个人没精打采的。你神通广大，有没有什么好办法啊？”

卫哲摊了摊手，转身往外走：“她饿饿也好，可以清醒点儿……”

豪车停在舒晴家小区门口，汤总抓着舒晴的手使劲握着不肯放。舒晴压抑着心底的不舒服，也没表现出来：“谢谢您送我回来，您上车吧。”

汤总笑容油腻，眼角皱纹堆叠在一起：“好好好。再见再见。”

等汤总的车离去，舒晴脸色秒变，她嫌弃地看着自己的手，从包里拿出一瓶干洗液，直接倒在手上开始洗手。

沈英杰一脸好笑："啧啧，这么嫌弃啊！大客户的心都要被你伤透了。"

舒晴吓了一跳，回头看去："你怎么在这？你不是……跟女同事约了早午餐吗，这么早就结束了？"

"我不在这，怎么会看到大客户送你回家呢？"沈英杰摸了一下她的头发，"我可没跟你说是女同事。"

舒晴嘲讽地笑道："哪有两个男人约着吃早午餐的？我又不傻。"

沈英杰摇了摇头，跟在她身后："难怪人家说跟公关女谈恋爱最没意思，懂得太多了……好吧，是女同事，不过我说完正经事就提前告退了。"

舒晴脸上露出一抹笑，娇嗔道："告退就告退吧……你跟着我干吗？我是要回家的，难道你还想跟我上楼啊？"

沈英杰在身后搂住她："我知道……下午是你的家庭时间嘛，晚上我们一起看电影呗，怎么样？"

舒晴回头看他，眼波流转，笑眼温柔。

第二十章　她失恋了

江达琳坐在阳台上，望着皎洁明亮的月亮发呆，一旁的邦尼正在呼呼大睡。卫哲发来消息，让她打开电脑。

江达琳愣了愣，跑到房间里搬出笔记本电脑，一封邮件跳了出来，她点进去一看，里面赫然是一则帖子的草稿。

标题则是《开眼了！渣男为了钱，偷女友公司的商业机密出去卖》

卫哲坐在床上，悠闲地打字："听说你气得吃不下饭，教你一招妙计，我保证，只要你想，今晚八点之前我就能让他成为全上海最有名的渣男，保证他一个月之内出不了门。"

江达琳撇了下嘴："才不要，他出名了，我也出名了，还得连累DL跟着丢脸。"

卫哲露出一丝微笑："哎呀，看来你还是有一丝理智的。不过我还有一个办法。"

卫哲甩过去一个链接，里面是谭新凯的Linked-in简历页面。江达琳没好气地关掉页面："这算什么办法？我不想看见这个人的脸。"

卫哲啧了一声："他现在失业了，肯定要找工作，反正他是做市场的，这个圈我都熟，他去哪家公司，我们就给哪家公司打电话，保证给他把工作搅黄了……"

两人一来一往地打着字，卫哲眯着眼笑："那还剩下最后一计，也是最狠的一招。"

江达琳打开他发来的链接，这是一个十分低俗的交友论坛，论坛的主页上充斥着诸如“我的美丽，你的灵魂，寻找真心爱人，非诚勿扰”之类的话。

卫哲打来了电话：“你现在把他的联系方式贴到这个论坛上，或者干脆贴到火车站的厕所里，我保证他会火……”

江达琳终于大笑起来，由于害怕吵醒邦尼，她赶紧闭上嘴不出声了，眼神里却有着感动，还有一抹散不去的怅然。

卫哲笑了笑，时间还没过五点，他把电脑放到一边，想了想，下床换上了衣服。

凌晨四点的海边，海面上有着淡淡的薄雾，四周都染了海水的蓝。车停在海边，斯黛拉和叶东烈坐在车里，相互依偎着。

叶东烈握住斯黛拉的手：“我好喜欢这种感觉。”

斯黛拉脸上有一丝慵懒，她看了一眼方向盘：“油不太够了。”

“等天亮了找地方去加呗，你先别想这些了……等我们八十岁了，我们也要这样，头并头靠在一起……好不好？”

“好。”

斯黛拉的手机忽然响起，她接起电话，神色严峻。

天才蒙蒙亮，网红早餐店前已经挤满了人。卫哲耐心地等在摊前，拿起手机拍照，顺便发在了久不更新的朋友圈里。

“你见过凌晨四点的魔都吗？”

手机响起的时候，卫哲的好心情瞬间被破坏，他挂断电话，便对早餐店老板说：“老板，我的大饼油条都打包。”

刚刚睡下不久的江达琳被卫哲的一通电话吵醒，她没精打采地换上衣服出门，开车去了卫哲家的小区门口。

两人坐在车上，江达琳开着车，卫哲一边看着电脑页面，一边戴着蓝牙耳机，正在进行视频会议。

路易斯坐在出租车上，膝盖上放着笔记本电脑。

“信天翁航空昨晚8点35分的航班ZAS0492因为机械故障导致延误，多名乘客因此不满，在下机后和机组成员产生了冲突，其中一名叫陈卓的男空乘当众殴打一名名叫施强的乘客。照片和视频被发到网上后，短短一小时内，转发量已经突破一万，这还是在半夜……

“信天翁航空原定在今天早晨十点钟开发布会，宣布全球十条航线开航，谁知道在这个节骨眼上突然冒出空乘殴打乘客的事，简直是当众打脸，他们在发布会上肯定会遭遇难堪。”

斯黛拉抱歉地看着镜头：“本来这件事也不需要惊动你们的，可是我现在在海边，车没油了，就算有油，我开到机场少说也得花两个小时，时间来不及了。信天翁航空的官本位思想很严重，我也是没有办法，只好请小江总代表我。各位，你们先去处理。我会用最快的速度赶到。”

等红灯的间隙，江达琳凑过去说：“你放心吧斯黛拉姐，我们一定处理好。”

说完江达琳的肚子发出一阵咕咕的响声，她看向卫哲手中的早餐，舔了舔嘴唇。卫哲托着一杯豆浆，将吸管插在江达琳的嘴里。

薄雾渐渐散去，天空泛起鱼肚白。

路易斯的出租车和江达琳的车先后停在信天翁航空写字楼门口。路易斯举着手机匆匆往里走：“转发破一万五了。”

三个人匆匆走上台阶，却被保安拦住：“你们是谁？”

江达琳上前一步：“我们是DL传播的。”

保安拿着对讲机喊了几声后，对三人放行。三人快速走进任总的办公室，路易斯在一旁边听边记。

任总简单干脆地说道：“空乘陈卓被开除，乘务长张雪晴记过一次，具体赔偿金额高层还在讨论，我们会在发布会前给出结果。其余该怎么发声明、怎么应对媒体，就交给你们专业人士了。”

卫哲点头：“明白，现在离发布会召开只剩下三个小时，与其立刻发声明，不如我们在发布会之前尽量把事情的来龙去脉搞清楚，看看还有什么可以补救的地方，再到发布会上统一宣布。”

“可以。不过证据确凿，我也看不出还有什么能补救的！十条航线开航本来是件大喜事，这下可好，简直是一颗老鼠屎坏了一锅汤。董事长说了，这件事必须严肃处理。”

会议结束，任总的助理涂云引着三人往外面走。涂云介绍自己后压低嗓音道：“你们要帮帮陈卓。陈卓跟我是一届的，我们平时关系不错，他是优秀员工，一向负责头等舱，我不相信他会贸然殴打乘客，这里头一定另有原因。”

“你问过他吗？”

涂云摇了摇头：“问了，可他什么也不说……但这样下去他肯定会被开除的。我们这个行业不比其他行业，他一旦被开除就只能转行了，在行内根本找不到工作。”

任总打完电话要离开，涂云急忙跟上去。三人去了临时办公室。

路易斯调出陈卓的资料以及他的各种空乘照片。

“陈卓，华东民航大学空乘专业毕业，2014年加入信天翁航空客舱部，2016年成为头等舱乘务员，已经连续三年被评为优秀乘务员。2017年曾获得信天翁航空的金信天翁奖，这是个服务类奖项。”

路易斯再次调出了乘客施强的照片：“乘客施强，今年三十九岁，在一家基金公司从事外汇期权交易，是信天翁航空的金卡会员。”

随后路易斯点开了现场的监控视频。监控里乘客们依次从廊桥上下到候机厅，先下来的一拨人围着登机口柜台吵闹，几名地勤疲于应付。几人中施强的情绪最为激动，陈卓忽地就从后面跑了过去，揍了施强一拳。

卫哲皱眉：“再放一遍监控视频。”

重看后，江达琳说：“我看不出有什么问题，陈卓是主动打施强的。”

“这样，路易斯你去查查看是否还有其他角度的监控，有视频最好，没视频有照片也行。”

卫哲看向江达琳：“我们再去看看其他人的笔录。”

机场内不少飞机起起落落，路易斯在机场内匆匆走过，观察着周边的位置以及摄像头的位置。她去了监控中心，轮番看了几个监控视频都没有发现异样。

“机舱内的视频有没有？”

“那得找航空公司要，我们这儿没有。没准乘客手上也有不少视频。”

路易斯打了个响指，匆匆离开。

卫哲和江达琳在信天翁航空的临时办公室里依次观看相关人员的笔录视频。

“那个施强闹得最凶，他一会儿说要投诉航空公司，一会儿说要投诉机组，一会儿说要投诉机场……完了陈卓也不知道从哪儿冒出来的，突然就打起人来了！”

“我觉得陈卓打得好，这个施强很过分的，在飞机上一直在吵，还故意把饭泼在陆家敏的脸上，陆家敏的脖子都被叉子划伤了！”

“我也在商务舱，看到他俩说了几句话，然后陈卓好像很气愤的样子，就冲出去了，陆家敏想拉他来着，没拉住……”

被提到名字的陆家敏脖子上有一道很明显的血口，脸上有烫伤的痕迹。她神色黯淡，讲话也吞吞吐吐：“陈卓没跟我说什么，我们就是讨论了几句还要延误多久……就这些。”

江达琳说：“陆家敏和那个叫腾静的空姐，两个人的话明显是冲突的。”

卫哲起身，勾了勾手指：“所以我们要去问问陈卓。”

陈卓胡子拉碴，脖子上还有一道擦伤带来的红痕。卫哲推门进去的时候，他两眼无神地坐在沙发上。见到卫哲，他直接说：“你们已经问了那么多遍了，还有什么好问的？我不是都说了吗？人就是我打的。

“为什么打人？我心里正烦，被那家伙指责了几句，就动手了呗。你们还要问几遍？反正都是我的错，不管公司做出什么决定，我都接受。”

卫哲坐在沙发上：“你的同事说，陆家敏和你说了几句话后，你就很气愤地冲了出去，接着就打了施强。是不是因为陆家敏跟你说了什么？

陈卓眼神躲闪：“她没跟我说什么。我打施强是因为那家伙说话不中听，跟别人没关系！”

“他说什么了？”

“就是航班延误，骂骂咧咧那种，特别难听。”陈卓不耐烦，“我这人脾气一向不好。当时就是烦了！烦了你懂吗？一时心头火起，没想那么多！”

江达琳皱眉：“可是你的同事说，不相信你会打人。”

陈卓冷笑：“是涂云跟你们说的吧？哈哈，我跟她是同学，但工作以后我们接触也不多，她对我没那么了解。总之，这件事确确实实是我的错，你们不必给我找原因，该怎么罚就怎么罚。”

江达琳正欲再说什么，陈卓直接打断她道：“哪儿那么多可是？你们是公关公司的还是派出所的，别没事找事行不行？”

推门出来后，卫哲问江达琳：“你有什么感觉？”

“我觉得他承认得太快了，不符合常理，一般人多少会给自己辩白几句，可他一句辩解的话都没有，反而急得要命，好像恨不得赶紧把这事儿结束了似的……”

卫哲想了想，忽地转身往回走，江达琳一脸疑惑地跟上去。卫哲走到办公室门口，看到陈卓正烦躁地打电话。

“涂云算我求你了，你不要再多管闲事了行吗？我再跟你说一遍，这件事就是我的错，跟陆家敏没关系……我知道你的好意，我心领了行吗？”

卫哲和江达琳对视一眼，再次去找了涂云。

涂云压低声音道：“前年陆家敏结婚，不少人去了，陈卓没去，我还问过他，说‘你们俩是老同学，她结婚你怎么不去’，他说没接到邀请函。后来他请了半个月假，一个人跑去青海玩了，我那时候就觉得他和陆家敏之间或许有点什么……但我也就是瞎猜的，陆家敏连孩子都有了，这话我可不敢乱说……”

两人边走边聊，卫哲分析道：“你还记不记得，有个空姐说，看到施强往陆家敏的脸上泼了饭，叉子还把陆家敏的脖子划伤了。然后陈卓一听就很生气，冲出去把施强给打了？”

“有可能，但这还是有太冲动了吧？空姐被乘客欺负的事挺常见的，同事拔刀相助打人的事我还是头一回听说。”

卫哲微笑：“除非他和陆家敏不是普通的同事关系。”

距离发布会开始仅有一个多小时了，卫哲和江达琳匆匆走进机场酒店大堂。上一班乘务员十小时后就要赶下一趟航班，因此全部住在机场酒店里。

“空乘真的挺辛苦的……”江达琳忽然捂住胃，“有点胃疼……大概是昨天饿的时间太长了。”

“你不是吃过豆浆油条了吗？”

江达琳表情痛苦：“对啊，理论上不应该啊，你那豆浆油条哪里买的啊？”

“一家网红店。”

江达琳翻了个白眼：“网红店？大半夜的有什么网红店啊？不会是小摊上用地沟油炸的吧？”

卫哲没好气地说：“你胡说什么啊，这年头地沟油都要收集去做肥皂了，哪来那么多地沟油？”

卫哲说完忽然蹲了下来，摁住江达琳膝盖下方的足三里，轻轻按揉：“这是个穴位，叫足三里，按这里对胃疼有帮助。”

江达琳问：“你还会点穴啊？”

“什么点穴，这是常识。”卫哲指着江达琳膝盖的髌骨底下一指处，“这个地方是伏兔穴，自己揉。”

卫哲抓住江达琳的手，纠正她的手的位置。两只手握在一起，贴在江达琳的腿上。细腻的触感传到两个人的手心里，两人忽然间四目相对。

卫哲飞快地拿开手，江达琳也慌张起来，捏了捏掌心：“那个……我好像好多了……”

江达琳不好意思地往前走，卫哲走在她身后，手指下意识地碰了碰手环，缓慢地放松了一格。

陆家敏此时也正在酒店里休息，江达琳站在房间门外按门铃。陆家敏打开门，手里拿着冰袋，脸上的烫伤和脖子上的血痕都还在。

陆家敏狐疑："你们是？"

江达琳自我介绍："哦，我们是DL传播的，负责这次信天翁航空打人事件的公关。我叫江达琳。我旁边这位是卫哲。"

"你们找我干什么？我已经录了笔录了。"

"还有些疑点，我们想找你核对一下。"

房间内响起一个粗暴的声音："谁啊？这大清早一会儿门铃、一会儿门铃的！孩子在睡觉呢！"

"公司的事！"陆家敏扭头说道。

"对不起，我先生昨晚抱着孩子来酒店等我，可我到今天早上才回来，他哄了一宿孩子，刚才又被你们吵醒了！"陆家敏走出来，将门关在背后，"我和陈卓虽然是老同学，但我们的关系一直很普通。他不是为了我去打施强的。

"我确实告诉陈卓，有乘客往我脸上泼饭了，但他绝对不是因为我才去打的人，这件事跟我没关系，你们一定是误会了。"

江达琳说："可是……那为什么陈卓刚好在你告诉他这件事后，就去打施强了呢？"

陆家敏的眼神有些躲闪："那、那我怎么知道？你们到底想要我做什么？"

卫哲突然开口："陆小姐，是这样，现在的情况对信天翁航空非常不利，网上几乎是一面倒地在批判空乘打人。所以你们公司打算在发布会上宣布开除陈卓，并向施强道歉。你能不能出来当众说明一下，陈卓是因为施强侮辱、弄伤了你，替你打抱不平而一时冲动才打人？

"传播公关和法院判案不一样，对网友来说，感知比现实更重要。假如我们能让网友和媒体觉得是施强有错在先，那舆论肯定会好很多。"

房间内传来孩子的哭声和陆家敏的丈夫暴躁的吼声，陆家敏打开了房门："我没办法给他做证。你们走吧，我今天很忙的。"

电梯徐徐下行，江达琳翻看着手机："陆家敏承认她告诉了陈卓施强往她脸上泼饭的事，陈卓却否认了这一点，说明他们俩之间一定有一个人在撒谎。"

卫哲说："也有可能两个人都在撒谎。"

"有了！"江达琳拍了拍脑袋，快速地回了车上。

她打开电脑，搜索出陈卓校园网的照片集。前两张是班级合影，而之后的几张照片都是他和陆家敏的合影。陈卓还有一个相册，里面是陆家敏从校园时期到当空乘后的倩影。

合影里，两人的眼角眉梢都是爱情。

两人再次找了陆家敏。陆家敏满是无奈："陈卓和我在大学里谈过一段时间的恋爱，但我们现在真的只是朋友。"

"那你刚才为什么不告诉我们？"

"因为我不想惹麻烦。我老公不是一个心眼很大的人，他一直很忌讳我和陈卓当年的事。所以陈卓跟我调到一个机组，我都不敢告诉他。听着，这件事跟我没关系，我现在有老公、有孩子，你们能不能不要再打扰我的生活？"

卫哲冷声问："但你有没有为陈卓想过？陈卓一旦被开除，从今往后几乎不可能再找到工作，至少他想继续当空乘是不可能的了。我不知道当年陈卓和你谈恋爱时是什么情形，但从目前的情况来看，他依然是很爱你的，至少，他是在乎你的，是愿意保护你的，是不惜为了你放弃前程的。而你现在只要站出来为他说一句话，就会对他产生很大的帮助，你真的不考虑一下吗？"

陆家敏瞬间变得仓皇失措。

她的手机铃声响起，她接起电话："老公？哦哦，我马上回来！"

不顾江达琳在她身后的挽留，陆家敏头也不回地走开。

坐在车上，江达琳有些失望地说："这个陆家敏也太心狠了，她就算不为了公司着想，可陈卓摆明了就是为了她才去打施强，她居然连出来说句话都不肯。就算是对普通朋友，她也不能这样啊！"

卫哲勾唇一笑，语气随意："就因为不是普通朋友，才会变成这样，所以人与人还是不要过于亲密，要保持距离才好。"

江达琳想起自己："呵呵，可不是嘛！但我就是替陈卓憋得慌，你说他是何苦呢？"

卫哲瞥她一眼，笑了笑，随后打电话给路易斯："路易斯，我们很快就到，你找找看有没有施强往陆家敏脸上泼饭的照片或者视频？"

"施强所在的商务舱一共有六排座位，当天共乘坐了十六名乘客。可惜商务舱的客人明显不喜欢拍照拍视频，我找了半天也就这些，没找到施强泼陆家敏饭的照片。

"当时施强是坐在最后一排的，他那一排就他一个人，根本没人看见他欺负人。再加上他动不动就嚷嚷，好几个商务舱的乘客都不胜其烦，把耳塞戴起来了。而那个空姐当时站在过道当中，所以她才看见的。”

卫哲再次看了看视频：“这个空姐是信天翁航空的人，没有视频或者照片，就算她站出来做证，网友也不会相信。”

咖啡散发着浓郁的香味，伴随着机场传来的隆隆声缓慢流入杯子里。路易斯端着三杯咖啡走过来：“讲真，咖啡还是咱们DL的好，你们凑合着喝吧。”

江达琳还在电脑前不断地切换着照片和视频。卫哲走过来关上她的电脑：“斯黛拉堵车了，一会儿的发布会你来主持吧。”

江达琳疯狂地摇头：“我？我不行！我怕我一不小心又把事情给办砸了，我不行，还是你上吧！”

卫哲淡淡地说道：“回国后的第一场发布会，你不是也什么都没准备吗？”

“我真不行。”

卫哲摊手：“你要是不上，那我也不上，反正负责信天翁航空的人是斯黛拉，她全权委托的人是你，到时候发布会开始了没有新闻发言人，那可不关我的事。”

发布会现场镁光灯闪成一片。

卫哲向场内扫视一眼，没看到江达琳。他朝外走过去，看到江达琳正在来回踱步背诵演讲稿：“作为信天翁航空的新闻发言人，我将向大家宣布有关ZAS0492航班延误事件的处理决定，并回答各位记者的问题……”

江达琳的脑海中不断闪现飞机上的视频画面。她甩了甩脑袋，正想继续背，忽然一个小男孩的身影在脑海中闪现。

江达琳恍然大悟，上前抓住卫哲的胳膊：“小男孩，那个小男孩！”

“什么小男孩？”

江达琳回到办公室打开笔记本电脑，在其中一张乘客的合影上，有个小男孩正拿着一台儿童相机，背对着众人跪在椅子上往后拍着玩。

江达琳问：“你看，这个小男孩手里拿的是一台儿童照相机，你说他有没有可能拍到了施强把饭泼到陆家敏脸上的照片？”

卫哲眼睛一亮：“我们马上联系这个孩子的家长。”

江达琳推门进入现场，吃惊地看到陆家敏正站在涂云身旁低头说着什么，涂云连连点头。

江达琳走上前：“想不到你还是来了。”

陆家敏腼腆一笑：“我想来想去，觉得就算没有用，我也应该来。”

台上任总发言完毕，一阵激烈的鼓掌声响起，她微笑着道：“好，我把下面的时间交给我们的新闻发言人。”

江达琳走上前时，对着任总耳语了几句，任总面露笑意，连忙点头。

台下的路易斯匆匆将U盘插进总控电脑。

江达琳大方得体地站在台上，唯独卫哲察觉到了她的紧张。卫哲微微勾起嘴角，江达琳往他的方向看了一眼，莫名地镇定了下来。

“各位媒体朋友大家好，我叫江达琳，作为信天翁航空的新闻发言人，将由我来负责接下来的环节。我知道各位都对今天凌晨发生的事件非常关心，首先让我们来看一些照片。”

屏幕上播放着一组照片。照片上施强扬起手，将一盒热饭掀翻到陆家敏的脸上，叉子飞起，刚好掀到陆家敏的脖子上，陆家敏捂住了脖子。

江达琳环顾四周，语气镇定从容：“我们非常感谢这些照片的提供者，0492航班的乘客曾明轩小朋友以及他的父亲曾先生，曾明轩小朋友今年只有十二岁，多亏了他拍的这些照片，让我们有机会了解到这起打架事件的来龙去脉。”

斯黛拉在这时终于赶到。她站在台下，看着台上的江达琳侃侃而谈。她同任总握手，任总微笑：“之前还‘山穷水复疑无路’，你来得正好，正赶上‘柳暗花明又一村’。”

“顺利就好。”斯黛拉看向卫哲，低语道，“怎么不是你上？”

卫哲理所当然地说道：“你不是说，信天翁官本位思想严重吗？她才是总裁呀。”

江达琳站在台上，做最后的结语：“接下来，我们请照片上的这位空姐陆家敏，为我们讲述一下当时的情形。”

陆家敏走上台，朝江达琳点头微笑，而后站在话筒前面：“我是ZAS0492航班的乘务员，我叫陆家敏。就如视频所示，当时乘客施强将我分发的米饭泼到了我的脸上……我把这件事告诉了陈卓，他一时激动才打了那个乘客，我脸上的伤还在，我可以做证。这件事不是陈卓一个人的错，我愿意跟他一起承担责任……”

等陆家敏发言完毕，江达琳再次走到台上。

她落落大方，自信满满。

卫哲双手抱胸，眼底有一抹笑意。

“经信天翁航空集团董事会研究决定，对殴打乘客的空乘陈卓给予停飞半年的处分，并对乘客施强按照法律规定，予以相应的赔偿……另外，我们刚确认乘客施强在飞机上故意骚扰、伤害空乘陆家敏，导致陆家敏面部、颈部多处受伤……对此行径，信天翁航空已经报警，并将依法追究施强的法律责任。同时，信天翁航空已提请民航局，将施强列入中国民航旅客黑名单……”

沈英杰的公寓里，舒晴靠在床上，正在观看直播。沈英杰从房间里走出来，爬上床看到直播：“这是你们的小江总？”

台下的记者们鼓掌鼓得很起劲儿，沈英杰揉了下舒晴的头发：“她这个新闻发言人当得有模有样啊！”

舒晴仰脸笑起来，眼中不掩赞赏之色：“是啊，说起来她做得比我们想象的都要好。”

发布会圆满结束，效果甚至比想象中更好。

站在办公室楼下，任总仔细地打量着江达琳：“本来我们还以为要大大地丢一次脸，想不到奇峰突起，连带着这次的通航发布会都上了热搜，而且好评如潮。我们董事长说，这还是他第一次看到网友一边倒地在夸我们思路清楚，处理得当，而且微博上居然还有大量网友在刷话题，说陈卓打得好。”

斯黛拉微笑道：“信天翁航空赏罚分明，有理有据，当然会好评如潮。”

“无论如何，这次都多亏了你们。”

一旁的卫哲出声：“主要是小江总，是她想办法查出陈卓和陆家敏的关系，找到陆家敏家里，苦口婆心地劝她，总算说服了她出来做证。也是她反反复复地看视频，找到了那些照片。”

任总颇为认同，笑着看江达琳：“是嘛，谢谢你啊小江总，我刚才还在跟涂云说，别看你年轻，你站在台上有大将之风。”

难得被毒舌的男人夸奖，江达琳心情还算不错：“哪里，您太过奖了，更要紧的是你们信天翁航空做事公正，重视舆论。”

“我们就不要互相吹捧了，总之领导们都对这次的处理方案非常满意。”任总紧紧地握住江达琳的手，上前抱了一下江达琳，“找机会我们可以聊聊进一步的合作。”

江达琳翘起嘴角：“好啊！”

一行人往车前走，江达琳和卫哲并肩走着。她看向卫哲：“谢谢你！”

卫哲挑眉：“谢什么？”

“谢谢你让我上台当新闻发言人，也谢谢你把所有的功劳都算在我头上。我明白你的意思，我会振作起来的！”

卫哲微微笑了一下："看来你的心情好点了。"

不远处陆家敏和陈卓两人正面对面说着话，陈卓脸上带着羞涩的笑。

江达琳感叹一声道："看见他们俩这样，我觉得心里还挺安慰的，不然陈卓太可怜了，当年失了一次恋，现在还要再失一次恋。还好，不是每个人都是那么无情无义的，总算陆家敏良心发现，还是来了。"

"你是把陈卓当成你自己了吧？"

江达琳嘴硬："哪有？我已经好了。"

"真的？那我问你一个问题。"卫哲微微挑眉，"你之前是真的因为失恋而痛苦，还是只是因为被谭新凯欺骗而感到失望？"

"我……"

卫哲笑道："人的心是很现实的，有时候比我们自己想象的更现实。"

人往往很幼稚，自顾自将所有情绪简单地称之为爱情，莫名其妙地被自己的深情打动，然而很多时候，爱情并不存在。

卫哲不会告诉江达琳，陆家敏之所以会过来，不过是因为他的一个电话。

"陆小姐，我劝你还是来替陈卓做个证，要不然我不能保证下一个电话我会不会直接打给你先生……"

总有人对爱情心存美好的幻想，卫哲对此感到不屑。可破天荒地，他不想打破江达琳那一点幼稚的幻想。既然是个美丽的气泡，让它留久一点又何妨？

下课时间一到，MBA教室里的人纷纷收拾课本准备离开。台上有两位老师正站在讲台旁聊天，坐在第一排的裴瑜听清了两个人的聊天内容。

"这些公关界的大神个个见多识广，我们学校的MBA项目虽说在国内排名靠前，但毕竟和顶尖名校没法比，人家未必看得上。"

"是啊，钱给得也不够多……"

裴瑜抱着课本，顿住脚步："老师，你们是不是在说，想请公关界的大神来讲课啊？"

"是啊，这行沽名钓誉的人不少，但真正在业内有声望又有实战经验的，特别难请。"

"我认识一个公关大神，倒是可以帮你们请请看！"

"谁啊？"

裴瑜的笑容有些骄傲："五次全亚洲最有价值独立公关人奖获得者——卫哲！"

DL传播公司里依旧人来人往，裴瑜经过大办公室，看到江达琳表情木木地从身旁经过。她本想打个招呼，谁知道江达琳只是冷淡地看了她一眼便离开了。

裴瑜回头又看她一眼，只觉得莫名其妙。她走到卫哲的办公室门口，敲了敲开着的门。

卫哲在电脑前抬头："你怎么来了？"

"我不能来吗？"

"能，不管裴大小姐想去哪儿，你面前都是一马平川。说吧，你有什么事？"卫哲从办公桌后走出来，"首先声明一下啊，我最近开始修身养性了，暂时不能陪你玩。"

"哈，真逗。你还真以为我是来找你玩的啊？想陪我玩的人多了去了！"裴瑜娇嗔着瞪他一眼，"我是来找你说正经事的。我不是在上MBA吗，学校最近想请一批商业精英担任客座讲师，我自告奋勇前来邀请你。怎么样，你有没有兴趣？"

"我好像接到过类似的邀请，是你们学校吗？上课时间呢？"

"都是晚上和周末，你放心，不会占用你的工作时间的。"裴瑜立刻说，"那就说定啦，本周三晚第一节课，我来接你。"

裴瑜转身要走，又扶着办公室的门八卦地问："哎，对了，我刚才遇到你们那小总裁了，她好像不太高兴，心情不好？失恋了？被甩啦？"

卫哲好笑地看着她："你什么时候变得这么八卦了？快走吧。"

窗户外，江达琳一脸不开心地经过。

大学校园门口，年轻的女孩男孩们背着书包滑着滑板经过，卫哲站在校园内，心中生出感慨。

他走到教室门口，看见门外挂着海报，上面是卫哲的半身照片，以及两句文案——新媒体时代的市场公关，著名公关专家卫哲。

他的眼神微微凝固，想起多年之前，十七岁的他站在教室门口，一脸不屑地望着教室外挂着的海报。

那时候海报上是江远鹏的精英半身像，海报上写着醒目的大字——欢迎著名公关专家江远鹏莅临我校讲座。

那是他第一次见江远鹏，没想到如今他竟然在DL传播做合伙人。

现实与回忆重叠，卫哲神情复杂。裴瑜走上前，拍了下他的肩膀："你怎么还不进去啊？等我呀？"

卫哲挑眉笑："是啊！"

卫哲走到讲台上，教室前前后后都坐满了人。他扫视一周，声音不大，却刚好能让所有人听清："谁能告诉我，一个公关最需要具备的素质是什么？"

"敏锐的嗅觉？"

"判断力？"

"我知道，是人脉。"

"你们说得都对，不过也都不对。公关最需要具备的素质，用中文说是两个字：饥饿；用英文说是一个词：Hungry（饥饿）。对市场、对热点、对下一个目标，对未知的一切，永远保持饥饿状态，有热点要跟上，没热点，就创造热点跟上。"

裴瑜坐在第一排，身形娇小，语气可爱："那不就是没事找事呗。"

卫哲微笑道："没错，就是要有没事找事、无事生非的折腾劲儿！"

一节课结束，教室里的人不约而同地鼓起掌来。卫哲在台上收拾电脑，坐在第一排的裴瑜和众人道别后，走到卫哲身边，把胳膊肘撑在讲桌上，眨了眨眼睛："卫教授，课上得不错啊！"

"我也觉得不错。"

裴瑜跟在他身后："我们的课程要求我们每个人都要实习一段时间，哎，我去你们公司给你当实习生好不好？免费的，我不用发工资。"

"不行。"

裴瑜恼火地说道："难道就因为我们之前谈过恋爱？你不会这么老封建吧？再说了，公事公办，我不是公私不分的人！"

"问题是，我是。"卫哲拎起电脑包，"没的商量！再见！"

熬过了周末，周一早晨向来是所有员工的苦难日，当然这个员工不包括卫哲。卫哲心情还算不错，他走进大办公室，意外地发现裴瑜抱着资料走过。

"你怎么来了？"

裴瑜眨了眨眼："我来上班啊！"

恰好舒晴经过，卫哲便问道："她为什么会来我们公司上班？"

"具体我也不清楚，应该是斯黛拉批准的吧。"

卫哲微微蹙眉，裴瑜穿着高跟鞋，鞋跟踩在地板上发出声音，她抱着资料像花蝴蝶一样在会议室里走来走去。

前台的艾米斜着眼睛打量裴瑜的身影，杜威廉凑过去："干吗，你嫉妒了？"

"Dior的裙子，Gucci的鞋，耳环香奈儿，手镯宝格丽，还有那块表，PP

的。你说，我嫉妒不嫉妒？”艾米托腮，羡慕地看着，“你们看见她早上开的那辆车了吗？是限量版阿斯顿马丁。”

“对了，她好像还是卫哲的初恋。”艾米八卦道，“这个裴瑜，是不是冲着你们家卫老大来的？”

路易斯看了裴瑜一眼：“我觉得是。”

裴瑜走过来，站在众人面前露出迷人的微笑：“大家好，各位，我是新来的实习生，我叫裴瑜。各位前辈，你们有没有什么需要我做的？”

安东老实地说：“我正在替小江总贴发票，你可以来帮我。”

“我突然想起来我还有点别的事，你们知道茶水间在哪里吗？”裴瑜只迟疑了一瞬，转身就往茶水间走。

她端着一杯咖啡轻盈地走过，经过江达琳的办公室，看到江达琳颓废地将下巴搁在桌面上。她转了转眼珠，敲开了办公室的门。

江达琳没精打采地坐在办公桌前，时不时打个哈欠，她看到裴瑜有些惊讶：“裴小姐，你怎么来了？”

“我来上班啊，我现在是你们公司的实习生了。”

江达琳回神：“哦对，斯黛拉姐跟我说过。”

“我现在主要负责辅助卫哲，不过其他人要是有需要，我也可以帮忙的。”裴瑜关心地说，“怎么，你不高兴啊？我看你一点精神也没有，你是不是遇到什么感情挫折了？”

江达琳摇头：“啊？没有，我这两天胃不舒服。”

“其实胃难受，很多时候是因为心情不好，精神压力大造成的。我当年跟卫哲分手的时候，表面上嘻嘻哈哈的，可动不动就胃疼，后来才知道原来不是胃疼，是心疼。”裴瑜说完便笑了笑，“是嘛……你心情好就好，晚上早点睡，你的黑眼圈有点严重哦！”

江达琳转动椅子，看见镜子里的人软软地瘫在座位上，脸上两个大黑眼圈。

邦尼发来短信，约她去郊外玩两天。

江达琳光顾着胃疼，没有出去玩的心思。回绝了邦尼之后，她捂着胃部倒吸一口凉气。过了一会儿，她站在镜子前面摸着自己的腿，尝试寻找“足三里”。

路易斯捧着文件走到卫哲的办公室，把文件放在桌子上后，路易斯有些疑惑地说：“小江总好像不太正常。”

卫哲拿起笔签字："她怎么了？"

路易斯耸耸肩："她一个人对着镜子摸腿，看着怪吓人的。"

卫哲把文件递给路易斯之后，想了想，转身去了江达琳的办公室。

"胃又疼了？"

江达琳回头看卫哲："还行吧……只是有点不舒服。"

卫哲蹙眉："胃疼不舒服，你就早点回去休息。"

见江达琳不打算走，卫哲坐在江达琳的桌子上："就那么难受？就因为谭新凯那个渣男，你就那么难受？"

江达琳猛地看向他："我不是难受，我就是……为什么你们每个人都来问啊？我就是需要一点时间消化，过几天就好了！"

卫哲想了想道："IFC旁边新开了一间鬼屋，据说特别吓人，到目前为止没有人能从头玩到尾，还有人直接被吓休克送医院了。我觉得这地方特别适合你现在的状况，你现在就需要放肆地惨叫几个小时，索性把胆都吓破了，那肯定就好了。怎么样，明天是周末，我牺牲一下，勉为其难地陪你一起去玩？"

江达琳冷淡地说道："不用了，你带裴小姐去吧，她比我更需要鬼屋。"

"裴瑜？什么意思？"

胃疼得起劲儿，江达琳说话也慢了："如果她被吓休克了，你就可以给她做人工呼吸了，正中她的下怀。"

卫哲抬腿离开："挺好，还会挤对人，看来你没事。"

这是一座砖砌的农居房，八仙桌上摆放着蓝印花布的桌布，屋檐下挂着玉米和南瓜。林肯将车辆在院子里停好，提着箱子对邦尼笑。

邦尼举着手机找信号："这儿的Wi-Fi是哪一个呀？"

"这里没Wi-Fi。我好不容易才找到一家没有Wi-Fi的，现在的人离自然越来越远了，只能靠这样的硬性手段远离手机和电脑……"

林肯转身之后，邦尼捧着手机欲哭无泪。

"现在的人离自然越来越远，也越来越看不到真正的自我……我建议大家在有闲暇的时候，找一方净土，听风声，看星星，和自己聊聊……"

邦尼举着手机开直播，正娓娓道来，手机页面上出现几个不停旋转的小圈圈，手机彻底没了信号。邦尼摇摇晃晃地举着自拍杆，在皮卡上站了起来，一个脚滑，直接摔倒在一堆干草里。

夜晚漆黑寂静，林肯捧着诗集给邦尼念诗。邦尼在等同于催眠声的念诗声中，困得下一秒就能入睡。

等林肯睡着后，邦尼拿着手机看了眼时间，蹑手蹑脚地走出去给江达琳发微信。

"我真的快崩溃了，你看见我发的照片了吗？我从小就住这种破房子，住了十八年已经住够了，好不容易混到上海这座大都市里，大周末的我也不说豪华江景套房吧，你不能又让我来住这破民房啊，什么山野民居岁月静好，静好个什么啊！连个Wi-Fi都没有，我刚才是用自己流量做直播的，完了连4G都没有，就3G，我真服了……还说要住两晚，我真是非死不可……"

一直没有收到回复，邦尼哭诉着："江达琳你干吗呢？还不到八点林肯就睡着了，你跟我说说话吧，我快疯了。"

过了一会儿，江达琳还没有回应，邦尼看了一眼时间，站在窗外给江达琳打电话。

"你不是说周末有安排了吗，怎么又有时间了？"

高级餐厅里，玫瑰花瓣和橘黄色的光线落在餐桌上，裴瑜倒了一杯酒，看着卫哲。

卫哲拿起刀叉吃牛排："那是因为你说裴总想约我聊聊业务，那我当然有时间了，伯父呢？"

裴瑜揶揄："你这么聪明，还会猜不到我不过是打着我爸的旗号约你？"

卫哲不置可否："确实猜到了，但万一是真的呢？走过路过，不能错过。"

裴瑜翻了个白眼："你对DL还真是忠心耿耿，这么拼。"

卫哲停下动作："我有期权的，DL现在正冲上市呢，有大好的前景，我为什么不拼？"

"期权又能有多少，和我在一起，你不是就什么都有了？"裴瑜认真地看着他，眼前的男人除了多了些成熟的英俊，其他地方几乎没变，"这次回来，我突然发现，虽然过了那么久了，但我心里一直有你。而且我也认真地和自己谈过了，我确实喜欢你，我们复合吧。"

卫哲摸了摸鼻子："我……这么说吧，你也知道，这么久以来，除了你，我一直没有什么固定的女朋友……"

"因为你心里一直有着最初的那个人——我。"裴瑜自信地笑笑，"我是认真的。"

卫哲笑得难得认真："我也是认真的，你明明知道我这个人根本没办法定下来，两个人稍微走近一点我就受不了，否则当初我们也不会分手……"

裴瑜有些着急：“当初是当初，也许现在你不是这样了呢？你不试试怎么知道啊？”

卫哲沉默片刻，手机铃声却突然响起。他朝裴瑜示意后接了电话，对面邦尼的声音听起来有些焦虑：“我给江达琳打了十几个电话，发了几十条微信，她都没回复，我实在是不放心，但我和林肯这会儿离城里一百多公里呢，你能帮我去她家看看吗？我怕她想不开出什么事……对对对，有把备用钥匙在门垫下面……”

“好，我现在就过去。”

裴瑜站起身，卫哲转身要走：“有个朋友出了点问题，我得去看看。”

裴瑜黑脸：“是江达琳吧？我都听见了。”

“你听错了，我前面买过单了，先走了啊！”

卫哲拿起服务员递过来的西装外套，转身快步离开了餐厅。

第二十一章　人生如戏

卫哲匆匆上楼，摁了几次门铃没有得到回应，弯腰从门垫下拿出了备用钥匙。推开门后，看到江达琳正趴在门口的地板上，他吓了一跳，走上前想去扶她。

“活着啊……”卫哲摸了摸她的额头，“没发烧，你干吗呢？干吗不接电话不回微信？你昏过去了？”

江达琳还趴在地上：“我……胃疼。”

卫哲扶她坐在地板上，替她揉着足三里，两个人四目相对，房间内的暖色灯光细碎而明亮地落在眼眸里，气氛突然间变得暧昧起来。

卫哲的动作停了下来。

江达琳试图打破僵局：“那个……”

她的肚子忽然发出叫声，她尴尬地笑了笑：“我……一天没吃饭……”

卫哲看她一眼，站起身走到冰箱前，只找到了面条和一点蔬菜。他走到厨房，江达琳听见了开火的声音。

很快，一碗卖相和香味俱佳的烂糊面就放在了她面前。

“你家里的材料实在有限，只能将就……”

江达琳闻到香味，饿狼一般拿着筷子埋头苦吃。

卫哲啼笑皆非：“真是够了，为了一个连报复手段都那么弱的渣男，绝食绝到胃疼……你以后真的，别说你认识我！”

江达琳鼓着嘴：“我真不是为了他……我、我是睡了一天，刚准备叫个外卖，还没来得及，就胃疼了……”

总算吃完了饭，江达琳揉了下肚子，还狼狈地坐在地毯上。坐在她旁边的卫哲却姿态悠闲很多，即便是坐在地毯上，他看起来也高贵又清冷。

江达琳猛地看向他：“卫哲，我决定了！我要向你学习，从此游戏人间，放飞自我。”

卫哲端着酒杯喝酒，闻言嗤笑一声：“你？你不行……你放不开。”

江达琳碰了下他的胳膊：“你看不起我呀？”

“对啊。”

江达琳撇了撇嘴：“你说的那个鬼屋，现在还开着吗？我想去惨叫。”

卫哲看了眼手表：“这会儿关门了。”

江达琳瞄上他的酒杯：“哦……我想喝酒，你那酒，给我喝一点吧？”

见卫哲不愿意让她喝，江达琳朝卫哲爬过去，两个人打闹着抢酒瓶子。江达琳鬼使神差地勾住了卫哲的脖子，突如其来的动作，让两个人的嘴唇碰到了一起。

江达琳愣住了，卫哲也愣住了。

对上卫哲深沉的眼眸，江达琳忽然闭上了眼睛，下一秒，卫哲就情不自禁地加深了这个吻。一吻结束的时候，江达琳的手还搂着卫哲的脖子，她只觉得浑身发软。

江达琳松开手，一动不动，连头都不敢抬。

卫哲喉结滚动，他摸了摸鼻子：“我……”

江达琳忽然打了个哈欠，捂着嘴巴嘟囔：“好困……好困……”

卫哲目瞪口呆，但也没打算戳穿她趴在沙发上装睡的事：“那什么……又出事了，我得去看看……我先走了……”

听见房门被关上后，江达琳从指缝中睁开一只眼，见人真的离开了，猛地坐了起来。她两眼发直，忽地手忙脚乱地去找小镜子。

镜子里绯红的脸和艳红的唇，无一不在提醒她刚刚发生了什么。

江达琳已经没眼看镜子了，痛苦地转过头，啪地朝自己脸上抽了一巴掌。

卫哲走到门外定了定神，顺便整理了一下衣服，走到拐角处时，突然感觉到一阵眩晕。眼前的走廊变得模糊起来，外界的声音变得遥远，卫哲听到了自己重重的心跳声。

他哆嗦着去摸皮手环，直到放松到最后一格，皮手环不受控制地掉在地上。

渐渐地清醒过来后，卫哲捡起皮手环，扶着栏杆喘气，摸了摸自己的嘴唇。

卫哲如一阵风般冲进了家门，连外套都没脱，直接冲到厨房开冰箱拿冰水，喝下一整瓶水后，他给聂灵子拨了电话。

“我又焦虑了，虽然没有昏过去，但是已经快了，非常、非常焦虑，我背上都是虚汗，心跳加速，你说我……”

聂灵子声音冷漠：“现在是下班时间，需要咨询请预约。”

卫哲看着被挂断的电话，拿着手机登入了聂灵子心理疗养中心网站，随后购买了五十个小时的咨询服务。

他再次拨打电话，视频对面的聂灵子发丝略乱：“你认为买了五十个小时就可以让我随传随到了吗？”

“我接了一个吻。”

聂灵子沉默了，难得见到一向稳重的卫哲语气这么焦虑，她甚至有些感兴趣。

“这不是我有生以来的第一个吻，你知道我经常……有类似机会，这也不是什么生离死别、刻骨铭心的吻，它的冲击力却有生离死别、刻骨铭心的吻那么大，你懂我的意思吗？算了你不一定懂，看你的样子你应该很久没男朋友了……”

聂灵子两边的眉毛都挑了起来，卫哲继续说：“总之，我接了一个吻，然后这个吻让我的焦虑症犯了，你说这是为什么？难道也是因为压力？我觉得说不通，她就是个小女孩而已，能给我什么压力？飞机遇到气流都比这个有压力，而且她水平又不高，一看就知道她根本不会接吻……难道不是因为接吻？不对不对，我最近都好好的，一点问题都没有，就是因为这个吻，就像在加油站里开了打火机，砰的一声，我就焦……”

屏幕上突然出现了一个模样凶狠的男人：“焦你个头啊焦焦焦，不就是亲个嘴吗？你又不会怀孕！”

聂灵子回头：“你别对我的病人这么说话……”

男人的一只大手伸过来关掉了视频：“什么病人，再耽误我约会我让他变死人！”

江达琳辗转反侧时，邦尼正在乡下听取蛙声一片。她看了看时不时冒出来的信号，想了想，整理好头发开始了直播。

已经是深夜，没想到还有不少观众。她笑着和弹幕聊天：“想不到这么晚还有这么多人，我觉得心里暖暖的，嗯……想约我见面？哈哈哈，我都不知道你在哪里……我？我在上海呀……这样吧，我今天心情好……如果有谁送我十八支车队，我就答应和他见一面……不过估计不太可能……”

话音刚落，十八支车队浩浩荡荡地从直播间里刷过。

邦尼瞪大眼：“呃，哈……谢谢……谢谢西区萨特的十八支车队……”

很快，她收到了西区萨特发来的消息：“怎么，你是不是被我吓到了？”

邦尼捧着手机发呆：“有点意外。”

空荡荡的豪华公寓里，薛义一个人坐在窗前看手机：“你不会是不敢见面了吧？”

“怎么会？我这人言出必行，从不耍赖。”邦尼抿了抿嘴唇，“不过最近我没时间，等过一阵子再说吧。”

“没问题，时间你定，地方我定，只要你别食言就行。”

邦尼输入一个OK的表情，长吁一口气，躺在长沙发上，静静地望着天花板。

江达琳望着渐渐变亮的夜空，跃起身拿起钥匙便冲出了门。她去了邦尼在的乡村民居，一个急刹车停在门口，跌跌撞撞地跑上前敲门。

坐在窗前的八宝桌前，江达琳头也不抬地吃着泡面，发出巨大的吸面声。

“你俩真亲了？”邦尼长叹一口气，“你说你，你跟谁亲不好啊跟卫哲亲？就你这水平，一个谭师兄就把你整得欲仙欲死了，换了卫哲这种段位的高手，不是我说，你会被他嚼得连骨头渣子都不剩的！”

江达琳抬起头，举着空碗问：“还有吗？”

“没了，我就找着这一盒。本来我以为这是那种有客房服务的精品民宿，所以什么吃的也没带，谁知道这儿只有客房，没有服务。反正林肯去买早饭了，你先忍忍。”邦尼说完又坏笑，“喂，你跟我说说，当时感觉好不好啊？”

江达琳不可避免地回想起当时的场景，打了个冷战，视死如归般点点头。

邦尼兴奋地拍桌子：“看你这样，我就知道了！”

江达琳红着脸：“他很好，我好像不太好。”

“废话，人家是打着不婚主义招牌的正经玩咖，你在他面前，连菜鸟都算不上。”邦尼给她支着，“死扛，必须死扛，除非卫哲先向你表白——当然我觉得这不可能——否则你一定要扛住。”

江达琳瞪大眼：“你是说，让我假装什么也没发生？”

“你们俩不仅仅是朋友，你们还是同事、是合伙人。我这么跟你说吧，男女之间的事情，一旦挑明了就没法挽回了。你们一定会对对方产生猜测，会疑神疑鬼，会不自觉地去关心对方的私生活，那你们还怎么公事公办啊？所以你只能装傻，哪怕办公室里就只剩下卫哲和你两个人，你也不能承认，打死都不认。”

邦尼啧了一声：“你看着吧，明天你们上班遇见的时候，人家卫哲肯定会装傻。”

昨晚的场景在脑海中重复出现，江达琳使劲甩了甩脑袋。

周一早晨，江达琳开车到了停车场，小心翼翼地朝四周看，随后看了一眼固定车位，瞬间放松下来。

四周是匆匆赶来上班的白领，江达琳拿着手机给邦尼发微信：“我没看见他的车，他肯定还没来，我今天提早出门果然英明。一会儿我到公司后往办公室里一躲，中午叫外卖，不到下班绝不出来……”

正说着，她一抬头，前方赫然是英俊帅气的卫哲。

江达琳语塞，迅速后退，溜进消防电梯。她气喘吁吁地爬上楼，躲在门后目送卫哲走进大办公室后，才做贼一般跑进自己的办公室。

卫哲坐在座位上，把玩着皮手环，翻着微信联系人页面，一长串美女头像从眼前掠过，他看了看，没好气地将手机扔在桌上。

路易斯送文件给卫哲，她趁着卫哲签字的时候，八卦道：“喂，裴大小姐没来上班，大家都在猜是不是你拒绝了人家，伤了人家的心啊。”

“我怎么知道？”

路易斯目测卫哲今天吃了枪药，拿起文件刚要走，就被卫哲叫住。

卫哲斟酌着说道：“我有个事情想听听你的意见。我有一个朋友，他在无意间和他的女同事接吻了……”

路易斯停下脚步：“之前毫无征兆？”

“毫无征兆。他本来是去探病的，谁知道就这么一来二往地……发生了。”

“他不想负责？”

卫哲吃惊：“就一个吻而已，也要负责？”

“那你在纠结什么？”

“呃……我在纠结……什么我在纠结，是我朋友在纠结！”

“你根本没有男性朋友。”路易斯冷笑道，“你根本没有需要你为了他的一个吻来咨询我的男性朋友，绝对没有！你说的一定是你自己。至于女同事……你跟小江总？”

卫哲无力地挥了下手：“你可以出去了。”

“真是小江总？老大，你怎么能？”路易斯大喊一声，被卫哲瞪着去关上了门，“你怎么能对小江总下手呢？”

“我没对她下手！”

路易斯撇了撇嘴，语气肯定：“肯定是你先吻她的，总不会是她先吻你！”

“那就是个误会，我们误打误撞碰上的！”

路易斯翻白眼：“那你也没躲开。”

卫哲低声说：“她也没躲开。”

“你这个人确实很有魅力，尤其是对女人，非常有吸引力。所以只有像我这样看透了你的本质，也看透了我自己的本质的女人，才能这么多年都待在你的身边，当你的助理。”

卫哲饶有兴味地问：“你的本质我没兴趣知道，我的本质是什么？”

“你的本质就是喜新不厌旧。你的优点是对女人很好，缺点是你对所有的女人都很好。而爱是独占的，是排他的，换而言之，就是你其实不具备爱的能力。”路易斯难得认真，“但小江总跟你是完全相反的两种人，她这个人虽然智商很高，看书很快，对电脑也很精通，但她骨子里是个一根筋的人，她跟你在一起，一定会受伤害。”

卫哲坐直身体：“我没想跟她怎么样！”

路易斯摊手：“对啊！问题就在这儿，你没想跟人家怎么样，那你去招惹她干什么？”

她试着出主意：“要不你就当什么也没发生过？”

卫哲犹豫：“那会不会太没礼貌了？”

“不然呢？难道你要上前打个招呼说‘对不起我不小心吻了你，但我不是故意的’？你这辈子和女人在一起什么时候讲过礼貌啊……”

卫哲恼火地把她赶出办公室：“算了算了，你一个连男朋友都没有的人，我问你干吗？简直是问道于盲！”

路易斯站在门口喊：“喂，你这是人身攻击啊！”

路易斯转身，看着何宏伟从身旁走过。何宏伟往大办公室走，在走廊上遇到了斯黛拉。

斯黛拉笑着问："宏伟，你好像有一阵没来公司了。有空我请你吃饭吧。之前你帮了我那么多，我一直想谢谢你。"

"不用了。"

斯黛拉蹙眉："你怎么了？你是不是在生我的气？"

"呵，你是多么天马行空、不拘一格的人啊，我怎么有资格生你的气？"何宏伟冷冷地说，"对，我没想到你还真的跟他在一起了，我对你很失望。"

斯黛拉难以置信道："失望？宏伟，我知道你对我一直很好，但叶东烈给了我从未有过的感觉，我们是认真的。你是我最好的朋友，我不希望因为这件事影响我们的友谊。"

"祝你玩得开心。"何宏伟的笑容带着讽刺，"我是来找小江总的，失陪。"

何宏伟转身走掉，斯黛拉目送他离开，脸色一阵青一阵白。

何宏伟去了江达琳的办公室，办公室里，除了江达琳还有前来调查的纪警官。纪警官认真地盯着江达琳，从包里拿出一张银行流水复印件递给江达琳。

江达琳飞快地浏览着复印件，犹豫着问："这是？"

"这是你父亲的一张银行卡的流水单。我们发现鲲鹏基金挪用出去的钱，都是先从基金公司转到这张卡上，然后再转出去的。"

江达琳脸色苍白，纪警官从座位上起身："根据目前我们掌握的一些初步证据，已经有理由怀疑江远鹏确实涉嫌挪用资金。这个案子具有相当大的社会危害性，我们来找你也是希望尽早破案，所以如果你父亲联系你，或者你知道了你父亲的下落，麻烦你及时和我们取得联系。"

何宏伟站起身送纪警官下去："你放心，她会的。"

舒晴正在前台拿快递，看着纪警官的背影问："那个人是警察？"

艾米把快递递给她："嗯，他是经侦支队的。"

舒晴又多看了几眼，才拿着快递从前台离开。舒晴走回自己的办公室，拿出手机，找到袁肃的电话。

袁肃正恶狠狠地同沈英杰聊着天："智慧星怎么说也是和小力士势均力敌的奶粉品牌，这次我们能拿下来，也算是出了一口恶气。我倒要看看，接下来，是他们DL的小力士做得好还是我大名仕的智慧星做得妙。"

"智慧星一听说DL拿了小力士，立马就来跟我们谈合作，可见他们也知道我们两家有恩怨，希望我们能跟DL死磕。"

他冷笑着说道："这些甲方，个个都打得一手如意算盘！但也没办法，人家这是阳谋，我们知道也得往里跳。对了，你和那个舒晴，你们没来往了吧？”

沈英杰故作淡定道：“自从上次她误会我，我们吵了一架后，就没来往了。”

袁肃的手机响了起来，他看到来电显示的名字，眼皮一跳，将手机屏幕翻了过去。待沈英杰离开后，他才把电话放到耳边：“稀罕啊，你怎么会打给我？”

“我跟你说正事，今天经侦的人来公司询问江达琳了，你那边有什么新的信息吗？”

袁肃冷笑一声：“嗯？这我倒是没听说，等我查一查，也有可能就是例行询问。你也不用太担心，有那份材料在，这个案子江远鹏脱不了干系。他有本事就一直不回来，回来了也只有立马进去的份！”

舒晴挂断电话，心事重重。看到沈英杰发来的一连串微信消息，她也懒得回应。她想了想，给沈英杰打了电话：“那个，我还是觉得我们暂时不适合公开露面，世界太小了，万一让别人看到了，会有很多麻烦。”

沈英杰微愣，随即哑然失笑：“没关系，我知道了。”

卫哲陪着文森特从自己的办公室走出来，刚好迎面遇到江达琳，两人视线相撞的瞬间，一旁的文森特先打了招呼：“小江总。”

“Hi，Vincent！那个……”江达琳说话磕磕绊绊，“我还有个电话会议，我……”

文森特一脸疑惑：“你们小江总怎么了？”

卫哲愣了下道：“她……有个电话会议。”

江达琳回到办公室，飞快地在纸上一字不漏地写下了一连串银行卡号。她坐立不安，脑海中一会儿是纪警官看似客气其实严厉的警告，一会儿又是卫哲的眼神。

她走到饮水机前，才发现饮水机没水了。她端着水杯走出自己的办公室，左右各看一眼，避开了右边卫哲的办公室，往左边走去。而卫哲也避开了她的办公室，向右走去，最后两个人在斯黛拉的办公室门口遇见。

“呃……我到前面。”

“啊，我找斯黛拉。”

江达琳用手遮住脸从卫哲旁边迅速地跑了过去，听见前面艾米和杜威廉正有说有笑。

“我去，他俩真接吻啦？”

江达琳一个踉跄，被自己绊倒在地。身后的卫哲顿住脚步，回头看她。

杜威廉连忙扶起江达琳："小江总你没事吧？"

江达琳尴尬地说道："没、没事……你们在说什么呢？"

"昨晚电视剧的大结局啊。"

"……"

卫哲觉得自己似乎又出现了失语和幻听的症状，他的耳朵里各种声音混杂轰鸣，而耳边斯黛拉的声音仿佛是从遥远的地方传来的。

卫哲摸了下手环："什么？你说什么？"

"我说，你找我什么事？"

声音渐渐变得清晰，卫哲回过神来："是这样，Vincent来找我，给我们介绍了个客户，我想跟你商量商量。"

斯黛拉跟着卫哲去了大会议室。会议室里，所有人或站着或坐着，都盯着大屏幕上的一个专访。视频中正在接受采访的乔云龙突然间发怒把话筒摔在地上，随后不管不顾地抛下身后的记者扬长而去。

"画面上的这位，是晋元集团的执行总裁乔云龙，他这话筒一摔，害得晋元集团顿时成了笑柄。他们公司马上就决定把之前用的那家公关公司给换了，不过现在离他们公司上市的最后日子，连一个月都不到了……"

卫哲再一次走神，游离的视线最终定格在江达琳的脸上，缓缓下移，又落到她的唇上。江达琳正特别认真、眼睛一眨不眨地盯着杜威廉看。

路易斯把一只脚踩在卫哲的脚上，压着声音说："我说完了。"

卫哲回过神："晋元集团针对这次港股上市的整个公关预算是一千万到一千五百万，另外他们希望我们至少有三名合伙人参与，斯黛拉？"

斯黛拉点头："我没问题。"

"那就是我、斯黛拉，还有……"卫哲看向江达琳，"小江总？"

江达琳依旧聚精会神地看着杜威廉，被斯黛拉碰了碰胳膊才如梦初醒："啊？哦，好啊……"

离开会议室前，杜威廉使劲搓脸，抬头问舒晴："我脸上是不是有什么东西？"

斯黛拉眼神古怪，看看江达琳，又看看卫哲。卫哲站起身："那就先这样定了，明天我们就与晋元集团正式会面。"

江达琳第一个走出办公室，回到江家别墅便把写了银行卡号的字条放在桌上，李月如拿出江远鹏所有的银行卡一一比对，最后摇了摇头："你爸爸所有的卡都在这儿了，都不是。"

"那他会不会还有其他的银行卡？"

李月如愣了下道："那就要问他了。"

两人相顾无言，江达琳问："妈，你说爸会不会真的参与挪用了这笔钱？"

"以我对你爸的了解，他不会瞒着我。"李月如眼神呆滞，"公司业务多，也说不定就有我不知道的银行卡，这也不能说明什么。琳琳，如果警方有确凿的证据，他们早就通缉你爸爸了，而不会是简单地询问你。你要相信你爸爸，知道吗？"

"好吧。"江达琳起身要走，"我们刚接了个上市公关的项目，明天第一次和客户见面，我心里没底，想多准备准备。我走了啊。"

江达琳往外走了两步又回头："妈，我和谭新凯分手了！反正希望你以后不要再管我的闲事。我走了。"

李月如呆坐了一会儿，走到窗前给江远鹏打电话："今天经侦的人找过琳琳了，说有你的一张银行卡流水，显示基金上的钱全是打到你那张卡上的。"

"什么？我的卡？我的哪张卡？"

李月如拿起江达琳写了卡号的纸："尾号2398，我在家里没有找到这张卡。"

江远鹏脸色大变："那个……我想想、我想想……"

他忽然想起这是杜少鲲为了基金验资，拿他的身份证开的卡。他嚅动着嘴唇："我想起来了，我确实有过这么一张银行卡，但它不在我手里……"

江达琳埋头钻研，书桌上是堆得高高的材料，邦尼在办公室里晃来晃去，看着她办公桌上的一大堆材料，忍不住啧啧两声。

江达琳埋头翻阅材料："我也是刚知道，一个公司要上市居然要准备那么多材料，而且有一多半是财务报表，看得我眼睛都花了。"

"上市啊，真爽。喂，江达琳，回头你上市敲钟，能不能带上我呀？这样的话，我就有大腿可以抱了。"

江达琳抬头笑道："行，为了成为一条值得你抱的大腿，我会努力……多吃点儿的！"

邦尼有些感慨："我这辈子是不可能上市了，只能把希望寄托在男人身上了……唉，算了，想到我们家林肯，我这第二条路也被堵死啦。"

“他对我是挺好的，就是太不思进取了，他这两天又走了，背了个大包说是要下乡采风。你说这乡下有什么可采的？尽是破房子破路烂草堆。确实，他也只能采点儿风了，因为别的啥也没有。”

江达琳头都没抬：“你这人就是太偏激了！”

“我不是偏激，是穷怕了，看透了！”邦尼朝窗外看了一眼，瞥见一部分正在加班的员工，“今晚卫哲好像没加班嘛。”

“他是专家，他有底气，我不行，如果不多看点儿材料，我心虚。”

邦尼趴在办公桌上，脸上带着坏笑：“所以你们今天遇见了？感觉怎么样？”

“两个字，尴尬！三个字，巨尴尬！”

邦尼拍了下她的脑袋，走到沙发边躺下：“你得把持住，别让人看出来！该说说，该笑笑，知道吗？”

江达琳揉了揉头发：“我做不到啊，我今天都不敢跟他打照面了。”

“人生如戏，全靠演技！唉，西区萨特又来问我什么时候跟他见面，你说我到底要不要跟他见啊？万一是个脑满肠肥的油腻大叔……那得多硌硬！”

邦尼话说到一半，江达琳突然就往外走，邦尼大喊一声：“哎，你去哪儿啊？”

卫哲去了心理疗养中心，他坐在窗边，窗外绿荫遮蔽了阳光，有风从窗户吹进来。

“我听不见。就是突如其来的，就好比你现在坐在那里，在跟我说话，我能看见你的嘴巴在动，但我听不见你在说什么。”

聂灵子微微点头。

“我明白，这都是因为那天晚上的意外。但我没想到这个意外会对我造成这么大的生理影响，不是你想的那种生理影响。这有点儿像一种毒素，或许真的有这么一种毒素是通过口水传播的，然后我就中毒了，造成了我的暂时性失聪……你知道我在说什么吗？”

聂灵子继续点头。

“就是好像我中毒了，但这太可怕了好吗？太可怕了！一屋子的人开会，我一会儿能听见，一会儿听不见……真是要疯了！OK，轮到你说了，你别老点头啊！”

聂灵子微微笑道：“卫哲，你在害怕。”

卫哲冷笑一声，不屑地说道：“害怕？我害怕什么？”

“害怕通常来自对后果的担心，你认为那个意外会给你带来难以预料的后果。所以我们来想想，会有什么后果？”

卫哲忽地笑起来：“能有什么后果？就是误打误撞地接了个吻。”

聂灵子眼里毫无笑意，她淡淡地看着他，卫哲抹了一把脸，也不再笑了。

“后果无非两种。第一，你们在一起；第二，你们不在一起。你觉得你害怕的是哪一种？是在一起，还是不在一起？”

卫哲傻眼了。聂灵子送他出去，语气倒是挺认真的：“你得自己理清楚，想明白你要什么，或者至少想明白你不要什么……”

门一打开，聂灵子的男朋友如同一只忠犬守在门口，恶狠狠地瞪着卫哲：“我警告你，你下回要是再敢让我女朋友加班，我就对你不客气！”

“我是急诊患者。”卫哲看着聂灵子，笑着说，“我觉得你也得理清楚，想明白你要什么，不要什么……”

“喂！”

聂灵子的男友在卫哲身后说：“我跟你说过多少次了，这男的在夜里咨询你就是没安好心！”

卫哲坐在车里，闭着双眼，思绪混乱。他根本想不明白，索性打算采用他最擅长的方法。

卫哲拨号给裴瑜。

裴瑜声音冷漠：“你良心发现了？怎么突然想起来给我打电话了？”

“有空吗？”

“现在？”

卫哲笑了笑：“现在。”

卫哲回到家，手里把玩着手机，赫然发现江达琳正站在他的公寓门口。两人面面相觑，卫哲垂眸看着她：“进屋坐？”

“不用了，就在这儿说吧。”江达琳捏了捏掌心，“本来想打电话给你的，但我觉得有些事还是应该当面说，我估计你也不知道该怎么开口，那就我先说。今天在公司的情形你也看见了，这个……我们接下来还要在一起工作，还有很多同事在，与其躲躲闪闪，不如我们自己先把事情说开。我不知道你是怎么想的，反正我是一个绝对不会以私废公的人，我希望你也是。”

卫哲目光淡淡地落在她身上：“OK。”

江达琳没有看卫哲的眼睛，垂着脑袋：“所以我建议，从明天起，不，从此时此刻起，我们就当前天晚上什么也没有发生过……怎么样？”

“OK。”

电梯门打开，裴瑜摇曳生姿地走出来，看到面对面的两人，微微蹙眉：“你们俩这是？”

江达琳感觉谜之尴尬，挥了下手：“我是来找他聊工作的，工作！我们接了一个大项目，要上市的，我心里没底，所以……那个……我们聊完了，你们继续，我走了……拜拜！”

江达琳落荒而逃。

裴瑜见电梯门关上，笑着问卫哲：“聊工作？”

卫哲打开房门：“大项目。”

江达琳惊魂未定地坐在车里，拍了拍胸口，车窗外是裴瑜的阿斯顿　马丁。她懊恼地抓了抓头发，发泄地大叫了一声，才驾车离开。

卫哲开门让裴瑜先进去，自己走到酒柜前倒酒。

裴瑜走到他身边，狐疑地看着他：“你和江达琳是不是有什么呀？”

卫哲转头，递给裴瑜一杯酒：“嗯？”

“前天大晚上的你接到电话就赶过去了，今天也是大晚上的，你们两个人站在门口，硬说在聊工作，你当我是傻子呢？”

卫哲嗤笑一声：“你的智商高达146，谁敢把你当傻子？”

“那你倒是跟我解释啊！”裴瑜站在他面前，两人隔着不远的距离，“你看，前天你把我丢下，跑到另一个女人家里去了，我本来该生气不理你才对，可是我这人心软，你一给我打电话，我又傻乎乎地跑来了，谁知又撞见这一出。你要是不跟我解释解释，我这自尊心有点没处搁啊，好歹……你也得给我个台阶下吧？”

卫哲淡淡地笑道：“前天晚上她是胃病犯了，她的闺密不在市内，于是急急忙忙打电话给我。我赶过去的时候，她都躺在地上起不来了；今晚，她就是来谈工作的，如你所见，如她所说。”

“就这么简单？”

卫哲摊手：“就这么简单。”

“那我姑且信你一次。不过我还真觉得你们那个小总裁对你有点意思。”

卫哲皱眉：“是吗？”

裴瑜嫣然一笑，拿起包往楼上走：“好啦，良宵苦短，不聊这些没劲的。我上楼了，用一下你的洗手间，可别让我找到什么别的女人的痕迹！”

卫哲微微蹙眉：“裴瑜，去酒吧吧。”

“什么？”裴瑜顿住脚步，脸色一变。

“我突然觉得，我们还是一起出去喝一杯比较好。”

裴瑜愣了一会儿，气势汹汹地留下一句话：“卫哲你个王八蛋。”

门被重重地关上，卫哲揉了下鼻梁，下意识地摸了摸皮手环，发现已经是最松的一格。

他喝了一口酒，喃喃自语：“不以私废公？真是好品德啊！”

江达琳躺在床上，懊恼地满床打滚，脑袋埋进被子里，自言自语：“江达琳，我求求你快睡吧，明天要带团队见客户呢，你可是第一次参与上市公关，你得神采奕奕像个老板那样啊！再不睡你会有黑眼圈的！”

她猛地翻了个身，用被子蒙住头。

闹钟响起时，她猛地惊醒，走到镜子前就看到惨烈的黑眼圈。她揉了揉眼睛，发出一声惨叫。

江达琳戴着一副大墨镜下楼，遥控打开车门，赫然看到站在楼下的卫哲，微微怔住：“你……你怎么来啦？”

卫哲打开副驾驶座的车门：“来接你一起过去，路上有话和你说。”

“哦！”江达琳发动引擎，自言自语道，“你接我，为什么我开车呀……”

江达琳戴着墨镜开车，如坐针毡，隔着镜片悄悄地打量着卫哲的脸。

卫哲抓到她的视线，几次欲言又止。

江达琳手抓着方向盘问：“你要跟我商量什么呀？那个晋元集团的资料我都看了……”

“不是商量这个。”

“哦。其实你也不用太担心，昨晚我、我说的那些话确实就是我的真心话。”江达琳还是没憋住，“后来我看到裴小姐和你在一起，觉得挺好的，特别好，一下子就放心了。所以我们没事了，接下来该怎么样还是怎么样，别尴尬啊，哈哈哈！”

她故作大方地拍了拍卫哲的肩膀。

卫哲看她一眼：“我和裴瑜没在一起。”

江达琳嘀咕：“大晚上的，孤男寡女，你当我瞎啊？”

“我说的是真的。”卫哲解释道，“昨晚我和她闹得有点不愉快，本来我还想让她把她家的生意交给我们DL，不过这下我估计是黄了。”

江达琳急得一把摘掉墨镜："什么？这可真是……为什么呀？人家是大客户，你干吗要跟她闹不愉快啊？"

"她想和我复合。"

"那你就跟她复……呃，她想跟你复合啊？"江达琳迟疑地道，"那就复合呗。"

卫哲瞪大眼："你为了生意，居然劝我去跟裴瑜复合？"

"我不是劝你，反正你一直都这样啊。"江达琳声音弱了下来，"你不是一直都有很多女性朋友吗？和裴小姐复合应该也没什么，还能给公司带来生意，一举两得……不是你一直灌输给我，要以公司利益为先吗？"

卫哲无语，第一次觉得自己败下阵来："你听我说，第一，我也没有很多女性朋友；第二，我有多少女性朋友，和哪个女性做朋友，都是我的个人意志，从来不是为了公司利益，明白吗？"

江达琳的声音软下来："我就是瞎说，你别生气啊。你复不复合，我管不着，恋爱自由，恋爱自由。那个，那你到底要跟我说什么呀？"

卫哲咬牙切齿地道："我突然觉得没什么可说的了。你既然能够这么想，说明你已经是个合格的生意人了，挺好。"

江达琳抿了抿嘴唇，没有再说话。

卫哲抬眼看她："为什么你的眼圈这么黑？"

就知道这人说话好不了三秒，江达琳愤愤地戴上了墨镜。

一瓶瓶高级矿泉水堆放在大会议室中央，漂亮的鲜花摆在桌子上，电脑被依次打开。黑色尖头高跟鞋、裤缝笔挺的西装裤，DL的众人从各自的办公室走出来，带着满满的职业感。

另一侧，乔云龙披着外套，身后是助理和几个高管。

"你们好！"乔云龙一边说，一边往里走，同时双肩往后一抖，外套哗地落下。小戴仿佛不经意间一伸手，刚好接住外套，啪地一抖，一提，往胳膊肘上一放，全套动作一气呵成。

一行人看过去，只觉得惊讶又好笑。

晋元集团的高管个个质朴，对比DL的众人，倒是大相径庭。

乔云龙声如其人，浑厚沉重："我乔云龙这个人，喜欢单刀直入，直插主题，我进来看到你们的电脑都打开了就很高兴，知道你们也是做事情的人。"

他扫视一周："我说句实话，你们别不爱听，我这个人其实打心眼里不喜欢什么宣传、公关，什么形象工程……都是些虚的玩意儿。后来公司准备上市，我发现不对了，这个游戏规则好像突然之间就改变了，尤其是那些个媒体，真的不知道怎么跟他们对话，故意造谣抹黑你，完了还觍着脸给你打电话找你要钱。你要是报警吧，那稿子发得跟汪洋大海似的，你也不知道咋告，连告谁都闹不清……总之是乌七八糟。于是没办法，那就公关吧！”

江达琳暗自咬了咬牙，面上仍保持微笑：“痛定思痛，痛何如哉……您能在最后时刻下定决心开始做公关，说明是很有勇气的……您放心，我们DL一定是您最明智的选择。”

乔云龙摆手道：“说这些虚的没用，这上市公关到底怎么弄，你们到底行不行，那是骡子是马还是得拉出来遛了才算！”

卫哲拦住江达琳，笑着开口：“乔总，您说得一点儿没错。关于上市公关呢，其实可以这么理解，都说人靠衣装，佛靠金装，再怎么漂亮的大姑娘，出嫁之前也得好好保养皮肤，还得穿金戴银，家里的长辈都得去做新衣服，就算不盖新房子也得收拾干净，完了还要给街坊邻居发红包、讨口彩……现在咱们晋元集团就相当于一位正当年华，如花似玉的大姑娘，正准备上花轿出嫁呢。我们几个就是专程负责来给新娘子保驾护航的，等到了香港就风风光光地出嫁，顺便昭告天下，咱们大姑娘是真正有实力的，别琢磨着以后欺负咱们！您说，是不是这个道理？”

江达琳呆住了。DL的其他人也看向卫哲，忍不住感叹，能屈能伸，不愧是卫哲。

乔云龙愣了下道：“哎呀，卫哲先生，你这人灵得很啊，说话我怎么那么爱听呢，给你这么一说，还确实是这么回事，有道理！”

飞扬集团薛义的办公室内，舒晴和Andy正在向薛义汇报工作。

“我们一共挑选了一百名超级宝宝家庭，一起到现场参加发布会，不如就趁这个机会，联系全市最有名的几位儿科专家，安排一次义务咨询。”

薛义认真地聆听着，手机忽地振动了一下，进来一条直播后台短信。

“我觉得我们还是别见面了吧。”

薛义突然蹙眉。

舒晴和Andy对视一眼，下意识地回想刚才的提议是否有错。

邦尼靠在讲台上发信息：“好多年没干过网友见面这种事了，我上一回和网友见面，还是在高中。”

薛义：“怎么，你现在连高中时的勇气都没有了吗？”

邦尼撇了撇嘴：“那当然，高中时无知者无畏，也不管对方会不会是牛头马面，说去就去了；现在年纪大了，不但人懒了，连胆子都小了。”

薛义笑了笑，重新看向舒晴：“义务咨询是好事，可以多搞几次。”

“对，我们正好在筹建小力士俱乐部，想把这个当作会员的福利活动。”

薛义点了点头：“可以。”

舒晴拿出一份文件夹，放到薛义面前的桌子上：“另外就是小力士奶粉的广告代言人，这里有几个方案，还有一些人选，您先过目。”

“好。”

走出办公室，舒晴回头看了一眼，薛义正靠在椅子上看手机，脸上还挂着笑。

舒晴道：“薛总心情不错啊！”

Andy耸了耸肩：“应该是吧，人事大地震也震完了，一切都走上正轨了，薛总当然心情不错。哎对了，你听说了吗？智慧星奶粉刚签了名仕公关。挺好，我们跟智慧星是死敌，你们DL跟名仕也是对头，全都是天生一对。”

邦尼盯着手机聊天框，西区萨特没有再发消息过来，她微微皱眉：“这就不回了？难道是因为我说年纪大了？啊，该不会是个老头子吧？”

这时林肯打来了电话：“邦尼，你猜猜我在哪儿？”

邦尼没兴趣：“你还能在哪儿啊，肯定又是在什么穷乡僻壤。”

林肯背着包，拿着写着地址的字条，胸前挂着相机，在乡间小路上兴奋地四处张望。他拍了一张乡野的照片，发给邦尼。

邦尼扫了一眼，也没点开：“可不就是穷乡僻壤！行了，不聊了，我上课呢！”

林肯背着包，兴冲冲地走到一家两层楼的农户前敲门。

屋里传来一个女人的声音：“谁啊？”

林肯兴奋地大喊一声：“阿姨你好，我叫林肯，我是邦尼的男朋友！”